Das Buch

London, Silvester 1999: Hanna Vincent hilft ihrer Mutter bei einem wichtigen Cateringauftrag und trifft dabei Richard Larsen, der sie sofort bezaubert. Eigentlich trennt die beiden mehr, als sie verbindet: Richard stammt aus einer reichen New Yorker Familie, hat gute Manieren und studiert Business. Hanna dagegen lebt in London, liebt Underground-Musik und wilde Haarfarben. Doch vom ersten Augenblick an herrscht eine knisternde Anziehungskraft zwischen ihnen. Sie umspannt zwölf Jahre und zwei Kontinente, und Hanna und Richard sind sich sicher, die Liebe ihres Lebens gefunden zu haben. Wäre da nicht ein Geheimnis, das Hanna auf der Seele liegt …

New York, 2012: Hanna hat Richard das Herz gebrochen. Nun steht sie plötzlich in Richards Wall-Street-Büro, um ihm etwas zu gestehen. Wird Richard einen Weg finden, Hanna wieder zu vertrauen?

Die Autorin

Carrie Elks lebt in der Nähe von London. Mit einundzwanzig verließ sie das College mit einem Abschluss in Politikwissenschaften, einem unbezahlten Studienkredit und einem netten Mann an ihrer Seite, der bald ihr Ehemann wurde. Wenn sie nicht gerade liest oder schreibt, backt sie für ihr Leben gern.

CARRIE ELKS

Kiss you

Gestern, heute und für immer

Roman

Aus dem Englischen
von Sybille Uplegger

Ullstein

Besuchen Sie uns im Internet:
www.ullstein-taschenbuch.de

MIX
Papier aus verantwortungsvollen Quellen
FSC® C083411

Deutsche Erstausgabe im Ullstein Taschenbuch
1. Auflage September 2016

Titel der englischen Originalausgabe:
Fix You (Corvus, Atlantic Books, London)
Umschlaggestaltung: ZERO Werbeagentur, München
Titelabbildung: Getty Images/© Camilla Bandeira;
© FinePic®, München (Farbklekse)
Satz: LVD GmbH, Berlin
Druck und Bindearbeiten: CPI books GmbH, Leck
Printed in Germany
ISBN 978-3-548-28754-6

Für Ashley

Danke, dass du mit mir durch die Jahrzehnte gerockt bist.
Mögen noch viele weitere folgen.

Prolog

12. Mai 2012

Richard hatte etwas an Gewicht zugelegt, seit sie ihn das letzte Mal gesehen hatte. Es stand ihm gut. Der dünne Baumwollstoff seines Hemds spannte sich um seine Oberarmmuskeln und lag eng an seinem flachen Bauch. Seine Hüften waren noch genauso schmal wie damals, und Hanna musste kurz die Augen schließen, um nicht daran zu denken, wie sie sich zwischen ihren Schenkeln angefühlt hatten, während er sich in ihr bewegte, sein Atem ihr Ohr streifte und sie stöhnte und wimmerte und …

Sie schüttelte den Kopf. Sie stand nicht hier in diesem riesigen, eichenholzgetäfelten Büro, um sich auf einen Trip in die Vergangenheit zu begeben, so schön das auch gewesen wäre. Nein, sie war Tausende Meilen weit geflogen, um Richard etwas sehr Wichtiges mitzuteilen. Er hatte ein Recht darauf, die Wahrheit zu erfahren.

Es war vollkommen unangebracht, aber plötzlich verspürte sie den überwältigenden Drang zu lachen. Ihre Situation war geradezu lächerlich melodramatisch. Ihr siebzehnjähriges Ich hätte garantiert die Augen verdreht und sich gefragt, wie um alles in der Welt diese neunundzwanzigjährige Frau es geschafft hatte, ein Leben voll bester Zukunftsaussichten zu einer Seifenoper verkommen zu lassen.

Sie hob den Kopf, sah ihm ins Gesicht und betrachtete

seine missbilligend nach unten gezogenen Lippen. Er hatte die Augen zusammengekniffen, und seine gerade, vornehme Nase war leicht gerümpft.

Sie konnte seine Abneigung fast mit Händen greifen.

Hanna versuchte, gleichmäßig weiterzuatmen, und rief sich ins Gedächtnis, dass sie zwar in *seinem* Büro stand, im obersten Stockwerk *seines* Gebäudes, aber das hier *ihre* Show war.

Sie hatte das Sagen.

Er sah sie schon jetzt mit solcher Verachtung an, dass sie sich gar nicht auszumalen wagte, was er für sie empfinden würde, sobald er die Neuigkeit gehört hatte. Er war lange ein wichtiger Teil ihres Lebens gewesen – als Freund, als Vertrauter, sogar als Liebhaber –, aber nie zuvor hatte er die Macht besessen, sie zu vernichten.

»So schön es auch ist, dich zu sehen«, sagte er gedehnt, wobei sein Tonfall keinen Zweifel daran ließ, dass er ihr Wiedersehen alles andere als schön fand. »Ich habe in fünf Minuten ein Meeting. Was willst du?«

Noch war er vollkommen ahnungslos. Aber jetzt war der Moment da – der Moment, in dem sie den Mund aufmachen und damit herausrücken musste. Plötzlich wurden ihr die Arme schwer, und ihre Finger begannen vor Nervosität zu zittern. Ihr Drang zu lachen machte einem unangenehmen Gefühl tief im Magen Platz. Sie versuchte, durchzuatmen und endlich das zu sagen, weswegen sie die weite Reise auf sich genommen hatte.

Sie befeuchtete ihre Lippen mit der Zunge. Sein Blick wanderte zu ihrem Mund, und er starrte sie mit seinen dunkelgrünen Augen an, während sie sich auf die Unterlippe biss.

»Richard.« Ihre Stimme klang überraschend fest. Sie

würde es jetzt durchziehen. Sie würde es ihm sagen und dann gleich wieder verschwinden.

Ab ins nächste Flugzeug.

Zurück nach Hause.

Zurück zu *ihm*.

»Richard, wir hatten ein Baby.«

Kapitel 1

31. Dezember 1999

Eigentlich hätte ihr Koffer längst da sein müssen. Stattdessen sah sie zu, wie auf dem Förderband aus Gummi Gepäckstücke jeder nur erdenklichen Form und Größe an ihr vorbeiruckelten – nur ihrer nicht. Vielleicht schämte sich ihr alter brauner Koffer zu sehr und wollte sich zwischen all den Louis Vuittons und Henks nicht blicken lassen. Das Gefühl kannte Hanna.

Sie kaute schon wieder an ihren Nägeln. Dabei waren die bereits bis zur Haut abgebissen, und der schwarze Lack, den sie vor ein paar Tagen aufgetragen hatte, blätterte in großen Stücken ab. Ihre Stiefmutter konnte nicht begreifen, weshalb Hanna sich nicht für eine »viel elegantere« French Manicure entschieden hatte und warum sie nicht regelmäßig zur Kosmetikerin ging.

Endlich hatte sie ihren Koffer erspäht. Sie versuchte sich an einer gestresst wirkenden Mutter vorbeizudrängeln, die mit ihren zwei Sprösslingen genau vor ihr stand. Auf einem Arm hielt sie ein Kleinkind, mit der anderen Hand schob sie einen Kinderwagen vor und zurück, um das winzige Baby darin zum Einschlafen zu animieren.

»'tschuldigung«, murmelte Hanna und lehnte sich so weit nach vorn, bis sie den Griff ihres Koffers zu fassen bekam. Mit ihrem ganzen Körpergewicht riss sie den Koffer vom Band auf den grau gefliesten Boden. Er war schwer, voll mit Skiausrüstung und Wintersachen. Sie hatte kaum Gelegenheit gehabt, irgendwas davon anzuziehen.

Strenggenommen hätte Hanna heute gar nicht unterwegs sein sollen. Ursprünglich war vereinbart gewesen, dass sie ein paar Tage im Chalet ihres Vaters in Val d'Isère verbrachte, zusammen mit ihrer Stiefmutter und ihren elfjährigen Halbschwestern. Aber er hatte von Anfang an ständig an ihr herumgemeckert. Gleich bei ihrer Ankunft hatte er sie von oben bis unten gemustert und in unverhohlener Missbilligung das Gesicht verzogen.

»Hast du etwas mit deinen Haaren gemacht?« Sein Blick troff regelrecht vor Ablehnung.

Angesichts dieser vornehmen Untertreibung hatte Hanna sich nur mühsam ein Grinsen verkneifen können. In dem Jahr, das seit ihrer letzten Begegnung vergangen war, hatte sie sich dem Gothic-Look verschrieben. Sie hatte sich die Haare in einem tiefen Schwarzrot gefärbt und schminkte sich anders als früher: Ihre Haut war jetzt totenbleich und ihr Mund sehr, sehr dunkel. Ein wallender schwarzer Rock und ein enges, ebenfalls schwarzes Korsett komplettierten den Look.

Die Erinnerung an Philips Entrüstung, als er sie in ihrem Aufzug erblickt hatte, zauberte ein kleines Schmunzeln auf Hannas Lippen. Mit ungelenken Bewegungen und unter beträchtlicher Kraftanstrengung wuchtete sie ihr Koffer-Ungetüm auf einen Gepäckwagen.

Philip hatte wegen ihres neuen Aussehens fast einen Herzinfarkt bekommen, und Olivia hatte verfügt, dass Hanna während ihres gesamten Aufenthalts im Chalet bleiben müsse – so groß war die Angst, ihre Freundinnen könnten einen Blick auf ihre Stieftochter erhaschen. Hanna war wie ein schmutziges kleines Geheimnis, von dem niemand erfahren durfte. Nachdem sie die ersten zwei Tage mit Lesen und Schokoladeessen totgeschlagen hatte, setzte allmählich die Langeweile ein.

Außerdem hatte sie herausgefunden, dass Philip, Olivia und ihre Schwestern den Jahreswechsel im Chateau eines Bekannten etwa fünfzig Meilen außerhalb von Val d'Isère feiern wollten – und Hanna nicht eingeladen war. Daraufhin war es zu einem heftigen Streit gekommen, der damit endete, dass Hanna aus dem Chalet verbannt und in den nächsten Flieger nach London gesetzt wurde – was Philip sich einiges kosten ließ.

Nicht mehr lange, dann war sie achtzehn. Sie schwor, dass sie sich nie wieder der Folter eines solchen Aufenthalts in den französischen Alpen aussetzen würde. Wenn ihr Vater Zeit mit seiner ältesten Tochter verbringen wollte – und das war keineswegs selbstverständlich –, würde er dafür eben nach London kommen müssen.

Hanna und ihre Mutter waren für Londoner Verhältnisse arm. In jedem anderen Teil des Landes hätten sie bequem leben und sich ein halbwegs geräumiges Haus mit Garten und Garage leisten können. In London jedoch reichte Dianas Einkommen als Partyplanerin gerade mal für eine winzige Dreizimmerwohnung in der Nähe des Stadtteils Putney. Seit sie ihrer Ehe mit Philip Vincent und damit der High Society von Manhattan den Rücken gekehrt hatte, weigerte Diana sich standhaft, Geld von ihrem Exmann anzunehmen. Sie hatte nichts dagegen, wenn er Hanna Geschenke machte, doch für sich selbst wollte sie keinen Cent.

Als Hanna am späten Nachmittag zu Hause eintraf, war es draußen bereits dunkel, und ihre Straße lag im sanften orangefarbenen Schein der Laternen. Sie war gesäumt von viktorianischen Reihenhäusern aus rotem Backstein, von denen der prächtige Stuck abbröckelte und deren Fassaden eindeutig bessere Zeiten gesehen hatten. Hanna liebte das Altehrwürdige der einstmals majestätischen Häuser mit ihren weißgestrichenen Säulenportalen und den schwarzweiß gepflasterten Gartenwegen. Sie standen in krassem Gegensatz zur Hektik und Modernität des Londoner Lebens.

Sie fischte ihren Schlüssel aus der Tasche. Diana war den ganzen Tag außer Haus, um die alljährliche Silvesterparty der Larsens zu organisieren. Obwohl Hanna die Larsens nie persönlich kennengelernt hatte, wusste sie, dass sie zu den besten Kunden ihrer Mutter zählten. Silvester war für Diana immer der stressigste Abend des Jahres, und die Tatsache, dass man sich an der Schwelle eines neuen Jahrtausends befand, verschärfte die Lage noch.

Hanna war kaum zwei Minuten in der Wohnung, da klingelte das Telefon. Ein kurzer Blick auf das Display des Anrufbeantworters verriet ihr, dass bereits drei Nachrichten darauf warteten, abgehört zu werden. Offenbar gab es da jemanden, der dringend mit ihr oder Diana sprechen wollte. Sie betete inständig, dass es nicht ihr Vater war.

»Hallo?«

»Hanna? Gott sei Dank, dass du zu Hause bist. Wie geht es dir? War der Flug auszuhalten?« Diana nahm sich kaum Zeit zum Luftholen. »Schatz, drei von meinen Mädels liegen mit diesem verdammten Magen-Darm-Virus im Bett und fallen aus. Du musst dir eine Uniform anziehen und ganz schnell herkommen, ich brauche dringend deine Hilfe. Sonst wird die Party das reinste Desaster.« Für den letzten Satz senkte sie die Stimme zu einem Flüstern, so dass Hanna sich fragte, wer noch mit Diana im Zimmer war.

»Okay, gib mir die Adresse.« Hanna klemmte sich das

Telefon zwischen Ohr und Schulter und griff nach einem Zettel.

»Cheyne Walk fünf. Das ist in Chelsea. Nimm dir ein Taxi, du bekommst das Geld von mir zurück. Ach so, und Hanna …« Dianas Stimme rutschte eine Oktave tiefer.

»… kannst du deinen Look vielleicht ein ganz klein wenig abmildern?«, leierte Hanna, die genau wusste, was ihre Mutter sagen wollte.

Nachdem sie geduscht, den Nagellack entfernt und sich abgeschminkt hatte, rief Hanna ein Taxi. Sie hatte sich die schwarzroten Haare zu einem sauberen Dutt frisiert, ihr Make-up war dezent und natürlich. Darüber hinaus trug sie die typische Kellnerinnenkluft: kurzer schwarzer Rock, schlichte weiße Bluse. Als sie beim Haus der Larsens ankam, schlug sie mit dem großen Messingklopfer ein paarmal gegen die edel aussehende, schwarzlackierte Tür. Ein Mann in Uniform öffnete ihr. Sie kannte ihn nicht, also war es keiner von Dianas Mitarbeitern. Andererseits waren die Larsens reich genug, um sich eigene Hausangestellte zu leisten.

Als sie die Eingangshalle betrat, blieb ihr angesichts der Pracht erst einmal die Luft weg. Die Halle erstreckte sich über alle drei Stockwerke des Hauses, und auf der hinteren Seite führte eine geschwungene Marmortreppe in die erste Etage hinauf. Genau in der Mitte des in einem aufwendigen Muster gefliesten Bodens stand der größte Weihnachtsbaum, den sie je gesehen hatte. Schlichte weiße Lichter funkelten an den Zweigen, und oben auf der Spitze prangte ein Stern. Der Baum war gut und gerne sieben Meter hoch.

»Na, gefällt dir, was du siehst?«

Als sie die aalglatte amerikanische Stimme hörte, stellten sich Hanna prompt die Nackenhaare auf. Sie fuhr herum und sah einen jungen Mann, der am Fuß der Treppe stand. Er trug weite, dunkle Jeans, die fast schon obszön tief auf seinen schlanken Hüften hingen. Sein T-Shirt war schwarz und eng, und über die Brust lief ein blauer Schriftzug, auf dem »Columbia« geschrieben stand.

Und sein Gesicht! *Gott*, sein Gesicht! Hanna sah nichts als markante Wangenknochen, volle Lippen, eine gerade Nase und moosgrüne Augen. Seine Stirn wurde von einem kunstvoll frisierten Schopf hellbrauner Haare eingerahmt. Er sah genauso aus wie all die anderen geschniegelten Manhattan-Boys, mit denen sie bisher das Pech gehabt hatte, Bekanntschaft zu schließen.

Sie atmete kurz durch und sah dem Geschniegelten herausfordernd in die Augen. »Nicht wirklich. Ich hab mich nur gerade gefragt, ob Charlie Brown vielleicht seinen Weihnachtsbaum vermisst.«

Mit diesen Worten drehte sie sich um und stolzierte davon, ohne auf das Gelächter zu achten, das hinter ihr herschallte. Sie verkniff sich ein Schmunzeln. Der Abend versprach, interessant zu werden.

Ihre Mutter stand in der Küche, einen Löffel in der einen, ein batteriebetriebenes Walkie-Talkie in der anderen Hand. Hanna hatte eine edle Küche aus Eiche und Granit erwartet, stattdessen herrschten Edelstahl und gigantische Profiherde vor; es war die Art von Küche, für die jeder Koch töten würde. Man konnte sich nur schwer vorstellen, dass jemand den zehnflammigen Herd dazu benutzte, um darauf etwas Banales wie ein Ei zu kochen.

»Hanna, Schatz, wie schön, dass du da bist.« Diana kam um die Mittelinsel herum und drückte ihre Tochter. Hanna schmiegte sich in die Arme ihrer Mutter und schloss ganz fest die Augen, während die schlechte Laune und der Stress der letzten Tage langsam von ihr abfielen. Sie hatte ihre Mum vermisst.

»Ich freu mich auch.«

»Ich habe mir schon überlegt, ob ich deinen Vater anrufen und ihm mal ordentlich die Meinung geigen soll. Ich kann nicht fassen, dass er dich so behandelt hat, dieser überhebliche, selbstgefällige alte Sch …«

»Mum, reg dich ab.« Hanna schenkte ihrer Mutter ein schiefes Lächeln. »Ich glaube, was ich ihm an den Kopf geworfen hab, reicht für uns beide. Am liebsten möchte ich die ganze Sache einfach nur vergessen.«

»Diana, Liebes, brauchen Sie noch Hilfe bei irgendetwas?«, kam plötzlich eine sanfte Stimme von der Küchentür her. Hanna wandte sich um und sah eine zierliche Frau im Türrahmen stehen, die sie beide anlächelte. Sie hatte ein herzförmiges Gesicht und glänzende, dunkle Locken.

»Ich denke, wir haben so weit alles im Griff«, antwortete Diana, aber Hanna konnte sehen, dass sie hinter ihrem Rücken die Finger gekreuzt hatte. »Claire Larsen, darf ich Ihnen meine Tochter Hanna Vincent vorstellen?«

Claire kam mit ausgebreiteten Armen auf sie zu, zog Hanna an sich und küsste zweimal neben ihren Wangen in die Luft. »Hanna, wie schön, Sie endlich kennenzulernen. Ich habe von Ihrer Mutter schon so viel über Sie gehört. Und natürlich kenne ich auch Ihren Vater und seine Frau.«

Bei der Erwähnung von Philip und Olivia verzog Hanna unwillkürlich das Gesicht, aber dann setzte sie sofort wieder ein freundliches Lächeln auf. »Freut mich.« Sie musterte die Frau. Sie war mindestens einen halben Kopf kleiner als Hanna, und das, obwohl sie teure Highheels trug.

»Sie haben so einen zauberhaften Akzent. Und ich liebe Ihre Haare. Die Farbe ist wirklich interessant.«

Wenn sonst jemand sagte, etwas an Hanna sei »interessant«, war das normalerweise eine versteckte Beleidigung. Insbesondere Olivia schien das Wort im Zusammenhang mit Hanna verdächtig oft zu gebrauchen. Claires freundlicher Tonfall jedoch ließ vermuten, dass sie es genau so meinte, wie sie es gesagt hatte.

»Danke.«

»Ich muss Sie später unbedingt meiner Familie vorstellen. Mein Mann Steven fände Sie sicher faszinierend. Ich glaube, er ist ein heimlicher Marilyn-Manson-Fan. Und Ruby und Richard werden Sie lieben«, sprudelte Claire. Hanna rückte einen kleinen Schritt von ihrer amerikanischen Gastgeberin ab. Sie war es nicht gewohnt, mit so viel Herzlichkeit überschüttet zu werden.

»Richard und Ruby?«, fragte sie.

»Ruby ist meine Tochter. Sie ist zehn. Sie geht auf die St. Nicholas.«

Hanna nickte. Logisch. St. Nicholas war eine teure Londoner Privatschule. Vermutlich war diese Ruby genauso nervig und verzogen wie ihre beiden Halbschwestern.

»Und Richard ist der Sohn meines Mannes aus erster Ehe. Er steht kurz vor seinem Abschluss an der Columbia University. Ach, er wird mir fehlen, wenn er zurück nach New York geht.« Claires Lächeln wurde ein wenig zittrig, als sie fortfuhr: »Mein eigener Junge, Nathan, treibt sich gerade irgendwo in den Anden herum und versucht sich selbst zu finden.«

»Wie leichtsinnig von ihm, das an so einem abgelegenen Ort zu tun«, erwiderte Hanna. »Da verliert man sich doch eher, als dass man sich findet.«

Damit brachte sie Claire zum Lachen. »Genau wie Ihre Mutter.« Sie legte Hanna in einer überraschend liebevollen

Geste die Hände an die Wangen, bevor sie sich von ihr löste. »Kommen Sie später unbedingt noch mal zu mir, dann unterhalten wir uns weiter. Das wird bestimmt eine angenehme Abwechslung zu all den aufgeblasenen Spießern auf der Party.«

»Ich bringe Ihnen ein Würstchen im Schlafrock.« Hanna zwinkerte Claire zu, dann wandte sie sich an ihre Mutter, um zu fragen, wo sie gebraucht wurde.

Eine nette Mutter, ein gutaussehender, wenngleich geschniegelter Sohn und ein Vater, der Marilyn Manson verehrte – diese Familie, fand Hanna, konnte man durchaus liebgewinnen.

Richard Larsen ließ sich von einem der Kellner ein weiteres Glas Champagner reichen, ehe er sich den Weg durch die Schar der Partygäste bahnte. Das Glas war kalt, und eisige Wassertröpfchen rannen ihm über die Finger. Er trank einen Schluck und ließ den Blick durch den Raum schweifen. Irgendwo musste es doch jemanden geben, mit dem sich eine halbwegs anregende Unterhaltung führen ließ.

Wie immer bei solchen Anlässen trug er seinen Smoking mit einem schmal geschnittenen weißen Hemd und schwarzer Fliege. Alles passte wie angegossen. Die Jacke saß perfekt auf seinen breiten Schultern, und der Schnitt der Hose war ideal für seine schmalen Hüften. Er hatte den Körperbau eines Menschen, der viel Sport trieb.

Seit er in London war, fühlte er sich zum ersten Mal seit langer Zeit wieder wie ein Zwanzigjähriger. Er konnte Jeans, T-Shirts und Hoodies tragen, ohne dass ihn jemand schief ansah. Er war in Kneipen gegangen, hatte Bier getrunken und mit hübschen Mädchen geflirtet, die seine Mutter als weit unterhalb seiner gesellschaftlichen Stellung empfunden hätte. Diese Silvesterfeier allerdings erinnerte für seinen Geschmack etwas zu sehr an sein Zuhause in New York, an seine Mutter und ihre High-Society-Freundinnen.

Als er seinen Vater und Claire in einer Ecke des Salons stehen sah, nahm er Kurs auf sie. Unterwegs schnappte er einzelne Gesprächsfetzen auf.

»Natürlich hat John Bereitschaft, falls der Y2K-Bug zuschlägt …«

»Ich bin schon so gespannt auf den ›River of Fire‹. Es wird sicher ein gigantisches Feuerwerk. Für mich ist Bob Geldof so etwas wie ein Gandalf des modernen Zeitalters …«

All das sagte ihm kaum etwas. Es war schon schwer genug, den britischen Akzent zu verstehen, geschweige denn zu entschlüsseln, wovon genau diese Engländer da sprachen.

»Richard.« Claire hatte ihn entdeckt, als er nur noch wenige Meter entfernt war. Richard trat zu seiner Stiefmutter und gab ihr einen Kuss auf die Wange. Sie duftete nach Lavendel und Rosen.

Sie strich mit der Hand über sein Revers. »Du siehst im Smoking immer so gut aus. Und so erwachsen.«

»Und du bist wie immer eine umwerfende Erscheinung, Claire«, gab er das Kompliment zurück.

Sie betrachtete ihr Kleid und schmunzelte. »Du alter Charmeur. Du wirst deinem Vater mit jedem Tag ähnlicher.«

Am Rande seines Blickfelds nahm Richard eine Gestalt wahr, die auf ihre kleine Gruppe zusteuerte. Wer auch immer es war, trug schwarzweiße Kleider. Höchstwahrscheinlich also eine von den Kellnerinnen.

»Kann ich Sie vielleicht für eine Cumberland-Cipollata in Brandteig mit Honig-Senf-Dip begeistern?« Richard erkannte das Mädchen auf Anhieb wieder. Er hatte sie vor Beginn der Party in der Halle gesehen. Mit ihren dunklen Haaren und der blassen Haut konnte man sie nur schwer verwechseln.

»Für mich sieht das aus wie Würstchen im Schlafrock.« Claire lächelte das Mädchen an. Für eine Kellnerin und ihre Arbeitgeberin gingen die beiden ziemlich vertraut miteinander um, fand Richard. »Hanna Vincent, das hier sind mein Mann Steven Larsen und mein Stiefsohn Richard.«

»Ich habe schon viel von Ihnen gehört, Hanna.« Sein Vater ergriff als Erster das Wort. »Claire scheint der Ansicht zu sein, ich solle Ihnen ein Mixtape machen.«

Richard zog verdattert die Brauen zusammen. Woher kannte sein Vater das Mädchen? Sie sah nicht aus wie die jungen Frauen, die sich normalerweise auf Partys wie dieser hier herumtrieben. Sie wirkte auf ihn wie ein Bündel ungezügelter Energie – das offenbar immer das aussprach, was ihm gerade durch den Kopf ging, und zwar völlig ungefiltert.

»Vielleicht nehme ich lieber eins für *Sie* auf.« Hanna grinste breit.

»Sehr gern. Ich glaube, ich habe noch nie von einer so hübschen jungen Dame ein Mixtape bekommen.« Steven war von Natur aus ein Charmeur. Seine harmlosen Flirtversuche ließen Hanna erröten. Fasziniert sah Richard zu, wie ihr das Blut ins Gesicht stieg und ihre Wangen zu glühen begannen.

Hanna wandte sich an Claire. »Wie viel Champagner hat er denn schon getrunken?«

Unter der typisch englischen Krankheit übertriebener

Bescheidenheit litt sie also auch. Es juckte Richard, sie noch einmal aus der Fassung zu bringen. »Hanna Vincent, es ist mir eine Ehre, dich kennenzulernen.« Er ergriff ihre Hand und hob sie an seine Lippen. Er erwartete ein kleines Erschauern, einen Seufzer, irgendetwas.

Nichts. Sie sah ihn lediglich mit vor Belustigung blitzenden Augen an, und er ließ ihre Hand wieder los.

»Gleichfalls, Yuppie-Boy. Im Smoking hätte ich dich fast nicht wiedererkannt. Er macht dich irgendwie älter.«

Yuppie-Boy? Der Smoking machte ihn älter? Bei seinem Vater lächelte sie kokett und wurde rot, und er bekam nichts als beißende Erwiderungen?

»Wenn das so ist, Goth-Girl, entschuldige ich mich in aller Form dafür, dich mit meiner Garderobe durcheinandergebracht zu haben.« Er sprach absichtlich langsam und formell, wohl wissend, dass Sarkasmus die niederste Form des Witzes war.

Hanna warf ein Lächeln in die Runde. »Es hat mich sehr gefreut, Sie alle kennenzulernen, aber jetzt muss ich weiter und den Rest Ihrer Gäste dazu bringen, in Därme gepresstes Fleischbrät im Teigmantel zu essen.« Damit drehte sie sich um und nahm Kurs auf eine Gruppe in der Mitte des Raumes. Richard sah ihr nach und bemerkte anerkennend, wie sich der enge schwarze Rock beim Gehen um ihren runden Hintern schmiegte. Steven hatte eine Augenbraue hochgezogen und betrachtete seinen Sohn mit forschender Miene. Der aber sagte nichts, sondern schüttelte lediglich grinsend den Kopf.

Mitternacht kam und ging vorbei, und nachdem alle gemeinsam »Auld Lang Syne« gesungen hatten, schlenderte Richard hinaus in die Eingangshalle. Er überlegte gerade, ob er schlafen gehen sollte, da sah er Hanna auf der obersten Treppenstufe neben einer kleinen Gestalt sitzen, die frappierende Ähnlichkeit mit seiner jüngeren Schwester hatte.

Er und Ruby hatten ein sehr enges Verhältnis zueinander, obwohl sie auf unterschiedlichen Kontinenten lebten. Und er machte sich oft Sorgen um sie. Sie war keine dieser typischen Zehnjährigen, die nichts als Shopping und die Farbe Pink in Kopf hatten. Sie war klug und witzig, liebte Bücher und zeichnete alles, was ihr unter die Augen kam. Sie stach aus der Masse ihrer Altersgenossinnen heraus, und das machte sie zu einem beliebten Opfer von Hänseleien. Er wusste, dass sie ungern in die Schule ging und die anderen Mädchen sie oft verspotteten.

Auf Zehenspitzen schlich er die Treppe hinauf. Er hatte vor, der Unterhaltung ein wenig zu lauschen, ehe er sich zu erkennen gab. Soweit er hören konnte, redete Ruby die meiste Zeit. Das war ungewöhnlich.

»... nee, die Spice Girls mag ich schon irgendwie. Aber ich hasse Britney Spears, und Christina Aguilera ist der Horror. Ich meine, jetzt mal im Ernst – die waren früher im *Mickey Mouse Club.*«

»Was ist denn der *Mickey Mouse Club*?« In Hannas leiser Stimme lag ein Hauch von Belustigung. Noch ein paar Stufen, und er konnte ihr Gesicht sehen.

»Na, der *Mickey Mouse Club* – im Fernsehen. Da führen sie irgendwelche albernen Tänze auf und machen Sketche und was weiß ich. Total hirnlos.« Ruby sprach leise, als wüsste sie ganz genau, dass sie eigentlich im Bett liegen sollte, statt auf der Marmortreppe zu sitzen und sich mit einer Fremden zu unterhalten.

»Klingt ja grauenhaft. Gott sei Dank ist dir gerade noch rechtzeitig die Flucht aus Amerika gelungen.«

Ruby kicherte. »Die Nine Inch Nails mag ich schon lieber. Trent Reznor ist einfach der Coolste.«

Diesmal stimmte Hanna in das Lachen der Jüngeren mit ein. »Ich kann nicht glauben, dass eine Zehnjährige die Nine Inch Nails hört. Dafür mache ich deinen Vater verantwortlich. Claire hat mir erzählt, er sei ein riesiger Fan von Marilyn Manson.«

»O mein Gott, *nein*. Nein, nein! Er verwechselt andauernd Marilyn Manson und Marilyn Monroe. Er steht auf die Blondine, nicht auf den Sänger. Er ist so peinlich.«

Bei diesen Worten konnte Richard nicht mehr an sich halten und prustete los. Steven versuchte ständig, mit den neuesten Trends Schritt zu halten, und blamierte sich dabei normalerweise bis auf die Knochen. Nicht, dass ihm das etwas ausgemacht hätte. Die Fähigkeit, über sich selbst zu lachen, war eine der besten Charaktereigenschaften seines Vaters.

»Richard, bist du das? Spionierst du mir schon wieder nach?«, erklang Rubys glockenhelle Stimme.

Er stieg die letzten Stufen hoch. Seine Schwester und Hanna saßen aneinandergelehnt da und unterhielten sich. Hanna hatte die Beine angezogen und die Arme um die Knie geschlungen. Es fiel ihm schwer, nicht auf ihre Waden zu starren.

Hanna sah zu ihm hoch. »Du hast uns erwischt. Und jetzt? Bist du ein braver Yuppie-Boy und behältst unser Geheimnis für dich, oder müssen wir dich knebeln?«

Richard verspürte den Drang, mit einer anzüglichen Bemerkung zu kontern, verbot es sich jedoch. Nicht in Gegenwart seiner kleinen Schwester.

»Was machst du hier, Dreikäsehoch? Ich dachte, du hättest keine Lust mitzufeiern?« Er lächelte Ruby voller Zuneigung an. Hätte er gewusst, dass sie bei der Party dabei sein wollte, hätte er sich gerne als ihr Begleiter zur Verfügung gestellt.

»Ich wollte das Feuerwerk um Mitternacht sehen. Wäre doch tragisch, wenn mich hinterher alle fragen, was ich gemacht habe, als das neue Jahrtausend anfing, und dann kommt raus, dass ich im Bett gelegen habe wie ein totaler Loser.«

Richard zuckte innerlich zusammen. Manchmal war sie sehr reif und scharfsinnig. Es tat ihm weh, dass sie sich so oft wie eine Außenseiterin vorkam.

»Aber jetzt bin ich müde«, verkündete Ruby. »Hanna, bringst du mich ins Bett?« Sie streckte Hanna die Arme entgegen und sah nun wieder ganz wie ein Kind aus.

»Ich helfe dir, Hanna«, sagte er leise. Es gefiel ihm, wie es sich anfühlte, ihren Namen auszusprechen. Er trat zu Ruby und nahm sie auf den Arm. »Die Kutsche wartet, gnädiges Fräulein.«

Ruby kicherte, als er sie durch den Flur trug, und sie hielt sich die Hand vor den Mund, damit die Gäste unten ihr Gelächter nicht hörten. Hanna folgte dicht hinter den beiden, so dass Richard sich ihrer Nähe geradezu überdeutlich bewusst war.

Auf einmal war Ruby ganz sanft geworden und schmiegte den Kopf an die Schulter ihres Bruders. »Danke, Richard. Du bist ein toller großer Bruder.«

»Besser als Nathan?« Richard trug Ruby in ihr Zimmer. Ehe er durch die Tür trat, drehte er sich zur Seite, damit sie nicht mit den Beinen anstieß.

»Nathan ist kein Bruder, er ist ein Tier. Jedes Mal, wenn wir uns sehen, wirft er mich in die Luft, und ich hab immer Angst, dass er mich irgendwann mal nicht auffängt.« Ruby nuschelte schon vor lauter Müdigkeit.

Richard legte sie auf ihr Bett und breitete die Decke über sie. Hanna beobachtete sie von der Tür her. Er lächelte kurz zu ihr herüber, und als sie sein Lächeln mit ihren schönen, vollen Lippen erwiderte, hatte er plötzlich ein ganz eigenartiges Gefühl in der Magengegend.

»Also, Dreikäsehoch, ich verspreche dir, dass ich dich immer auffangen werde«, flüsterte Richard und gab seiner Schwester einen Kuss auf die Stirn. Ruby war bereits eingeschlafen, sie atmete sanft und gleichmäßig.

»Deine Schwester ist echt süß«, sagte Hanna, als er wieder zu ihr an die Tür kam. »Das genaue Gegenteil von meinen beiden. Du bist wirklich ein Glückspilz.«

»Du hast Schwestern?«

»Halbschwestern«, gab sie zurück. »Das muss ich mir immer wieder sagen – dass wir nur zur Hälfte verwandt sind, meine ich. Eigentlich sind sie der Teufel in Gestalt elfjähriger Zwillinge. Sie finden jetzt schon, dass ich gesellschaftlich unter ihrem Niveau bin.«

»Klingt ja reizend«, sagte er, wobei er absichtlich seinen amerikanischen Akzent betonte.

In Hannas Augen blitzte etwas auf. »Ja, sie sind echte Schätzchen. Wenn du willst, können wir tauschen.«

Er musste lächeln. Ihre Schwestern klangen haargenau wie die Kinder, die Ruby in der Schule ausgrenzten.

»Was machst du überhaupt hier oben? Solltest du nicht eigentlich unsere Gäste mit Kanapees mästen?« Es war komisch, wie unbeschwert er sich fühlte, hier oben mit Hanna, weit weg von der Party und den Feiernden.

»Ich hab Pause. Und zwar …« Hanna warf einen Blick auf ihre Armbanduhr, »noch fünfzehn Minuten.«

»Was du da alles anstellen könntest. Die Möglichkeiten sind schier endlos.« Er grinste, und sie berührten sich ganz kurz, als er durch die Tür in den Flur hinaustrat. »Magst du mit auf mein Zimmer kommen?«

»Mein lieber Mann, du gehst ja ganz schön zur Sache«, rief Hanna, was Richard veranlasste, sich den genauen Wortlaut seiner Frage noch einmal durch den Kopf gehen zu lassen.

»Ach, Mist, so war das nicht gemeint.« Er knetete nervös seine Hände. »Im Ernst, das sollte kein unmoralisches Angebot sein – nicht, dass du nicht hübsch wärst und so. Was ich sagen wollte, ist … ich hab eine neue PlayStation, ein Skateboard-Spiel und zwei Joysticks, die nur auf uns warten. Hättest du Lust, eine Runde mit mir zu zocken?« Er war ganz schön durch den Wind, zum einen wegen seiner eigenen Dummheit, zum anderen wegen Hannas unverblümter Reaktion.

»Wenn das so ist – wie könnte ich da nein sagen? Aber ich muss dich warnen, mit Videospielen kenne ich mich überhaupt nicht aus.«

Während Richard die PlayStation startklar machte, stand Hanna vor seinen Regalen und betrachtete angestrengt die CDs, als versuche sie sich ein Urteil über seinen Musikgeschmack zu bilden.

Er schmunzelte, als er ihr verwirrtes Stirnrunzeln sah. Er mochte viele verschiedene Arten von Musik; es war schwer, ihn in eine Schublade zu stecken, seine CDs reichten von Puccini bis hin zu The Prodigy.

»Du hast ein paar ganz gute Alben. Ich mag gar nicht daran denken, wie viel deine Sammlung wert ist.« Sie fuhr mit den Fingern über die CD-Hüllen. Richard unterließ es, sie darüber aufzuklären, dass dies lediglich einen kleinen Teil seiner Musiksammlung darstellte und er in Manhattan noch Tausende CDs mehr hatte.

»Willst du zuerst?« Er sah sie fragend an. Dann setzte er sich auf den Teppich, zog die Beine an und lehnte sich mit dem Rücken ans Bett. Hanna ging zu ihm und ließ sich neben ihm nieder, verweigerte allerdings mit einem Kopfschütteln die Annahme des Joysticks.

»Fang du an. Ich schaue lieber erst mal zu und lerne.«

Drei Flugtricks, zwei Flips und einen Grind später lief sein Bonuspunktezähler. Das bedeutete, dass er noch mehr knifflige Sprünge vorführen und vor Hanna ein bisschen angeben konnte.

»Bei dir sieht es so einfach aus«, sagte sie anklagend.

»Alles ist einfach, wenn man weiß, wie es geht. Außerdem schlafe ich schlecht, deshalb habe ich viel Zeit zum Üben. Jetzt bist du dran.«

Hanna nahm die Steuerung und starrte in grimmiger Entschlossenheit auf den Fernsehbildschirm. Ihr Skateboarder rutschte in Zeitlupentempo über das Geländer, ehe er seitlich herunterfiel. Sie versuchte es ein zweites Mal, das Gesicht vor Anstrengung verkniffen, und ihr passierte dasselbe wieder.

»Ich bin total schlecht«, maulte sie.

»Komm mal her, ich helfe dir.« Richard wies vor sich auf den Boden, um Hanna zu zeigen, wo sie sitzen sollte. Er war beinahe geschockt, als sie zu ihm kroch, es sich zwischen seinen Beinen gemütlich machte und sich gegen seine Brust lehnte. Er schlang die Arme um sie und platzierte seine Finger auf ihren. So zeigte er ihr, welche Knöpfe sie drücken musste, um einen Flugtrick auszuführen. Das Gefühl, wie ihr Rücken sich an seiner Brust rieb und ihr Hintern sich in seinen Schritt drückte, ließ ihn augenblicklich hart werden. Und da sie nichts trennte außer ihrem Rock und seiner Hose, wusste er genau, dass sie es spüren konnte.

Hanna drehte sich zu ihm um. Ihre Augen tanzten und sie zog süffisant eine Braue hoch. »Wow, du musst das Spiel ja *echt* toll finden.«

»Nimm's nicht persönlich. Ich kriege auch eine Latte, wenn ich einen Naturfilm gucke.«

Sie lachte schallend und schüttelte den Kopf. Seine Hände lagen immer noch auf ihren, und als Nächstes zeigte er ihr, wie sie einen Flugtrick mit einem Grind kombinieren konnte.

»Krass! Ich hab Bonuspunkte bekommen. Ich hab's voll drauf. Ich. Hab's. Voll. Drauf.« Hanna zappelte vor Freude, dass sie ausnahmsweise nicht versagt hatte. Ihre Bewegung verursachte eine halb angenehme, halb schmerzhafte Reibung an seiner Erektion, und er verzog das Gesicht. Dann warf er einen Blick auf die Uhr und stellte mit einiger Erleichterung fest, dass ihre Pause so gut wie vorbei war.

Kapitel 2

19. Juli 2000

Hanna zupfte an ihrem dünnen Tanktop. Im ersten Moment blieb der Stoff an ihrer Haut kleben, aber dann löste er sich, und kühle Luft traf ihren schweißfeuchten Körper. Selbst für Juli war das Wetter ungewöhnlich heiß. Die dicken schwarzen Goth-Klamotten, die sie eingepackt hatte, lagen immer noch unberührt in ihrem Koffer.

In der Hängematte neben ihrer lag Ruby Larsen. Sie lasen sich gegenseitig aus *Harry Potter und der Feuerkelch* vor. Sie hatten das Buch erst tags zuvor bei dem kleinen Buchhändler im Ort gekauft.

»Glaubst du, Hermine würde mich mögen, wenn wir uns begegnen würden?«, wollte Ruby wissen und reichte das Buch an Hanna weiter.

»Natürlich. Wie sollte sie dich nicht mögen? Du bist schlau, du bist lustig, und im Zaubertränke-Unterricht würdest du sämtliche Jungs so was von in die Tasche stecken.«

Seit einer Woche machten sie Ferien im Landhaus der Larsens im Westen von England. Claire Larsen hatte Hanna gefragt, ob sie Ruby nicht gegen Bezahlung Gesellschaft leisten möge, denn sie selbst musste in die Staaten fliegen, um sich um ihre kranke Mutter zu kümmern. Hanna hatte sofort ja gesagt. Das war hundertmal besser, als bei Safeway an der Kasse zu sitzen.

»Manchmal wünsche ich mir, ich könnte auch nach

Hogwarts gehen. Da ist es garantiert viel besser als auf St. Nicholas.« Ruby fummelte an den kleinen silbernen Pailletten auf ihrem T-Shirt herum.

»Gemeine Menschen gibt es überall«, gab Hanna bedauernd zurück. »Denk nur mal daran, was für ein Arsch Malfoy zu Harry ist. Aber jetzt sind Sommerferien – da sollten wir nicht an Schule denken oder an Uniformen oder Hausaufgaben. Wir sollten S. P. A. S. S. haben.«

»Du musst nie wieder an Schule denken«, murrte Ruby anklagend. »Du hast es gut.«

Hanna ließ den Kopf zurück in die Hängematte sinken und dachte an ihren letzten Schultag. Nach einer schier endlosen Reihe an Prüfungen, Hausaufgaben und Alpträumen über Thomas Hardys *Herzen in Aufruhr* tat es gut, endlich frei atmen zu können und sich nicht mehr ständig Gedanken darüber machen zu müssen, woher sie bloß die Zeit nehmen sollte, ihren nächsten Aufsatz zu schreiben.

Seit Silvester passte sie regelmäßig auf Ruby auf. Es kam ihr gar nicht wie Arbeit vor – obwohl sie für das Geld natürlich dankbar war –, weil sie beide immer Spaß zusammen hatten. Hanna verbrachte auch gerne Zeit mit Claire und Steven; sie kannte die Larsens gerade mal acht Monate, und schon kamen sie ihr vor wie eine zweite Familie.

»Es heißt doch immer, die Schulzeit sei die beste Zeit des Lebens.«

»Ich glaube, wir beide wissen, dass das eine Lüge ist.« Ruby gab Hannas Hängematte mit dem Fuß einen Schubs, so dass sie wild zu schaukeln begann.

In der Ferne hörten sie die Terrassentür zuschlagen. Hanna hob den Kopf und sah, wie ein großer junger Mann mit rotblonden Haaren auf sie zukam. Als sie die Hand über die Augen legte, erkannte sie, dass es sich um Tom McLean handelte. Er hielt ein Blatt Papier in seiner großen, sonnengebräunten Hand und wedelte aufgeregt damit herum.

»Hi, Tom«, rief Ruby, kugelte sich aus ihrer Hängematte und rannte zu ihm, um ihn zur Begrüßung abzuklatschen. Tom war der Enkel von Mary, der Putzfrau. Er ging schon die ganze Woche bei ihnen ein und aus, weil er kleinere Arbeiten im Haus erledigt hatte. Hanna hegte den Verdacht, dass Ruby sich ein bisschen in den blonden Teenager verguckt hatte.

»Hey, kleine Rube. Wie läuft's?« Er zwinkerte dem jungen Mädchen zu, dann schaute er zu Hanna hinüber, und seine Lippen verzogen sich zu einem trägen Grinsen. »Das sieht viel zu gemütlich aus«, sagte er, fasste Hanna am Arm und fing sie mit Leichtigkeit auf, als sie aus der Hängematte purzelte. Ihr Buch fiel auf die Erde.

»Tom!«, rief sie wütend. »Lass mich los. Und wenn du mein Buch kaputtgemacht hast, bezahlst du dafür mit deinem Leben, das schwöre ich dir.« Sie schlug nach seinem Arm und hörte das befriedigende Klatschen, als ihre Hand auf nackte Haut traf.

»He! Vorsicht mit meinem Gitarrenarm. Den hab ich noch nicht versichern lassen.« Er sah sie mit gespielt gekränkter Miene an. »Ich bin nur gekommen, um die zwei hübschesten Damen der Stadt zu unserem Gig heute Abend einzuladen.«

Hanna riss ihm den Flyer aus der Hand. »Ihr spielt in einem Pub, Tom. Ich kann Ruby nicht in einen Pub mitnehmen. Ihre Eltern würden mich umbringen.«

Im selben Moment rief Ruby: »Bitte, können wir hingehen? Ich war noch nie auf einem Konzert.«

»Es werden jede Menge Kinder da sein. Mindestens fünf von meinen Nichten und Neffen haben sich angekündigt.

Na, los. Ich lad dich auch auf eine Cola ein.« Tom sah sie mit seinem Dackelblick an. Den beherrschte er ziemlich gut.

»Bei so einem Angebot kann ich wohl kaum nein sagen«, gab Hanna sich trocken geschlagen. Ruby strahlte.

Wenigstens hatte sie einen Menschen glücklich gemacht.

Der Pub war brechend voll, erfüllt von dissonanten Akkorden und Toms weicher, volltönender Stimme. Er stand auf der Bühne, blickte durch gesenkte Wimpern zu ihnen herüber und warf Hanna beim Singen ein Lächeln zu. Sie biss sich auf die Lippe, um nicht reflexartig zurückzulächeln. Sie wusste nicht genau, ob es ihr gefiel, dass er ihr so viel Aufmerksamkeit schenkte. Von ihrer ersten Begegnung an hatte Tom schamlos mit ihr geflirtet. Erst hatte er ihr gesagt, wie sehr ihm ihr Stil gefiele – Hanna hatte bloß die Augen verdreht. Dann hatte er sie gefragt, ob sie mit ihm etwas trinken gehen wollte – sie hatte abgelehnt und Ruby als Grund vorgeschoben. Und selbst jetzt schien er nur Augen für sie zu haben, trotz der Groupies aus dem Dorf und der Handvoll Manager irgendwelcher Plattenlabels, die zum Konzert gekommen waren.

»Willst du noch eine Cola?«, fragte Hanna.

»Au ja. Kann ich auch einen Strohhalm haben?« Rubys halb amerikanisch, halb britisch gefärbtes Englisch klang in dem rustikalen Land-Pub mehr als kurios.

»Selbstverständlich, Milady.« Hanna deutete einen Knicks an, schob sich bis zum Tresen durch und bestellte. Als sie mit den Getränken zurückkam, fing die Band gerade einen neuen Song an, ein Cover des Coldplay-Songs »Yellow«. Tom schlug auf seiner E-Gitarre die weichen Akkorde des Intros an und beugte sich dicht zum Mikrofon. Der

Blick seiner strahlend blauen Augen ruhte die ganze Zeit auf ihr. Seine Stimme war tief und rau und einfach perfekt für den Song. Sie sah, wie ihm die rötlich blonden Haare in die Augen fielen und seine Lippen sich zu einem Lächeln verzogen. Einige Zuschauer reckten die Hälse, um zu sehen, wo er die ganze Zeit so aufmerksam hinschaute. Manch einer war erstaunt, als er erkannte, dass sein Blick dem zierlichen jungen Mädchen galt, das zusammen mit seiner noch jüngeren Freundin in der Ecke saß.

Ruby schlürfte ihre Cola. Sie hatte von Toms unverhohlenem Starren nichts mitbekommen.

»Das hier ist unser letzter Song. Ich möchte ihn gerne einem wunderschönen Mädchen mit dem umwerfendsten Lächeln der Welt widmen. Dieses Lied ist für Hanna.«

Hanna merkte, wie ihr das Blut ins Gesicht stieg und ihre Wangen heiß wurden. Tom warf ihr noch ein kurzes Lächeln zu und zwinkerte, als er ihren roten Kopf sah.

Der Applaus war gerade verklungen, als eine tiefe Stimme an Hannas Ohr drang. »Seid ihr öfter hier?«

Vor lauter Schreck verschluckte sich Hanna. Kein Geringerer als Richard Larsen bahnte sich gerade einen Weg zu ihnen.

»Richard.« Ruby sprang von ihrem Platz auf und hätte um ein Haar ihre Cola verschüttet, so eilig hatte sie es, zu ihm zu kommen.

Als er seine Schwester an sich zog, traf sein Blick den von Hanna. Sie stellte sich kerzengerade hin, legte die Hände in die Hüften und betrachtete ihn. Sie hatten sich seit Silvester nicht gesehen. Er trug eine schicke schwarze Hose und hatte die Ärmel seines hellblauen Hemds aufgekrempelt. Sie versuchte nicht allzu beeindruckt auf seine starken Unterarme zu starren; die Haut spannte sich über Muskeln und Sehnen und war mit feinen dunkelbraunen Härchen bedeckt. Zwischen lauter Jeans und Cargoshorts und Band-T-Shirts fiel er mit seiner Erscheinung ziemlich aus dem Rahmen.

Wie ein Renoir an einer Wand mit grellem Graffiti.

»Ihr wart nicht zu Hause, deswegen habe ich Mary McLean angerufen. Von ihr weiß ich, dass ihr Enkel euch auf ein Date eingeladen hat.« Richard rümpfte leicht die Nase.

»Ich wusste gar nicht, dass du vorhattest, nach England zu kommen.« Hanna beschloss, die Bemerkung mit dem Date zu übergehen.

»Ich bin für ein paar Tage in Europa. Ich arbeite über den Sommer für meinen Stiefvater. Ich hatte einige geschäftliche Dinge für ihn in Paris zu regeln.« Zum ersten Mal lächelte Richard sie an. Sein schiefes Grinsen erinnerte sie wieder daran, wie sympathisch er ihr an Silvester gewesen war.

»Du hättest vorher anrufen sollen. Was, wenn wir gar nicht hier gewesen wären?«

»Es sind nur ein paar Stunden Zugfahrt, Hanna.«

Die Art, wie er ihren Namen sagte, löste ein warmes Gefühl in ihr aus. Sie warf einen Blick zur Bühne und bemerkte, dass Tom sie mit neugierig gerunzelter Stirn beobachtete.

»Hast du mir was mitgebracht?« Ruby hüpfte vor Aufregung auf und ab, was Hanna ein Schmunzeln entlockte.

»Gott sei Dank ist sie nicht materialistisch«, flüsterte Richard ihr deutlich hörbar zu. »Ich fände es schrecklich, wenn sie mich nur meines Geldes wegen lieben würde.«

Ruby grinste und klammerte sich mit ihren schmuddeligen Fingern an das Hemd ihres Bruders. »Du weißt doch, dass ich dich lieb hab. Also, was hast du mir mitgebracht?«

»Ich zeig's dir, wenn wir zu Hause sind, Dreikäsehoch«,

gab er zurück, dann wandte er sich an Hanna. »Wollen wir gehen?«

»Ich sag nur schnell Tom Bescheid.« Sie ignorierte Richards hochgezogene Augenbrauen und ließ ihn mit seiner Schwester allein. Als sie zu Tom kam, um sich von ihm zu verabschieden, strahlte der über das ganze Gesicht.

»Wie hat es dir gefallen?« Er zog sie an sich und legte ihr in einer besitzergreifenden Geste eine Hand an die Hüfte. Seine Vertraulichkeit brachte sie ein bisschen aus der Fassung, erst recht da sie spüren konnte, wie ein Augenpaar jede ihrer Bewegungen aufmerksam verfolgte.

»Ihr wart toll. Eure Songs haben Ruby und mir wahnsinnig gut gefallen.« Sie entzog sich ihm. »Aber jetzt müssen wir nach Hause.«

»Ihr geht schon? Wer ist der Typ überhaupt?«

»Rubys Bruder.«

»Oh.« Tom machte ein langes Gesicht.

»Er ist wegen Ruby gekommen«, platzte Hanna heraus.

Augenblicklich war Toms Lächeln wieder da. »Heißt das, dir stünde, falls nötig, ein Babysitter zur Verfügung?«

»Ich *bin* der Babysitter, schon vergessen?«, erwiderte Hanna trocken.

»Schande. Tja, dann werde ich wohl unter deinem Fenster stehen und Liebeslieder für dich singen müssen.«

»Tu, was du nicht lassen kannst, ich trage Ohropax. Aber den Dorfkatzen gefällt es bestimmt.«

»Bist du dann so weit, Hanna?« Richard und Ruby kamen zu ihnen.

Hanna merkte, wie sie schon wieder rot wurde. »Richard, das hier ist Tom McLean. Er gehört zur Band.« Gott, sie war so ein Trottel. Konnte man noch irgendetwas Lahmeres sagen?

»Freut mich.« Richard schüttelte Tom fest die Hand. Für zwei Jungs im selben Alter hätten die Gegensätze zwischen ihnen nicht größer sein können. Neben dem verwegenen, leicht zerzaust aussehenden Sänger wirkte Richard älter und um Längen kultivierter. Als spielte er in einer völlig anderen Liga.

»Können wir jetzt?« Ruby zog an ihrem Arm. Sie wollte unbedingt nach Hause und das versprochene Geschenk auspacken.

»Schon gut, schon gut, wir gehen ja.« Hanna versuchte ein Lachen zu unterdrücken, weil Ruby regelrecht verzweifelt klang.

Es gelang ihr nicht.

Tom beugte sich vor und wollte sie auf die Wange küssen, gerade als Hanna ihm das Gesicht zuwandte. Da sie noch mitten im Lachen war, landete ihr geöffneter Mund genau auf seinem. Sie merkte, wie er die Arme um sie schlang, und ihre Lippen kribbelten, als sein Mund sich sanft an ihrem zu bewegen begann. Seine Zungenspitze zog eine feuchte Spur über ihre vollen Lippen.

Hastig machte sie sich von ihm los. Ihr Gesicht glühte vor Scham, als sie sah, wie Richard sie fragend und mit zusammengekniffenen Lippen musterte.

Der Abend wurde immer besser.

Fünf Tage lang leistete Richard ihnen Gesellschaft. Er las zusammen mit ihnen *Harry Potter* zu Ende und suchte sich seine Lieblingsfigur aus, wann immer sie Szenen aus dem Buch nachspielten.

Ohne Anzug und Krawatte schien Richard Larsen ein komplett anderer Mensch zu sein. Abends, nachdem sie Ruby ins Bett gebracht hatten, saßen er und Hanna noch zusammen vor dem Fernseher. Seit einiger Zeit gab es eine neue Sendung, eine Art Reality-Experiment. Zehn Leute wurden zusammen in einen Hauscontainer gesperrt und mussten mehrere Wochen miteinander auskommen. Hanna fand die Show faszinierend.

»Es hat aber nichts mit *1984* zu tun, was meinst du?«, sinnierte Richard und bot ihr noch einen Schokoladenkeks an. »Ich meine, der echte Große Bruder würde sie strammstehen und einen Treueeid leisten lassen. Bei dem dürften sie nicht einfach faul im Garten rumliegen und sich mit Hühnern unterhalten.«

In der Werbepause verschwand Hanna kurz in die Küche. Sie nahm zwei Flaschen Becks aus dem Kühlschrank und öffnete sie, bevor sie zurück ins Wohnzimmer ging. Als sie zu Richard hinübersah, bemerkte sie, dass sich seine Augen fast unmerklich verdunkelt hatten. Er starrte ihre nackten Beine an. Die Intensität seines Blicks raubte ihr fast den Atem.

Ruby ins Bett bringen, gemeinsam fernsehen, Bier trinken, Kekse essen – so langsam wurden sie zum Klischee eines alten Ehepaars … nur ohne Sex.

An Richards letztem Abend beschlossen sie, ins Dorf zu gehen und sich ihr Abendessen am Imbiss zu holen. Die Luft war lau und voller Düfte, als sie auf dem Dorfplatz im Gras saßen und ihr letztes gemeinsames Abendessen genossen. Sie hatten Fish and Chips bestellt und aßen es direkt aus dem Zeitungspapier. Ruby hockte auf den Stufen des Kriegsmahnmals und bewarf die Tauben, die versuchten, ihr das Essen aus den Fingern zu picken, mit Pommes. Sie schauten dem Sonnenuntergang zu, und ihre Finger waren voller Essig, Salz und Fett.

An Hannas Wange klebte etwas Ketchup, und Richard streckte die Hand aus, um es wegzuwischen. Er verspürte den seltsamen Drang, seinen Daumen ein Stück weiter nach links zu bewegen und ihn in ihren weichen Mund zu schieben, einfach nur um zu sehen, wie sich das anfühlte. Stattdessen hob er ihn an seinen Mund und leckte den Ketchup ab. Hanna sah ihn an. Ihre Lippen waren leicht geöffnet, so dass er die Spitze ihrer Zunge hinter ihren Zähnen sehen konnte.

»Färbst du dir die Haare gar nicht mehr?«

»Fürs College will ich mich neu erfinden. Ich dachte an irgendwas in Richtung Rockermädchen. Goth ist so zwanzigstes Jahrhundert.«

Richard lachte über ihren naiven Enthusiasmus – ihren Glauben, dass man mit der Veränderung der Haarfarbe ein neuer Mensch werden konnte. Wenn es doch nur so einfach gewesen wäre.

»Rockermädchen?« Er musterte sie skeptisch.

»Hm. Immer nur Schwarz tragen wird auf die Dauer langweilig. Hin und wieder braucht man auch mal ein bisschen Farbe.«

»Ich bin schon gespannt auf die neu erfundene Hanna Vincent. Vielleicht schickst du mir ja mal ein Foto von dir.«

»Vielleicht küsst du mir den Hintern, du Lüstling«, entgegnete sie und stieß ihn mit der Schulter an.

Richard rempelte zurück, und zwar so heftig, dass sie von der hölzernen Bank fiel und mit einem Plumps im harten, trockenen Gras landete. Als er ihr empörtes Gesicht sah, konnte er gar nicht mehr aufhören zu lachen.

Am nächsten Morgen verließ Richard das Landhaus schon früh am Morgen, weil er den ersten Flug zum Flughafen JFK in New York erwischen wollte. Die Maschine war bis auf den letzten Platz besetzt, aber die Familie Maxwell flog stets Erster Klasse, und obwohl Richard ja streng genommen ein Larsen war, hätte sein Stiefvater niemals zugelassen, dass er auf andere Art reiste.

Vor dem Ankunftsterminal wartete ein schwarzer Lincoln auf ihn. Der Fahrer kam ihm entgegen, nahm sein Gepäck und ging Richard voran zum Parkplatz. Richard machte es sich im Fonds bequem, während der Fahrer sich innerlich für die Fahrt durch den New Yorker Stadtverkehr wappnete. Es dauerte über eine Stunde, bis sie endlich vor dem eleganten Stadthaus hielten. Er war daheim – auch wenn das ein seltsames Wort war, um diesen Ort zu beschreiben. Die Einrichtung des Hauses war zu makellos, zu steril. Zu sehr wie seine Mutter. Trotzdem: Wenn es einen Ort gab, den er als sein Zuhause hätte betrachten sollen, dann diesen. Hier hatte er den Großteil der letzten fünfzehn Jahre zugebracht.

Kaum war er drinnen, nahm er Kurs auf die Küche, wo er Consuela singen hörte, während sie den Boden wischte. Sie arbeitete schon seit Ewigkeiten für die Maxwells und hatte in dem Stadthaus gewohnt, lange bevor Richard und seine Mutter eingezogen waren.

»Ricardo.« Ein Lächeln ließ ihr Gesicht erstrahlen. »Sie sind wieder da. Kommen Sie her, und geben Sie mir einen Kuss.«

Er hob sie hoch und wirbelte sie im Kreis herum, während sie nach seinen Armen schlug, damit er sie herunterließ.

»Wo sind denn alle?«, fragte er, als er sie wieder auf dem Boden abgestellt hatte.

»Ihre Mutter ist in den Hamptons. Und Daniel musste

mit seinem Vater zur Arbeit. Er war nicht gerade außer sich vor Freude.«

Daniel war Richards siebzehnjähriger Stiefbruder, Leon Maxwells einziger leiblicher Sohn und Erbe. Als Inhaber eines Multimilliarden-Dollar-Imperiums, das diverse Geschäftszweige von Immobilien bis hin zu Finanzdienstleistungen umfasste, tätigte Leon Maxwell Geschäfte rund um den Globus.

Richard lehnte sich an Consuela vorbei und mopste sich eins der frischgebackenen Brötchen, die zum Abkühlen auf einem Rost lagen. Zur Strafe gab sie ihm einen Klaps auf die Hand.

»Haben wir heute Abend Gäste?« Er biss in das Brötchen.

»Mr Maxwell hat die Brookes zum Abendessen eingeladen.«

»Für zwanzig Uhr?«

»Ganz genau, Sir.« Wenn sie ihn mit »Sir« anredete, war dies stets von einem schelmischen Grinsen begleitet. Es klang ganz anders, wenn sie Daniel oder Leon so nannte.

»Na dann. Ich bin in meinem Zimmer und schlafe meinen Jetlag aus.« Richard winkte ihr zu und verließ die Küche. Als er oben ankam, überraschte es ihn nicht, dass sein Zimmer deutlich sauberer war und besser roch als bei seiner Abreise mehr als eine Woche zuvor. Consuela musste während seiner Abwesenheit eifrig geputzt haben. Er warf die Koffer in eine Ecke, streifte sich die Schuhe von den Füßen und legte sich auf die Tagesdecke. Kaum hatte sein Kopf das Kissen berührt, fielen ihm die Augen zu.

Kapitel 3

5. Oktober 2000

»So, Hanna Vincent. Was ist denn dein Alleinstellungsmerkmal?« Josh Chambers, der Chefredakteur der Studentenzeitung, lehnte sich auf seinem abgewetzten Drehstuhl zurück und nahm den Bleistift in die Hand, den er sich einige Momente zuvor hinters Ohr geklemmt hatte. Er klopfte damit gegen seine Schneidezähne, während er sie forschend betrachtete.

Hanna runzelte die Stirn. Was zum Geier war ein Alleinstellungsmerkmal? War das irgendein journalistischer Fachbegriff, den sie kennen sollte? Sie wollte sich keine Blöße geben und ihm gestehen, dass sie praktisch keine Ahnung hatte, was es bedeutete, für eine Zeitung zu schreiben. Sie hatte sich ganz spontan für die Stelle als unbezahlte Mitarbeiterin bei der Universitätszeitung beworben, gleich nachdem sie vorige Woche in Nottingham angekommen war. Und jetzt saß sie dem superintelligenten Chefredakteur gegenüber und blamierte sich bereits beim Vorstellungsgespräch bis auf die Knochen.

»Was ich meine, Hanna, ist Folgendes: Was bringst du mit, was kein anderer hat? Was macht dich einzigartig? Was hast du zu bieten, was die anderen Bewerber nicht haben?«

Er hatte ein Einsehen mit ihr. Offenbar schien der »Reh im Scheinwerferlicht«-Gesichtsausdruck einen im Leben doch weiterzubringen. Zu dumm nur, dass sie ihn nicht bei ihrer Familie einsetzen konnte.

»Nun ja, Josh Chambers.« Sie erlaubte sich ein kleines Grinsen, als sie ihn bei seinem vollen Namen nannte, so wie er es bei ihr getan hatte. »Ich habe viele Alleinstellungsmerkmale. Ich arbeite hart, ich bin entschlossen, und ich akzeptiere nie ein Nein.«

»Genau wie alle anderen, mit denen ich heute schon gesprochen habe. Das macht dich nicht einzigartig, das zeigt nur, dass du den Job um jeden Preis haben willst.« Josh schüttelte den Kopf und schmunzelte über ihre Antwort. Er war ziemlich attraktiv mit seinen dunkelblonden Haaren, dem markanten Kiefer und dem Dreitagebart – Typ cooler Streber in Vollendung, inklusive einer schwarzen Brille, die ihm immer wieder die Nase herunterrutschte. Obwohl er kurz vor seinem Abschluss in Journalistik stand, wirkte er auf Hanna, als wäre er mehr als nur zwei Jahre älter als sie. Aus dem Augenwinkel sah sie ein großes Poster an der Wand, auf dem für ein Konzert geworben wurde, das nächste Woche stattfinden sollte. Sie wandte den Kopf und musste unwillkürlich lächeln, als sie den Mann wiedererkannte, der vorne auf dem Plakat posierte. Er trug ein enges schwarzes T-Shirt und bearbeitete dermaßen inbrünstig seine Gitarre, dass seine Haare flogen.

»Ich kenne Tom McLean von Fatal Limits.« Sie zeigte auf das Poster, auf dem die Band als Hauptact beworben wurde. »Ich könnte ein Interview mit ihm an Land ziehen.«

Josh beugte sich vor. Zum ersten Mal an diesem Vormittag war seine Neugier geweckt. »Willst du mich veräppeln?«

»Nein!« Hanna lachte, als sie seine Miene sah. »Das ist mein Ernst. Ich hab ihn letzten Sommer kennengelernt. Sie wurden gerade von einem Independent-Label unter Vertrag genommen. Ich kann ihn jetzt sofort anrufen, wenn du willst.«

Josh betrachtete sie noch immer interessiert.

»Okay. Folgender Deal: Wenn du das mit dem Interview wirklich hinbekommst *und* wenn du einen anständigen Artikel darüber schreibst, stelle ich dich für eine dreimonatige Probezeit ein.«

»Danke!« Hanna konnte es kaum glauben, dass er von beinahe hundert Bewerbern ausgerechnet ihr eine Chance gab. Am liebsten hätte sie einen kleinen Siegestanz aufgeführt.

»Ich warne dich besser gleich, ich bin ein ziemlich strenger Zuchtmeister. Ich habe mit meinen Korrekturen schon erwachsene Männer zum Weinen gebracht. Ich dulde keine Mätzchen, und wenn du darauf aus bist, dir einen lauen Lenz zu machen, ist das hier der falsche Job für dich.«

»Ich will mir *gar* keinen Lenz machen, schönen Dank auch«, gab Hanna spitz zurück und erwiderte seinen bohrenden Blick. »Und es haben schon viel größere Männer als du versucht, mich zum Weinen zu bringen.«

»Das nehme ich als Herausforderung.«

»Bitte sehr.«

Josh streckte ihr die Hand hin, und Hanna ergriff sie. Er schüttelte sie einige Male, um ihre Abmachung zu besiegeln.

»Ich freue mich darauf, mit dir zu arbeiten, Hanna Vincent.«

»Bitte, nenn mich Hanna. Vincent ist mein Nachname. Es klingt irgendwie komisch, wenn du beides sagst.«

»Also gut. In dem Fall freue ich mich darauf, mit dir zu arbeiten, Hanna.« Er hielt kurz inne. »Ohne Vincent.«

»Du konntest einfach nicht widerstehen, was?« Sie schüttelte den Kopf.

»Hältst du dich denn für unwiderstehlich?« Seine Augenbrauen schossen nach oben.

»Nicht so sehr wie du.«

Josh nahm die Brille ab und legte sie rechts neben sich auf den Schreibtisch. Er fuhr sich mit der Hand durchs Haar und beugte sich vor, bis sein Gesicht nur noch wenige Zentimeter von ihrem entfernt war. »Flirtest du etwa mit mir, Hanna Vincent?«

Sie spürte seinen sanften Atem an ihrer Haut, so nah war er ihr.

»Wenn du das fragen musst, lautet die Antwort nein. Wenn ich mit dir flirten würde, würdest du es schon merken.«

»Da bin ich aber mal gespannt.«

»Mach dir nicht zu viele Hoffnungen.« Sie stand auf und nahm ihren Lebenslauf und ihr Portfolio. »Danke für das Jobangebot. Ich freue mich schon darauf, meinen ersten Artikel zu veröffentlichen.«

Sie klang selbstsicherer, als sie sich fühlte, als sie Josh zum Abschied noch einmal kurz zunickte und dann in das Großraumbüro der Zeitung hinaustrat. Sie zog die Tür hinter sich zu und atmete erleichtert aus. Sie wusste nicht genau, ob sie sich zu Josh Chambers hingezogen fühlte … oder ob sie ihn erwürgen wollte.

Als sie zurück in ihr Wohnheimzimmer kam, steckte ein kleines braunes Päckchen in dem Postkasten neben ihrer Tür. Sie zog es heraus und sah, dass es aus New York kam. Der Zollfragebogen, der hintendrauf klebte, war nicht mehr zu entziffern, weil der Regen die Schrift verwischt hatte. Sie fragte sich, was in ihren Vater gefahren war, ihr Bücher zu schicken und war neugierig, was für ein unmögliches Geschenk er sich diesmal ausgedacht hatte. Na ja, wenigstens hatte er sie nicht komplett vergessen. Immerhin.

Im Zimmer packte sie das Päckchen aus. Kaum hatte sie das braune Papier abgerissen, stand ihr vor Staunen der Mund offen. Das Buch, das zum Vorschein kam, war kein neues Exemplar. Es hatte diesen einzigartigen staubigen Geruch, wie ihn nur alte Bücher haben. Es war ein Hardcover mit flaschengrünem Schutzumschlag, für sein Alter außerordentlich gut erhalten. Die große weiße Schrift vorne auf dem Deckel ließ bei ihr keinen Zweifel, dass das Geschenk nicht von Philip Vincent stammte.

Es war *1984* von George Orwell.

Als Hanna das Buch aufschlug, sah sie, dass jemand in Bleistift das Wort »Erstausgabe« auf den Schmutztitel geschrieben hatte.

Ein Umschlag rutschte zwischen den Seiten heraus und landete auf ihrem weißen, bestickten Bettüberwurf. Sie spürte, wie ihr Herz schneller klopfte, als sie ihn aufhob, den Finger in der oberen Ecke unter die Umschlagklappe bohrte und sie aufriss. Sie zog einen Bogen teures cremeweißes Briefpapier heraus und begann zu lesen.

27. September 2000

Liebe Hanna,

Dein Studienbeginn ist ein Grund zum Feiern, aber wie schon Thomas Carlyle sagte: »Die wahre Universität unserer Tage ist eine Büchersammlung.« Als ich das hier gesehen habe, musste ich sofort an Dich denken. Danke, nicht nur weil Du im Sommer so freundlich zu Ruby warst, sondern auch weil Du Dich mit ihrem einsamen und manchmal nervigen Großen Bruder abgegeben hast. Wenn die neu erfundene Hanna Vincent auch nur halb so interessant ist wie die alte, freue ich mich schon auf ein baldiges Wiedersehen.

Dein Richard

Sie starrte den Brief noch eine Zeitlang an. Er war kurz – eigentlich nur eine Notiz –, trotzdem war sie ganz überwältigt von der netten Geste. Er hatte ihr ein Buch geschenkt – noch dazu eine Erstausgabe. Die konnte man nicht in jedem x-beliebigen Antiquariat oder Trödelladen kaufen. Außerdem hatte er sie als »interessant« bezeichnet. Aus einem ihr nicht ganz ersichtlichen Grund gefiel ihr das. Es gefiel ihr sogar *sehr*. Die Larsens benutzten das Wort oft, wenn es um Hanna ging – und bei ihnen hatte es keinen kritischen Unterton. Zum ersten Mal fühlte es sich gut an, interessant zu sein – sich von der Masse abzuheben.

Nachdem sie zehn Minuten lang überlegt hatte, wie sie Richard danken sollte, beschloss sie, in den Computerraum im Untergeschoss des Wohnheims zu gehen und ihm eine E-Mail zu schreiben.

Von: HMVincent@Nottingham.ac.uk
An: RSLarsen@Columbia.edu
Betreff: Big Brother

Lieber Richard,

wow, tausend Dank für Dein tolles Geschenk. Ich habe noch nie eine Erstausgabe besessen, insofern freue ich mich riesig, meine Sammlung damit zu beginnen. Wahrscheinlich wird es noch eine ganze Weile dauern, bis ich auch nur in die Nähe von Thomas Carlyles »Universität der Bücher« komme, aber irgendwo muss man ja anfangen, stimmt's?

Allerdings mache ich mir ein wenig Sorgen, dass Du mir ein Buch geschickt hast, das mir im Wesentlichen zu verstehen gibt, dass der Große Bruder mich ständig beobachtet. Sollte ich auf der Hut sein?
Hanna

PS: Mein Wohnheimzimmer hat die Nummer 101. (Du erinnerst dich an die Folterkammer in *1984*, in der jeder auf seine größte Angst trifft?)

Sie klickte auf »Senden« und lehnte sich zurück. Dann beschloss sie, sich zu informieren, wie viel genau eine Erstausgabe von *1984* wert war.

Sekunden später wünschte sie, sie hätte es sein gelassen. So ein Buch konnte sie unmöglich in ihrem Zimmer aufbewahren. Es kostete mehr als all ihre anderen Besitztümer zusammen. Viel mehr.

Gerade als sie mit dem Gedanken spielte, ob sie das Geschenk vielleicht zurückgeben sollte, bekam sie eine E-Mail.

Von: RSLarsen@Columbia.edu
An: HMVincent@Nottingham.ac.uk
Betreff: Dich beobachten?

Hanna,
gern geschehen. Und was Deine Frage angeht: Das kommt darauf an, was Du so treibst.
Richard

PS: Enthält Zimmer 101 deinen schlimmsten Alptraum?

Sie musste schmunzeln, als sie das las, und zugleich freute sie sich ungemein darüber, dass er so schnell geantwortet hatte. Sie warf einen Blick auf ihre Armbanduhr. Es war sechzehn Uhr in Großbritannien, das bedeutete, dass es in New York elf Uhr vormittags war. Wahrscheinlich saß er entweder in der Bibliothek oder zu Hause am Schreibtisch über seinem Laptop.

Sie kaute eine Weile nachdenklich an ihrem Fingernagel, dann beschloss sie zurückzuschreiben.

Von: HMVincent@Nottingham.ac.uk
An: RSLarsen@Columbia.edu
Betreff: Mein schlimmster Alptraum

Richard,
da Du *Harry Potter* gelesen hast, gehe ich davon aus, dass Du meinen schlimmsten Alptraum kennst. Aber weil ich seinen Namen nicht aussprechen darf, erzähle ich Dir einfach, dass ich mir das Zimmer mit einer eins neunzig großen kettenrauchenden, französischsprachigen Amazone teile, bei deren Anblick sich garantiert jeder, dessen Name mit V anfängt, vor Angst in die Hose machen würde. Zumindest geht es mir so.
Hanna

Von: RSLarsen@Columbia.edu
An: HMVincent@Nottingham.ac.uk
Betreff: Peinlich …

Hanna,
ich versuche tunlichst geheim zu halten, dass ich in den Sommerferien Kinderbücher gelesen habe – ansonsten ver-

liere ich hier jegliche Glaubwürdigkeit. Könnte das also bitte unter uns bleiben?

Wann kommt eigentlich der nächste Band raus? Und kann ich ihn mir von Dir ausborgen?

Richard

Von: HMVincent@Nottingham.ac.uk
An: RSLarsen@Columbia.edu
Betreff: Peinlich … aus deinem Mund?

Richard,

es ist immer eine Schande, wenn ein reicher Junge aus Manhattan nicht mal die Mittel hat, um sich selbst ein Buch zu kaufen. Über diesen Umstand werde ich eine Weile nachsinnen, während ich mir das Menü einverleibe, das sich unsere Mensaköche heute wieder ausgedacht haben. Ich glaube, es steht etwas gar Köstliches auf dem Speiseplan: Thunfischauflauf mit verkochtem Spinat. Ich werde beim Wiederkäuen an Dich denken.

Hanna

PS: Es gibt diese interessanten Einrichtungen, die nennen sich Bibliotheken …

Von: RSLarsen@Columbia.edu
An: HMVincent@Nottingham.ac.uk
Betreff: Ich würde lieber Deins lesen

Ganz ernsthaft.

Richard x

Hanna lächelte über den Kuss am Ende der E-Mail und loggte sich aus. So wie es bis jetzt aussah, schien dies ein guter Tag zu werden … ein wirklich guter Tag.

Am darauffolgenden Freitag stand Hanna im Backstage-Bereich der Konzerthalle der Universität und schob sich durch die vollgestopften Korridore. Überall tummelten sich Rockbands, Comedians und andere Acts, die Platz zum Umziehen brauchten.

Als Hauptattraktion des Abends hatte Fatal Limits ein Stück abseits der anderen Acts eine eigene Garderobe bekommen. Hanna zwängte sich hinein und sah, dass mindestens einer aus der Band bereits eine Schar Groupies um sich versammelt hatte.

Ein Wispern an ihrem Ohr jagte ihr einen Schauer über den Rücken. »Seit wir unter Vertrag stehen, scheinen die anderen in der Band zu Tieren mutiert zu sein.«

Sie drehte sich um. Hinter ihr stand Tom McLean. Er grinste schief, dann zog er sie an sich, schlang ihr die Arme um die Taille und drückte sie herzlich.

In den zwei Monaten seit ihrer letzten Begegnung hatte Toms Leben eine schier unglaubliche Wendung genommen – zum Besseren. Fatal Limits stand jetzt bei einem kleinen, unabhängigen Label unter Vertrag, das mit Feuereifer daran arbeitete, die Band landesweit bekannt zu machen. Dazu hatten sie sie auf eine Tour durch die britischen Universitäten geschickt, mit dem Ziel, zunächst eine stabile Zuhörerschaft unter den Studenten aufzubauen, damit das erste Album, wenn es auf den Markt kam, bereits über eine breite Fanbase verfügte.

»Lass dich anschauen, Tom.« Hanna zog an seinen Haaren. Ihr war die teure Frisur aufgefallen. Seine rotblonden

Locken fielen ihm zwar immer noch in die Stirn, aber irgendwie sah er deutlich gepflegter aus. »Auf einmal machst du einen auf Chris Martin.«

Tom drückte sie noch fester. Sein Gesicht kam ihrem ganz nahe, und er raunte in ihr Ohr: »Wenn du uns in deinem Artikel mit Coldplay vergleichst, stopfe ich dir eigenhändig die Zeitung in deinen hübschen Rachen.«

»Wenn ihr darauf besteht, ›Yellow‹ zu spielen, wird mir gar nichts anderes übrigbleiben.«

»Wenn ich darauf bestehe, ›Yellow‹ zu spielen, wirst du zu meinen Füßen niedersinken, genau wie beim letzten Mal.«

Hanna machte sich von Tom los und sah ihn mit erhobenen Brauen an.

»Im Ernst? Du glaubst, du hast mich mit deiner Darbietung eines Coldplay-Covers beeindruckt?«

»Nicht mit meiner gesanglichen Darbietung. Mit meinem Körper.«

Hanna knuffte lachend seinen Arm.

»Vorsicht mit dem Gitarrenarm!«

»Hast du den immer noch nicht versichern lassen?« Hanna streckte die Hand aus und rieb seinen Bizeps. Sie staunte, wie hart er war. Der Junge war eindeutig im Fitnessstudio gewesen.

»Ich bin dabei. Angeblich hat Keith Richards seinen Arm für drei Millionen versichern lassen.«

»Keith Richards ist ein Schwachkopf. Und wahrscheinlich hat er einen kleinen Penis.«

»Es wird dich freuen zu hören, dass das bei mir nicht der Fall ist. Vielleicht möchtest du dich später persönlich davon überzeugen?«

»Lass ihn ja in der Hose. Oder such dir ein williges Groupie.« Hanna schob ihn von sich weg und zückte ihren Notizblock. »Ab jetzt wird alles mitgeschrieben, wenn du also weiterhin solche geschmacklosen Sprüche bringen willst, tu dir keinen Zwang an.« Sie zwinkerte, um ihn wissen zu lassen, dass sie scherzte. Flirten war bei ihm Instinkt, er machte es bei jedem Mädchen, mit dem er sprach, er konnte gar nicht anders. Es war Teil seines natürlichen Charmes.

»Okay, Lester Bangs, dann verschieben wir das mit dem Sex eben auf später. Wie lautet deine erste Frage?« Tom schenkte ihr ein süffisantes Lächeln. Er schien großen Spaß an der Situation zu haben.

Hanna verdrehte die Augen, zückte einen Stift und blätterte die erste Seite auf.

»Meine erste Frage, Tom McLean, Leadsänger der aufstrebenden Rockband Fatal Limits, lautet: Wann bist du so ein arroganter Sack geworden?«

Kapitel 4

4. Dezember 2000

Nach den Ereignissen vom Vorjahr konnte Hanna immer noch nicht recht fassen, dass sie sich tatsächlich bereit erklärt hatte, ihren Vater in New York zu besuchen. Er hatte sie im November angerufen und ihr den Vorschlag unterbreitet, in diesem Jahr von der üblichen Ferienroutine abzuweichen. Und da keiner der beiden besonders erpicht darauf war, das Weihnachtsfiasko von Val d'Isère zu wiederholen, hatte Philip gleich Nägel mit Köpfen gemacht und seine Sekretärin angewiesen, Hanna einen Flug nach New York zu buchen. Das war wieder einmal typisch für ihn. Er war ein Mann der Tat. Hanna war völlig überrumpelt und so verdattert, dass ihr nicht mal eine Ausrede einfiel. Nur bei dem Gedanken daran, wie ihre Stiefmutter wohl auf die Neuigkeit reagieren würde, gestattete sie sich ein kleines Schmunzeln. Außerdem konnte sie in New York hoffentlich das eine oder andere Konzert besuchen – das würde ihr den Aufenthalt um einiges erträglicher machen. Die New Yorker Musikszene galt als brandheiß, und Hanna freute sich bereits riesig darauf, sich mitten hineinzustürzen und den Beat der Stadt zu spüren. Seit sie im Oktober bei der Unizeitung angefangen hatte, war Hanna zur festen Musikreporterin aufgestiegen und hatte viel zu tun. Wenn sie nicht gerade Artikel schrieb, besuchte sie Vorlesungen und Tutorien oder schrieb Seminararbeiten. Es waren arbeitsreiche Monate gewesen, und ganz nebenbei hatte Hanna dabei ihre erste große Liebe entdeckt: den Musikjournalismus.

Nicht dass sie sich, während sie nun auf der Rückbank des Wagens saß, den ihr Vater zum Flughafen geschickt hatte, wie eine Musikjournalistin fühlte. Eher wie ein verängstigtes Kind, das zum Direktor zitiert wurde, weil es etwas ausgefressen hatte.

»Da wären wir, Miss Vincent.« Die Stimme des Fahrers holte sie zurück in die Gegenwart. Er hatte vor dem Bürogebäude ihres Vaters in der Nähe der Wall Street gehalten. Hanna runzelte verwirrt die Stirn. Es war lange her, seit sie ihren Vater zuletzt in New York besucht hatte – mindestens fünf Jahre. Aber bisher hatte er sie nur ein einziges Mal mit zu sich ins Büro genommen.

»Mein Vater wollte, dass Sie mich hier absetzen?« Sie war völlig perplex, und das hörte man ihr auch an. Der Himmel wusste, was dem Fahrer dabei durch den Kopf gehen musste.

»Ja, und ich soll Ihr Gepäck schon mal ins Stadthaus bringen. Nennen Sie am Empfang einfach Ihren Namen, dann wird man ihm Bescheid geben, dass Sie hier sind.«

Hanna nickte, rutschte zur Tür und stieß sie auf. Sie würde ganz bestimmt nicht darauf warten, dass der Chauffeur ihr öffnete.

»Okay, dann vielen Dank fürs Abholen.«

»Gern geschehen, Miss Vincent. Und herzlich willkommen in New York.«

Herzlich willkommen, alles klar. Sobald sie die Wagentür aufgestoßen hatte, traf der Straßenlärm ihre Ohren mit voller Wucht. Motoren dröhnten, Hupen schrillten, und das laute Rattern eines Bodenverdichters ein paar Blöcke weiter untermalte das Summen unzähliger Stimmen, als sie auf den Gehsteig ins Gewimmel der Passanten trat. Der Lärm und die Lichter Londons erschienen ihr wie ein bloßes Flüstern im Vergleich zu Manhattan. Die schwindelerregende Höhe der Gebäude und das Gefühl des Eingeschlossenseins, das Hanna zwischen ihnen überkam, machten sich als ein dumpfer Druck in ihrer Brust bemerkbar.

Linkerhand überragten die Zwillingstürme des World Trade Centers den Finanzbezirk von Manhattan wie zwei Wächter, die über den Hafen von New York Ausschau hielten. Hanna war wider Willen von ihrer Größe beeindruckt, und noch in dieser Sekunde beschloss sie, während ihres Aufenthalts zum Besucherdeck einer der Türme hinaufzufahren. Von so hoch oben musste die Aussicht über den Atlantik auf der einen und Manhattan auf der anderen Seite wahrhaft spektakulär sein.

Sie riss den Blick von den Zwillingstürmen los und ging die fünf Meter bis zum Eingang des Gebäudes, in dem die Firma ihren Sitz hatte, die zur Hälfte ihrem Vater gehörte. Als sie an den Empfang trat, nannte sie dem Wachmann ihren Namen. Dann wartete sie darauf, dass jemand kam und sie abholte. Das Foyer des Gebäudes stank geradezu nach Geld; der Marmorboden war glänzend sauber, als würde er fortwährend von einer unsichtbaren Armee poliert, und für die Einrichtung war nur das Teuerste vom Teuersten gut genug.

»Hanna?«

Sie traute ihren Augen nicht. Ihr Vater war höchstpersönlich nach unten gekommen, um sie nach oben zu begleiten. Sie war sich absolut sicher gewesen, er würde irgendeinen Untergebenen schicken, vielleicht einen Praktikanten oder so.

»Hi, Dad.« Sie ließ es zu, dass er sie umarmte. Sein dunkelgraues Haar war wie immer perfekt frisiert, und sein Anzug saß wie angegossen.

»Hast du einen guten Flug gehabt? War die Fahrt hierher in Ordnung?« Sie gingen durch die Sicherheitsschleuse und hinüber zu den Fahrstühlen. Als der Fahrstuhl kam, drückte Philip auf den Knopf für die vierte Etage. Die Firma Vincent-Jones belegte das gesamte vierte Stockwerk, und die besten Büros gehörten ihrem Vater und seinem Partner.

»Der Flug war okay. Es war schön, Erster Klasse fliegen zu können. Vielen Dank, dass du das bezahlt hast.«

»Gern geschehen. Ich muss nur noch ein paar Telefonate erledigen, dann können wir essen gehen.« Sie waren am Schreibtisch seiner Sekretärin angelangt. Die blonde Frau, die dort saß, blickte neugierig zu Hanna auf. Wahrscheinlich versuchte sie zu begreifen, wie diese abgekämpft aussehende Achtzehnjährige mit zerrissenen Jeans, Band-T-Shirt und zerknitterter schwarzer Jacke mit Philip Vincent verwandt sein konnte.

Das fragte sich Hanna auch oft.

»Kann ich Ihnen etwas bringen, Miss Vincent? Einen Kaffee oder vielleicht eine Kleinigkeit zu essen?«

»Nein, danke. Ich setze mich einfach hierhin und warte.«

Zehn Minuten später tauchte ihr Vater wieder aus seinem Büro auf. Er warf sich einen schicken schwarzen Mantel über.

»Ich komme heute nicht mehr rein, Grace«, teilte er der Sekretärin mit, als er an ihrem Schreibtisch vorbeikam. »Falls irgendwas ist, bin ich mobil erreichbar. Ansonsten lese ich heute Abend noch meine Mails.«

»In Ordnung, Mr Vincent. Einen schönen Abend. Auf Wiedersehen, Miss Vincent.« Grace nickte Hanna kurz zu, als diese aufstand und sich zu ihrem Vater gesellte.

Langsam wurde das alles ein bisschen surreal. Erstens hatte er sie nach New York eingeladen, zu sich nach Hause – das hatte er schon seit Jahren nicht mehr getan. Und jetzt machte er auch noch früher mit der Arbeit Schluss, nur um Zeit mit ihr zu verbringen. Das war noch nie vorgekommen, das wusste sie genau, denn daran hätte sie sich garantiert erinnert.

Man konnte ja glatt denken, dass er ein schlechtes Gewissen hatte.

»Ich dachte, wir könnten früh zu Abend essen und danach nach Hause fahren, dann kannst du dich ein bisschen mit Olivia und deinen Schwestern unterhalten.«

Jippie.

»Klingt gut.« Hanna lächelte ihren Vater an – zum ersten Mal seit zwei Jahren. »Aber ich bin nicht fürs Abendessen angezogen.«

»Dann gehen wir eben in ein Diner.«

»In dem Fall bist *du* nicht richtig angezogen.« Sollte dieser Waffenstillstand zwischen ihnen tatsächlich länger als fünf Minuten andauern? Hanna blieb erst mal skeptisch.

»Mach dir deswegen keinen Kopf. Die halbe Wall Street isst dort.«

»Okay.« Sie verkniff sich die Bemerkung, die ihr auf der Zunge lag: Sie hätte ihn sehr gerne gefragt, wer er war und was er mit ihrem Vater gemacht hatte. Aber sie wollte den Augenblick nicht ruinieren.

Als sie saßen, bestellte Philip ein Sandwich mit Corned Beef und Sauerkraut. Hanna entschied sich für einen Burger. Während sie an ihren Getränken nippten, zerbrachen sie sich verzweifelt die Köpfe auf der Suche nach einem unverfänglichen Gesprächsthema. Zum Glück fiel ihm zuerst etwas ein.

»Das Lokal hier ist mein schmutziges kleines Geheimnis. Olivia würde mich umbringen, wenn sie mich hier sehen könnte. Für sie ist ›Diner‹ ein Synonym für ›Cholesterinbomben‹.« Philip schluckte einen Bissen von seinem Sandwich hinunter und trank einen Schluck Root Beer hinterher.

»Dann wirst du mich wohl bestechen müssen, damit ich dichthalte.« Es war immer noch komisch, hier mit ihrem Vater zu sitzen und eine ganz normale Erwachsenen-Unterhaltung zu führen. Sie schaffte es kaum, sich zu beherrschen, so groß war ihr Drang, ihn zu fragen, was das alles sollte.

»Ich gebe dir meine Shoppingkarte für Saks Fifth Avenue. Die scheint bei allen anderen Frauen in meinem Leben zu funktionieren.«

»War nur ein Scherz. Ich glaube sowieso nicht, dass sie bei Saks meine Art von Klamotten haben«, murmelte sie und begann von der Serviette, die in ihrem Schoß lag, kleine Stückchen abzuzupfen.

Philips Miene wurde weicher, als er ihre geknickte Miene sah. »Ich habe dir nie gesagt, wie sehr mir leidtut, was letztes Jahr passiert ist. Ich weiß, dass Olivia und ich dich nicht so behandelt haben, wie wir es hätten tun sollen, und mir ist auch klar, dass ich dich manchmal vernachlässige. Ich will dir jetzt nicht all die Gründe dafür aufzählen, und ich werde bestimmt nicht davon anfangen, wie schwierig das Verhältnis zwischen deiner Mutter und mir ist. Nur so viel: Ich versuche mich zu bessern, okay? Ich möchte mehr für dich tun. Dir ein besserer Vater sein.«

Hanna konnte ihm nicht in die Augen sehen. »Okay.«

Stattdessen senkte sie den Blick auf ihren Burger, nahm ihn in beide Hände und biss ein großes Stück davon ab, heilfroh, etwas zu tun zu haben. Egal, was ihr Vater sagte oder tat oder versprach, es gab da immer diesen Teil von ihr, der an ihm zweifelte. Sie wusste nicht, ob sich das jemals ändern würde.

An ihrem zweiten Tag in New York fuhr sie zur Columbia University, um sich mit Richard Larsen auf einen Kaffee zu treffen. Seit Oktober stand sie in regelmäßigem E-Mail-Kontakt mit ihm, und als sie ihm mitgeteilt hatte, dass sie in Manhattan sein würde, hatte er ein Treffen vorgeschlagen. Es war ein klarer, bitterkalter Tag, und Hanna beschloss, den Weg zur akademischen Akropolis in Morningside Heights zu Fuß zu gehen. Als sie auf dem Campus ankam, sah sie Richard, die blaue wollene Cabanjacke bis oben hin zugeknöpft, einen gestreiften Schal um den Hals, auf den Stufen der Low Library stehen.

Hanna zögerte. Auf einmal war sie befangen. Sollte sie zu ihm gehen und ihn in die Arme nehmen, oder würde er ein prätentiöses Luftküsschen erwarten? Vielleicht wäre auch ein Händedruck genug?

Dann hatte er sie erspäht, und ein breites Grinsen erschien auf seinem Gesicht. Prompt war all ihre Unsicherheit verflogen, sie sprang die Stufen hinauf und warf ihm die Arme um den Hals. »Oh mein Gott, es ist so toll, dich zu sehen!«

Richard drückte sie fest. »Geht mir genauso.«

»Vielen Dank, dass du Zeit hast. Ich bin so froh, ein vertrautes Gesicht zu sehen.«

»Ich wollte eigentlich vorschlagen, dass wir es uns einfach hier auf den Stufen gemütlich machen, aber dafür ist es viel zu kalt. Lass uns doch stattdessen einen Kaffee im Diner trinken gehen.« Er legte den Arm um sie, zog sie an seine

Seite, und sie machten sich auf den Weg. »Es gibt zwar auch ein Café in der Bibliothek, aber ich dachte, Tom's Restaurant gefällt dir vielleicht besser.«

»Warum?«, fragte Hanna.

»Wirst schon sehen.« Richard begann vor sich hin zu summen, als sie die Straße entlanggingen, allerdings war es so leise, dass Hanna die Melodie nicht heraushören konnte.

Doch kaum waren sie auf den Broadway eingebogen, wurde ihr klar, was für ein Lied er da summte.

»Hey. Das ist *Tom's Diner* aus dem Suzanne-Vega-Video!« Hanna lächelte, als sie die Fassade aus Stein und Glas betrachtete. »Ich liebe den Song.«

Richard nahm sie bei der Hand und zog sie durch die Tür ins Innere. Nach der Eiseskälte draußen war ihr die Wärme höchst willkommen.

»Weißt du, das ist jetzt schon das zweite Mal in zwei Tagen, dass ich in einem Diner bin.«

»Tja. Willkommen in New York.«

»Kann ich Ihnen etwas zu trinken bringen?«, fragte die Kellnerin und legte Servietten auf den Tisch.

Richard sah auf. »Ich nehme einen Kaffee.«

»Machen Sie zwei draus, ja?«, fügte Hanna hinzu und sah der Kellnerin hinterher, wie sie zur Kaffeemaschine ging.

»Und? Wie ist dein Besuch bis jetzt?«

»Ganz gut, würde ich sagen. Wir geben uns beide Mühe, keinen Streit anzufangen. Manchmal ist das leichter gesagt als getan.«

»Inwiefern?«

Hanna lehnte sich zurück. Es war schwer zu beschreiben, was genau sie meinte, und sie verzog vor lauter Nachdenken das Gesicht. »Es ist, als würden wir auf rohen Eiern laufen. Wir sind nicht wirklich wir selbst, weil wir die ganze Zeit Angst haben, dass wir den anderen irgendwie verärgern könnten. Und wenn ich dann doch mal etwas sage, bei dem mein wahres Ich zum Vorschein kommt, fällt er sofort in seine alte Rolle zurück. Gestern Abend habe ich ihm erzählt, dass ich am Donnerstagabend auf ein Konzert gehen will, damit ich einen Artikel für die Unizeitung darüber schreiben kann, und er ist sofort an die Decke gegangen. Er hat mich angebrüllt, dass ich noch nicht volljährig bin, dass er mich auf keinen Fall in ein Lokal gehen lässt, in dem Alkohol ausgeschenkt wird, dass ich niemanden habe, der mich begleitet, und deshalb zu Hause bleiben muss.«

»Aber du gehst trotzdem?«

»Worauf du Gift nehmen kannst.« Hanna sah ihn an. »Es gibt da diese Band, die ich unbedingt sehen will. Sie hat noch keinen Plattenvertrag, aber sie treten regelmäßig in der Mercury Lounge auf. Könnte sein, dass sie kurz vor dem Durchbruch stehen.«

»Ich kann die Haltung von deinem Dad nachvollziehen. Wahrscheinlich ist für eine Achtzehnjährige Manhattan spät in der Nacht nicht das sicherste Pflaster.«

»Zu Hause bin ich andauernd spätnachts unterwegs.«

»Das kann man nicht vergleichen.« Richard sah sie über den Rand seines Kaffeebechers hinweg an. Der aufsteigende Dampf verschleierte ihm die Sicht. »Eine idyllische Kleinstadt in England ist nicht dasselbe wie Gotham City.«

»Na ja, Bruce Wayne, ich glaube, das Risiko kann ich auf mich nehmen.« Der Klang ihrer Stimme machte deutlich, dass die Diskussion beendet war.

»Und wenn ich mitkomme?«

»Das würdest du machen?« Sie stellte ihre leere Kaffeetasse hin und musterte ihn forschend. Alles an ihm sah nach Wohlstand aus, angefangen bei dem blauen Button-down-Hemd, dessen oberste Knöpfe er offen gelassen hatte, so dass Hanna den Ansatz seiner Brustbehaarung sehen konnte, bis hin zu der dunkelblauen Hose. Sie fragte sich, ob ihm bewusst war, dass er mit so einem Aufzug in der Mercury Lounge auffallen würde wie ein bunter Hund.

Aber dann zuckte sie innerlich mit den Achseln. Was spielte das schon für eine Rolle, wenn er ihr die Möglichkeit gab, zu dem Gig gehen und gleichzeitig ihren Vater zu besänftigen?

»Klar. Ich glaube, da war ich noch nie.« Er sagte es, als wäre sein Angebot keine große Sache.

»Und was möchtest du als Gegenleistung von mir haben?« Kaum hatte Hanna die Worte ausgesprochen, brannten ihre Wangen. Sie hatte nicht die Absicht gehabt, so zweideutig zu klingen.

Richard hätte um ein Haar seinen Kaffee über den Tisch gespuckt.

Sie sah ihn aus schmalen Augen an. »Ich habe dir als gute Freundin angeboten, dir im Gegenzug auch einen Gefallen zu tun. Ich verstehe nicht, was daran so komisch ist.«

Er sinnierte eine Weile. »In dem Fall erlaube mir, dass ich dich zum Essen einlade, bevor du abreist. Du zeigst mir deine Welt, und ich zeige dir meine.«

»Abgemacht, Henry Higgins. Ein gemeinsames Abendessen. Was immer du vorhast, ich bin bereit.«

Voller Bewunderung sah Richard zu, wie Hanna sich durch Charme und Überredungskünste Zutritt zur Mercury Lounge verschaffte, obwohl sie keinen gültigen Ausweis besaß und unter einundzwanzig war. Es beeindruckte ihn, wie sie die Türsteher mit neckischem Geplänkel, ihrem süßen Lächeln und Geschichten über eine junge Musikjournalistin aus England um den Finger wickelte.

»Kommst du dann?« Sie drehte sich nach Richard um. Ihre Wangen waren von der Kälte gerötet, und ihre Augen funkelten im Licht des Eingangs.

»Bin direkt hinter dir.«

Als er Hanna hineinfolgte, umfing ihn sofort eine ganz eigene Atmosphäre, die sich mit allen Sinnen erspüren ließ – das Durcheinander von Stimmen, die verqualmte Luft, der Fußboden, der bei jedem Schritt unter seinen Schuhsohlen klebte. Er glaubte sogar die aufgeregte Vorfreude im Saal schmecken zu können, während die Zuschauer herumstanden und darauf warteten, dass die Band auf die Bühne kam. Es mussten mindestens dreihundert Leute sein, die hier auf engstem Raum zusammengekommen waren.

»Wie heißt die Band noch gleich?«, fragte Richard. Hanna nahm seine Hand und zog ihn weiter.

»The Strokes. Eine Garagenband, die aus fünf Leuten besteht. Es gibt gerade einen ziemlichen Hype um sie.«

Drei Mitglieder der Band betraten kurz darauf die Bühne, und unter den Zuschauern brandete Applaus auf. Richard ahnte bereits, dass ihm am Ende des Abends die Ohren klingeln würden. Sein T-Shirt fühlte sich jetzt schon verschwitzt an. In der schwülen Hitze des Saals ringelten sich sogar Hannas Haare ein wenig. Es stand ihr gut.

Er warf einen Blick zur Bühne, zog vor Überraschung die Augenbrauen hoch und beugte sich dann zu Hanna, um ihr ins Ohr zu flüstern: »Ich kenne mindestens zwei der Bandmitglieder.«

Hannas Kopf schnellte zu ihm herum. Entgeistert starrte

sie ihn an, während er von einem Ohr bis zum anderen grinste.

»Wirklich?« Ihr Blick wurde misstrauisch.

»Im Ernst. Ich kenne sie von der Dwight School. Das sind definitiv Privatschul-Jungs.«

»Womit bewiesen wäre, dass auch Privatschul-Jungs auf den Pfad der Tugend zurückfinden können. Fragt sich nur, wann ich dich in einer Band erleben werde.«

Richard lachte leise und trank einen Schluck aus seiner Bierflasche.

»Wenn du mich schon mal singen gehört hättest, würdest du diese Frage nicht stellen.«

Während sie sich unterhielten, lief die Band immer noch auf der Bühne herum, anscheinend mit letzten Vorbereitungen beschäftigt.

»Was willst du machen, wenn du mit der Uni fertig bist?«, erkundigte sich Hanna.

»Ein paar von uns wollen nach Kalifornien ziehen. Ein Freund und ich denken darüber nach, ein Internet-Startup zu gründen.«

Ein weiteres Bandmitglied erschien auf der Bühne, und erneut brach frenetischer Applaus aus. Richard wartete, dass das Klatschen und Jubeln abebbte, damit er fortfahren konnte. Aber seine Worte wurden von den Anfangsakkorden des ersten Songs verschluckt. Die Zuschauermenge setzte sich in Bewegung und schob sich näher zur Bühne hin. Sie wurden mitgezogen, und Richard warf Hanna einen besorgten Blick zu. Er hatte Angst, sie könnte im Gedränge zerquetscht werden.

Sie erwiderte seinen Blick mit einem breiten Grinsen. »Ist das nicht sagenhaft?«

Ihre Wangen glühten, und ihre vollen Lippen glänzten.

Sie trug nur wenig Make-up – ein krasser Gegensatz zu der Hanna, die er vor knapp einem Jahr kennengelernt hatte –, trotzdem sah sie umwerfend aus. Er merkte, wie ein paar Typen sie beäugten, als sie an ihnen vorbeidrängte. Es fiel ihm schwer, nicht selbstgefällig zu grinsen, als er die Enttäuschung auf ihren Gesichtern sah, nachdem ihnen klargeworden war, dass sie zu ihm gehörte.

Die Band war gut, das musste er zugeben. Als sie ihren nächsten Song anstimmten und dabei wild über die Bühne tanzten, war es, als würden sie mit ihrer Musik einen magischen Bann über das Publikum legen.

Die Leute hinter ihnen drängten immer weiter nach vorn, so dass Richard und Hanna getrennt wurden. Er fasste sie bei der Hand, zog sie wieder zu sich heran und legte schützend die Arme um sie.

Er wusste nicht recht, wo er seine Hände lassen sollte. An ihrer Taille? Zu vertraut, zu sexuell. Wenn er sie an den Hüften hielt und ihren Hintern im Schritt spürte, würde er den Verstand verlieren, da war er sich ziemlich sicher. Am Ende entschied er sich für ihre Oberarme – das war einigermaßen unverfänglich. Trotzdem versuchte er darauf zu achten, dass er nur die Ärmel ihres T-Shirts berührte, nicht ihre nackte Haut. Aber sie bewegte sich zu viel und wiegte den Körper im Takt zur Musik. Er rückte ein wenig von ihr ab, um seinen Schritt aus der Gefahrenzone zu bringen. Er wollte sich nicht sagen lassen, dass die Band ihm *so* gut gefiel.

Hanna drehte sich um und versuchte ihm etwas zuzurufen, aber ihre Stimme ging im Lärm der Band und den Rufen der Zuschauer unter.

»Was?« Zwei steile Falten erschienen zwischen seinen Augenbrauen, als er versuchte, ihr von den Lippen abzulesen.

»Ich sagte, das ist mein Lieblingslied.«

»Wie heißt es?« Sie bewegte stumm die Lippen. Die Worte laut auszusprechen wäre vollkommen sinnlos gewesen.

»›Last Night‹!« Sie wandte den Kopf wieder in Richtung Bühne, als die Gitarristen die Bridge spielten. Die dissonanten Klänge des Basses bildeten einen faszinierenden Kontrast zum melodischen Spiel der Leadgitarre. Der Sänger öffnete den Mund. Er sang mit geschlossenen Augen, die Lippen ganz dicht am Mikrofon, so dass seine Stimme wie ein dunkles Echo klang.

Die Menge spielte verrückt. Das schnelle Tempo des Songs animierte sie dazu, wie ein Mann im Takt auf und ab zu springen. Diejenigen, die nicht mitmachten, gerieten in Bedrängnis und mussten fürchten, im Getümmel unterzugehen. Richard bewegte die Arme nach vorn, bis er Hanna fest um die Taille fassen konnte. Jetzt war ihm egal, wie sein Körper auf ihre Nähe reagierte. Er wollte einfach nur, dass ihr nichts passierte.

Sie lehnte sich gegen ihn und legte ihm die Hände auf die Arme, während ihre Körper sich gemeinsam im Takt wiegten und sie sich ganz dem Wogen der Menge überließen.

Es war elektrisierend.

Nach dem Konzert versuchte Hanna ein paar Minuten mit der Band zu ergattern. Es war klar, dass sie unmittelbar vor dem großen Durchbruch standen, und alle anwesenden Journalisten wollten natürlich ebenfalls mit ihnen reden.

»Bist du dann so weit? Können wir gehen?« Richard sah auf die Uhr. Es war kurz vor Mitternacht. Als er Hanna zu Hause abgeholt hatte, hatte er ihrem Vater versprochen, nicht allzu lange wegzubleiben.

»Ja, ich glaub schon.« Sie war immer noch ganz aufgekratzt und berauscht von der Atmosphäre des Konzerts. Er spürte, wie sie neben ihm zitterte.

»Ich muss wohl nicht erst fragen, ob es dir gefallen hat.«

»Ich fand sie großartig. Ich kann es gar nicht erwarten, über sie zu schreiben. Ich muss nur aufpassen, dass mein Artikel nicht ein totales Schleimfest wird«, sagte sie. Seite an Seite verließen sie den heißen, stickigen Club und traten hinaus in die kalte Nacht.

Sie bemerkten die Veränderung, kaum dass sie einen Schritt auf den Gehsteig gesetzt hatten, und blieben wie angewurzelt stehen.

Während des Konzerts hatte sich New York in ein winterliches Märchenland verwandelt.

Straßen und Autos waren mit einer weichen Schicht blendend weißen Schnees zugedeckt. Der einzige Makel in der weißen Landschaft waren die dunklen Fußspuren der Zuschauer, die aus dem Club kamen.

»Es schneit!« Hanna strahlte, als sie in den Himmel schaute und die riesigen Flocken beobachtete, die langsam zur Erde trudelten. »Oh mein Gott, Richard, schau doch mal!«

In ihrer kindlichen Begeisterung erinnerte sie ihn an Ruby. Sie wirbelte im Kreis herum, das Gesicht noch immer gen Himmel gehoben. Dann sah er, wie sie den Mund aufmachte, ihre rosige Zunge herausstreckte und versuchte eine Schneeflocke aufzufangen.

»Ist mir schon aufgefallen«, sagte er trocken. Die zahlreichen Winter in New York hatten ihn gegen die Freuden eines plötzlichen Schneegestöbers immun gemacht.

»Freust du dich gar nicht? Wir können Schneemänner bauen und Schneeengel machen. Vielleicht kriegst du sogar schneefrei. Klingt nicht alles gleich viel besser, wenn man ›Schnee‹ davor sagt?«

»So wie Schneewehe oder schneeblind?«

Hanna verdrehte die Augen. »Du bist wie Ebenezer Scrooge. Wo bleibt deine Begeisterung?« Sie entzog sich ihm und nahm von einer Mauer neben dem Club eine Handvoll Schnee auf.

»Tut mir leid, dass ich so eine Enttäuschung für dich bin. Vielleicht kann mir ja der Geist der vergangenen Weihnacht dabei helfen, mich zu bessern.«

»Oder ein Schneeball?« Sie zielte perfekt. Die kalte Kugel traf ihn direkt am Kinn. Sie zerplatzte beim Aufprall, und eisiger Schnee rieselte ihm in den Halsausschnitt.

Er machte einen Satz auf sie zu und schaufelte im Laufen eine Handvoll Schnee zusammen.

»Nein!«, kreischte sie und versuchte ihm zu entkommen, aber die vereisten Pflastersteine waren zu rutschig. »Bitte nicht!«

»Du hast doch gesagt, dass alles gleich viel besser ist, wenn man ›Schnee‹ davor sagt.« Er zog am Kragen ihres T-Shirts und versuchte ihr die Ladung Schnee hineinzustopfen, während sie sich verzweifelt wehrte und protestierte und um Gnade wimmerte.

»Ich hab's nicht so gemeint, bitte nicht!« Ihre Stimme schwankte zwischen Panik und Gelächter. Sie packte sein Handgelenk, bog es von sich weg und versuchte ihn dazu zu bringen, den Schnee fallen zu lassen.

Plötzlich waren sie sich ganz nahe. Zu nahe. Ihm wurde bewusst, dass ihre Körper sich fast vollständig berührten. Sie sah zu ihm auf, das Gesicht rot vor Kälte, die rosigen Lippen leicht geöffnet. Sie fing seinen Blick ein. Er fragte sich, was sie wohl tun würde, wenn er sich jetzt vorbeugte und sie küsste.

Doch dann schüttelte er den Kopf, wie um den Gedanken loszuwerden. Das wäre idiotisch. Sie war jünger als er, lebte Tausende Meilen weit weg auf der anderen Seite des Atlantiks. In ihr etwas anderes als eine gute Freundin zu sehen wäre dumm und sinnlos.

»Komm, ich bringe dich nach Hause.« Er schenkte ihr ein flüchtiges Lächeln und machte einen Schritt zurück, um ein wenig Distanz zwischen ihnen zu schaffen.

Im ersten Moment schien sie verwirrt, aber dann straffte sie die Schultern und schüttelte sich den Schnee aus den Haaren. »Okay.«

Nachdem er Hanna beim Apartment ihres Vaters abgesetzt hatte, beschloss Richard, im Stadthaus zu schlafen, statt alleine in sein Wohnheim zurückzufahren. Im Haus der Maxwells brannte noch Licht; sowohl Leon als auch Caroline waren Nachteulen und gingen nur selten vor Mitternacht ins Bett. Seine Mutter genoss den Luxus, morgens lange ausschlafen zu können, und Leon brauchte nur sehr wenig Schlaf.

»Richard, Liebling. Was für eine wundervolle Überraschung.« Seine Mutter stellte ihr Weinglas auf einen Beistelltisch, erhob sich aus ihrem Sessel und kam auf ihn zu. Sie bot ihm ihre Wange dar, und er beugte den Kopf, um sie zu küssen. »Ich habe dich gar nicht erwartet.«

»Ich war in der Gegend, und da dachte ich, ich schlafe heute Nacht hier.«

Als sie sich aus der Umarmung löste, blinzelte Caroline verdutzt. »Was um alles in der Welt hast du denn an? Wo bist du gewesen?«

»Ich war auf einem Konzert in einem Club an der Lower East Side.«

»Warum? Mit wem?«

»Mit Hanna Vincent.«

»Kenne ich ihre Eltern?« Jedes Mal dieselbe Frage.

»Sie ist Philip Vincents Tochter.«

Verwirrt sah Caroline ihn an. »Aber seine Töchter sind doch erst neun oder zehn, Schatz.«

Richard lachte laut bei der Vorstellung, mit Hannas kleinen Schwestern in die Mercury Lounge zu gehen. »Seine andere Tochter, aus erster Ehe.« Richard trat zum Barschrank und schenkte sich einen Whisky ein. Er hatte das Gefühl, dass es eine lange Nacht werden würde.

»Diese Frau wusste wirklich nicht, wie man sich benimmt. Der arme Philip, sie war ja so peinlich.« Caroline klang abwertend und gehässig. Sie machte aus ihrer schlechten Meinung über Hannas Mutter keinen Hehl.

»Kanntest du sie denn gut?«, fragte Richard ungläubig. Seine Mutter schien irgendwie jeden zu »kennen«.

»Wir saßen in einigen Komitees zusammen. Sie kam entweder zu spät oder gar nicht. Und ihre Kleider, du meine Güte. Vollkommen unpassend.«

Richard nippte an seinem Whisky. Er wusste nicht recht, was er erwidern sollte. Seine Mutter kam gerade erst in Fahrt, also ließ er sich aufs Sofa fallen und beschloss, dass er, wenn er schon ihre Tiraden anhören musste, es sich dabei genauso gut gemütlich machen konnte.

»Und wie ist ihre Tochter so? Kommt sie eher nach Philip oder nach Diana?«, wollte sie wissen.

Richard blieb nichts anderes übrig, als den Rest Whisky in einem Schluck auszutrinken. Er legte den Kopf in den Nacken und ließ die bernsteinfarbene Flüssigkeit seine Kehle hinabrinnen. Sie brannte auf dem Weg nach unten. »Keine Ahnung, ob sie überhaupt nach jemandem kommt. Ich würde eher sagen, sie ist ein Original.« Er zermarterte sich das Hirn nach einer Möglichkeit, wie er seine Mutter von dem Thema abbringen konnte. Ihm gefiel nicht, in welche Richtung sich das Gespräch entwickelte. »Wo ist eigentlich Leon?«

»Er und Daniel sind zusammen beim Abendessen. Leon wollte ein bisschen Zeit mit seinem Sohn verbringen. Daniel hat Ärger in der Schule.«

»Ärger?« Richard ergriff die Gelegenheit beim Schopf.

»Er hat schon mehrmals geschwänzt. Sein Notendurchschnitt ist stark abgesackt. Wir werden einiges investieren müssen, um ihm einen Platz an der Columbia zu besorgen.«

»Investieren« bedeutete »bestechen«. Leon Maxwell bekam normalerweise immer, was er wollte, und wenn er dafür jemanden schmieren musste. Richard war froh, dass er ohne Hilfe seines Stiefvaters an der Columbia University angenommen worden war.

Nicht, dass ihn die Nachricht von Daniels Schulproblemen überrascht hätte. Der Junge war eine wandelnde Katastrophe. Er war schwer drogenabhängig, und dank seines dicken Bankkontos hatte er keinerlei Probleme, seine Sucht zu befriedigen. Angesichts dessen sah Richard nur eine Möglichkeit, um ihn wieder auf Spur zu bringen: Man musste ihm den Geldhahn zudrehen.

»Wir sind im Oktober zu Henry Jones' Hochzeit eingeladen. Wirst du dann hier sein?«

Richard seufzte. Diese Unterhaltung hatten sie schon so oft geführt, aber jedes Mal, wenn er versucht hatte, es Caroline zu erklären, hatte sie ihn gar nicht zu Wort kommen lassen und ihm gesagt, sie wolle das alles nicht hören.

»Zu dem Zeitpunkt wollte ich eigentlich schon in San Francisco sein.«

Als sie ihre zu einem dünnen Strich zusammengepressten Lippen sah, hätte er am liebsten mit den Augen gerollt.

»Leon wünscht sich so sehr, dass du bei Maxwell Enterprises einsteigst. Dort hättest du einen Posten sicher, und vielleicht könntest du eines Tages sogar die Firma übernehmen.« Ihre Stimme klang abgehackt vor lauter Missbilligung.

»Maxwell Enterprises gehört Daniel. Du weißt, dass ich keinerlei Interesse daran habe, dort zu arbeiten.« Richard kämpfte gegen den Drang an, sie zu schütteln, damit sie es endlich begriff. »Chris und ich haben schon alles vorbereitet. Wir ziehen im September um.«

Kapitel 5

24. Mai 2001

Es war eine grauenhafte Woche. Statt draußen das herrliche Frühlingswetter zu genießen, hatte Hanna die Zeit zwischen Büchern in der Bibliothek verbracht und für ihre Prüfungen gebüffelt. Tags zuvor hatte sie einen Anruf von Ruby bekommen – sie war von einem Jungen zur Schuldisko eingeladen worden, und später war herausgekommen, dass es sich nur um eine Wette gehandelt hatte. Hanna war es nicht gelungen, ihre junge Freundin zu trösten, und am Ende hatte sie Richard angerufen und ihn um Rat gefragt.

Und zu allem Überfluss hatte dieser verfluchte Josh Chambers dann auch noch ihren Artikel bis zur Unkenntlichkeit zusammengestrichen und ihn ganz hinten in die Zeitung gesetzt. Am liebsten hätte sie ihm die Zunge herausgerissen und sie an die Enten im Uniteich verfüttert.

Sie ignorierte die neugierigen Blicke ihrer Kommilitonen, als sie Kurs auf das Redaktionsbüro nahm. Sie war eine Frau mit einer Mission. Eine Mission, deren Ziel es war, Josh Chambers unangespitzt in den Boden zu rammen.

Sie grüßte nicht zurück, als ihre Freunde Hallo sagten, sondern stakste wortlos durchs Büro auf die geschlossene Tür ihres Chefredakteurs zu. Sie legte die Hand an die Türklinke aus rostfreiem Stahl, drückte sie herunter und riss die Tür mit einem derart heftigen Ruck auf, dass sie gegen die Wand knallte und alle in ihre Richtung starrten.

Josh saß auf der Ecke seines Schreibtischs und sprach gerade mit der Bildredakteurin, während er eine Mappe mit Fotos durchsah.

»Hanna. Ich hatte gar nicht mit dir gerechnet. Kann es noch kurz warten?« Das war eigentlich keine Frage, mehr ein Befehl. Sie beschloss daher, ihm keine Beachtung zu schenken.

»Nein, kann es nicht. Ciara, würdest du uns bitte kurz entschuldigen?« Sie hatte große Mühe, halbwegs höflich zu bleiben, obwohl die arme Bildredakteurin nun wirklich nichts dafür konnte und Hanna nie etwas getan hatte. »Ich muss mit dir reden, Josh. Jetzt sofort.« Sie hatte eine zusammengerollte Ausgabe der Zeitung in der Faust, die sie nun drohend schwang.

»Könntest du uns eine Minute allein lassen, Ciara?«

»Klar, kein Problem.« In Windeseile sammelte Ciara ihre Fotos zusammen. Man sah ihr an, dass sie schnellstmöglich das Weite suchen wollte. Sie hatte keine Lust, zwischen die Fronten zu geraten, wenn es knallte.

Josh schwieg, als Ciara ging und die Tür hinter sich schloss. Er blickte Hanna aus zusammengekniffenen Augen an.

»Vielleicht möchtest du mir gerne erklären, wieso du von mir erwartest, dass ich nach diesem Auftritt noch auf irgendetwas hören sollte, was du zu sagen hast.«

Die Wut brodelte in ihrem Bauch. »Ich erwarte gar nichts von dir. Du hast ja nicht mal den Mumm, mir ins Gesicht zu sagen, dass du meinen Artikel total zusammengekürzt hast. Ich hätte wirklich gedacht, du besitzt mehr Anstand.« Sie warf die Zeitung auf seinen Schreibtisch und verfehlte um Haaresbreite seinen Oberschenkel.

»Dein Artikel war Mist. Er hatte Tippfehler, Grammatikfehler, und was am schlimmsten ist: Er hat mich gelangweilt.«

Autsch. Das saß. Ihre Reaktion bestand darin, zurückzufeuern.

»Der Artikel war gut. Du hast bloß keine Ahnung, wie man vernünftig redigiert.«

»Provozier mich nicht.« Er beugte sich zu Hanna. Er war größer als sie, und instinktiv wollte sie zurückweichen, tat es aber nicht.

»Dann streich du meine Artikel nicht zusammen.« Ihr Herz klopfte wie wild, gespeist von einer Mischung aus Adrenalin und Empörung. »Und ich reiz dich, wenn es mir passt.« Wie um dies zu demonstrieren, stach sie ihm den Zeigefinger gegen die Brust.

Josh fing ihr Handgelenk ein und zog sie an sich. »Du segelst hier sehr nah am Wind. Hör auf, dich wie ein Kind zu benehmen.«

»Dann hör du auf, mich wie eins zu behandeln!«

Im nächsten Moment presste er seine Lippen auf ihre, und seine Hand riss an den Haaren in ihrem Nacken. Er bebte am ganzen Körper. Er war aufgestanden und zog sie näher zu sich heran, bis sie ihm die Beine um die Hüften schlingen konnte. Sie spürte seine Erektion und fragte sich, ob er schon länger hart war – ob es ihre Wut gewesen war, die ihn angemacht hatte. Dann teilten sich seine Lippen, und seine Zunge rieb sich an ihrer. Hanna umfasste seinen Nacken. Sie wollte ihm ganz nah sein. Sich in ihm verlieren.

»Behandle ich dich jetzt etwa wie ein Kind?«, keuchte Josh in ihren Mund, so dass ihre Knie zitterten und sie sich noch verzweifelter an ihm rieb. Das Wort »unprofessionell« war bei weitem zu schwach, um das zu beschreiben, was sie hier gerade taten.

Hanna löste sich von ihm und rang keuchend nach Luft. Josh starrte sie an.

»Scheiße.«

»Mist.«

Ihr Herz schlug noch schneller. Sie wollte die Hand ausstrecken und seine Haare streicheln, sie ihm aus den Augen streichen, damit sie deren klares, stechendes Blau sehen konnte. Sein hellgraues T-Shirt war verrutscht und gab den Blick auf seine rechte Schulter frei. Auf einmal spürte sie den Drang, ihn dort zu berühren.

»Das ist ein bisschen so wie in *Eine Frau, von der man spricht*, oder?«, sagte sie im Bemühen, den Vorfall herunterzuspielen.

»Ein bisschen so wie was?« Er zog verwirrt die Brauen zusammen.

»Das ist ein Film mit Spencer Tracy und Katharine Hepburn. Sie spielen darin zwei Journalisten, die anfänglich verfeindet sind, aber am Ende heira ...« Hanna brach abrupt ab und wurde feuerrot im Gesicht. Sie blickte auf ihre Füße, um ihn nicht ansehen zu müssen, und nuschelte: »Ist ja auch egal.«

Josh lachte kurz auf. »Wie kann es sein, dass du mich in einem Moment zu Tode nervst und mich im nächsten so zum Lachen bringst?«

»Schieres Talent.« Sie riss den Blick von ihren Füßen los und schenkte ihm ein zaghaftes Lächeln. »Das ist nur eine meiner zahlreichen verblüffenden Eigenschaften.«

»Scheint wohl so. Fürs Protokoll: Ich halte dich für eine sehr begabte Journalistin, und ich habe keinen Zweifel, dass du es einmal weit bringen wirst, aber du musst lernen, konstruktive Kritik anzunehmen, ohne gleich auszurasten.«

»Ich weiß.« Sie raufte sich die Haare. »Als ich die Zeitung in der Hand hatte, habe ich einfach rotgesehen. Ich wollte dir die Eier abreißen.«

»Ich habe dir letzte Woche einen Zettel auf deinen Schreibtisch gelegt, darauf stand, dass ich den Artikel gekürzt habe. Hast du den nicht gelesen?«

»Muss runtergefallen sein. Vielleicht könntest du es mir nächstes Mal persönlich sagen?«

»Wenn ich dir das verspreche, darf ich dich dann noch mal küssen?«

»Wenn du mich noch mal küssen darfst, kriege ich dann die Titelseite?«

»Nein.«

»Ach, Mann. Na ja, einen Versuch war's wert.« Sie grinste ihn spitzbübisch an. Er beugte sich zu ihr und küsste sie erneut. Sie schloss die Augen und spürte, wie ihre Lippen sich im Gleichklang bewegten. Er fuhr mit der Zungenspitze an ihren Lippen entlang, bis sie sie öffnete.

Seine Hand glitt in ihren Nacken, wanderte hinab bis zu ihren Schultern, dann strich er mit dem Zeigefinger über ihre Wirbelsäule. Sie erschauerte unter der Berührung und stöhnte leise an seinem Mund, woraufhin er den Druck seiner Lippen verstärkte und das Spiel seiner Zunge immer wilder wurde, bis sie schließlich keinen klaren Gedanken mehr fassen konnte.

Kapitel 6

3. September 2001

Das Licht, das durch die dünnen Vorhänge fiel, verriet ihr, dass es noch früh am Morgen war. Also machte sie die Augen wieder zu und versuchte weiterzuschlafen, aber dann spürte sie Joshs sanfte, aber beharrliche Finger auf ihren Brüsten, und schon war ihr Körper wach, selbst wenn ihr Hirn ein wenig hinterherhinkte.

»Mmm.« Noch weigerte sich Hanna, die Augen vollständig zu öffnen. Seine Lippen schlossen sich um ihre Brustwarze, er kitzelte sie mit der Zunge und neckte sie mit den Zähnen, bis sie sich als Reaktion auf seine Liebkosungen erwartungsvoll in die Höhe reckten.

»Habe ich dich aufgeweckt?«

»Nee. Ich schlafe noch.« Wider Willen musste sie lächeln.

»Dann tu doch einfach so, als wäre das hier ein Traum. Ein sehr schöner Traum.« Seine Lippen wanderten weiter nach unten, und sie krallte die Finger ins Bettlaken.

So schön sich seine Berührungen auch anfühlten – es war definitiv kein Traum.

Sie hatten den ganzen Sommer zusammen verbracht, waren durch England gereist und hatten verschiedene Konzerte und Musikfestivals besucht. Ende August waren sie dann nach London zurückgekehrt, wo Josh vor kurzem eine Stelle als Volontär bei der Tageszeitung *The Guardian* angetreten hatte.

»Ich muss gleich los, Baby. Ich muss um acht in der Redaktion sein.« Josh beugte sich noch einmal zu ihr herab und küsste ihren Hals. Seine Haare, nass von der Dusche, kitzelten ihre Haut. »Ich bin einem Kollegen zugeteilt, der verschiedene Bauernhöfe besuchen und einen Artikel über die Maul- und Klauenseuche schreiben will.«

»Hast du Gummistiefel an? Darf ich dich Farmer Brown nennen?« Hanna schmunzelte bei der Vorstellung, dass Josh durch den Matsch waten und Landwirte über ihre persönlichen Erfahrungen mit der Maul- und Klauenseuche interviewen musste. Die Krankheit hatte zahlreiche landwirtschaftliche Betriebe im Land schwer getroffen, und massenhaft Tiere mussten gekeult werden. Hanna hatte geweint, als sie die Aufnahmen der riesigen brennenden Kadaverberge gesehen hatte. Sie konnte die Bilder im Kopf lange nicht loswerden.

»Nein auf die erste Frage und nein auf die zweite. Aber wenn ich heute Abend nach Hause komme, können wir gerne zusammen was Schmutziges machen. Was sind deine Pläne für den Tag?«

»Heute ist Rubys erster Tag an der neuen Schule. Ich habe ihr versprochen, sie mit Richard zusammen hinzubringen.«

Kaum hatte sie den Namen »Richard« ausgesprochen, verzog sich Joshs Mund zu einer missbilligenden Grimasse. Am letzten Samstag hatte sie die beiden miteinander bekannt gemacht, und sie waren sich auf Anhieb unsympathisch gewesen. Dementsprechend beklemmend war die Begegnung verlaufen.

»Und was machst du den Rest des Tages?«

Hanna verstand die eigentliche, unausgesprochene Frage dahinter: Josh wollte wissen, ob sie den *ganzen* Tag mit Richard zusammen sein würde. Sie schluckte schwer, weil sie sich so sehr darauf freute, Zeit mit ihrem guten Freund zu verbringen. Seit er in England war, hatten sie viel Spaß miteinander gehabt. Er hatte viel gelacht und sie ständig geärgert, in der Hoffnung, sie würde mit einer bissigen Bemerkung kontern.

»Weiß noch nicht genau. Wir haben gerade die Lektüreliste fürs nächste Jahr bekommen, insofern sollte ich wohl losziehen und mir ein paar Bücher besorgen. Und ich habe Mum gesagt, dass ich zum Tee vorbeikomme.«

»Wann bist du ungefähr zu Hause?« Seine Worte klangen abgehackt, und die Falten auf seiner Stirn waren noch tiefer geworden.

Es gefiel Hanna, dass er eifersüchtig war, und es gefiel ihr noch mehr, dass er seine schäbige kleine Zweizimmerwohnung als ihr Zuhause bezeichnete. Von einer plötzlichen amourösen Stimmung erfasst, warf sie die Bettdecke beiseite und lief zu ihm. Als sie ihren nackten Körper an seinen schmiegte, spürte sie die kühlen Tropfen auf seiner Haut.

»Wann immer du mich willst.«

Er riss sie an sich, und sie merkte, wie sich unter dem Handtuch, das er um die Hüften trug, etwas regte. »Ich will dich andauernd, das ist ja mein Problem. Aber manche Menschen sind gezwungen, für ihren Lebensunterhalt zu arbeiten. Deshalb werde ich um acht zu Hause sein.«

»In Ordnung, Liebling, bis dahin habe ich deine Bügelwäsche fertig, das Abendessen ist im Ofen, und die Kinder liegen im Bett. Hättest du gerne, dass ich dir deine Pfeife und die Pantoffeln bringe?«

»Die Pfeife und die Pantoffeln können mich mal.«

»Mir wäre es lieber, wenn ich dich mal könnte.«

»Keine Angst, das lässt sich schon einrichten.«

Als Hanna das Haus der Larsens betrat, hörte sie Ruby in ihrem Zimmer kreischen.

»Hanna, du hast es geschafft. Da wird Ruby sich aber freuen.« Claire Larsen trat aus der Küche in die Halle. Sie hatte die Hände am Ohr, weil sie gerade versuchte, sich einen kleinen Perlenohrring ins Ohrläppchen zu stecken. »Wie du hören kannst, wird hier heute Morgen jede Menge geschrien.«

»Ist sie aufgeregt?«, fragte Hanna.

»Sehr, sehr aufgeregt, vor allem weil ihre zwei Brüder hier sind, um sie zu begleiten. Und ihre beste Freundin natürlich.« Claire zwinkerte Hanna zu.

»Nathan ist auch da?« Hanna war Nathan Larsen, Claires Sohn, noch nie persönlich begegnet, hatte allerdings schon jede Menge Geschichten über seine hünenhafte Statur, seine lockere Art und seine beeindruckenden Körperkräfte gehört, die es ihm angeblich erlaubten, Ruby bis zur Decke hochzuwerfen.

»Ja, er ist gestern Abend angekommen. Ich fürchte, er hatte noch keine Gelegenheit, sich zu rasieren, deshalb sieht er aus wie ein Waldschrat.«

»Hanna!« Ruby hatte sie entdeckt und kam die Marmortreppe hinabgeflogen.

»Hey, Ruby.« Hanna fing sie am Fuß der Treppe auf und drückte sie fest, was dem zierlichen Mädchen ein weiteres Kreischen entlockte. »Lass dich mal anschauen.« Sie schob Ruby ein Stück von sich und musterte ihren Faltenrock und die weiße Bluse. Ihre Krawatte war tadellos geknotet. »Du siehst fabelhaft aus. In dem Outfit wirst du alle umhauen.«

Ruby lachte. »Es tragen doch alle dieselbe Uniform. Ich glaub nicht, dass ich damit bei irgendwem Eindruck machen kann.«

»Das ist also die berühmte Hanna«, hörte sie eine laute Stimme hinter sich. Sie hatte gar nicht bemerkt, dass außer Ruby noch jemand die Treppe heruntergekommen war. Sie drehte sich um.

Nathan war sogar noch größer, als sie ihn sich vorgestellt hatte. Aber es war nicht nur seine Größe, die beeindruckte – obwohl er sie um einiges überragte –, sondern seine Statur. Er war kräftig gebaut, und mit den wilden Haaren und dem Bart sah er älter aus als seine vierundzwanzig Jahre.

»Hi.« Sie lächelte mit geschlossenem Mund. Dass er sie so offen musterte, machte sie verlegen.

»Hey, du bist genauso hübsch, wie Richard gesagt hat.« Nathan beugte sich zu ihr und umarmte sie kurz, wobei sein Bart an ihrer Haut scheuerte. Dann gab er ihr einen flüchtigen Kuss seitlich auf den Mund. »Sogar noch hübscher.«

»Das sage ich deiner Freundin«, trällerte Ruby. Hanna wurde rot und wusste gar nicht, wo sie hinschauen sollte.

Als sie aufsah, erspähte sie Richard, der auf der Treppe stand und ihre nackten Beine anstarrte.

»Hi.«

Richard lächelte, dann kam er zu ihnen, schnappte sich Ruby und wirbelte sie wild im Kreis herum. Erneut kreischte Ruby so laut, dass es von den Wänden widerhallte. »Lass mich runter!«

»Soll ich dich Nathan übergeben?«

»Nein, nein, Hanna, rette mich!«

Hanna lief zu ihnen und versuchte Ruby aus Richards Griff zu befreien. »Lass sie los, du Grobian.«

Die vier nahmen die U-Bahn zu Rubys Schule. Sie waren eine seltsame Truppe: Nathan sah aus wie ein Vagabund, Ruby wirkte makellos adrett in ihrer nagelneuen Uniform, und Richard war in Jeans und T-Shirt einfach nur zum Anbeißen. Und auch Hanna leistete mit ihren knappen Shorts und dem Tanktop einen Beitrag zum bunten Aussehen der Gruppe. Ihr fielen ein paar Pendler auf, die sie neugierig betrachteten, während sie lachend zusammenstanden.

»Wann fliegst du nach San Francisco?«, wollte Hanna von Richard wissen. Plötzlich hielt der Zug mitten im Tunnel an. Das Licht flackerte, und es wurde abwechselnd hell und dunkel. Ruby schnappte nach Luft.

»Nächsten Dienstag. Am Freitag geht dann die Maschine aus London. Das gibt mir drei Tage zum Packen.«

»Bist du schon aufgeregt?« Ein Zittern ging durch den Zug, ehe er wieder anfuhr und an Fahrt aufnahm. Die Wucht der Beschleunigung hatte zur Folge, dass Hanna das Gleichgewicht verlor und gegen Richards Brust prallte. Instinktiv hielt er sie fest, und ehe Hanna wusste, wie ihr geschah, fand sie sich in seinen Armen wieder.

»Alles in Ordnung? Das war ein ganz schön heftiger Zusammenstoß.«

Sie atmete einmal tief durch und versuchte ihr galoppierendes Herz zu beruhigen. »Alles klar.« Sie nickte, wie um ihre Worte zu unterstreichen.

Der Zug fuhr in den nächsten Bahnhof ein. Die vier mussten sich ihren Weg mühsam durch die Massen von Pendlern kämpfen, die alle gleichzeitig zu den Türen drängten. Während der Stoßzeiten gab es so etwas wie Höflichkeit nicht. Da war sich jeder selbst der Nächste.

Nathan kam direkt hinter Ruby und schirmte sie mit seinem Körper ab, als sie auf den Bahnsteig stolperten. Richard, der Hanna vorausging, sah immer wieder über die Schulter zurück, um sich zu vergewissern, dass mit ihr alles in Ordnung war. Schließlich griff er nach ihrer Hand und zog sie hinter sich her, damit sie nicht verlorenging.

Sogar seine Hände waren perfekt. Seine Handfläche war warm und weich, und ihre Finger passten genau in seine. Seine Nägel waren kurz geschnitten, mit einem kleinen weißen Halbmond am oberen Rand. Ihre eigenen Nägel waren wie immer völlig abgekaut. Sie hatte längst aufgegeben, sie lackieren zu wollen.

Oben an der Rolltreppe steckten sie ihre Fahrscheine in den Automaten, passierten die Metallschranken und traten ins Freie. Ruby hatte kein Wort gesagt, seit sie den Bahnsteig verlassen hatten, und langsam machte Hanna sich Sorgen. Ruby wirkte sehr nervös; sie war blass um die Nase und hatte die Lippen zu einem dünnen Strich zusammengepresst.

»Alles klar?« Hanna beugte sich zu Ruby herab, um ihr ins Ohr zu flüstern. Sie wollte nicht, dass Richard und Nathan etwas mitbekamen. »Es ist völlig in Ordnung, nervös zu sein. Wir alle waren schon mal in derselben Situation, und ich kann dir versprechen, deine Brüder waren genauso aufgeregt wie du jetzt, als sie auf der höheren Schule angefangen haben.«

»Nathan nicht«, erwiderte Ruby flüsternd. »Er hat gleich am zweiten Tag einen Lehrer verdroschen, und am Ende der ersten Woche war er suspendiert.«

Hanna verbiss sich ein Lachen. Der Nathan, den sie bis jetzt erlebt hatte, war ein sanfter Riese. Sie konnte sich nicht vorstellen, dass er jemanden verprügelte, schon gar keinen Lehrer.

»Warum hat er das gemacht?«

»Der Lehrer hat ein Mädchen angeschnauzt, das er mochte. Er hat gesagt, er hat einfach rotgesehen.«

»Ich hoffe, sie war es wert.«

»Nathan scheint das so zu sehen. Sie ist immer noch seine Freundin.«

Hanna hatte Lucy nie persönlich kennengelernt, allerdings hatte Ruby ihr Fotos gezeigt. Im Vergleich zu der großen blonden Schönheit fand Hanna sich fad und unscheinbar.

»So, Dreikäsehoch, da wären wir.«

Ruby blieb abrupt stehen und sah zu dem hohen Schulgebäude aus rotem Backstein und weißem Stuck empor, das auf allen Seiten von Mauern und einer dicken grünen Hecke eingefasst war. Ihr schlotterten die Knie, und Hanna griff unwillkürlich nach ihrer Hand.

Hanna ging in die Knie, so dass ihr Gesicht auf derselben Höhe war wie Rubys. Während sie ihre Hand hielt, streichelte sie mit der anderen Rubys Wange.

»Ruby, das wird schon. Du schaffst das. Wenn du heute Nachmittag nach Hause kommst, hast du ein Lächeln auf den Lippen, das garantiere ich dir.«

Ruby verzog das Gesicht. Tränen stiegen ihr in die Augen. »Ich glaub, ich kann das nicht.« Ihre Stimme klang ganz kläglich. Hanna wünschte von ganzem Herzen, sie hätte mit dem Mädchen tauschen und statt ihrer in die neue Schule gehen könnte.

»Du bist stärker, als du denkst. Weißt du noch, wie viel Angst Harry Potter vor seinem ersten Tag in Hogwarts hatte?«

»Ja. Und dann hat er Malfoy und Snape getroffen«, gab Ruby zurück.

»Aber auch Ron und Hermine. Und Neville Longbottom, vergiss den nicht.«

»Wie könnte ich jemanden vergessen, der so einen albernen Namen hat?«

Hanna sah Ruby nach, als diese langsam durch das Schultor schritt, ohne sich noch einmal nach ihnen umzudrehen. Als sie den Kopf zur Seite wandte, sah sie, dass Richard die Stirn gerunzelt hatte. Selbst Nathans Augen glänzten verdächtig.

»Habt ihr Lust auf einen Kaffee?«, schlug Hanna vor. Sie konnten alle ein bisschen Aufmunterung vertragen.

»Ich bin heute Vormittag mit ein paar Freunden verabredet, aber geht ihr zwei nur.« Nathan beugte sich vor und drückte Hanna sanft. »Hat mich echt gefreut, dich kennenzulernen, Hanna. Ich find's toll, wie du dich um Ruby kümmerst.«

»Man muss sie einfach gernhaben.«

»Das sollte *ihr* mal jemand sagen«, pflichtete Nathan ihr bei, dann klopfte er Richard zum Abschied auf die Schulter, bevor er die Straße entlang in Richtung U-Bahn davonging.

Hanna wandte sich an Richard. »Kaffee?«, fragte sie noch einmal mit sanfter Stimme.

Richard sah sie an. »Klingt gut.« Er sah sie an, und sie hatte das Gefühl, dass seine Stimmung sich ein wenig aufhellte. Seine Lippen verzogen sich zu einem schiefen Lächeln.

Sie ermahnte sich, dass es hier nur um einen Kaffee ging. Sie würden sich gegenübersitzen und über Belanglosigkeiten reden, während sie lauwarmen, mittelmäßigen Kaffee aus angeschlagenen, zu oft benutzten Bechern tranken. Es bedeutete gar nichts: Sie waren bloß zwei Freunde, die Zeit miteinander verbrachten. Sie würde ihn *nicht* ansehen und sich dabei fragen, ob er sie noch mochte. Sie würde sich *nicht* ausmalen, wie sich ihre Lippen berührten, so wie es an jenem verschneiten Abend in New York City beinahe passiert wäre.

Es gab vieles, das sie nicht tun würde.

Josh von dieser Verabredung zum Kaffee zu erzählen gehörte auch dazu.

Sie saßen in der Nähe des Standbilds von Peter Pan in den Kensington Gardens und genossen die warme Sommerluft. Richard hatte sich lang ausgestreckt und den Kopf auf seine zusammengerollte Jacke gebettet. Hanna kuschelte sich neben ihn, die Wange an seiner Brust. Eine leere Flasche teurer Wein lag neben ihnen im Gras. Sie waren beide ein bisschen betrunken.

»Ruby kommt bald nach Hause«, murmelte er. Er hatte seine Hand in ihrem Haar vergraben und spielte mit einigen losen Strähnen.

»Mmm.« Hannas Augen blieben geschlossen. Dort, wo ihr Mund war, fühlte er einen kleinen feuchten Fleck auf seinem T-Shirt.

»Sabberst du auf mich?« Er hob den Kopf, um besser sehen zu können.

»Ich sabbere nicht.« Plötzlich war sie hellwach und wandte den Kopf, um ihn anzusehen. Dabei wischte sie sich unauffällig mit der Hand über den Mund. Als Richard die verräterische Geste sah, musste er lachen.

»Komm schon, gib's zu, bei meinem Anblick läuft dir das Wasser im Mund zusammen.«

»Deine Bescheidenheit kann einem regelrecht Angst machen.« Sie biss sich auf die Lippe, um ein Schmunzeln zu unterdrücken, ehe sie die Zunge herausstreckte und über sein T-Shirt leckte. »Aber wenn du mir etwas vorwirfst, was ich noch nicht gemacht habe, kann ich es ja noch nachholen.«

Als sie sein Gesicht sah, sprang sie auf, schnappte sich ihre Tasche und machte, dass sie wegkam. Als sie an der Statue in der Mitte des Rasens vorbeirannte, machte sie einen Schlenker und steuerte auf die Bäume zu, die den Rasen säumten. Richard griff nach seiner Jacke und setzte ihr mit langen, großen Sprüngen nach. Er hatte sie eingefangen, noch ehe sie die erste Eiche erreicht hatte.

»Du hast keine Chance«, lachte er, schlang von hinten die Arme um ihre Hüften und zog sie an sich. Er fühlte ihren weichen Bauch unter den Händen, der sich im Rhythmus ihres schnellen Atems hob und senkte.

Hanna zappelte in seinem Griff und versuchte sich zu befreien, aber er hielt sie fest. Nach einer Weile ging ihr Atem langsamer, und auch sein eigener Herzschlag beruhigte sich nach dem unerwarteten Sprint allmählich wieder.

Sie kehrten zu ihrem Platz zurück, um ihren Abfall aufzusammeln, warfen ihn in einen Mülleimer und machten sich dann auf den langen Fußmarsch zurück durch den Park. Es war kurz vor drei, und obwohl Nathan versprochen hatte, Ruby von der Schule abzuholen, wollte Richard sie zu Hause zu erwarten.

»Und, wie läuft es so mit Josh?«, erkundigte er sich. Sie hatten das Long Water erreicht und folgten dem Pfad, der zum östlichen Teil des langgestreckten Sees, der sogenannten Serpentine, führte.

Als er das Lächeln auf Hannas Gesicht sah, krampfte sich etwas in seinem Magen zusammen. Er versuchte zu ergründen, weshalb die Tatsache, dass sie mit ihrem Freund glücklich war, eine solche Reaktion bei ihm auslöste. Er und Hanna waren bloß Freunde. Woher also die Eifersucht?

»Gut. Alles läuft gut. Auch wenn es komisch sein wird, dieses Jahr ohne ihn an der Uni zu sein.«

Das Krampfen in seinem Magen ließ nach. »Warum ist er denn nicht an der Uni?«

»Er hat im Juli seinen Abschluss gemacht und hat jetzt eine Stelle als Volontär beim *Guardian* bekommen. Er ist in eine kleine Wohnung im Earl's Court gezogen.«

»Bleibt ihr trotzdem zusammen?«

»Natürlich. Wir leben ja nur ein paar hundert Meilen auseinander. Wir können uns am Wochenende und in den Ferien sehen.«

Die mächtigen Eichen beschatteten den breiten asphaltierten Fußweg, der an der Serpentine entlangführte. Sie wichen einem Skater aus, der mit halsbrecherischer Geschwindigkeit mitten auf dem Weg vorbeiraste. Am Ufer des Teichs saßen braungesprenkelte Enten und elegante weiße Schwäne und warteten auf die Heerscharen Londoner Kinder, die tagtäglich kamen, um sie zu füttern.

Richard zog Hanna an sich und legte ihr in einer freundschaftlichen Geste den Arm um die Schultern. Sie legte ihren Arm um seine Taille.

»Ich werde dich vermissen, wenn du nach Kalifornien ziehst. Kommst du denn zu Weihnachten hierher?« Ihre Stimme war leise.

»Ich habe noch keine Ahnung, wann ich wieder in London oder auch nur in New York sein werde. Wenn Chris und ich mit der Sache Erfolg haben wollen, müssen wir erst mal viel Arbeit investieren. Wahrscheinlich werden wir in der ersten Zeit nicht aus San Francisco rauskommen.«

»Erklär mir noch mal, was ihr vorhabt?«

»Okay. Hast du schon mal von Friends United gehört?« Er beschloss, bei den Grundlagen anzufangen, damit sie das Prinzip hinter seiner Idee begriff.

»Ja, meine Mum hat über die Seite wieder Kontakt zu ein paar alten Schulfreunden aufgenommen.«

»Also, Chris und ich wollen das Grundprinzip der Seite übernehmen, es aber größer und moderner aufziehen. Man soll nicht nur Freunde von früher wiederfinden, sondern auch mit seinen jetzigen Freunden in Kontakt bleiben können. Man kann zum Beispiel mit ihnen chatten, ihnen mitteilen, was man gerade so macht, vielleicht sogar Onlinespiele gegeneinander organisieren und so weiter.«

»Warum sollte man das übers Internet machen, wenn man doch genauso gut einfach telefonieren kann?«

»Weil man auf diese Art mit Hunderten Freunden gleichzeitig in Verbindung treten kann. Mit einem einzigen Klick kannst du allen Menschen in deinem Leben mitteilen, was bei dir gerade so los ist. Ein Beispiel: Du willst allen sagen, dass du deinen Abschluss geschafft hast. Dazu müsstest du alle anrufen oder ihnen mailen oder Briefe schicken oder dich auf Mundpropaganda verlassen. Mit unserer Website dagegen bräuchtest du nur eine kurze Notiz zu schreiben, und alle deine Freunde wissen mit einem Schlag Bescheid. Es dauert weniger als eine Minute, sie zu informieren, und den Rest des Tages kannst du damit verbringen, Jane Austen zu lesen oder was auch immer du gerne machst.«

»Hmm. Ich verstehe immer noch nicht ganz, wo der Reiz liegt.«

»Hättest du früher je gedacht, dass du mal ein Handy wollen würdest?«

»Ein was?«

»Du weißt doch wohl, was ein Handy ist?« Richard traute seinen Ohren nicht. Er zog sein Nokia 8250 aus der Tasche und zeigte es ihr.

»Ach so! Du meinst ein Mobiltelefon.« Hanna nahm ihm

das Gerät aus der Hand und betrachtete das Farbdisplay. »Ooh, das ist aber schick.«

Richard schüttelte den Kopf. »Wie gesagt: Vielleicht hast du früher nie gedacht, dass du mal ein Mobiltelefon brauchen würdest.« Er sprach das Wort »Mobiltelefon« absichtlich langsam aus. »Aber inzwischen hat jeder so ein Ding. Es verändert die Art, wie wir miteinander kommunizieren. Und genauso wird es mit unserer Website sein. Wir bedienen ein Bedürfnis, von dem die Leute gar nicht wussten, dass sie es haben. So funktioniert Innovation.«

»Na ja, ich geb dir Bescheid, falls ich jemals das Bedürfnis verspüren sollte, Hunderten von Bekannten gleichzeitig mitzuteilen, dass ich gerade ein Brot gekauft habe. Bis dahin halte ich mich mit meinem Urteil zurück.« Hanna lächelte. Es machte ihr ganz offensichtlich Spaß, ihn zu ärgern, und Richard merkte, dass er es ebenfalls genoss.

»Ich erwarte eine öffentliche Entschuldigung übers Internet. Vielleicht sogar ein bisschen Katzbuckeln.«

»Ich könnte auch sabbern, wenn das hilft?«

»Ist mir schon aufgefallen.«

Sie waren an Hyde Park Corner angekommen. Hanna zwängte die Hände in die Taschen ihrer Shorts. »Fahr jetzt mal lieber nach Hause. Ruby wird nicht glücklich sein, wenn sie wiederkommt und du nicht da bist. Es war sehr schön, dich wiederzusehen.«

»Gleichfalls. Ich werde dich vermissen.«

»Klingt so, als würdest du gar keine Zeit dazu haben.«

»Die Zeit nehme ich mir.«

»Dann vergiss nicht, mir zu mailen. Oder lad mich auf deine neue Website ein. Ich freue mich schon aufs Katzbuckeln.«

Richard lachte und fuhr sich mit der Hand durchs Haar.

Er sah in ihr lächelndes Gesicht. »Ich kann's gar nicht erwarten.«

»Ganz im Ernst, viel Glück mit allem. Meld dich mal.« Hanna nahm die Hände aus den Taschen, schlang die Arme um ihn und zog ihn für eine kurze Umarmung an sich. Dann ließ sie ihn los.

Er neigte den Kopf und strich mit den Lippen über die weiche Haut ihrer Wange. Dabei nahm er sich einen Augenblick Zeit, ihren Duft einzuatmen. Hanna wandte sich um und lief die Stufen hinunter in die Tiefen der U-Bahn-Station. Von der obersten Stufe aus sah Richard ihrer kleiner werdenden Gestalt nach, bis sie unten angekommen war und seinen Blicken entschwand. Er berührte seine Lippen flüchtig mit den Fingerspitzen, dann drehte er sich um und schlug den Weg in Richtung Chelsea ein.

Kapitel 7

11. September 2001

Das schrille Läuten des Telefons in der Küche durchschnitt die Stille in der Wohnung. Es dauerte eine Weile, bis Hanna sich von ihrem Buch losgerissen hatte und wieder in der Realität angekommen war. Sie sah sich hektisch nach etwas um, das sich als Lesezeichen verwenden ließ, bis sie sich schließlich kurzerhand das Haargummi aus den Haaren zog und es zwischen die Seiten legte. Das Haar fiel ihr nun offen über die Schultern.

Sie rannte durchs Wohnzimmer und war gerade in der Küche angekommen, als das Telefon verstummte. Es war nicht das erste Mal, dass ihr das passierte, trotzdem mahlte sie vor Frust mit den Kiefern, weil ihre ganze Eile umsonst gewesen war. Sie merkte, wie ihr Magen knurrte, und beschloss, sich ein Sandwich zu machen.

Als sie zum Kühlschrank trat, begann das Telefon erneut zu klingeln. Sie nahm ab und sagte laut »Hallo« in den Hörer.

»Hanna? Hier ist Josh.«

»Hast du es eben schon mal versucht?« Sie biss sich verwirrt auf die Lippe. Eigentlich wollte er doch erst morgen anrufen.

»Nein, ich bin gerade in einer Besprechung. Geht es dir gut?«

»Warum sollte es mir nicht gutgehen?«

»Hast du keine Nachrichten geschaut?« Im Hintergrund hörte sie Gemurmel, und sie fragte sich, wie viele Leute bei dieser Besprechung anwesend waren.

»Nein, ich sitze in meinem Zimmer und lese. Was ist denn passiert?«

»Es gab ein Flugzeugunglück in New York. Zwei Maschinen sind ins World Trade Center gerast.«

»Oh mein Gott, Josh. Das liegt genau neben dem Bürogebäude meines Vaters!« Ihre Hand zitterte, während sie das Telefon fest umklammert hielt, als wäre es die einzige Rettungsleine, die sie noch mit ihrem Vater verband.

»Da drüben herrscht totales Chaos, keiner weiß was Genaues. Ich wurde in die Redaktion zurückbeordert, um heute Nacht Telefondienst zu schieben, deshalb muss ich jetzt los. Ich versuche, dich noch mal anzurufen, sobald ich da bin.«

Hanna war vor Schreck wie gelähmt. Sie sehnte sich danach, dass ihr Freund zu ihr nach Hause kam, sie in den Arm nahm und ihr sagte, dass alles gut werden würde. Sie legte auf. Ihre Beine bewegten sich mechanisch in Richtung Wohnzimmer, und ihr Arm streckte sich ganz von selbst, um den Fernseher einzuschalten.

Sie brachte es nicht über sich, sich hinzusetzen, während sie die Nachrichten verfolgte, obwohl ihr schwindlig war und es in ihrem Magen rumorte. Als die Bilder der Katastrophe über den Bildschirm flimmerten und sie die panischen Reaktionen von Reportern und Bevölkerung sah, begann sie am ganzen Leib zu zittern, und ein Schluchzen drang aus ihrer Kehle. Der Vorfall wurde bereits offiziell als Terrorakt eingestuft.

Ihre Sorge galt nicht nur ihrem Vater und seiner Familie, sondern auch Richard, den Maxwells und all den vielen Unbekannten, die von der Tragödie betroffen waren.

Noch immer zitternd, ging sie zurück in die Küche und zog die Schublade auf, in der ihre Adressbücher lagen. Sie klappte das zerfledderte schwarze Lederbüchlein auf und blätterte bis zu der Seite vor, auf der die Nummern ihres Vaters standen. Systematisch wählte sie eine nach der anderen, aber das Ergebnis war jedes Mal dasselbe.

Besetzt.

Sie versuchte es wieder und wieder. Tränen liefen ihr über die Wangen, während sie zunehmend verzweifelt die Tasten drückte. Sie wusste jedes Mal schon vor der letzten Ziffer, dass sie nur ein monotones Tuten zu hören bekommen würde. Trotzdem gab sie nicht auf.

Vor lauter Nervosität biss sie in die Haut an ihrem Daumen und blätterte weiter bis zum Buchstaben L. Sie fuhr mit dem Finger die Seite nach unten, bis sie die gesuchte Nummer gefunden hatte. Sie wählte hastig, und ihr Herz wurde ein klein wenig leichter, als ein Freizeichen in der Leitung ertönte.

»Hallo?«

»Claire? Hier ist Hanna.« Sobald sie Claires sanfte Stimme hörte, begannen ihre Tränen noch schneller zu fließen. Ein weiteres unterdrücktes Schluchzen kam aus ihrem Mund, und wie als Echo hörte sie Claires ersticktes Atemholen am anderen Ende.

»Liebes, hast du schon von deinem Vater gehört?«

»Nein, ich komme nicht durch. Weißt du, was mit Richard ist?« Ihr Herz hämmerte gegen ihre Rippen. Sie war nicht sicher, ob sie Claires Antwort überhaupt hören wollte.

»Nein, bis jetzt noch nicht. Steven sitzt die ganze Zeit in seinem Zimmer und versucht etwas in Erfahrung zu bringen. Er lässt all seine Beziehungen spielen.«

»Wann sollte er denn nach San Francisco fliegen?«

»Heute Morgen, Hanna.« Claire konnte ihre Tränen nicht länger zurückhalten. Sie hatte Mühe, weiterzusprechen. »Wir wissen weder um wie viel Uhr noch mit welcher Fluggesellschaft.«

Hanna begann auf den Ballen vorwärts und rückwärts zu wippen. Die gleichmäßige, immer wiederkehrende Bewegung beruhigte sie ein wenig.

»Ist Diana bei dir?«

»Sie richtet heute eine Party in Hertfordshire aus. Sie kommt erst spät nach Hause.« Bei dem Gedanken an ihre Mutter zog Hanna geräuschvoll die Nase hoch.

»Du bist ganz allein? Oh, Hanna.« Claire wirkte regelrecht entsetzt. »Ich schicke dir einen Wagen. In so einer Zeit darf man nicht allein sein.«

Als sie am Cheyne Walk ankam, warteten Claire und Nathan bereits am Eingang auf sie. Sie trugen sie fast ins Haus und setzten sie auf dem weichen, zerknautschten Sofa ab. Ihre Augen waren gerötet, und auf ihren Wangen schimmerten getrocknete Tränen. Auf einmal war nichts mehr so, wie es gewesen war. Sie versuchten die Angst, die sie um Richard hatten, nicht in Worte zu fassen.

»Steven erkundigt sich gerade nach deinem Vater«, sagte Claire, als sie dasaßen und den auf stummgeschalteten Fernseher anstarrten. »Er hat Kontakte in der Botschaft und im Innenministerium. Sie tun, was sie können, aber da drüben herrscht totales Chaos. Niemand kann irgendjemanden erreichen, sämtliche Leitungen sind zusammengebrochen. Es wird sicher noch lange dauern, bis wir irgendwas Genaues wissen.«

Hanna merkte, wie eine Taubheit von ihr Besitz ergriff, während sie die Nachrichten verfolgte. Sie zuckte nicht einmal zusammen, als Bilder von einem dritten Flugzeug gezeigt wurden, das ins Pentagon gerast war, und sagte kein Wort, als man sah, wie eine vierte Maschine auf einem Feld in Pennsylvania abstürzte. Sie saß einfach nur mit weit aufgerissenen Augen da. Ihre Lungen atmeten, ihr Herz schlug. Sie wollte die Aufnahmen von den Abstürzen nicht sehen, die in Endlosschleife gezeigt wurden, aber sie konnte den Blick auch nicht davon losreißen. Sie war wie hypnotisiert.

Sie saßen da, sahen fern und schwiegen, bis aus Stevens Arbeitszimmer ein lautes Krachen zu hören war. Es klang, als hätte er etwas gegen die Wand geschleudert. Es gab ein lautes Splittern, gefolgt vom verzweifelten Aufschrei eines erwachsenen Mannes.

Claire fuhr hoch und stürzte zur Tür seines Arbeitszimmers. Hanna und Nathan sahen ihr mit vor Angst versteinerten Mienen nach.

Gerade als Claire die Tür erreichte, wurde diese aufgerissen und Steven erschien. Von seiner sonst so aalglatten Art war nichts mehr übrig, er wirkte vollkommen außer sich. Sein Hemd war verrutscht, und die Haare standen ihm wirr vom Kopf ab. Aber was Hanna am meisten erschreckte, war sein Gesicht. Solange sie lebte, würde sie niemals diesen Gesichtsausdruck vergessen. Es war eine Mischung aus Angst und tiefem Gram, Frust und Hilflosigkeit. Es war das Gesicht eines Vaters, der um das Leben seines Sohnes bangte.

»Das vierte Flugzeug sollte nach San Francisco fliegen«, sagte er kaum hörbar.

Hanna begann aufs Neue zu zittern. Sie presste sich die Arme in den Bauch, damit es aufhörte, und als das nichts half, begann sie erneut, sich vor und zurück zu wiegen.

»Von wo ist er gestartet?«, fragte Claire.

»Newark.«

»Steven.« Aus Claires Mund klang der Name wie ein Klagelaut. Sie warf sich ihrem Mann in die Arme, und ihr Schluchzen wurde lauter, während er sie an sich drückte.

Hanna begann den Kopf zu schütteln, als wolle sie das Geschehene leugnen. Sie sah zu Nathan, der mit der Hand auf den Mund gepresst dasaß. Ihre Blicke trafen sich.

»Wollte er definitiv von Newark fliegen?«, flüsterte sie ihm zu. Sie klammerte sich an jeden Strohhalm, wie ein Ertrinkender an eine Rettungsinsel.

»Keine Ahnung. Ich glaube nicht, dass Dad genau weiß, welche Maschine er nehmen wollte. Aber er ist früher auch schon von Newark geflogen.«

Hanna warf einen Blick zum Fernsehbildschirm. Die Uhr rechts unten zeigte an, dass es bald vierzehn Uhr dreißig war.

»Ruby«, wisperte sie und versuchte nicht auf Steven und Claire zu schauen, die sich immer noch verzweifelt in den Armen lagen. »Wenn ich jetzt losfahre, kann ich noch rechtzeitig an der Schule sein.« Hanna brauchte frische Luft – und eine Aufgabe, die sie wenigstens kurzzeitig von all dem Schrecklichen ablenkte.

»Ich komme mit. Ich will nicht, dass sie es von jemand anderem erfährt«, flüsterte Nathan.

»Sollen wir ihnen Bescheid sagen, dass wir gehen?« Hanna sah zu Claire hinüber. Sie und Steven schienen sich in einer ganz anderen Welt zu befinden. Nathan folgte ihrem Blick, und sein Gesicht fiel in sich zusammen, als er die beiden in ihrem Kummer sah.

»Geh und hol deine Jacke. Ich sage ihnen, dass wir Ruby abholen.«

Seine Mutter war wach, als Richard hereinkam. Sie lag zusammengerollt auf dem mit Seide bezogenen Sofa im Salon. Er war froh, dass sie ausnahmsweise mal kein Weinglas in der Hand hatte, auch wenn ihre Finger bleich waren und zitterten, so wie der Rest ihres Körpers. Das helle Haar fiel ihr strähnig ins Gesicht, und ihre Lippen waren gerötet und aufgesprungen, weil sie so heftig daraufgebissen hatte.

»Ich gehe nur kurz duschen, dann komme ich zu dir«, teilte er ihr mit. Sie sah mit glasigen blauen Augen zu ihm auf.

»Bitte beeil dich, Liebling. Ich möchte jetzt nicht allein sein.«

Die Dusche war dringend notwendig. Sein Haar war voller Schmutz, und seine Haut juckte von dem Wind und dem Trümmerstaub, der überall in der Luft lag. Doch mehr noch als den Dreck wollte er die Erinnerung an den Tag abwaschen und zusehen, wie sie zusammen mit dem schmutzgrauen Wasser den Abfluss hinabgurgelte. Leider ließ sich der Dreck viel leichter loswerden als die schlimmen Gedanken.

Mit nassen Haaren kam er zurück nach unten. Seine Mutter hatte sich die ganze Zeit nicht von der Stelle bewegt; sie starrte immer noch auf denselben Fleck an der Wand, wo Fotos von Familie und Freunden hingen. Fotos aus glücklicheren Tagen, als ihr Leben noch in geordneten Bahnen verlaufen war und das Böse nichts weiter gewesen war als eine Idee in einem uralten Buch.

»War es sehr schlimm da draußen?« Carolines Stimme klang wie abgestorben. Sie sprach durch dünne, trockene Lippen.

»Angenehm war es nicht. Ich habe Blut gespendet, und dann bin ich zum …« Er brachte es nicht über sich, es auszusprechen, obwohl er es früher oder später wohl würde tun müssen.

»Gibt es noch Hoffnung?«

Er wusste, dass sie wissen wollte, ob noch Überlebende geborgen wurden. Er schüttelte den Kopf.

»Bitte lass mich nicht allein, Richard.« Eine Träne erschien in ihrem Augenwinkel, lief über ihre Wange, tropfte von ihrem Kinn und hinterließ einen feuchten Fleck auf dem seidenen Sofa. »Ich weiß, ich habe schon so oft gesagt, dass ich nicht will, dass du nach Kalifornien ziehst, aber ich habe es ernst gemeint. Ich glaube, ich schaffe es nicht allein.«

»Keine Sorge, ich gehe nicht weg.« Er setzte sich zu ihr, nahm ihre Hand und drückte sie sanft.

»Sie sagen, sie fangen bald damit an, die Totenscheine auszustellen, auch wenn keine Leichen mehr gefunden werden. Ich habe versucht, unsere Familienanwälte zu erreichen, aber es hat niemand abgenommen. Ich weiß nicht, was ich tun soll.«

»Das kriegen wir schon hin. Ich rufe sie morgen noch mal an.« Er kratzte sich den Kopf, und sein Blick wanderte zum Barschrank. Die Whiskyflasche rief nach ihm wie eine Sirene. Er versuchte dem Drang zu widerstehen; er wollte seine Mutter nicht dazu animieren, wieder mit dem Trinken anzufangen. Nicht, wenn sie heute zum ersten Mal seit vier Tagen nüchtern war.

Während er noch immer fest ihre Hand hielt, fragte er: »Ist Daniel inzwischen nach unten gekommen?«

»Consuela hat ihm sein Mittagessen hochgebracht, und sie sagte, er wäre jetzt ruhiger, aber er will nach wie vor niemanden sehen.«

»Ich schaue gleich nach ihm. Er sollte jetzt nicht allein sein.«

»Er hat mir gesagt, er will sein Erbe nicht annehmen, er will nichts von Leon haben.« Ihre Stimme brach, als sie den Namen ihres verstorbenen Mannes sagte.

»Er trauert um seinen Vater. Er weiß nicht, was er redet.« Richard schloss einen Moment lang die Augen und versuchte sich vorzustellen, wie er sich fühlen würde, wenn Steven bei dem Angriff ums Leben gekommen wäre. Der Gedanke riss ihm ein Loch ins Herz. Der Himmel wusste, was Daniel gerade durchmachte.

»Er wird der Besitzer der Mehrheitsanteile von Maxwell Enterprises sein, und das bedeutet, dass sehr viele Menschen von ihm abhängig sind. Ich weiß genau, dass er dem Druck nicht standhalten wird.« Caroline nahm das Gesicht ihres Sohnes in beide Hände und zog ihn näher zu sich heran, damit sie ihn ansehen konnte. »Du weißt, dass Leon auch uns einen Anteil an der Firma vermacht hat. Du musst hingehen und unsere Interessen vertreten. Leon hätte gewollt, dass du die Kontrolle übernimmst, wenigstens bis Daniel so weit ist.«

»Ich habe schon mit dem Finanzchef gesprochen; wir haben beschlossen, fürs Erste neue Büroräume Uptown anzumieten. Wir wollen uns morgen treffen, um eine Interimslösung auszuarbeiten.« Er sagte ihr nicht, dass er seinen Freund angerufen und seinen Platz in der Start-up-Firma geräumt hatte, die es noch gar nicht gab. Solche Details schienen im Augenblick nicht wichtig zu sein.

Früh am nächsten Morgen, noch bevor er losfuhr, um sich mit dem Vorstand von Maxwell Enterprises zu treffen, saß Richard im eichengetäfelten Arbeitszimmer seines verstorbenen Stiefvaters und ging auf dessen ultramodernem Rechner seine E-Mails durch. Es war das erste Mal seit dem

10. September, dass er dies tat, und er war erstaunt über die Flut ungelesener Nachrichten. Er überflog die Liste der Absender, sah, dass die Mehrheit der Mails von Freunden stammte, die sich wahrscheinlich um ihn sorgten und wissen wollten, ob es ihm gutging.

Am unteren Ende der Seite entdeckte er den Absender »Hanna Vincent«. Allein ihren Namen zu lesen löste etwas in ihm aus, so als wäre im Boiler seiner Seele eine kleine Zündflamme angegangen.

Von: HMVincent@yahoo.co.uk
An: RSLarsen@aol.com
Betreff: Du

Richard,

ich finde es schrecklich, dass ich diese Mail schreiben muss. Ich finde es schrecklich, dass ich nicht für Dich da sein kann; dass ich Dich nicht mal anrufen kann. Alles ist so furchtbar, und ich werde noch wahnsinnig, weil ich die ganze Zeit versuche, mir vorzustellen, wie es Dir jetzt gerade gehen muss.

Ich habe den 11. September bei Deiner Familie verbracht, und ich war überwältigt von ihrer Liebe und Sorge um dich, aber auch davon, dass sie trotz ihres eigenen Kummers die ganze Zeit für mich da waren. Sie lieben Dich wirklich sehr, und unsere Erleichterung, als wir hörten, dass Du und mein Vater wohlauf seid, lässt sich kaum in Worte fassen.

Aber gleichzeitig waren wir auch traurig, als wir erfahren mussten, dass Dein Stiefvater bei der Tragödie ums Leben gekommen ist. Ich kann Dir gar nicht sagen, wie sehr mir das leidtut. Wenn Du jemanden zum Reden brauchst oder eine Schulter zum Ausweinen – ich bin für Dich da, Du kannst mich jederzeit anrufen, Tag oder Nacht.

Ich hoffe, das weißt Du.

Du bist mein Freund, und ich liebe Dich. Ich wünschte, ich könnte jetzt bei Dir sein und Dich umarmen. Sobald wir uns das nächste Mal sehen, werde ich das nachholen, also mach Dich darauf gefasst, dass ich Dir mit meinen dünnen Ärmchen die Luft abdrücke – so sehr werde ich mich freuen, Deine hässliche Visage wiederzusehen.

Du musst nicht antworten. Bestimmt hast Du Hunderte solcher E-Mails von Deinen weiblichen Bewunderern bekommen.

Hanna x

Von: RSLarsen@aol.com
An: HMVincent@yahoo.co.uk
Betreff: Du

Hanna,

danke für Deine Zeilen. In einer Zeit wie dieser kann ich Deine Leichtigkeit gut gebrauchen. Es herrscht gerade so ein entsetzliches Chaos, nicht nur in New York, sondern auch in meinem Leben, da tut es gut zu wissen, dass es anderswo auf der Welt noch so etwas wie Normalität gibt.

Mein Vater hat mir schon berichtet, wie viel Du für meine Familie getan hast. Dass Du Deine eigene Angst beiseitegeschoben und Dich um Ruby gekümmert und Nathan geholfen hast. Insofern kann ich mit absoluter Gewissheit sagen, dass ich Dich, wenn Du mich drückst, noch viel heftiger zurückdrücken werde. Darf ich Dir also raten, in der Zwischenzeit an Deiner Atemtechnik zu feilen?

Ich muss jetzt in ein Meeting, versuche aber, bald mehr zu schreiben.

Alles, alles Liebe,
Richard

Eine Stunde später betrat Richard den provisorisch eingerichteten Besprechungsraum im obersten Stockwerk des neu angemieteten Bürogebäudes von Maxwell Enterprises. Die verbliebenen Mitglieder des Vorstands standen in Grüppchen zusammen und erzählten sich mit großen Augen ihre persönlichen Geschichten über den Tag, der ihr aller Leben so radikal und unwiderruflich verändert hatte. Die Mehrheit von ihnen war am Morgen der Katastrophe nicht im Büro gewesen, aber der Schock, dem Tod um Haaresbreite entronnen zu sein, stand ihnen allen noch in die Gesichter geschrieben. Als Richard den Raum betrat, glitten ihre Blicke automatisch in seine Richtung. Sie nahmen Maß, fragten sich, ob er der Rolle als potentieller Nachfolger von Leon Maxwell gewachsen wäre.

Richard holte tief Luft, straffte die Schultern und ging mit geraden, bedächtigen Schritten zum Kopf des Konferenztischs. Er zog absichtlich geräuschvoll den Stuhl heran, damit sich alle zu ihm umdrehten.

»Meine Damen und Herren, ich schlage vor, dass wir anfangen. Wir haben ein Unternehmen zu leiten.« Während sich alle hinsetzten, blieb Richard stehen und ließ den Blick durch den Raum schweifen. Dann fixierte er der Reihe nach jedes einzelne Mitglied des Vorstands. Einige wirkten skeptisch, andere hoffnungsvoll. Die Klügeren unter ihnen setzten eine neutrale Miene auf, bevor sie seinen Blick erwiderten, damit er nicht sah, was in ihnen vorging.

»Wie Ihnen allen bekannt ist, wird Leon Maxwell, der Inhaber dieses Unternehmens, derzeit noch vermisst, allerdings sollten wir vom Schlimmsten ausgehen. Für den Übergang werde ich daher die neuen Inhaber, meinen Stiefbruder, meine Mutter und mich selbst, vertreten. Ich sehe, dass es einige unter Ihnen gibt, die sich fragen, ob ich überhaupt in der Lage bin, in die Fußstapfen meines Stiefvaters zu treten und die Geschicke der Firma kompetent zu lenken. Diesen Leuten möchte ich Folgendes sagen: Entweder Sie sind für mich, oder Sie sind gegen mich. Wenn Sie nicht hier arbeiten wollen, nehme ich mit Vergnügen jetzt gleich Ihre Kündigung entgegen.«

Richard hielt inne. Sein Blick ging abermals durch den Raum. Er wollte sehen, ob es jemanden gab, der sein Angebot annehmen würde.

Alle schwiegen.

»Ich bin froh, dass wir den unangenehmen Teil hinter uns gebracht haben. Wie mein Stiefvater, so erwarte auch ich harte Arbeit und Loyalität von Ihnen. Ganz Amerika wurde durch die Katastrophe der letzten Tage schwer getroffen, so auch unser Unternehmen. Aber die Kameradschaft und Entschlossenheit der Menschen draußen auf den Straßen haben mich wieder aufgerichtet. Wenn wir uns davon inspirieren lassen, bin ich überzeugt, dass wir das Unternehmen Stein für Stein wiederaufbauen und aus ihm eine Firma machen können, auf die Leon Maxwell mit Recht stolz wäre.«

Richard sah, dass einige der Anwesenden nickten. Er ließ sich jedoch nichts anmerken, gestattete sich keinen Seufzer oder auch nur den Hauch einer Emotion. Er wagte nicht, das geringste Anzeichen von Schwäche zu zeigen.

»Und jetzt möchte ich, dass Sie alle rausgehen und Ihren Mitarbeitern Mut machen. Ich werde mich noch mit jedem von Ihnen einzeln zusammensetzen, und wir werden Pläne für die Zukunft schmieden. In der Zwischenzeit freue ich mich auf die Zusammenarbeit mit Ihnen.«

Richard dankte allen für ihre Zeit, erst dann setzte er sich, um das Zittern in seinen Beinen zu verbergen. Die anderen hingegen erhoben sich von ihren Plätzen, um ihm stehend zu applaudieren.

Der Erste, der hinterher zu ihm kam, war Joe Garfield, der Finanzchef der Firma. Er war ein enger Vertrauter von Leon gewesen, und sein Gesicht war von Trauer gezeichnet, als er Richard in die Augen sah und ihm unter den üblichen Beileidsbekundungen die Hand schüttelte.

»Danke, Sir«, antwortete Richard und fragte sich, wie es hatte passieren können, dass er innerhalb weniger Tage zu einem Mann geworden war, zu dem alle aufsahen. Zu einem Mann, von dem erwartet wurde, dass er wüsste, wie man ein Multimilliarden-Dollar-Unternehmen führte.

Joe musste seine Nervosität gespürt haben, oder vielleicht lag es auch daran, dass Richards Hand zitterte, als er Joes schüttelte. Jedenfalls hatte der ältere Mann ein Einsehen mit ihm.

»Wenn einer von denen Ihnen Probleme macht, kommen Sie zu mir. Ich unterstütze Sie, wo ich kann.«

»Das weiß ich sehr zu schätzen. Danke.«

Richard blickte auf das Blatt Papier, das vor ihm auf dem Tisch lag. Seine neue Assistentin hatte bereits Termine mit den Vorstandsmitgliedern ausgemacht. Sein ganzer Tag war bis zwanzig Uhr abends verplant. Wie es aussah, gehörte sein Leben nicht länger ihm selbst.

Wenn er scheiterte, würde er Tausende von Menschen

enttäuschen – Mitarbeiter, Kunden und Aktionäre, die allesamt darauf bauten, dass er das Unternehmen zum Erfolg führte.

Versagen war keine Option.

Kapitel 8

29. Juni 2002

»Was ist das?« Josh nahm das Päckchen vom Bett, während Hanna weiter ihren Rucksack packte und die Sachen so fest hineinstopfte, wie es nur ging.

Hanna hob den Kopf, als er das T-Shirt aus seiner Verpackung zog. Er faltete es auseinander und sah, dass es sich um ein Vintage-Band-T-Shirt der New York Dolls aus dem Jahr 1973 handelte. Richard hatte es ihr geschickt.

»Das ist ein Geschenk von Richard.«

»Ich finde es nicht gut, dass er dir andauernd Sachen schickt.« Josh warf das T-Shirt zurück aufs Bett und schüttelte danach seine Hand aus, als hätte er Angst, eine Spur von dem Geschenk könnte daran kleben geblieben sein. »Das ist doch irgendwie nicht normal.«

Hanna hielt beim Packen kurz inne und strich ihm mit der Hand über die Wange. »Er ist nur ein guter Freund, Josh.«

»Gute Freunde schicken ihren guten Freunden keine Geschenke im Wert von mehreren hundert Pfund, Hanna. Ist doch sonnenklar, dass er auf dich steht. Mann, der Typ kann ja kaum die Augen von dir lassen.«

Hanna verkniff sich ein Lachen. »Josh, du weißt genau, dass zwischen uns nichts läuft. Er lebt Tausende Meilen weit weg, und ich bin mit dir zusammen. Hab ein bisschen Vertrauen, okay?« Sie beugte sich vor und gab ihm einen

Kuss. »Ich bin bis Sonntag weg. Ich will nicht, dass wir so auseinandergehen.«

»Es gefällt mir trotzdem nicht.«

Trotz ihrer Appelle hielt seine schlechte Laune den ganzen Weg bis zum Bahnhof Paddington an. Sie küsste ihn, ehe sie aus dem Auto stieg, und spürte seine Verärgerung an der halbherzigen Art, mit der er den Kuss erwiderte. Sie hatte kaum die Wagentür zugeworfen, da gab er auch schon Gas und brauste davon. Sie sah seinen Wagen im Londoner Verkehr verschwinden und spürte eine seltsame, dumpfe Übelkeit in ihrem Magen aufsteigen. Sie machte sich Sorgen um ihre Beziehung.

Sobald sie im Zug saß, konnte Hanna etwas freier atmen. Sie beschloss, sich über den Streit erst Gedanken zu machen, wenn sie wieder zu Hause war. Sie klopfte ihre Taschen ab, um sich zu vergewissern, dass Richards Brief noch drinsteckte, und zog ihn heraus, um ihn ein weiteres Mal zu lesen.

20. Juni 2002

Liebe Hanna,

danke für Dein Geschenk. Dass ich nach all den Jahren endlich das versprochene Mixtape erhalten habe, hat mich unheimlich gefreut. Als ich die Liste der Songs gelesen habe, musste ich laut lachen. ›Wall Street Shuffle‹ als erster Song war vielleicht nicht unbedingt die originellste Wahl, aber ›Money für Nothing‹ von den Dire Straits – das war ein Geniestreich. Der letzte Song, Puff Daddy's ›All about the Benjamins‹ ist sogar einer meiner Lieblingssongs.

Wie auch immer, jedenfalls vielen Dank für Dein Geschenk. Vielleicht freut es Dich ja, dass ich ein paar meiner Benjamin-Franklin-Konterfeis für ein T-Shirt für Dich ausgegeben habe.

Ich habe keine Ahnung, ob Du ein Fan der New York Dolls bist oder nicht, aber als ich das Shirt gesehen habe, musste ich sofort an Dich denken – und an den Abend, als wir die Strokes gesehen haben.

So einen Abend sollten wir unbedingt bald wiederholen.

Richard

Hanna saß in der Backstage-Bar auf dem Glastonbury Musikfestival und wartete, bis Tom McLean zu ihnen kam und fünf eisgekühlte Flaschen Stella Artois auf den klebrigen Plastiktisch vor sie hinstellte. Sie nahm sich eine, lehnte sich auf dem wackligen Klappstuhl zurück und trank einen tiefen Schluck, sehr zur Erheiterung der Band.

»Also, wie fandst du es?«, fragte Tom betont beiläufig. Er holte sich einen Stuhl und stellte ihn direkt neben Hannas, so dicht, dass ihre Schenkel sich fast berührten.

»Offiziell oder inoffiziell?«, fragte Hanna neckend und nestelte an der Presse-Akkreditierung herum, die sie um den Hals trug.

Tom starrte sie einen Moment lang an. Seine Augen wurden schmal. »Was immer mir besser gefällt.«

»Ich mache doch nur Spaß, du Gurke.« Sie grinste breit. »Ihr wart absolut phänomenal. Das neue Set war einfach der Hammer. Das Publikum hat euch so was von aus der Hand gefressen.«

»Waren wir besser als Coldplay?« Robert, der Bassist, beugte sich vor, stützte das Kinn in die Hand und blickte Hanna mit seinen großen, klaren Augen an.

Sie konnte gar nicht glauben, dass ihnen so viel an ihrer Meinung lag, auch wenn der Kick für ihr Ego keineswegs unwillkommen war. Es passierte nicht zum ersten Mal, dass eine der Bands auf dem Festival enormes Interesse an ihrem Expertenurteil zeigte. Aus irgendeinem Grund war ihre Meinung sehr gefragt. Vielleicht lag es daran, dass sie gerade ein Praktikum bei *Music Train* machte und ihre Akkreditierung mit dem Logo der Zeitschrift deutlich sichtbar um den Hals hängen hatte. Natürlich wollten alle Bands vom populärsten Musikmagazin des Landes gute Kritiken bekommen.

»Coldplay war großartig, alle haben laut mitgesungen.« Bei diesen Worten wurde Tom blass, und sie beeilte sich hinzuzufügen: »Aber euer Auftritt war wie von einem anderen Stern. Bei euch haben die Zuschauer nicht nur mitgesungen, sie haben euch angebetet. Sie haben sich in den Staub geworfen, um den Göttern des Rock zu huldigen.«

Ein breites Grinsen erschien auf Toms Gesicht. Er stand auf, zog sie in eine feste Umarmung und gab ihr einen dicken, lauten Schmatzer. »Scheiße, Hanna Vincent, ich liebe dich. Jetzt musst du mich nur noch in deinem Artikel als Gott des Rock bezeichnen.«

»Du weißt schon, dass *Music Train* auch richtige, ausgebildete Journalisten hierhat, oder? Ich kann von Glück sagen, wenn sie meinen Artikel drucken, ohne ihn vorher von fünf verschiedenen Redakteuren zerpflücken zu lassen.« Sie wand sich ein wenig in seiner Umarmung, als wolle sie sich daraus befreien. In Wahrheit machte es ihr nichts aus, dass er seine Zuneigung so offen zur Schau stellte. Er war wie ein übermütiger Fünfjähriger und warf sich jedem an den Hals, nicht nur ihr.

»Ich hab vorhin mit deinem Boss gesprochen und ihm ein Exklusivinterview versprochen – aber nur wenn du es machst.« Er zwinkerte ihr zu, ehe er sich von ihr löste und sich zurück in seinen Stuhl fallen ließ.

»Oh mein Gott!«, quietschte sie und musste sich zusammenreißen, um nicht gleich wieder mit den Umarmungen anzufangen. Die Leute guckten schon.

»Oh mein *Rock*-Gott, wenn ich bitten darf.«

Sie sahen sich feixend an. Es war schwer zu glauben, dass er noch vor zwei Jahren in einem kleinen Pub gespielt hatte. Damals hatte noch keiner von ihnen geahnt, dass er bald international berühmt sein würde. Das Leben war schon verrückt.

»Tom, Baby!« Eine dünne, hohe Stimme schallte von der anderen Seite des Raumes zu ihnen herüber. Belustigt beobachtete Hanna, wie eine winzige Blondine zu ihnen gerannt kam, sich Tom in die Arme warf und die Beine um seine Hüften schlang, während sie ihm die Lippen auf den Mund drückte.

»Ist das Pinkie Jones?«, fragte Hanna Robert im Flüsterton.

»Wie sie leibt und lebt. Sie geht uns schon den ganzen Sommer auf die Nerven. Wann immer man sich umdreht, ist sie da. Sie schwirrt um uns rum wie eine Fliege um einen Scheißhaufen.«

»Nette Umschreibung. Vor allem, weil du euch gerade mit Scheiße verglichen hast«, gab sie trocken zurück und sah zu, wie Tom es sich wieder auf seinem Stuhl bequem machte – mit Pinkie auf dem Schoß. Hanna biss sich auf die Unterlippe, um ein Kichern zu unterdrücken, was Tom dazu veranlasste, fragend die Brauen hochzuziehen.

»Singst du heute nicht?«, wandte Robert sich an die junge Frau. Pinkie giggelte und schüttelte den Kopf, ehe sie das Gesicht an Toms Hals vergrub und sich an ihn kuschelte. Hanna sah etwas in seinen Augen aufleuchten, und schlagartig wurde ihr klar, dass Tom McLean allen Ernstes sein Herz an eine Z-Prominente verloren hatte, die in der diesjährigen *Rock-Star*-Staffel auf dem zweiten Platz gelandet war.

Hanna versuchte ein Schmunzeln zu unterdrücken. Tom würde denken, sie lache über ihn, obwohl das gar nicht stimmte. Im Gegenteil, ihr wurde ganz warm dabei, ihren guten Freund in den Armen einer Frau zu sehen, für die er ganz offensichtlich viel empfand.

»Pinkie, das ist Hanna Vincent, eine meiner ältesten Freundinnen.« Tom deutete auf Hanna.

»So alt siehst du gar nicht aus«, entgegnete Pinkie und runzelte verwirrt die Stirn. Hanna hörte, wie Robert neben ihr zu wiehern begann.

»Nein, Schätzchen, keine *alte* Freundin; eine langjährige Freundin.«

»Ich bin zwanzig.« Hanna beschloss, dass es das Einfachste wäre, ehrlich zu sein.

Pinkie belohnte Hannas aufrichtige Antwort mit einem strahlenden Lächeln, und Hanna verstand, was Tom in ihr sah. Sie hatte eine offene, arglose Art, und obwohl sie nicht gerade die Hellste zu sein schien, war sie freundlich und liebenswürdig.

»Kennt ihr zwei euch schon lange?«, fragte Hanna, gespannt auf die Antwort. Sie hatte so ein Gefühl, dass sie von dieser Story noch Monate würde zehren können.

»Wir haben uns bei der *Rock-Star*-Abschlussparty kennengelernt. Tommy kam zu mir und hat gesagt, dass er jede Woche hundertmal für mich angerufen hat.«

Erneut überkam Hanna der heftige Drang zu lachen. Bei seinem Ruf und ihrer Beliebtheit bei den Klatschblättern würden Tom und Pinkie Paparazzi-Futter der höchsten Güteklasse abgeben.

Am Sonntag kam Hanna früher als geplant nach London zurück. Sie durchwühlte ihre Handtasche, fand den Schlüssel und schloss die Tür zu Joshs Mietshaus auf. Sie rückte sich den Rucksack auf der Schulter zurecht und ging in ihren Sandalen über den verschossenen Teppich die Stufen hoch, wobei sie versuchte, nach Möglichkeit nicht die ranzige, muffige Luft im Hausflur einzuatmen. Langsam schleppte sie sich bis in den ersten Stock hinauf. Der Rucksack drückte, ihre Muskeln fühlten sich an, als wären sie mit Blei gefüllt, und jeder Muskel tat ihr weh. Sie wollte jetzt nichts weiter, als in Joshs zugegebenermaßen minikleine Dusche zu springen und sich dann für ein paar Stunden mit ihm unter der Bettdecke zu verkriechen.

Die Wohnung war still, als sie aufschloss. Wahrscheinlich war er noch gar nicht aufgestanden. Und richtig: Seine Brieftasche und seine Schlüssel lagen noch auf dem Tresen in der winzigen Küche. Sie stieß die Tür zu seinem Schlafzimmer auf. Die Vorhänge waren zugezogen, und so dauerte es eine Weile, bis ihre Augen sich an das Dämmerlicht gewöhnt hatten. Sie stellte ihren Rucksack neben der Tür ab und trat an sein Bett.

Ihre Beine reagierten schneller als ihr Kopf, als spürten sie, dass etwas fundamental verkehrt war. Abrupt blieb Hanna stehen, als sie unter dem dünnen Laken zwei nackte, ineinander verschlungene, schlafende Gestalten liegen sah. Josh hatte den Arm um die Taille der Frau gelegt und den Kopf an ihrem Hals vergraben. Er atmete gleichmäßig, sein schlafendes Gesicht ein Bild der Unschuld.

Eine merkwürdige Taubheit erfasste Hanna. Sie kannte die Frau. Sie waren sich ein paarmal begegnet, wann immer Hanna mitgegangen war, wenn Josh sich am Freitagabend mit seinen Kollegen aus der Redaktion im Pub getroffen hatte. Er hatte sie als seine Chefin vorgestellt, und die beiden hatten bei diesen Gelegenheiten kaum mehr als ein paar Worte miteinander gewechselt. Jetzt allerdings schien ihre Beziehung sehr viel intimerer Natur zu sein. Hanna biss sich auf die Lippe, um den Schrei zu ersticken, der in ihr hochstieg.

Kampf oder Flucht? Sie kaute auf ihrem Daumennagel herum und haderte mit ihrer Situation. Sollte sie die beiden mit ihrer Tat konfrontieren, bevor sie die Chance hatten, sich eine Geschichte zurechtzulegen? Oder sollte sie verschwinden und sich so wenigstens einen Rest Stolz bewahren?

Die Entscheidung wurde ihr aus der Hand genommen, als Josh sich träge bewegte. Er nahm den Arm von der Taille der Frau und streckte ihn über den Kopf. Dann öffnete er langsam die Augen und blinzelte ins schummrige Licht. Er hob den Kopf vom Kissen, sah Hanna und lächelte. Er wollte etwas zu ihr sagen, doch dann glitt sein Blick nach unten, und er sah die nackte Frau neben sich.

Der Ausdruck des Entsetzens, der sich daraufhin in seinem Gesicht ausbreitete, war fast schon komisch.

»Was soll der Scheiß?«

»Ich glaube, das ist mein Satz.« Hannas Stimme klang erstaunlich beherrscht, selbst im Angesicht der Trümmer ihrer Beziehung.

»Was machst du hier? Ich dachte, du bist in Glastonbury.« Er zog das Laken hoch, um ihre Nacktheit zu bedecken. Ein bellendes Lachen stieg in ihr hoch, als ihr klarwurde, dass er *ihr* die Schuld in die Schuhe zu schieben versuchte. Aber dann machte das Lachen einem Schluchzen Platz, und sie wusste, dass sie sofort verschwinden musste.

Ihr Verstand hatte zwischenzeitlich die Arbeit wieder aufgenommen, und die Vernunft meldete sich zu Wort. Sie drehte sich um, hob ihren Rucksack auf und ging. Sie hörte noch, wie er ihr etwas nachrief, und beschleunigte ihre Schritte, bis sie die wenigen Meter bis zu der Wohnungstür zurückgelegt hatte.

Sie fühlte sich, als wäre sie überfahren worden. Ihre Muskeln waren steinhart und zitterten, als sie mit steifen Schritten die Stufen hinabeilte. Sie spürte kaum das Gewicht ihres Rucksacks. Ihr Herzschlag wurde schneller, langsam drang das, was sie da eben gesehen hatte, zu ihr durch, und der Schock setzte ein. Sie hatte keine Ahnung, wie sie es nach draußen schaffte, ohne umzukippen.

Hanna wollte Josh Chambers eine Ohrfeige verpassen, dass ihm die Zähne klapperten. Sie wollte bei ihrer Mutter auf den Schoß klettern, als wäre sie wieder fünf Jahre alt und eine einfache Umarmung würde ausreichen, um sie allen Kummer vergessen zu lassen.

Aber am allermeisten wollte sie nach Hause fahren, sich in ihrem schmalen Bett zusammenrollen, die Decke über den Kopf ziehen und sich die Augen ausheulen.

Kapitel 9

9. Januar 2003

Richard trat zu der Wand aus Glas, die die gesamte Südseite seines Büros einnahm. Da er sich im fünfzehnten Stock befand, bot sie ihm einen beeindruckenden Ausblick auf Lower Manhattan. Er konnte bis zum Hafen sehen. Der Gegensatz zwischen den Bürohäusern einerseits und der natürlichen Schönheit des Wassers andererseits war einfach atemberaubend. Dieses Panorama war einer der Gründe, weshalb er das Büro gekauft hatte.

Seit er Maxwell Enterprises leitete, lief jeder Tag nach demselben Muster ab. Er stand um fünf Uhr auf, joggte dann im Central Park, duschte und ließ sich noch vor sieben zur Arbeit fahren. Dort saß er bis abends in Meetings, Konferenzen, bei Geschäftsessen und Präsentationen, und danach antwortete er bis spät in die Nacht auf E-Mails, schrieb Berichte und bearbeitete Korrespondenz. Er war kaum jemals vor Mitternacht zu Hause.

Aber trotz der harten Arbeit und des Schlafmangels liebte Richard dieses neue Leben auch – die Aufregung, seine Konkurrenten auszustechen; das Hochgefühl, wenn ein Deal unter Dach und Fach war. Das und die Gewissheit, dass er Maxwell Enterprises wiederaufbaute, gaben ihm die Kraft, die endlosen Tage und kurzen Nächte durchzustehen.

Sein Telefon summte; er ging zurück zu seinem Schreibtisch und drückte auf einen Knopf.

»Ja, Lisa?«

»Ich habe Ihre Mutter in der Leitung. Möchten Sie mit ihr sprechen?«

Richard zog eine flüchtige Grimasse, ehe er antwortete. »Sicher, stellen Sie sie durch.«

Es klickte einige Male, und gleich darauf kam Carolines geschmeidige Stimme durch den Lautsprecher.

»Richard, wie geht es dir?«

»Gut. Ich bin sehr beschäftigt, wie immer. Wie ist es bei dir?«

»Ich komme gerade von Daniel. Es scheint ihm schon viel besser zu gehen. Was immer sie mit ihm in dieser neuen Klinik machen, ich glaube, es wirkt. Er ist deutlich ruhiger geworden. Er hat ein paarmal nach dir gefragt, und ich habe ihm gesagt, dass du es vielleicht einrichten kannst, ihn am Wochenende zu besuchen.«

»Ich habe mir am Sonntag ein paar Stunden freigehalten. Ich müsste also Zeit haben, zu ihm zu fahren.«

»Hättest du heute Abend Zeit für ein Abendessen? Eine meiner alten Freundinnen aus Radcliffe kommt. Ihre Tochter ist im dritten Jahr an der Columbia.«

Er konnte seinen Seufzer nicht unterdrücken. Das ganze Jahr über arrangierte seine Mutter nun schon Abendessen mit diversen jungen Frauen. Es handelte sich ausnahmslos um Töchter ihrer Freundinnen, und sie waren ausnahmslos gut betucht und solo. Aber er hatte weder Zeit noch Lust, mit irgendwelchen Society-Mädchen Small Talk zu machen.

»Nicht heute Abend, tut mir leid. Ich muss noch lange arbeiten.«

»Du arbeitest jeden Tag lange, Schatz. Warum gönnst du dir nicht mal eine Pause?«

»Das geht nicht, wir stehen kurz vor einem großen Abschluss. Vielleicht nächste Woche. Ich bitte Lisa, in meinem Kalender nachzuschauen.«

Kaum hatte er aufgelegt, summte es erneut in der Gegensprechanlage. Er betätigte den Knopf und fragte sich, ob es zu viel verlangt war, ein paar Minuten Ruhe zu haben.

»Ja?«

»Richard, hier ist eine junge Dame, die sagt, sie sei Ihre Schwester.«

Er runzelte die Stirn. Was zum Geier machte Ruby in New York? Dann fiel ihm wieder ein, dass Claires Mutter am Wochenende ihren neunzigsten Geburtstag hatte und die ganze Familie gekommen war, um mit ihr zu feiern. Wie hatte er das nur vergessen können?

»Schicken Sie sie rein.«

Die Tür öffnete sich, und Ruby trat ein. Sie grinste über das ganze Gesicht. Seit er sie zum letzten Mal gesehen hatte, war sie schon wieder gewachsen, und er schüttelte den Kopf bei dem Gedanken, dass seine kleine Schwester nun ein Teenager war. Mein Gott, wo war nur die Zeit geblieben?

»Richard!« Sie warf sich auf ihn, schlang ihm die Arme um die Taille und schmiegte sich an seine Brust. »Ich kann nicht glauben, wie lange wir uns nicht gesehen haben. Du hast mich vernachlässigt.« Sie sagte all dies mit todernster Miene, trotzdem konnte er nicht anders, er musste lächeln.

»Hey, Dreikäsehoch.« Er hielt inne und sah ihr forschend ins Gesicht. »Darf ich dich überhaupt noch so nennen?«

»Nicht in der Öffentlichkeit.« Sie wurde rot und senkte die Stimme zu einem Flüstern. »Aber ich hab nichts dagegen, wenn du es privat machst. Irgendwie gefällt es mir sogar. Aber egal, ich bin in sehr wichtiger Mission hier.« Rubys Tonfall wurde feierlich. »Ich bin hier, weil ich dich fragen soll, ob du mit uns zu Mittag essen willst, und dann soll ich so lange schmollen, bis du ja sagst, weil Mum meint, dass mir niemand widerstehen kann, wenn ich schmolle.«

»Wo sind denn überhaupt alle?« Nun, da er wusste, dass sie hier in seiner Heimatstadt waren, brannte er plötzlich darauf, seine Familie zu sehen.

»Dad hat ein Meeting bei der Bank und kommt von da aus gleich ins Restaurant, und Mum und Hanna sind shoppen.«

»Hanna ist auch hier?«

»Ja, Mum hat ihr den Flug zu Weihnachten geschenkt. Sie muss nächste Woche zurück an die Uni, also ist das ihre letzte Gelegenheit, sich ein bisschen zu amüsieren.«

»Wie geht es ihr?« Sie hatten sich hin und wieder E-Mails geschrieben, aber seit ihrer Trennung von Josh fiel es ihm schwer, den richtigen Ton zu finden.

»Schon viel besser, glaube ich. Sie hat fast den ganzen letzten Sommer geweint. Mir ist sogar aufgefallen, dass sie abgenommen hat, dabei achte ich normalerweise ja nie auf so was. Aber seit sie über Weihnachten zu Hause war, wirkt sie viel glücklicher.«

Aus unerfindlichen Gründen musste er lächeln.

Als sie im La Trattoria ankamen, saß der Rest der Familie bereits um einen großen runden Tisch. Sofort suchte sein Blick Hanna. Er sah sie an, und sie starrte mit einem sehr seltsamen Ausdruck im Gesicht zurück.

»Hallo, mein Sohn. Es ist viel zu lange her.« Steven stand auf, nahm Richard in die Arme und drückte ihn herzlich. Er klopfte ihm auf den Rücken, wie es Väter auf der ganzen Welt machten. Sie hatten sich im letzten Jahr ein paarmal gesehen, und Richard wurde noch immer schwer ums Herz, wenn er sich an das gefühlsgeladene Wiedersehen erinnerte, als Steven kurz nach dem 11. September nach New York geflogen war. Seinen Vater mitten auf einem überfüllten Flughafen weinen zu sehen, war Richard ein wenig unangenehm gewesen, obwohl zu der Zeit mehr Menschen als sonst ihre Emotionen offen gezeigt hatten.

Claire stand ebenfalls auf und trat zu ihnen, so dass jetzt nur noch Hanna am Tisch saß, die das kollektive Umarmen mit einem verhaltenen Lächeln beobachtete. Richard ging zu ihr, streckte die Hand aus und zog sie an sich.

»Na, du?«, flüsterte er in ihr Haar, während er sie an seine Brust gedrückt hielt. Ihre Hände lagen an seiner Taille und krallten sich in den Stoff seiner Jacke.

»Hi«, flüsterte sie leise zurück.

»Wie geht es dir?«

»Gut, danke. Und dir? Claire sagt, du bist zu einem Workaholic geworden.«

»Ich habe keine andere Wahl.«

»Was soll's, in den nächsten Tagen kann ich ja versuchen, dich davon zu heilen.«

»Klingt spannend. Heute Abend hätte ich frei.« Er überraschte sich selbst mit dieser Einladung; es war völlig ausgeschlossen, dass er seine Präsentation im Laufe des Tages noch fertigbekommen würde. Er würde auf jeden Fall den Abend brauchen, um an letzten Details zu feilen.

»Ich muss um sieben bei meinem Vater zum Abendessen sein. Vielleicht können wir uns danach sehen?« Der hoffnungsvolle Unterton in ihrer Stimme zauberte Richard ein Lächeln ins Gesicht.

»Komm doch einfach zu mir ins Büro, dann kann ich vorher noch ein paar Dinge erledigen. Wir könnten was trinken gehen, wenn du magst?«

Später am Abend fuhr Richard gerade seinen Rechner herunter, als Hanna kam. Er sah auf, registrierte das schwarze Kleid, das dezente Make-up und die langen braunen Haare. »Wann hast du den Goth-Look an den Nagel gehängt?«

Hanna verdrehte die Augen. »Ich war doch schon kein Goth mehr, als ich mit der Uni angefangen habe. Ich mag's nach wie vor lieber lässig, aber ich wollte vermeiden, dass mein Vater einen Herzinfarkt kriegt.«

»Das Kleid steht dir.« Es schmiegte sich an allen richtigen Stellen um ihre Kurven, und der Saum, der bis zur Mitte des Oberschenkels ging, betonte ihre langen Beine.

»Du hast deinen Stil auch verändert, wie mir scheint.« Sie trat auf ihn zu und blieb mit einem kleinen Lächeln vor ihm stehen. Sie nahm seine Krawatte in die Hand, und ihre Finger spielten mit der glatten Seide. »Ich glaube kaum, dass der Anzug von Marks and Sparks ist.«

»Marks and Sparks?« Richard schüttelte verständnislos den Kopf.

»Marks and Spencer. Ich bin mir ziemlich sicher, dass die kein Gucci führen.«

»Du erkennst den Designer?«

Sie lachte laut. Dann zog sie ihn an der Krawatte zu sich heran, bis ihre Gesichter sich beinahe berührten. Sie ging mit ihrem Mund ganz dicht an sein Ohr heran und hauchte langsam: »Nathan hat mir gesagt, dass du nichts anderes trägst.«

Mist. Allein ihr Atem auf seiner Haut reichte aus, damit er einen Ständer bekam. Er wusste nicht, ob er sich in sein Schicksal ergeben oder auf Abstand gehen sollte. Hanna nahm ihm die Entscheidung ab. Sie rückte von ihm ab und ließ sich auf den Stuhl neben seinem Schreibtisch fallen.

»Wie lebt es sich so als Geschäftsmann? Du siehst gut aus.« Abermals musterte sie seinen Anzug.

Richard klappte seinen Laptop zu und drehte sich dann wieder zu ihr herum. »Die Wahrheit? Ich liebe es. Ich lerne ziemlich schnell, die Leute hören mir zu, wenn ich rede, und ich kann etwas bewegen. Noch drei Jahre, und ich habe vielleicht eine vage Ahnung davon, was ich tue.«

»Dann bereust du es nicht, nicht nach San Francisco gegangen zu sein?« Sie lehnte sich ihm entgegen, die Ellbogen auf der Tischplatte, das Kinn in die Hand gestützt.

»Ich versuche, nicht darüber nachzudenken. Ich will nach vorne schauen. Apropos – was hast du vor, wenn du mit der Uni fertig bist?«

Hanna grinste breit, und ihre Augen tanzten, während sie an ihre Zukunft dachte. »Sie haben mir einen Job bei *Music Train* angeboten, wo ich letzten Sommer ein Praktikum gemacht habe.«

»Wow, das sind ja großartige Neuigkeiten. Darauf sollten wir anstoßen.«

»Ja, das sollten wir.«

Er stand auf, nahm ihre Hand, und gemeinsam gingen sie zum Fahrstuhl. Sie brannten darauf, dem Büro zu entkommen und endlich ungestört Zeit miteinander zu verbringen.

Ein paar Drinks später hatte er sie dazu gebracht, offen über Josh zu sprechen. Richard war nicht sicher, warum er unbedingt die Geschichte ihrer Trennung hören wollte – ob aus aufrichtiger Sorge um sie oder weil er die Gewissheit haben wollte, dass es wirklich vorbei war. Er saß neben Hanna, den Arm locker um ihre Schultern gelegt, während sie sich an ihn lehnte und mit konzentrierter Miene versuchte, ihm ihre Gefühle auseinanderzusetzen.

»… Er hat immer wieder gesagt, dass er nur mit ihr geschlafen hat, weil er Angst vor seinen Gefühlen für mich hatte. Dass er dachte, ich stünde nicht voll hinter unserer Beziehung, und er mir damit zeigen wollte, dass es ihm scheißegal war. Dann hat er auf einmal seine Meinung geändert und behauptet, es wäre ein Riesenfehler gewesen, und er hätte zu viel getrunken. Er wollte mir nicht mal verraten, ob es ein einmaliger Ausrutscher war oder ob die Sache schon länger ging.«

Richard verzog das Gesicht. Joshs Mangel an Aufrichtigkeit verriet ihm, dass Letzteres der Fall war.

Hanna wandte den Kopf und sah Richard an. Ihr Gesicht war nur noch wenige Zentimeter von seinem entfernt, und er sah die Intensität in ihren schokoladenbraunen Augen. Er öffnete den Mund, um etwas zu sagen, doch ihm blieben die Worte im Halse stecken. Diese Intimität zwischen ihnen war neu. Seine Miene wurde sanft, als er sah, wie sie auf seine Nähe reagierte. Ihre Wangen glühten.

Einige Zeit sahen sie sich einfach schweigend an, und er spürte das vertraute Ziehen der Sehnsucht im Bauch. Langsam, zögerlich, streckte er die Hand aus und strich ihr leicht mit den Fingerspitzen über die Wange. Sie sah ihn weiterhin aus großen Augen an.

»Ich glaube, wir sollten jetzt gehen.« Ihre Stimme klang gepresst. Er sah die Bewegung ihres Kehlkopfes, als sie schluckte.

Sein Herz wurde schwer. »Ich bring dich nach Hause.«

»Ich will mit *dir* nach Hause gehen.« Sie schien von ihren eigenen Worten überrascht, denn gleich darauf zog sie die Augenbrauen hoch, und die Röte in ihren Wangen vertiefte sich.

»Hanna …« Er hätte sich ohrfeigen können, weil er zögerte, aber er wollte nicht ihr Trostpflaster sein. »Ich weiß nicht, ob das so eine gute Idee ist.«

»Richard, die Idee ist absolut fantastisch.« Sie legte ihm die Hand in den Nacken und zog sein Gesicht zu sich heran. Als ihre Lippen nur noch Millimeter voneinander entfernt waren, hielt sie kurz inne. Sein Atem geriet ins Stocken, weil sie ihm so nahe war und er das mittlerweile vertraute Ziehen im Schritt spürte.

Die Wärme ihres Atems strich ihm über die Haut, und er schloss die Augen. Wann hatte sich sein Körper zum letzten Mal so lebendig angefühlt wie jetzt? Ihre Finger spielten mit seinem Haar, so dass er erschauerte und es ihm unmöglich wurde zu widerstehen.

»Dann lass uns gehen.«

Sie betraten seine Wohnung. Richard warf seinen Mantel über einen Stuhl im Flur, ehe er Hanna aus ihrer Jacke half. »Magst du etwas trinken?«

»Ein Glas Wasser wäre nett.«

Er rührte sich nicht von der Stelle, sondern stand einen Meter von ihr entfernt mit dem Ansatz eines Lächelns im Gesicht und sah sie mit seinen sanften grünen Augen fragend an.

»Willst du wirklich ein Wasser?«

»Ich will *wirklich* ein Wasser, Richard. Ich freue mich schon den ganzen Tag auf ein schönes Glas H_2O.«

»Kein Wein, kein Bier, keinen Cocktail. Du willst Wasser.« Seine Stimme klang staubtrocken, obwohl die Krähenfüße in seinen Augenwinkeln seine Belustigung verrieten.

»Wenn du unbedingt darauf herumreiten musst: In Wahrheit hätte ich gern eine Tasse Tee. Aber du bist Amerikaner, deswegen wollte ich dir keine Umstände machen.«

»Ich habe Tee da.«

»Glaube ich dir nicht.« Sie stemmte die Hände in die Hüften, und ein kleines Lächeln flog über ihr Gesicht. Ihre Miene sagte: »Dann lass mal sehen.«

»Ich habe Teebeutel, ich habe Milch, ich habe irgendwo sogar eine Teekanne herumstehen. Meine Stiefmutter ist anglophil, Hanna. Also, hättest du nun gerne eine Tasse Tee?«

Doch statt in die Küche zu gehen, machte er einen Schritt auf sie zu, noch immer mit diesem angedeuteten Lächeln im Gesicht. Er berührte ihren Oberarm. Seine Finger fuhren eine heiße Spur von ihrer Schulter hinab zu ihrem Ellbogen, und die Zärtlichkeit der Berührung jagte ihr einen Schauer über den Rücken.

»Ich glaube, den kann ich auch noch später trinken.«

»Wirklich?« Er war jetzt nur noch wenige Zentimeter von ihr entfernt. Seine Hand glitt in ihr Kreuz, so dass sie die Wärme seiner Handfläche durch den dünnen Stoff ihres Kleides spürte. Einen Augenblick lang standen sie einfach nur so da, und Hanna merkte, wie ihr Körper in Reaktion auf seine Nähe innerlich zu vibrieren begann. Sie hob den Kopf und sah ihm in die Augen. Sie wusste nicht, ob es ein herausfordernder oder ein flehentlicher Blick war.

»Ja.« Vielleicht war das eine Antwort auf seine Frage, aber vielleicht wollte sie ihn auch einfach nur anspornen.

Alles fühlte sich anders an und gleichzeitig genau wie immer. Er war ihr langjähriger Freund; der Junge, mit dem sie gelacht, Blödsinn gemacht und den sie einmal beinahe geküsst hätte. Aber der Richard, der nun vor ihr stand, war ganz Mann. Und der Anzug, mein Gott, dieser Anzug; als er am Mittag ins Restaurant gekommen war, hatte sie das Gefühl gehabt, als ginge ihr ganzer Körper in Flammen auf. Sie schwankte zwischen Vertrautheit und nervöser Erregung.

Sie fühlte sich seltsam ängstlich, und doch wusste sie genau, dass sie nichts bereuen würde, egal was auch passierte.

»Bist du dir sicher?« Er zog sie an der Hand zu sich heran, bis ihre Brust gegen seine stieß. Darüber hinaus berührten sich ihre Körper nur ganz leicht. Sie war viel kleiner als er und konnte sein Gesicht nicht sehen, sondern blickte stattdessen auf die kleine Vertiefung unten an seinem Hals, dort wo der gestärkte Kragen seines weißen Hemdes offen war.

»Hundertprozentig.«

Sie wollte sich in seiner Haut vergraben, wollte ganz tief seinen Duft einatmen. Zärtlich presste sie die Lippen auf seine Brust. Erst sanft, dann heftiger, begann sie an seiner Haut zu saugen und fuhr mit der Zunge an der zarten Haut unterhalb seines Hemdkragens entlang.

»Hanna.« Ihm versagte die Stimme. Dann legte er seinen Daumen unter ihr Kinn und hob ihr Gesicht an. Gleichzeitig beugte er sich zu ihr herab. Sie legte ihm die Hände auf die Schultern, strich mit gespreizten Fingern über den weißen Stoff seines Hemdes und zog ihn noch das letzte Stückchen zu sich heran.

Als nur noch ein Millimeter Platz zwischen ihren Lippen war, hörte sie ihn seufzen. Dann presste er den Mund auf ihren, und jede Zurückhaltung war verflogen, es gab nur noch den Drang einander zu berühren, zu schmecken, den anderen zu verschlingen. Seine Hand lag an ihrem Hinterkopf, und er drückte sie so fest an sich, dass fast ihre Zähne aneinanderschlugen. Kaum dass sie seine Zungenspitze spürte, die an ihren Lippen entlangstrich, öffnete sich ihr Mund wie von selbst.

Sie streichelte die kurzen Stoppeln an seiner Wange. Sie war wie im Fieber, als sie sich gegen ihn drängte, sie wollte spüren, ob er genauso erregt war wie er.

»Gott.« Er löste sich von ihr und zog sich ein klein wenig zurück, so dass er ihr ins Gesicht blicken konnte. Seine Hand lag immer noch in ihrem Nacken. Die Intensität seines Blicks machte sie atemlos. »Hanna, das ist …« Er schüttelte den Kopf, weil er nicht die richtigen Worte fand, um seinen Empfindungen Ausdruck zu verleihen.

Plötzlich hatte sie das Bedürfnis, sich zu erklären. »Ich weiß, dass wir das nicht tun sollten. Und ich weiß auch, dass du wahrscheinlich denkst, ich will mich nur über die Sache mit Josh hinwegtrösten. Aber ich habe den ganzen Tag darüber nachgedacht, und in Wahrheit habe ich mich mit ihm über *dich* hinweggetröstet …«

»Kannst du aufhören, von Josh zu reden, wenn ich gerade versuche, dich zu verführen?«

»Entschuldigung.« Hanna hätte sich ohrfeigen können. Wieso erwähnte sie überhaupt Joshs Namen? Wenn Richard in dieser Situation von seiner Ex angefangen hätte, wäre sie ausgerastet.

»Komm her.« Er fasste sie bei den Händen und zog sie rückwärts zur Couch. Auf seinen Lippen lag ein Lächeln. Hanna folgte ihm und blieb stehen, als er sich auf die Couch sinken ließ. Gleich darauf zog er sie zu sich herab.

Sie musste ihr Kleid hochschieben, um sich rittlings auf ihn setzen zu können, und plötzlich wurde ihr bewusst, dass sie die Kontrolle über die Situation hatte. Sie bestimmte, was geschah. Richard lag unter ihr, schaute zu ihr hoch und wartete darauf, dass sie den nächsten Schritt machte. Sie fand es wunderbar, dass sie das Tempo bestimmen durfte, dass er ihr die Entscheidung überließ, was nun passieren würde.

Sie setzte sich aufrecht hin und öffnete der Reihe nach die Knöpfe an seinem Hemd, bis seine Brust nackt war. Sie strich mit beiden Händen über seinen Bauch und spürte die harten Muskeln, dann das Beben seiner Bauchdecke, als er sich unter ihrer Berührung anspannte. Sein Atem ging schnell, und sein Körper zuckte unter ihren Händen, als sie mit dem Finger die schmale Spur aus Haaren nachzeichnete, die senkrecht von seinem Bauchnabel nach unten führte, bis sie bei seiner Gürtelschnalle angelangt war.

»Darf ich?« Sie hob fragend den Kopf. Ihre Blicke trafen sich, er hob den Arm und schloss die Finger um ihr Handgelenk, um ihr Einhalt zu gebieten.

»Warte.« Er richtete sich unter ihr auf, bis ihre Gesichter sich ganz nahe waren. »Erst will ich dich sehen.« Er zog am Saum ihres Kleides, und sie setzte sich aufrecht hin, damit er ihr das Kleid über den Kopf ziehen konnte. Dann saß sie nur noch in BH und Höschen auf ihm.

Ein ersticktes Stöhnen drang aus seinem Mund. Er schlang die Arme um sie und hakte ihren BH auf. Dann kämpfte er sich aus seinem Hemd und warf es zusammen mit ihrem Kleid auf den Boden. Er nahm ihre Hände und zog sie an sich, bis ihre nackte Brust seine berührte, Haut an Haut. Das Gefühl seines Körpers an ihrem ließ ihre Brustwarzen augenblicklich hart werden. Sein Mund glitt zu ihren Brüsten und saugte nacheinander an jeder Brustwarze und liebkoste sie mit der Zunge, bis sie zu seufzen begann.

Erneut machte sie sich an seiner Gürtelschnalle zu schaffen, und diesmal hinderte er sie nicht daran, sie zu öffnen. Dann widmete sie sich seinem Hosenschlitz, doch ihre Finger zitterten zu stark, und es gelang ihr nicht, ihn zu öffnen. Kurz darauf kam er ihr zu Hilfe, öffnete mit wenigen Handgriffen seine Hose und streifte sie ab.

Er beugte sich über sie, und als er sich an ihr rieb, spürte sie die harte Wölbung seiner Erektion durch das dünne Material ihrer Unterwäsche. In dem Moment empfand sie nichts anderes mehr außer dem Bedürfnis, ihn in sich zu spüren.

»Richard, bitte …«

Sie ließ die Hüften kreisen, und er senkte den Kopf, um sie zu küssen. Seine rechte Hand schob sich unter ihren Hintern und umfasste ihn, damit er sie noch fester an sich drücken konnte. »Ich brauche …«

»Bald.«

Seine Lippen wanderten zu der Stelle an ihrem Hals direkt unterhalb des Kiefers. Dort war ihre Haut so sensibel, dass sie um ein Haar vor Lust aufgeschrien hätte. »Erst möchte ich dich verwöhnen.«

Er kam auf die Knie und strich mit der Hand ihren Körper entlang bis zu ihrem Höschen. Er hakte die Daumen unter den Bund und zog es herunter. Kaum war sie es los, packte er ihre Beine und zog sie zu sich heran. Sein Mund strich über die Innenseite ihres Schenkels, er arbeitete sich immer weiter nach oben vor, und schließlich begann er sie zu küssen und zu lecken, dass Hanna sich unter ihm wand. Sie ließ den Kopf nach hinten fallen, streckte die Hand aus. Ihre Finger wühlten sich in sein dichtes, seidiges Haar. Gleichzeitig spürte sie ihn leise lachen, und das Lustgefühl, das diese Vibration in ihr auslöste, breitete sich in ihrem Körper aus.

Doch als sie kurz vor dem Höhepunkt war, hielt er plötzlich inne und löste sich von ihr. Durch halbgeschlossene Lider beobachtete sie, wie er sich zur Seite beugte, nach einem Kondom angelte und es sich überstreifte. Danach legte er sich wieder auf sie und drang mit einer einzigen geschmeidigen Bewegung in sie ein. Das plötzliche Gefühl der Fülle brachte sie endlich zum Explodieren, und ihr

Körper versteifte sich, als der Orgasmus sie erfasste. Sie bog den Rücken durch, und Richard hielt sie fest und küsste sie wie von Sinnen, während sie in seinen Mund stöhnte.

»Gott.« Das war Richard, denn Hanna war so von ihren Emotionen überwältigt, dass sie sich kaum an ihren Namen erinnern, geschweige denn das Geschehen in irgendeiner Weise kommentieren konnte.

»Baby, bis du bereit?«, fragte er.

Sie nickte, unfähig, etwas zu sagen. Er bettete sie wieder auf die Couch, dann packte er sie bei den Hüften. Seine Finger gruben sich in ihr weiches Fleisch, als er sich in ihr zu bewegen begann. Seine Lippen ließen dabei nie von ihren ab, und jeder Stoß war von einem kleinen Stöhnen begleitet, das Hannas Herz schneller und schneller jagen ließ.

Sie schlang die Arme um ihn, krallte die Finger in seinen Hintern und berauschte sich an der Bewegung seiner Muskeln. Sie wollte, dass er sich schneller, härter bewegte, und zog ihn an sich, so fest sie konnte. Er war atemlos und musste kurz von ihrem Mund ablassen, um Luft zu holen. Sie sah seine angespannte Miene und seine grünen Augen, dunkel vor Begehren. Es kribbelte noch in ihr von ihrem Orgasmus, und kleine Funken der Lust schossen durch ihren Körper bis hinab zu ihren Füßen, so dass sie unwillkürlich die Zehen zusammenrollte.

»Gott, Hanna, ich …«

»Ich will spüren, wie du kommst«, flüsterte sie. Sie wollte, dass er alles fühlte. Sie wollte ihm genauso viel Lust bereiten wie er ihr. Seine Bewegungen wurden wilder und heftiger, bis er ganz plötzlich innehielt und ein tiefes Stöhnen aus seiner Kehle drang. Dann sank er auf sie und küsste sie ungestüm, während er sich noch einige Male in ihr bewegte.

Hanna hielt ihn ganz fest umarmt. Sie wollte ihn nicht loslassen, wollte nicht, dass er sich aus ihr zurückzog. Nicht jetzt, wo sie sich noch so verletzlich fühlte. Als verstünde er diese Verletzlichkeit, begann er mit seinen Lippen ihr Gesicht und ihren Hals zu liebkosen und wisperte süße Worte dabei, während sie beide langsam wieder in die Wirklichkeit zurückkehrten. Sie fuhr mit den Fingerspitzen an seiner Wirbelsäule entlang, genoss das Gefühl seines Körpers auf ihrem und kümmerte sich nicht darum, dass er sie fast erdrückte. Seine Lippen lagen noch auf ihrer Haut, als er langsam aus ihr herausglitt und sich das Kondom abstreifte.

»Ich muss das kurz entsorgen.« Er stand auf und ging zu einer Tür auf der anderen Seite der Wohnung, hinter der, wie sie vermutete, ein Badezimmer lag. Sie blieb allein auf dem Sofa liegen. Sie war nackt, brachte es jedoch nicht über sich, ihre Unterwäsche und das Kleid wieder anzuziehen. Sie wollte sich nicht eingestehen, dass der Abend schon vorbei war. Stattdessen angelte sie sich sein Hemd aus dem Haufen abgelegter Kleidung, schlüpfte hinein und schloss einige Knöpfe, um sich wenigstens einen gewissen Anschein von Sittsamkeit zu geben. Die Badezimmertür öffnete sich, und als sie den Kopf hob, sah sie, dass Richard mit einem weißen Handtuch um die Hüften und einem Lächeln auf den Lippen heraustrat. Als er merkte, was sie anhatte, verdunkelten sich seine Augen.

»Schickes Hemd.«

»Danke. Schickes Handtuch.«

»Danke.« Er blieb vor ihr stehen und zog sie vom Sofa hoch, bis er sie in die Arme nehmen konnte. Er wiegte sie in seinen Armen, vergrub das Gesicht in ihrem Haar und murmelte: »Jetzt mache ich dir deine Tasse Tee.«

Kapitel 10

2. Februar 2004

»Mir kommt es so vor, als würden sich unsere romantischsten Momente immer auf Flughäfen abspielen.« Hanna schmiegte ihr Gesicht an Richards Brust, so dass ihre Tränen sich mit ihrer Mascara vermischten und auf seinem weißen Hemd einen schwarzen Fleck hinterließen.

»Nicht immer«, sagte er und strich sacht mit seinen Lippen über ihre, während er gleichzeitig die Feuchtigkeit unter ihren Augen wegwischte. »Wenn ich mich recht erinnere, war die letzte Nacht doch auch ziemlich romantisch.«

Hanna lachte. »Offenbar kannst du Romantik nicht von Sex unterscheiden. Das ist nicht ein und dasselbe.«

»Bei uns schon.«

Er küsste sie erneut, diesmal ohne jede Zurückhaltung, und es dauerte nicht lange, bis ihre Knie weich wurden. Der Umstand, dass sie mitten auf dem Flughafen Heathrow standen, störte sie dabei nicht im Geringsten. Es kam alle paar Wochen zu solchen Abschiedsszenen. Sie wurden mit der Zeit nicht einfacher, und Hanna fiel es zunehmend schwer, sich daran zu erinnern, warum sie sich eigentlich so vehement dagegen sträubte, nach New York zu ziehen.

Aber dann passierte immer irgendetwas, das sie unsanft in die Realität zurückholte – wie beispielweise die erste Begegnung mit Richards Mutter. Caroline hatte Hanna die ganze Zeit über demonstrativ die kalte Schulter gezeigt. In solchen Momenten wurde ihr dann wieder radikal vor Augen geführt, dass sie für ein Leben in Manhattan nicht gemacht war. Der einzige Teil von New York, mit dem sie etwas zu tun haben wollte, war Richard.

Seine Küsse wurden fordernder. Er ließ die Tasche fallen und umfasste ihre Taille. Seine Finger gruben sich durch ihr schwarzes T-Shirt in ihre zarte Haut, als er sie an sich drückte. Seine Lippen wanderten von ihrem Mund zu ihrem Hals, und sie bog den Kopf zurück, damit er die empfindsame Haut an ihrer Kehle küssen konnte.

»Wenn wir nicht aufpassen, habe ich gleich einen Justin-Timberlake-Moment«, raunte er. Am Vorabend hatten sie den Superbowl im Fernsehen gesehen und waren in unkontrolliertes Gelächter ausgebrochen, als Justin Timberlake versehentlich Janet Jackson das Oberteil heruntergezogen und ihren Nippel entblößt hatte.

»Wenn du nicht aufhörst, mich zu küssen, könnte es sogar sein, dass ich es dir erlaube.«

»Ich habe vorher noch nie mitten in der Nacht Football geschaut. Aber ich muss sagen, es hatte durchaus seinen Reiz.« Sein Lächeln verriet ihr, dass er daran dachte, womit sie sich die Zeit während der Halbzeitpause vertrieben hatten.

»Du kommst noch zu spät«, mahnte sie ihn atemlos.

»Ich weiß.« Seine Hände wanderten abwärts zu ihren Hüften, dann nach hinten, wo sie ihren Hintern umfassten. Sie spürte sehr deutlich, was die enge Umarmung bei ihm auslöste, also nahm sie ihren letzten Rest an Willenskraft zusammen, hob die Hände und schob ihn von sich weg.

»Du wirst Ewigkeiten brauchen, bis du durch die Sicherheitskontrollen durch bist.« Mit diesen Worten deutete sie zu der langen Schlange wartender Reisender, die sich quer durchs Flughafengebäude zog. »Nicht mal American Airlines wartet auf dich, wenn du zu spät kommst.«

Richard grinste. Sie sah ihn mit zusammengekniffenen Augen an und tat so, als ob sie ihn wegscheuchte.

»Ich rufe dich von der Lounge aus an, okay?« Er gab ihr einen Kuss auf die Nasenspitze.

»Und vom Flugfeld, und dann vom Flughafen in New York und aus deinem Wagen und aus deiner Wohnung …«, zog sie ihn auf.

Er beugte sich zu ihr herab und küsste sie noch einmal. »In einem Monat sehen wir uns wieder, in Ordnung?«

»Ich zähle die Stunden.«

»Die Mühe könntest du dir auch sparen. Komm einfach jetzt mit mir mit.« Das sagte er jedes Mal.

»Ich kann nicht.«

»›Ich kann nicht‹ gibt es nicht, Baby. Höchstens ›Ich will nicht‹.«

»Dann zieh du doch nach London.« Sie lächelte unter Tränen; die Vertrautheit dieser Unterhaltung hatte etwas Tröstendes.

»Ich möchte ja … »

»Aber du kannst nicht.« Sie beendete den Satz für ihn und küsste ihn noch ein allerletztes Mal auf die Wange. »Wir finden schon einen Weg.«

»Das müssen wir, die Situation bringt mich nämlich langsam um.« Er nahm seine Tasche, und erst in diesem Moment fielen ihm die schwarzen Mascaraflecken an seinem Hemd auf. Er sah Hanna mit hochgezogenen Brauen an.

»Was?« Sie versuchte, ein unschuldiges Gesicht zu machen, konnte sich aber ein Lächeln nicht verkneifen. »Ich war traurig. Verklag mich doch.«

»Erinnere mich das nächste Mal daran, dir Taschentücher zu kaufen.« Sein Blick war voller Zärtlichkeit.

»Ich gehe jetzt.« Sie machte ein paar Schritte rückwärts und winkte ihm zu, ohne den Blick von ihm abwenden zu können.

»Ohne Abschiedskuss?«

»Was zum Geier haben wir denn die letzte halbe Stunde lang gemacht?« Sie runzelte in gespieltem Tadel die Stirn und ging weiter rückwärts.

»Das war nur Aufwärmtraining. Jetzt will ich den *richtigen* Abschiedskuss.«

Am darauffolgenden Abend trat Hanna aus der *Music-Train*-Redaktion in der Wardour Street in die schwüle Hitze Sohos hinaus. Hier, in der Nähe des Londoner West Ends, wimmelte es auf den Straßen nur so von Menschen, und sie ließ sich im allgemeinen Strom bis zur Oxford Street mittreiben, wo sie zusammen mit den anderen Berufspendlern in der U-Bahnstation verschwand. Als sie auf der ersten Stufe war, spürte sie ihr Handy vibrieren und fischte es aus der Tasche ihrer Jeans, um die SMS zu lesen.

Habe ich dir heute schon gesagt, wie sehr ich dich vermisse?

Rasch tippte sie eine Antwort.

Ich bin dir fünf Stunden voraus, Larsen! Insofern vermisse ich dich viel mehr.

Sie stieg in die U-Bahn und an der Putney Bridge wieder aus. Die Abendluft war kühl, und der Atem stand ihr in kleinen weißen Wölkchen vor dem Mund, während sie die Straßen entlang zur Wohnung ihrer Mutter lief. Es kam ihr vor, als hätten sie sich seit Ewigkeiten nicht gesehen; entweder war Hanna zu irgendeinem Konzert unterwegs, oder Diana plante eine Veranstaltung. Sie hatten sich für diesen

Abend verabredet, um endlich mal wieder ausgiebig quatschen zu können.

Ihre Mutter wartete bereits an der Tür, als sie die Treppe hochkam. Sie hatte ein strahlendes Lächeln im Gesicht und zog Hanna in die Arme.

»Ach, Schätzchen, es ist so schön, dich mal wiederzusehen.«

»Geht mir genauso. Ich kann gar nicht glauben, wie lange das schon wieder her ist. Dabei leben wir in derselben Stadt!«

»Du hattest eben viel um die Ohren – mit der Arbeit, mit Richard …« Diana zwinkerte, zog ihre Tochter an der Hand in die Wohnung und schloss die Tür. Sobald sie sich ins Wohnzimmer gesetzt hatten, stellte sich bei Hanna die altvertraute Ruhe ein. Alles hier gab ihr das Gefühl, zu Hause zu sein.

»Für dich habe ich Rindfleisch in schwarzer Bohnensauce bestellt«, rief Diana, als sie in ihrer kleinen Küche verschwand. »Magst du Krabbentoast dazu?«

»Ist der Papst katholisch?«, rief Hanna zurück und machte Anstalten, ihrer Mutter zu folgen, weil sie ihr helfen wollte. Diana allerdings funkelte sie drohend an und machte eine abwehrende Geste mit der Hand, und Hanna, die den Wink verstand, zog sich wieder ins Wohnzimmer zurück und machte es sich dort gemütlich.

»Wie läuft es bei der Arbeit?«, erkundigte sich Diana. Aus der gefliesten Küche klang ihre Stimme leicht hohl.

»Super. Ich habe den ganzen Tag im Studio mit einer Band verbracht, die gerade ihr zweites Album aufnimmt. Ihre Musik ist ziemlich konzeptuell, und sie haben mir jeden einzelnen Track vorgespielt, und zwar in der exakten Reihenfolge, so wie man sie später auf der Platte hört, damit ich das Narrativ dahinter verstehe.«

»Ich glaube, ich habe kein Wort von dem verstanden, was du gesagt hast.« Dianas Verwirrung stand ihr ins Gesicht geschrieben.

»Sie wollen mit dem Album eine Geschichte erzählen. Sie rappen über einen Mann, der tausend Pfund verliert, und darüber, was dann so alles passiert, bis er schließlich im allerletzten Song das Geld hinter seinem Fernseher wiederfindet.«

»Klingt ja faszinierend. Wann bekomme ich es zu hören?«

Hanna lachte schallend. Diana war eingefleischter Klassikfan – jedenfalls wenn man unter Klassik Abba, Elton John und Cliff Richard verstand.

»Das Album kommt im April raus. Ich kaufe dir eine CD.«

»Ich kann's kaum erwarten«, entgegnete Diana trocken. Dann kam sie mit zwei Tellern ins Wohnzimmer, von denen sie einen zusammen mit einem Paar Essstäbchen an Hanna weiterreichte.

»Hast du keinen Hunger?« Hanna warf einen vielsagenden Blick auf Dianas Teller, auf dem sich lediglich eine winzige Portion Reis und eine noch winzigere Portion Hühnchen befanden. Sie blickte ihrer Mutter forschend ins Gesicht, und erst jetzt fiel ihr auf, dass deren Wangen ungewöhnlich hohl wirkten. »Meine Güte, Mum, wie viel hast du abgenommen?«

Sie war schockiert, dass sie es nicht sofort gemerkt hatte. Wahrscheinlich lag das daran, dass Diana für sie immer gleich aussah – zierlich und schlank, um die Hüften etwas voller. Wann immer Hanna an ihre Mutter dachte, hatte sie sie als etwa fünfunddreißigjährige Frau vor Augen, in die Mode der Neunziger gekleidet und mit glattem, jugendlichem Gesicht, das sich angesichts irgendeiner Eskapade ihrer Tochter zu einem belustigten Schmunzeln verzog.

Doch als sie nun genauer hinsah, stellte sie fest, dass ihre Mutter sehr wohl Falten hatte, ja, dass sich die Haut in ihrem Gesicht regelrecht über den Knochen spannte. Auch die Schatten unter ihren Augen waren dunkler und tiefer als sonst.

Diana blickte auf ihren Teller und biss sich auf die Unterlippe. Hanna kannte diese Geste sehr gut. Dann sah sie, wie eine einzelne Träne aus Dianas linkem Auge rann, ihre Wange hinablief und schließlich auf den Teller fiel. Es spritzte ein wenig, als der Tropfen das Porzellan traf.

»Mum, was ist denn los? Du machst mir wirklich Angst.« Hanna stellte ihren Teller auf einen Beistelltisch, ging zu Diana und nahm ihr ebenfalls den Teller aus der Hand. Sie kniete sich neben ihrer Mutter auf den Boden, nahm ihre Hände und drückte sie, während sie darauf wartete, dass ihre Mutter sie ansah.

»Ich war heute im Krankenhaus. Ich möchte nicht, dass du in Panik gerätst. Ich weiß, es ist ein Schock, aber ich habe einen Knoten in meiner Brust entdeckt, und sie haben eine Biopsie gemacht und das entnommene Gewebe zur Analyse eingeschickt.«

Hanna war, als zöge ihr jemand den Boden unter den Füßen weg. Ihr wurde schwindlig, und ihr Verstand schien sich zu weigern, das, was Diana ihr da gerade gesagt hatte, zu verarbeiten. Sie schüttelte den Kopf, aber dadurch wurde die Übelkeit, die sie plötzlich befiel, nur noch schlimmer.

»Ich sagte doch, es besteht kein Grund zur Panik. Jedenfalls noch nicht.« Diana beugte sich vor und zog ihre Tochter in die Arme. »Sie sind sich ziemlich sicher, dass es Krebs ist, aber es gibt noch alle möglichen Tests und Untersuchungen, die gemacht werden müssen, bevor sie mir eine genaue Prognose nennen können.«

»Verdammt noch mal, warum hast du mir das nicht früher gesagt?« Eine Woge des Zorns stieg in Hanna auf. Sie wusste nicht genau, worauf sie zornig war: darauf, dass ihre Mutter ihr die Krankheit verschwiegen hatte, auf den Krebs, der vom Körper ihrer Mutter Besitz ergriffen hatte, oder einfach auf die ganze Welt. Aber sie klammerte sich an diesen Zorn, denn er war tausendmal besser als die Hoffnungslosigkeit, die sie Augenblicke zuvor empfunden hatte.

»Ich wollte nicht, dass du dir Sorgen machst, wenn wir noch gar nicht genau wissen, was los ist. Stell dir vor, wie schrecklich es gewesen wäre, wenn du Angst um mich gehabt und dir Sorgen gemacht hättest, und am Ende hätte sich herausgestellt, dass dieser Knoten bloß eine Zyste ist oder noch schlimmer: pure Einbildung.«

»Haben sie dir schon gesagt, was sie dagegen tun können? Welche Behandlungsmöglichkeiten es gibt? Ich wünschte, ich wäre mit dir im Krankenhaus gewesen.« Einem Typen dabei zuzuhören, wie er über sein verschlampptes Geld rappte, kam ihr auf einmal unverzeihlich banal vor. Viel wichtiger wäre es doch gewesen, ihrer Mutter beizustehen.

»Liebes, ich habe den nächsten Termin am Donnerstag. Ich hoffe, dann können sie mir mehr sagen.« Hanna drückte sie noch einmal. »Und jetzt iss, bevor alles kalt wird.«

Kapitel 11

30. November 2004

Joe Garfield lehnte sich auf dem mit Leder bespannten Kapitänsstuhl zurück und verschränkte die Arme vor der Brust, während er Richard aus dunkelbraunen Augen interessiert ansah. Die feinen Linien in seinen Augenwinkeln vertieften sich zu Falten, als er sprach. »Es war richtig, die Entscheidung so schnell zu treffen, Richard. Wenn man irgendwo ein Krebsgeschwür entdeckt, muss man es herausschneiden, bevor es noch mehr Schaden anrichtet.«

Richard zuckte zusammen. Im Moment schien sich alles in seinem und Hannas Leben um diese Krankheit zu drehen. Nicht, dass der Krebs, von dem Joe sprach, medizinischer Natur gewesen wäre. Vielmehr bezog er sich darauf, dass der Leiter der Immobilienabteilung, wie jüngst ans Licht gekommen war, gleich von mehreren Baufirmen Schmiergelder angenommen hatte. Doch allein das Wort reichte aus, um Richards Gedanken über den Atlantik fliegen zu lassen.

Und das, obwohl es auf seiner Seite des großen Teichs in letzter Zeit auch nicht gerade einfach gewesen war. Die Hälfte des Managements aus der Immobilienabteilung feuern zu müssen, war weiß Gott keine dankbare Aufgabe gewesen, und die Suche nach geeignetem Ersatz gestaltete sich unerwartet schwierig. Heute traf er sich mit Joe, um gemeinsam das weitere Vorgehen abzustimmen.

»Wir müssen die Abteilung so schnell wie möglich wiederaufbauen.« Richard erhob sich und ging zu dem großen Panoramafenster mit Blick über den Finanzbezirk. »Ich werde einen Interimschef ernennen, und die Leute von der Personalabteilung sollen sich gleich daransetzen, neue Leute zu rekrutieren.«

»Hört sich nach einem guten Plan an.« Joe nickte und studierte die Tabelle, die Richard auf seinem Schreibtisch liegen hatte. »Das Wichtigste ist, dass wir am Ball bleiben – gerade jetzt, wo der Markt so stark wächst.«

Diese Unterhaltung führten sie nicht zum ersten Mal. Sie waren beide erstaunt, wie stark die Immobilienpreise in der letzten Zeit angezogen hatten; aber die Hyperinflation der Grundstückswerte machte sie zugleich auch misstrauisch. Maxwell Enterprises hatte sich auf eine Strategie kurzfristiger Investitionen festgelegt; gleichzeitig behielt man die Entwicklung genau im Auge, damit man sich im Fall einer Wende auf dem Markt sofort zurückziehen konnte.

Richards größte Sorge war, dass ihnen all diese Vorsichtsmaßnahmen womöglich nicht helfen würden, sollte es tatsächlich zu einem Crash kommen. Er bemühte sich deshalb, die Geschäftsfelder der Firma so breit wie möglich zu streuen, allerdings war er nicht so dumm, sich aus einem derart lukrativen Geschäftszweig vollständig zurückzuziehen.

Umso wichtiger war es, die richtige Person für die Leitung der Immobilienabteilung zu finden.

»Haben Sie in letzter Zeit von Daniel gehört?« Joe betrachtete das Foto der Familie Maxwell, das bei Richard auf dem Schreibtisch stand. Er nahm es in die Hand und fuhr mit dem Daumen über den goldenen Rahmen.

»Ich habe ihn in einem Resort in der Nähe von Miami

aufgespürt. Er weigert sich, zurück in die Entzugsklinik zu gehen, und es gibt praktisch nichts, was wir tun können, um ihn zu zwingen.« Richard massierte sich erschöpft die Schläfen. Es war ein höllisch stressiger Monat gewesen, und im Moment sah es nicht danach aus, dass sich in der nächsten Zeit viel ändern würde.

»Er wird allmählich zu einer Belastung für die Firma«, sagte Joe und stellte den Bilderrahmen zurück auf den Eichenschreibtisch. »Wir brauchen eine Exit-Strategie für ihn. Schließlich wollen wir nicht bis in alle Ewigkeit von ihm abhängig bleiben.« Joe faltete die Hände und lehnte sich nach vorn, bis er seine Ellbogen auf den Schreibtisch stützen konnte. »Er ist drogensüchtig, Richard, und wir beide wissen, dass sich daran nie etwas ändern wird. Ich würde nur sehr ungern in ein paar Monaten mit Ihnen hier sitzen und einen Notfallplan ausarbeiten müssen, weil er seine Firmenanteile verhökert hat, um an Stoff zu kommen.«

»Die Anwälte haben einen Vertrag mit Vorkaufsrecht aufgesetzt, das heißt, er kann seine Anteile nicht verkaufen, ohne sie zuerst mir anzubieten.« Richard seufzte. Seine Finger rieben noch immer heftig seine Schläfen. »Finanziell wäre das für mich kein Problem – falls er denn wirklich verkaufen will.«

»Vielleicht sollten Sie ihm ein Angebot machen, das er nicht ablehnen kann.«

Richard lachte. »Sie klingen ja wie der Pate. Wir reden hier von Daniel, nicht von Sonny Corleone.«

»Es ist einfach wichtig, dass wir auf das Schlimmste vorbereitet sind. Wenn es ums Geschäft geht, gibt es keinen Platz für Sentimentalitäten. So. Und jetzt werde ich nach Hause fahren, meine Frau küssen und mich für diese verfluchte Gala umziehen.«

»Sie scheinen sich in etwa so sehr darauf zu freuen wie ich.«

»Glauben Sie mir, Richard, ich bin wahrscheinlich der einzige Mensch in New York, der sich noch *weniger* darauf freut als Sie.«

»So oder so, wir sehen uns um acht im Astoria. Ich bin der Typ im Gorillakostüm.«

»Und ich bin der mit der schönsten Frau an meiner Seite – da Sie Hanna ja nicht dazu überreden konnten, heute Abend mitzukommen.« Joe schenkte ihm ein kleines Lächeln. Er wusste, dass die vergangenen Monate eine starke Belastung für die Beziehung von Richard und Hanna gewesen waren. »Nur schade, dass ich keine Gelegenheit haben werde, mit ihr zu tanzen. Bitte grüßen Sie sie ganz herzlich von mir und Emily.«

»Das werde ich tun.« Richard ging zusammen mit Joe zur Tür. Er öffnete sie für ihn, und als Joe gegangen war, schloss er sie leise wieder. Während er zu seinem Schreibtisch zurückkehrte, zog er das Handy aus der Tasche, sah jedoch noch einmal schnell auf die Uhr, ehe er die Kurzwahltaste drückte.

»Hey«, kam Hannas leise Stimme aus der Leitung und zauberte ihm ein Lächeln ins Gesicht. Er setzte sich auf seinen Ledersessel und rollte damit so weit zurück, bis er die Füße auf die Schreibtischplatte legen konnte.

»Hallo, mein Schatz. Wie geht es Diana?«

»Sie hatte heute einen guten Tag und konnte etwas Suppe essen. Wir haben sogar einen kurzen Spaziergang durch den Garten gemacht.« Hanna klang traurig, und er ballte die Hand zur Faust, um nicht das Handy hinzuwerfen und zum erstbesten Flughafen zu stürzen. Gott, er vermisste sie so sehr.

»Das sind doch gute Neuigkeiten. Ich hoffe, ich kann irgendwann in den nächsten Wochen zu dir kommen. Sobald wir einen neuen Chef für die Immobilienabteilung gefunden haben. Das dauert bestimmt nicht lange.« Da er sie nicht mit seinen Sorgen behelligen wollte, wechselte er rasch das Thema. »Joe hat gesagt, ich soll dich von ihm grüßen. Er ist ganz geknickt, weil du heute Abend auf der Gala nicht mit ihm tanzen kannst.«

»Ach je, ich hatte ganz vergessen, was heute für ein Abend ist. Das tut mir so leid.« Ihre Stimme zitterte verräterisch. Richard biss sich auf die Lippe. »Ich finde es wirklich schade, dass ich nicht bei dir sein kann.«

»Hey, wir sind doch übereingekommen, dass du dir deswegen kein schlechtes Gewissen machen sollst«, tadelte er sie sanft. »Du würdest dich ohnehin bloß langweilen. Ich werde hingehen, meine Rede halten und dann so schnell wie möglich das Weite suchen.«

»Richard, du weißt genau, dass das nicht geht. Der einzige Grund, weshalb die Eintrittskarten für die Gala so viel Geld einbringen, ist, dass die Frauen auf einen Tanz mit dir spekulieren.«

»Es gibt nur eine Frau, mit der ich heute Abend gerne tanzen würde, Baby. Und da du nicht hier bist, werde ich die Sache einfach aussitzen.«

»Ich liebe dich.«

Fast hörte er sie lächeln.

»Ich liebe dich auch, Schatz. Und jetzt versuch, dich ein bisschen auszuruhen.«

Richards Wagen hielt vor dem Waldorf Astoria. Als er unter den goldgeränderten Baldachin und kurz darauf in die Lobby trat, wartete seine Assistentin bereits auf ihn. Sie trug ein knöchellanges silbernes Abendkleid und hatte ihre kastanienbraunen Haare hochgesteckt.

»Sie kommen zu spät«, rügte sie ihn lächelnd.

»Ich weiß.« Er hob zur Entschuldigung die Hände. »Ich konnte mich erst vor einer Stunde aus dem Büro loseisen. Habe ich viel verpasst?«

»Ihre Mutter war bitter enttäuscht, dass Sie während des Dinners nicht bei ihr am Tisch saßen, und ich musste Sie bei ungefähr tausend frustrierten Damen entschuldigen, die darauf brennen, Ihren Namen auf ihre Tanzkarte zu schreiben.«

»Tanzkarten – gibt es so was überhaupt noch?« Er lächelte schief. Sie wandten sich in Richtung des großen Ballsaals. Lisa nestelte an seiner Fliege und seinem Jackett herum, bis alles perfekt aussah.

»Vermutlich nicht, sonst hätten Sie es garantiert mir überlassen, sie auszufüllen«, gab sie trocken zurück. »Der Text läuft über den Teleprompter am Pult, und Jon Stewart hat die Gäste bereits ziemlich gut in Stimmung gebracht. Sie müssen einfach nur noch reingehen und Ihre Rede halten.«

»Aus Ihrem Mund klingt es wie ein Spaziergang.« Er schüttelte grinsend ihre Hände ab, als sie einen Versuch unternahm, seine Haare glattzustreichen. »Und jetzt lassen Sie mich endlich in Ruhe, der Hobo-Look ist Absicht.«

»Na, wenn das so ist, haben Sie ausgezeichnete Arbeit geleistet«, brummelte Lisa. »Und keine Sorgen wegen der Rede, es wird ohnehin keiner zuhören. Die einen haben sich während des Dinners schon einen angetrunken, und die anderen überlegen, mit wem sie als Nächstes anbändeln könnten. Betrachten Sie sich gewissermaßen als die Gala-Variante eines mittelmäßigen Fernsehfilms.«

Später am Abend stand er inmitten von Leuten, die er

allenfalls flüchtig kannte, an der Bar und trank ein Glas Whisky. Das dritte alljährliche Benefiz-Dinner der Leon J. Maxwell Memorial Foundation diente dazu, Geld für die Hinterbliebenen der Opfer zu sammeln, die bei den Terroranschlägen vom 11. September ums Leben gekommen waren. Der gute Zweck der Veranstaltung war der einzige Grund, weshalb Richard sich überhaupt im Astoria blicken ließ. Bei knapp tausend Gästen konnte die Stiftung auf mindestens drei Millionen Dollar an Spenden hoffen.

»Liebling, da bist du ja. Ich habe schon überall nach dir gesucht. Bitte sag mir jetzt nicht, dass du ganz allein gekommen bist.« Richard hob den Kopf. Sein Blick fiel auf seine Mutter, die schnurstracks auf ihn zukam. In ihrer smaragdgrünen Abendrobe und mit den schulterlangen Haaren bot sie eine strahlend schöne Erscheinung.

»Mutter.« Er beugte sich zu ihr und gab ihr einen Kuss, wobei seine Lippen nur ganz leicht ihre Wange streiften. »Doch, ich bin allein gekommen. Du weißt doch genau, dass Hanna im Moment nicht aus England wegkann.«

»Dann solltest du dir für Gelegenheiten wie diese wirklich eine andere Partnerin suchen«, rügte sie ihn und ignorierte, dass er vor lauter Ärger rot anlief. »Es macht einfach keinen guten Eindruck, wenn du ohne Begleitung kommst.«

»Das juckt mich nicht.« Er stürzte seinen Whisky in einem Zug hinunter und stellte das leere Glas auf dem Bartresen ab.

»Wie lange soll das denn noch so weitergehen, Liebling? Ich kann es nicht länger ertragen, dass du zu solchen Anlässen immer ganz alleine auftauchst. Du bräuchtest wirklich Unterstützung. Du bist beruflich so stark eingespannt, und eine Frau könnte sich um all die tausend Kleinigkeiten kümmern, für die du keine Zeit hast.« Caroline fegte einen

Fussel von seinem Ärmel. »Außerdem fällt es den Leuten langsam auf.«

»Die Leute sind mir scheißegal.« Richard war so wütend, dass er lauter sprach, als er eigentlich beabsichtigt hatte. »Diana liegt im Sterben, was erwartest du von Hanna? Dass sie hergeflogen kommt und ihre Mutter sich selbst überlässt?«

»Ich erwarte von ihr, dass sie sich an der Seite ihres Mannes zeigt, so wie andere Frauen es tun würden.«

»Weil es immer nur um den äußeren Eindruck geht«, gab er voller Bitterkeit zurück.

»Nein. Weil man mit dem Menschen, den man liebt, auch zusammen sein will. Wann hast du Hanna das letzte Mal gesehen?«

»Ich habe heute Abend erst mit ihr telefoniert.« Sein Tonfall war streng und kalt und ließ keine weitere Diskussion zu.

Doch Caroline schlug auch diese Warnung in den Wind. Sie ließ einfach nicht locker. »Denk einfach darüber nach. Wenn Hanna dich zu so wichtigen Anlässen nicht begleiten kann, wäre es doch eine sinnvolle Alternative, stattdessen eine andere Freundin mitzunehmen.« Ihre Stimme klang genauso unangenehm wie seine. Sie nahm sich ein Glas Champagner vom Tablett eines vorbeikommenden Kellners und drückte Richards Hände. »Ich will dir nicht auf die Nerven gehen, Liebling, aber ich mache mir Sorgen um dich. Wenn du nicht im Büro bist und arbeitest, sitzt du entweder in einem Flieger oder besuchst Hanna. Ein Mann wie du braucht jemanden, der sich um ihn kümmert.«

Ihre Worte trafen einen wunden Punkt. Ohne Hanna fühlte er sich unvollständig, und ganz allein zu offiziellen Anlässen zu gehen, kostete ihn große Überwindung. Das lag nicht in erster Linie daran, dass alleinstehende Frauen eines gewissen Alters ihn gewissermaßen als Freiwild betrachteten – sie abzuwimmeln fiel ihm nicht weiter schwer. Es war einfach nur so, dass Hannas Abwesenheit ihm unweigerlich aufs Gemüt drückte.

Sie waren noch nicht lange ein Paar gewesen, als Diana den Knoten in ihrer Brust entdeckt hatte. In den neun Monaten, die seitdem vergangen waren, hatte sie sämtliche Höhen und Tiefen der Krebsbehandlung durchlaufen: Hoffnung, Angst und schließlich Verzweiflung. Es war verständlich, dass Hanna ihre Mutter nicht allein lassen wollte, denn die Ärzte gaben ihr nur noch wenige Monate zu leben. Sie von ihrer sterbenden Mutter wegzureißen, stand vollkommen außer Frage. Er wäre sich wie ein egoistisches Schwein vorgekommen, wenn er es auch nur versucht hätte.

Richard hatte ohnehin schon bohrende Schuldgefühle, wann immer er sich bei dem Wunsch ertappte, sie könne ihn besuchen kommen oder er könne mit ihr ungestört Zeit in London verbringen, ohne dass sich ständig alles um Diana drehte. Dazu kam noch ein anderes Gefühl, dessen Existenz er standhaft zu leugnen versuchte: Ihm fehlte die körperliche Nähe, die Intimität, die Zärtlichkeit und vor allem der Sex. Wenn man seine Hand außer Acht ließ, hatte er schon seit geraumer Zeit keine erfüllende sexuelle Begegnung mehr gehabt.

»Habt ihr darüber gesprochen, was ihr danach machen wollt?«, fragte Caroline.

»Nachdem Diana gestorben ist? Ich glaube, Hanna kann sich eine Welt ohne ihre Mutter gar nicht vorstellen, geschweige denn darüber nachdenken, wie es ihr dann geht oder wo sie leben will.«

»Wird sie jemals zu dir nach Manhattan ziehen?«

»Ich weiß es nicht.« Richard schüttelte langsam den Kopf. Er wollte das Thema nicht weiter vertiefen. »Es gibt viel zu viele Unsicherheitsfaktoren, um jetzt Pläne für die Zukunft zu machen. Ich muss mich einfach auf das Hier und Jetzt konzentrieren und versuchen, für meine Freundin da zu sein.«

Kapitel 12

9. Februar 2005

Die Nachmittagssonne schien zum Fenster herein, und die Zweige der Bäume draußen warfen ein Muster aus hellen und dunklen Flecken an die cremeweißen Wände des Zimmers. Hanna saß im Lehnsessel neben dem Bett ihrer Mutter und betrachtete Dianas ausgemergelten Körper. Ihr Brustkorb hob und senkte sich in einem gleichmäßigen Rhythmus. Sie schlief. Ihre spröden Lippen waren leicht geöffnet, und etwa alle zehn Sekunden war beim Ausatmen ein leises Pfeifen zu hören.

Im Laufe des Jahres hatte sich Dianas Zustand langsam, aber stetig verschlimmert; manchmal schritt die Krankheit so schleichend voran, dass Hanna schon dachte, es ginge wieder bergauf. Anfangs hatten sie sich von der Brustkrebsdiagnose nicht aus der Fassung bringen lassen. Doch die Behandlung wurde durch Metastasen erschwert, und als der Krebs schließlich weiter streute, fielen immer häufiger Worte wie »Schmerzmanagement«, »Monate, möglicherweise auch nur Wochen« und schließlich: »Würde«. Das war der Zeitpunkt, zu dem jede Hoffnung, die Hanna bis dahin vielleicht noch gehabt hatte, aus ihr wich wie die Luft aus einem Ballon, der nach einer Geburtstagsfeier draußen in der Kälte vergessen worden war.

Vor einer Woche waren sie übereingekommen, Diana in ein Hospiz zu verlegen. Weder Hanna noch ihre Mutter wollten ihre letzten gemeinsamen Tage in der sterilen Umgebung eines Krankenhauses verbringen, und das St.-Lukas-Hospiz – ein elegantes georgianisches Anwesen mit weitläufigem Grundstück – bot ihnen die Möglichkeit, auf eine andere Art Abschied zu nehmen. Hanna konnte so viel Zeit mit Diana verbringen, wie sie wollte. Sie konnten im Garten spazieren gehen und zusehen, wie auf dem Rasen die ersten Blumenzwiebeln ihre Triebe aus der Erde reckten. Diana würde ohne die Hektik des Klinikbetriebs und ohne das fortwährende Geräusch medizinischer Apparate sterben können.

»Schläft sie?«

Hanna sah auf. Claire Larsen stand in der Tür zum Zimmer. Ihre freundlichen Augen lächelten milde, als sie Hannas abgekämpfte Erscheinung sah.

»Schon seit einer ganzen Weile. Eigentlich müsste sie bald wieder aufwachen.« Als Hanna sich aus dem Sessel erhob, merkte sie, dass ihre Beine eingeschlafen waren, weil sie zu lange in unbequemer Haltung dagesessen hatte. Auch ihr Rücken schmerzte. Sie streckte sich vorsichtig, damit wieder Leben in ihre tauben Glieder kam.

»Wie geht es ihr denn?« Claire trat ins Zimmer. Sie hatte eine Hermès-Tasche in einer Hand und ein Diktiergerät in der anderen. Eine etwas eigentümliche Kombination.

»Sie war heute die meiste Zeit nicht ansprechbar, aber gestern war sie lange wach, und wir hatten ein sehr schönes Gespräch. He, was ist denn das da?« Hanna zeigte auf das Diktiergerät.

»Nichts.« Claire verbarg die Hand hinter ihrem Rücken.

Hanna sah Claire neugierig an. »Was führt ihr im Schilde?«

Claire lachte; ein leises, glockenhelles Lachen, das von

den Wänden des Zimmers widerhallte. Doch Diana regte sich nicht einmal.

»Das klingt ja, als wären wir zwei ungezogene Teenager, Hanna. Es ist ein Geheimnis. Ich habe versprochen, nichts zu verraten.«

»Mir kannst du es doch sagen. Ich tue auch so, als wüsste ich von nichts, versprochen.«

»Sicher, Liebes. Ich *könnte* es dir sagen, aber dann müsste ich dich töten. Also hör auf zu fragen.«

In der letzten Zeit hatte Hanna nur wenig Schlaf bekommen; nachts lag sie oft stundenlang wach, und tagsüber war sie todmüde. In dieser Nacht nickte sie immerhin um kurz nach vier Uhr ein. Wenige Stunden später wurde sie schon wieder geweckt, als sie spürte, wie sich die Matratze unter ihr bewegte. Sie war so benommen, dass sie zunächst gar nicht begriff, dass es Richard war, der sich, noch in Anzug und Krawatte, zu ihr gelegt hatte. Sein Kopf ruhte neben ihr auf dem Kissen, und er sah sie an.

»Hi«, flüsterte er, als sie die Augen aufschlug und ihn anblinzelte.

»Es tut mir so leid, dass ich dich nicht vom Flughafen abgeholt habe …«

»Schh, du musstest dringend schlafen.« Er legte ihr sanft einen Finger an die Lippen. Sie küsste ihn und betrachtete sein Gesicht. Er konnte seine Besorgnis nicht verbergen – kein Wunder, sie war dünner geworden, und bestimmt sah sie vollkommen übernächtigt aus. »Mein Vater hat mich abgeholt; wir haben es sogar noch geschafft, kurz einen Happen zu frühstücken, ehe er mich hier abgesetzt hat.«

»Das ist schön.«

»Er schickt dir die allerbesten Wünsche. Sie hätten

gerne, dass wir morgen zusammen mit ihnen zu Abend essen – wenn du die Kraft dafür hast.«

»Ich weiß noch nicht; könnte sein, dass ich bei Mum bleiben muss.«

Er zog sie an sich, bis ihr Oberkörper auf ihm lag. Ihre Beine schmiegten sich an seine, und sie legte den Arm über seine Brust. Sie schloss die Augen, kuschelte sich an seinen Anzug und atmete den Geruch von Wolle ein, der sich mit dem Sandelholzduft seines Eau de Cologne vermischt hatte.

»Lass uns einfach abwarten, ja?« Seine Stimme hatte eine tröstende Wirkung, und sie schloss die Augen und überließ sich ihrem sanften Klang. »Wir machen das, was sich für dich richtig anfühlt, ich werde ihnen das schon irgendwie erklären. Solche Dinge sind jetzt nicht wichtig. Nichts ist wichtig.«

Sie spürte den Rhythmus seines Atems, und ihr Kopf bewegte sich mit ihm. Ohne nachzudenken, öffnete sie die Knöpfe an seinem Jackett und legte das Ohr auf den dünnen Stoff seines Hemdes, bis sie das Klopfen seines Herzens hören konnte. Die Hitze seines Körpers wärmte ihre Wange und weckte Gefühle in ihr, die sie wochenlang unterdrückt hatte.

Sie hob den Kopf und rutschte ein Stück höher, bis ihr Gesicht neben seinem lag. Ihre Augen waren sich so nah, dass sie sich nicht anschauen konnten, ohne dass alles verschwamm. Sie drängte sich an ihn, und in ihrem Körper erwachte die Sehnsucht, mehr von ihm zu spüren. Plötzlich konnte sie gar nicht genug von ihm bekommen.

Ihr Kuss hatte nichts Zärtliches. Er war hart und ungestüm und überrumpelte ihn völlig. Sie spürte das Flattern seiner Lider an ihrem Gesicht, als er die Augen aufriss, sie anstarrte und zu ergründen versuchte, was sie da tat. Wenn sie während der letzten Monate zusammen gewesen waren, hatten sie sich immer nur im Arm gehalten, vielleicht den einen oder anderen zaghaften Kuss ausgetauscht. Sex war völlig ausgeschlossen gewesen. Sie hatte es einfach nicht über sich gebracht.

Aber jetzt merkte sie, wie ihr ganzer Körper kribbelte, als sie mit der Zunge über seine Lippen strich, bis er sie öffnete und ihr mit seiner eigenen Zunge entgegenkam. Er erwiderte ihren Kuss, bis sie beide außer Atem waren. Doch statt den Kuss abzubrechen, legte sie ihm die Hand hinter den Kopf und zog ihn noch dichter zu sich heran, bis ihre Lungen brannten.

Schließlich war es Richard, der den Kuss unterbrach. Er keuchte so heftig, dass er nicht sprechen konnte, und seine Wangen röteten sich vor Scham, als er an sich herunterblickte und seine Erektion sah, die sich gegen ihre Hüfte presste.

»Entschuldige.« Er konnte ihr kaum in die Augen sehen; stattdessen starrte er über ihre Schulter hinweg auf die blaue Tapete.

Hanna legte wortlos die Hand unter sein Kinn und drehte sein Gesicht so, dass sich ihre Blicke begegneten. Ein Ausdruck der Verwirrung trat in seine Züge. Als sie sicher sein konnte, dass er sie ansah, kam sie ihm wieder näher, strich zärtlich mit ihren Lippen über seine und erhöhte den Druck immer weiter, bis er gar nicht mehr anders konnte, als die brennende Sehnsucht zu spüren, die jede Pore ihres Körpers erfüllte.

Sie machte sich an seinem Hemd zu schaffen und zog es ihm aus der Hose. Dann schob sie die Hände unter den Stoff und streichelte seinen nackten Bauch. Die zärtliche Berührung fachte seine Erregung immer weiter an.

Hanna knöpfte sein Hemd auf, zerrte an seiner Hose und zog sich dann mit zitternden Fingern den Schlafanzug aus. Ihr Herz raste, und eine heftige Woge des Begehrens ging durch ihren Körper, als sie seine Haut auf ihrer spürte.

»Bist du sicher? Ich habe das Gefühl, dass ich mich dir aufdränge«, flüsterte Richard.

Hanna zog ihn auf sich. Ihre Hände tasteten nach seiner Erektion und umfassten sie, während sie gleichzeitig versuchte, sich so hinzulegen, dass er in sie eindringen konnte. »Es ist genau andersrum.« Sie schloss die Augen, als sie spürte, wie er in sie hineinglitt. Er glitt tiefer, bis er sie ganz ausfüllte. »Ich brauche das, Richard. Ich brauche dich, bitte hör nicht auf.«

Kapitel 13

3. Juli 2005

Hanna hüllte sich in ihre Verzweiflung wie in eine bleierne Decke; sie war ihr Trost und Qual zugleich, denn gerade das Elend in seiner absoluten Verlässlichkeit war auf unerklärliche Weise beruhigend. Es war die einzige Konstante, ihr treuer Begleiter, auf den sie sich immer verlassen konnte und der sie jeden Morgen mit derselben Unabwendbarkeit begrüßte wie die aufgehende Sonne. Nachts, wenn sie zusammengerollt in ihrem alten Bett lag, in dem sie schon als Kind geschlafen hatte, ließ sie ihrer Trauer freien Lauf. Dann drangen erstickte Schluchzer aus ihrer Kehle, und sie ballte die Hände zu Fäusten, als könne sie dadurch den Kummer abwehren.

Es war ein Kampf, den sie nicht gewinnen konnte.

Im ersten Monat nach Dianas Tod kam es ihr nur richtig vor, dass sie so heftig um ihre Mutter trauerte, und sie hinterfragte ihre Gefühle nicht. Richard hatte eine Woche nach der Beerdigung nach New York zurückgemusst und sie angefleht, mitzukommen. Doch die Erinnerungen an Diana hielten Hanna in London fest, und außerdem musste der Nachlass geregelt werden. Während ihres Getrenntseins wurden das Einsamkeitsgefühl und die Verzweiflung immer größer. Sie konnte nicht mit ihm telefonieren oder seine E-Mails beantworten, ohne dabei in Tränen auszubrechen, und sie erfand Ausreden, damit er sie nicht besuchte.

Sie wollte ihre Depression aus eigener Kraft besiegen. Er sollte nicht wissen, wie schlecht es wirklich um sie stand.

Aber die Zeit verging, die blühenden Frühlingsblumen welkten in der Hitze des einsetzenden Sommers, und die Trauer ließ nicht nach. Hanna verließ die Wohnung nur, wenn es gar nicht anders ging, und beeilte sich jedes Mal, so schnell wie möglich wieder nach Hause zu kommen.

Im Juni hatte sie einen neuen Tiefpunkt erreicht. Sie schlug jede Einladung aus und flüchtete sich in Lügen, um sich nicht mit den Larsens treffen oder mit Richard sprechen zu müssen. Denn wenn sie mit ihnen zusammen war, wurde sie zwangsläufig daran erinnert, was sie verloren hatte, und der Neid, der sie beim Anblick der glücklichen Familie überkam, fraß sie innerlich auf. Es änderte nichts, dass sie sich für diese Gefühle verachtete.

In der Redaktion hatte sie eine Abmahnung bekommen, weil sie oft zu spät kam oder ohne ärztliches Attest fehlte. Bei jedem Wort, das der Redakteur während seiner Standpauke sagte, hatte sie genickt und ihm zugestimmt; ja, sie arbeitete nachlässig und unprofessionell, und seine schlechte Meinung von ihr bestätigte sie nur darin, dass die schlechte Meinung, die sie selbst von sich hatte, zu hundert Prozent gerechtfertigt war.

Es war elf Uhr vormittags an einem Sonntag, und sie war immer noch nicht ganz wach. Ihre Haare waren stumpf und fettig, und der Schlafanzug, den sie seit zehn Tagen ununterbrochen trug, hätte dringend gewaschen werden müssen. Das Klopfen an ihrer Wohnungstür klang in ihren Ohren wie eine Trommel, die den Rhythmus ihres Elends schlug, und sie brachte nicht einmal genug Energie auf, um sich aus dem Bett zu wälzen und zu sehen, wer da war.

Dann ging das Rufen los.

»Ich weiß, dass du da bist, Hanna, mach auf!« Die Stimme schallte durch den Flur bis in ihr Zimmer, und Hanna schloss die Augen in der Hoffnung, der Störenfried würde irgendwann verschwinden. Gerade als sie sich wieder in ihrem weichen Federkissen vergrub, hörte sie einen Schlüssel im Schloss knirschen und dann einen Knall, als die Tür so schwungvoll geöffnet wurde, dass sie gegen die Wand flog.

Wie es aussah, hatte sie Besuch.

Sie hörte Schritte durch den Flur in Richtung Schlafzimmer kommen. Ein Gefühl tiefster Resignation überkam sie, denn ihr wurde klar, dass ihr nichts anderes übrigblieb, als dem, der da kam, gegenüberzutreten und sich irgendetwas einfallen zu lassen, um ihn schnellstmöglich wieder aus der Wohnung hinauszukomplimentieren. Wussten die Leute denn nicht, dass sie allein sein wollte?

»Gott, was stinkt das hier drin!« Ruby hielt sich die Nase zu, als sie ins Schlafzimmer trat. Sofort ging ihr Blick zu Hanna, die sich unter der drei Wochen alten Bettwäsche verkrochen hatte.

»Geh weg, Ruby.« Selbst in ihren Ohren klang ihre Stimme monoton und dumpf.

»Ich gehe nirgendwohin. Ich bin mit meiner letzten Prüfung durch, und jetzt hab ich alle Zeit der Welt, mich darum zu kümmern, dass du mal wieder duschen gehst.« Ruby trat ans Fenster und setzte eine Staubwolke frei, als sie die Vorhänge aufriss.

Hanna blinzelte ein paarmal, bis sich ihre Augen an das helle Morgenlicht gewöhnt hatten. Rubys Gesicht war missbilligend verzogen, und obwohl sie sonst ein eher ruhiger, besonnener Mensch war, wirkte sie erregt und fahrig, wodurch sich Hannas Unbehagen noch verstärkte.

»Ich muss erst noch ein bisschen schlafen. Ich bin so müde.« Hanna schloss die Augen.

»Hanna, wir machen uns riesige Sorgen um dich. Du meldest dich nie bei Richard; du willst Mum und Dad nicht besuchen. Du hast mir nicht mal eine SMS geschrieben und mich gefragt, wie meine Prüfungen gelaufen sind. Das sieht dir überhaupt nicht ähnlich.«

Hanna kaute auf ihrer Unterlippe herum und verkniff sich eine Antwort. Am liebsten hätte sie Ruby gesagt, dass es sie einen Scheißdreck interessierte, wie es den Larsens ging oder dass sie es schade fanden, weil Hanna sich nicht meldete. Sie war wie ein Kuckuck im fremden Nest und vergiftete ihre Familie mit ihrem Kummer und ihrer Eifersucht. Ohne sie waren sie um Längen besser dran.

Sie war so wütend, weil sie keine Mutter mehr hatte, die sie im Arm halten und lieben konnte.

»Mir geht's gut, Ruby, ich bin müde und habe momentan ein bisschen nah am Wasser gebaut, aber damit komme ich gut alleine klar.« Hanna zog sich die Bettdecke über das Gesicht. Ruby hatte recht. Der Gestank in ihrem Schlafzimmer war nicht auszuhalten.

»Es geht dir *nicht* gut.« Rubys Augen begannen zu schwimmen, und ihre Stimme klang, als wäre sie den Tränen nahe. »Dir geht es alles andere als gut. Bitte, lass dir doch von mir helfen.«

»Ich muss einfach nur ein bisschen die Augen zumachen. Morgen fühle ich mich bestimmt schon wieder besser.«

»Warst du bei einem Therapeuten?«

»Wozu? Ich weiß doch genau, was mir fehlt; es interessiert mich bloß einfach nicht.«

»Warum rufst du Richard nicht mehr an? Er ist außer

sich vor Sorge.« Ruby verzog das Gesicht und knetete ihre Hände.

»Weil ich keine Ahnung hab, was ich ihm sagen soll«, wisperte Hanna. Jeden Abend schlief sie mit seinem Namen auf den Lippen ein, und in den frühen Morgenstunden wachte sie auf, weil der Gedanke an ihn ihr Herz wie ein Schraubstock umklammert hielt.

»Er liebt dich, Hanna. Er ist krank vor Sorge um dich.«

»Ohne mich ist er besser dran. Ich ziehe ihn ja doch nur runter.« Sie ließ den Kopf wieder aufs Kissen fallen und machte die Augen zu.

»Erlaube ihm doch wenigstens, herzukommen und dich zu besuchen. Er ist wirklich verzweifelt.«

»Das geht nicht.« Hannas Tränen liefen über. In letzter Zeit musste sie ständig weinen. Sie kniff ganz fest die Augen zu, als könne sie den Tränen auf diese Weise Einhalt gebieten.

In fünf Monaten voll schlafloser Nächte hatte sie viel Zeit gehabt, über ihre Beziehung nachzudenken, und trotzdem sah sie immer noch keine Zukunft für sie beide. Sie hatten so viel Zeit wie möglich miteinander verbracht – wann immer er für ein kurzes Wochenende nach London kommen konnte –, aber das änderte nichts an den grundlegenden Problemen. Sie würde nie in sein Leben in New York passen, ganz egal, wie sehr sie sich bemühte.

Sie steckten in einer Sackgasse; die Sache konnte nirgendwohin führen außer ins Verderben. Sie wollte nicht in New York leben, und er konnte unmöglich nach London ziehen. Einer von ihnen musste den unseligen Kreislauf unterbrechen.

Sie war sich nicht sicher, ob sie stark genug dazu wäre.

Zwei Wochen später klebte sie gerade den letzten Karton zu, als das Schrillen der Klingel die Ankunft der Männer von der Umzugsfirma signalisierte. Hanna war angenehm überrascht, dass sie eine Viertelstunde zu früh da waren, und öffnete die Tür mit Schwung, um sie hereinzulassen.

Das Herz rutschte ihr in die Hose, kaum dass sie Richard sah, der im Türrahmen lehnte und sich die Haare raufte. Sein Anzug war zerknittert, als hätte er die Nacht darin geschlafen.

»Was machst du hier?«

Richard schob sich an ihr vorbei und achtete gar nicht auf die Kartons, die sich im Flur stapelten. »Was sollte das werden, verdammte Scheiße?« Er sprach leise, aber seine Worte waren harsch – so harsch, dass sie zusammenfuhr. »Du machst per Brief mit mir Schluss?« Er fuchtelte mit einem Blatt Papier.

»Ich wusste nicht, wie ich es dir sagen soll …«

»Wie wär's mit anrufen? Oder du hättest warten können, bis ich dich besuchen komme. Stattdessen ein lumpiger Brief?« Sein Gesicht war hochrot. Er nahm das Blatt auf und begann es in kleine Schnipsel zu zerreißen. »Was zum Teufel hast du dir dabei gedacht …?« Dann verstummte er unvermittelt und sah sich um. Erst jetzt fielen ihm die Kartons auf. »Ziehst du um?«

Hanna schüttelte langsam den Kopf. Richard blieb vor ihr stehen und berührte ihr Gesicht, so dass sie unwillkürlich einen Schritt zurückwich.

»Was dann?« Seine Stimme war zu leise.

»Ich gehe weg aus London. Ich will reisen.«

»Warum hast du mir nichts davon gesagt? Hattest du vor, einfach so zu verschwinden? Ohne ein Wort?«

»Ich habe dir einen Brief geschrieben.« Ihr war übel,

aber sie musste Ruhe bewahren. Sie durfte ihm nicht zeigen, wie sehr sie das Ganze innerlich zerriss.

»Noch ein beschissener Brief?« Seine Stimme kippte. »Tu das nicht, Baby, bitte.«

Oh Gott, sie würde gleich anfangen zu weinen oder sich übergeben oder vielleicht auch beides. Sie stürzte ins Bad, schlug die Tür hinter sich zu und verriegelte sie. Sehr lange kniete sie auf dem kalten Fliesenboden, den Kopf über der WC-Schüssel, und würgte. Ihre Hände zitterten, als sie sich am Waschbecken hochzog.

Als sie wieder herauskam, stand er vor der Tür, das Handy in der Hand, und bellte Anweisungen ins Telefon. Er musste zwischenzeitlich die Umzugshelfer hereingelassen haben – überall waren Männer in Overalls, die Kisten und Möbel nach draußen zu dem Lastwagen schleppten, der mitten auf der Straße parkte.

Hanna sah zu, wie sie ihr Bettgestell und ihre Matratze zur Wohnungstür hinaustrugen. Am liebsten wäre sie jetzt ins Bett gekrochen und hätte sich unter der Decke versteckt, um sich zusammen mit ihren Sachen einlagern zu lassen.

Richard folgte jeder ihrer Bewegungen, während er mit versteinerter Miene im Zimmer stand. Dass er sie so ansah, machte sie ganz nervös.

»Morgen geht mein Flug von Heathrow«, platzte sie heraus, nur um das Schweigen zu brechen.

»Wohin?«

»Ich fliege nach Sydney.«

»Ich komme dich dort besuchen.«

»Nein!« Ihre Antwort ließ keine Widerrede zu. »Ich muss das alleine machen.«

»Das kann ich nicht erlauben.« Jede Spur von Zorn war aus seiner Stimme verschwunden, und Hanna wurde klar, dass sie diejenige sein musste, die Stärke bewies, selbst wenn sie sich im Abgrund der Verzweiflung befand.

»Ich bin es nicht wert.«

Seine Stimme war kaum lauter als ein Flüstern. »Natürlich bist du es wert. Das zwischen uns wird nie vorbei sein.«

Sie ging zu ihm, schlang ihm die mageren Arme um die Taille und schmiegte ihre Wange an seine Brust. Sie hätte nicht sagen können, wer von ihnen beiden heftiger zitterte. Sie hob den Kopf und sah die Tränen auf seinen Wangen, seine Miene ein Spiegel ihrer eigenen. Sie stellte sich auf die Zehenspitzen, damit sie ihn auf den Mund küssen konnte.

Dann löste sie sich von ihm, hob ihre Reisetasche auf und schlang sich auf dem Weg zur Tür den Riemen über die Schulter.

Sie wagte nicht, ihn noch einmal anschauen, denn sie wusste: Ein Blick in sein Gesicht, und sie würde schwach werden. Also schloss sie die Augen, legte die Hand an die Türklinke und öffnete sie. Sie wartete, bis das Knarren der Angeln verklungen war, denn sie wollte ganz sichergehen, dass er sie hörte.

»Es tut mir so leid, Richard.«

Kapitel 14

4. März 2006

»Bist du dir auch wirklich sicher?« Richard sah seinem Stiefbruder fest in die Augen und suchte nach Anzeichen dafür, dass dieser es sich vielleicht anders überlegt hatte. Daniel hob mit zitternder Hand das Glas an den Mund; seine Lippen zuckten, als er schluckte. Im Laufe des letzten Jahres waren seine nervösen Tics immer zahlreicher geworden; inzwischen hätte Richard gar nicht mehr sagen können, welche seiner Bewegungen bewusst geschah und welche nicht.

»Ich will damit nichts mehr zu tun haben; ich kann nicht mal das Gebäude betreten. Mann, ich kann mich nicht mal in Manhattan aufhalten, ohne dass ich eine Panikattacke bekomme.« Daniels Batophobie hatte ganz plötzlich angefangen, nachdem er aus der Entzugsklinik entlassen worden war. Kurz nach dem Betreten der Lobby von Maxwell Enterprises – es war das erste Mal seit langem – war er kollabiert und musste mit dem Rettungswagen ins Krankenhaus gebracht werden.

Es war so gut wie unmöglich, in Manhattan zu leben, wenn man panische Angst vor hohen Gebäuden hatte.

»Und was willst du mit dem ganzen Geld anfangen?«, fragte Richard.

»Ich werd mir einen Ort mit niedrigen Gebäuden und viel Sonnenschein suchen.« Das Gespenst eines Lächelns erschien auf Daniels Gesicht.

»Das schränkt deine Wahlmöglichkeiten ein.« Richard musste sich ins Gedächtnis rufen, dass sein Stiefbruder bald dreiundzwanzig Jahre alt wurde. Sie hatten sich im Stone Creek Inn in der East Quogue Street in den Hamptons verabredet, unweit des Hauses, das Daniel von seinem Vater geerbt hatte. Dort wohnte er hin und wieder, weil er es in Manhattan kaum noch aushielt. Allerdings wollte er jetzt auch dieses Landhaus verkaufen, zusammen mit seinen Anteilen an der Firma.

Die restliche Zeit driftete er von einem Ort zum anderen und kam bei wechselnden Freunden unter, bis er deren Gastfreundschaft irgendwann erschöpft hatte. Sein Drogenkonsum schien nachgelassen zu haben, obwohl er im laufenden Jahr bereits einige Wochen in der Entzugsklinik verbracht hatte.

»Ich will erst mal ein bisschen reisen, mir die Welt ansehen. Ich bin nicht mal mehr sicher, ob ich noch in Amerika wohnen will.«

»Was sagt denn deine Freundin dazu?« Richard konnte sich nicht mehr an ihren Namen erinnern. Normalerweise wechselte Daniel seine Freundinnen monatlich, und noch dazu waren sie alle relativ austauschbar: ausnahmslos blond, groß, schlank – und dankbare Abnehmerinnen für die Geschenke, mit denen Daniel sie überhäufte.

»Marie und ich haben uns getrennt. Sie fing irgendwann damit an, über Verlobungsringe zu reden und dass wir uns doch zusammen ein Haus kaufen könnten.« Daniel schüttelte sich. »Plötzlich war mir, als würde mein ganzes Leben vor meinem inneren Auge vorbeiziehen. Das halte ich nicht aus.«

Richard schwieg. Er versuchte nicht daran zu denken, dass er manchmal ähnlich empfand, wenn er fürchtete, eines Tages in einem Leben festzustecken, wie Leon Maxwell es geführt hatte.

Der Avocadosalat, den sie als Vorspeise bestellt hatten, war gut gewürzt, und es dauerte nicht lange, bis sie ihre Teller geleert hatten. Daniel nahm sich ein Brötchen und bestrich es mit Butter, ehe er davon abbiss.

»Wo wir gerade von Exfreundinnen sprechen – hast du mal wieder was von Hanna gehört?«

Richard trank einen tiefen Schluck Wein, bevor er sein Glas wieder auf der glatten weißen Tischdecke abstellte. »Ruby hat erzählt, dass sie immer noch auf Reisen ist.«

Das war zwar nicht gelogen, aber es war auch nicht die Wahrheit.

»Meldet sie sich manchmal bei dir?«

»Nicht wirklich.«

»Vielleicht treffe ich sie ja unterwegs.« Daniel sah auf, als die Kellnerin ihnen den Hauptgang servierte, und seine Augen leuchteten beim Anblick des Steaks. »Das wäre doch cool.«

Richard hustete und hätte fast seinen Wein ausgespuckt. Er war nicht sicher, ob die Tränen, die ihm in die Augen schossen, daher kamen, dass er sich verschluckt hatte, oder ob es Tränen der Wut waren.

»Die Welt ist ziemlich groß, Daniel. Das wäre ja, als würde man die Nadel im Heuhaufen finden.« Er konnte seinen Sarkasmus nicht verbergen.

»Aber es wäre doch lustig. Ich vermisse sie irgendwie. Sie war eine der wenigen Personen, auf deren Besuche ich mich in der Reha immer gefreut habe.«

»Sie hat dich zweimal besucht, vielleicht dreimal, wenn's hochkommt. Ich war jede Woche da.« Richards Mundwinkel verzog sich ein klein wenig nach oben.

»Sie ist eben jemand, an den man sich erinnert. Und sie hat mir E-Mails geschrieben.«

Richards Hummer-Risotto schmeckte plötzlich wie Asche. Er erinnerte sich an Hannas E-Mails, an ihre Textnachrichten, die Briefe und Geschenke. Ganz zu schweigen von ihren intimen Wiedersehensfeiern.

»Bestimmt hängt sie nicht in einer Drogenhöhle in Marrakesch ab.«

»Habe ich da etwa einen wunden Punkt getroffen?« Daniel ließ das Messer mit einem lauten Scheppern zu Boden fallen, als sein Arm unkontrolliert zuckte. Er lehnte sich auf seinem Stuhl zurück, atmete tief durch und wartete, bis eine Kellnerin kam und ihm ein sauberes Messer brachte. Bei der Gelegenheit signalisierte er ihr, sie solle ihm den Rest des Rotweins in sein mittlerweile leeres Glas einschenken.

Richard zuckte die Achseln und aß sein Risotto auf. Danach legte er sein Besteck ordentlich auf den Teller. »Es spielt keine Rolle. Und überhaupt – wir sind hier, um über deine Pläne zu reden. Ich muss wissen, wohin ich das Geld überweisen soll. Sobald uns dein Anwalt am Montag die unterzeichneten Unterlagen schickt, müssen wir das mit dem Transfer klären.«

»Überweis es einfach auf mein Konto.«

»Ich glaube, das ist keine gute Idee. Ist dir klar, wie viel Geld du bekommst?«

»Ich bin kein Idiot, Richard. Ich habe einen Finanzberater.«

Richard musste schmunzeln. Vielleicht würde Daniel ja doch über die Runden kommen.

Kapitel 15

20. Januar 2007

Die Dekoration aus Ballons und Luftschlangen an der Veranda erinnerte an einen grellen, leicht krumm geratenen Regenbogen. Über der Tür prangte in riesigen Glitzerbuchstaben Rubys Name. Hanna stand am Fuß der Verandatreppe und kämpfte gegen ihre Nervosität. Sie hielt eine lilafarbene gemusterte Geschenktüte umklammert. Musik drang aus dem Haus, und die flackernden Discolichter, die durchs Fenster blinkten, zeigten an, dass die Party bereits in vollem Gange war.

Tom hatte versprochen, dass er ihr den ganzen Abend lang nicht von der Seite weichen würde. Er war früher gekommen, weil er einen Song für Ruby spielen und vorher noch sein Equipment aufbauen wollte. Hanna wusste, dass sie nur wenige Minuten allein aushalten musste.

Aber diese wenigen Minuten reichten schon. Seit ihrer Rückkehr nach London im vergangenen November hatte sie weder Claire noch Steven gesehen. Sie hatte zu viel Angst vor ihrer Reaktion gehabt.

»Kommst du jetzt rein, oder was ist?« Ruby riss ungeduldig die Haustür auf. »Du stehst da schon seit Stunden.«

Hanna schmunzelte und lief rasch die Stufen hinauf. »Herzlichen Glückwunsch zum Geburtstag, Süße.« Sie breitete die Arme aus und drückte Ruby fest.

»Ich bin so froh, dass du da bist. Ich hatte schon befürchtet, du kommst nicht.«

»Dann hätte ich ja Toms Auftritt verpasst. Ich kann's gar nicht abwarten zu sehen, wie du ihn anschmachtest, du Fangirl.«

Ruby wurde rot. »Ich bin kein Fangirl, ich halte ihn einfach nur für einen richtig guten Sänger.«

»Ja, ja, red dir das ruhig ein.« Hanna zwinkerte und überreichte Ruby ihr Geschenk. »Zeig das lieber nicht Claire und Steven. Ich wollte dir was Hübsches kaufen, das du im Bett anziehen kannst.«

»Ist es sexy?«

»Nein!« Jetzt war Hanna diejenige, die errötete. »Es ist schön und geschmackvoll, so wie es einer jungen Dame gebührt. Ich weiß nur nicht genau, ob deine Eltern das auch so sehen würden.«

Als sie in die Eingangshalle kam, stellte sich sofort das Gefühl von Vertrautheit ein, als tauche sie in einen halb vergessenen Traum ein. Alles sah noch genauso aus wie früher.

»Tom hat gesagt, ich soll dich gleich zu ihm bringen. Er hat die Bühne im unteren Wohnzimmer aufgebaut.« Ruby nahm Hanna bei der Hand und zog sie zur Treppe, die ins Untergeschoss führte. »Er will ungefähr in einer halben Stunde anfangen.«

»Hat er dir schon gesagt, was er spielen will?«, fragte Hanna, während sie überlegte, ob sie später vielleicht darüber bloggen könnte.

»Nein, es soll eine Überraschung sein.«

Sie waren am Fuß der Treppe angelangt, und Hanna hörte Tom an den Saiten seiner Les Paul zupfen. Kaum dass sie den Raum betreten hatten, sah er durch seine dichten goldenen Wimpern zu ihnen auf und grinste ihnen entgegen.

»Na, du?«

»Hi.« Sie kam sich vor wie ein Kind, das soeben seine lang vermisste Kuscheldecke wiedergefunden hatte. Schlagartig konnte sie wieder frei atmen.

»Hast du es ihr schon gesagt?« Er wandte sich mit leicht gerunzelter Stirn an Ruby.

»Noch nicht. Ich dachte, wir warten besser damit, bis wir hier unten sind.«

»Mir was gesagt?«, fragte Hanna. Ein ungutes Gefühl beschlich sie.

»Mum und Dad wollen dich sehen«, platzte Ruby heraus, und ihr Blick sprang zu Tom, als ihr klarwurde, dass sie die Katze aus dem Sack gelassen hatte.

»Jetzt gleich?« Irgendwie hatte Hanna gehofft, bis zu dem Wiedersehen wenigstens noch eine kleine Galgenfrist zu haben. Sie hatte keine Ahnung, wie Claire und Steven darauf reagieren würden, dass sie so unerwartet wieder in Rubys Leben geschneit war.

Tom stand von seinem Stuhl auf und stellte behutsam seine Gitarre auf den Ständer. Dann kam er zu ihnen und legte die Arme um sie beide.

»Das wird schon. Früher oder später musst du sie sowieso wiedersehen.«

»Aber ich bin noch nicht so weit. Ich habe keine Ahnung, was ich ihnen sagen soll.« Das Wort »Entschuldigung« erschien ihr irgendwie nicht ausreichend.

»Eine Party ist doch die ideale Gelegenheit für so ein Wiedersehen. Da hat man erst gar keine Gelegenheit zum Grübeln.«

Hanna wich einen Schritt zurück und sank auf das karierte Sofa. Ihr Herz raste bei der Vorstellung, Claire erklären zu müssen, weshalb sie so sang- und klanglos aus ihrem

Leben verschwunden war. Aus ihrer Therapie wusste sie, dass es einen notwendigen Schritt darstellte, kaputtgegangene Beziehungen wiederaufzubauen und das Gespräch mit ehemaligen Freunden zu suchen. Doch jetzt sträubte sich alles in ihr dagegen, und sie verspürte nur einen einzigen Drang: das Unvermeidliche so lange wie irgend möglich hinauszuzögern. Sie wusste nicht, ob sie Claires und Stevens Zurückweisung oder verächtliche Blicke ertragen könnte.

»Wissen sie, dass ich hier bin?« Ihre letzte Panikattacke lag Monate zurück, aber sie erkannte die Anzeichen sofort. Sie musste ihre Atmung unter Kontrolle bringen und versuchen, die negativen Gedanken aus ihrem Kopf zu verbannen. Gott, warum hatte sie bloß die Medikamente abgesetzt?

»Ich hab ihnen gesagt, dass du bald kommst. Tom haben sie schon gesehen …«

»Sie freuen sich riesig, dass du hier bist, du brauchst überhaupt keine Angst zu haben«, schickte Tom hinterher.

»*Du* hast ja auch nicht ihren Sohn sitzenlassen«, stellte Hanna fest. »Natürlich freuen sie sich, *dich* zu sehen.«

»Wir alle wissen, dass es dir nicht gutging, Hanna.« Ruby strich ihr übers Haar. »Du warst nicht du selbst, aber jetzt geht es dir wieder besser. Richard hegt keinen Groll gegen dich, und meine Eltern tun es auch nicht.«

Hanna schloss die Augen und sagte sich, dass nichts ihr etwas anhaben konnte; es würde alles gut werden. Sie wiederholte das Mantra, das ihre Therapeutin ihr beigebracht hatte: *Mein Herz schlägt noch, ich atme noch, ich schaffe das.* Sie atmete durch die Nase ein und durch den Mund wieder aus. So verringerte sie ganz allmählich die Luftzufuhr, bis ihre Herzfrequenz zu einem langsamen, gleichmäßigen Rhythmus zurückgefunden hatte.

»Alles wieder gut.« Als sie merkte, wie die anderen sie komisch ansahen, versuchte sie sich an einem aufmunternden Lächeln. »Das ist mir schon länger nicht mehr passiert.«

Ruby wirkte verängstigt und kaute auf ihrer Unterlippe, während sie Hanna mit großen Augen ansah. »Dann sage ich ihnen eben, sie sollen lieber wegbleiben. Du musst dich nicht mit ihnen treffen.«

Hanna drehte sich auf dem Sofa zu Ruby um und blickte ihr ins Gesicht. »Es geht schon.« Ihre Stimme war jetzt wieder kräftiger und würde die anderen hoffentlich beruhigen. »Irgendwann muss ich sie ja sowieso sehen. Schließlich sind wir praktisch eine Familie.«

Sie hatte kaum den Satz zu Ende gesprochen, als Ruby die Arme um sie schlang und sich an ihren Hals schmiegte. »Ich freue mich so, dass du endlich wieder da bist. Du hast mir so gefehlt.«

»Du mir auch.« Hanna kamen die Tränen, als sie die Umarmung erwiderte. »Und wie.«

Claire war in der Küche, als Hanna endlich den Mut fand, zu ihr zu gehen. Es war, als hätte jemand die Zeit sieben Jahre zurückgedreht und Hanna wäre wieder siebzehn, voller Zweifel über ihre Identität und ihren Platz in der Welt, ein hässliches, gehemmtes Ding im Vergleich zu den reichen, vor Kultiviertheit und Selbstvertrauen nur so strotzenden Larsens.

Richards Abwesenheit schmerzte, als hätte ihr jemand ein Messer in den Bauch gestoßen. Wohin sie auch blickte, sah sie Erinnerungen an das, was sie einmal gehabt und verloren hatte. An die Liebe, die sie so leichtfertig weggeworfen hatte. Mehr denn je wünschte sie sich, sie könnte wieder das Mädchen sein, das mit den Larsens Witze gemacht und ihrer Mutter bei Partys ausgeholfen hatte.

»Hi.«

Claire drehte sich um, und auf ihrem Gesicht breitete sich augenblicklich ein strahlendes Lächeln aus. Sie legte die Hand aufs Herz. »Oh, Hanna. Ich kann nicht glauben, dass du wirklich hier bist.« Sie ließ die Serviette fallen, die sie in der Hand gehalten hatte, eilte um die Kochinsel herum zur Tür und zog Hanna in eine feste Umarmung.

Anfangs war Hanna wie erstarrt. Claires warmherzige Begrüßung hatte sie vollkommen überrumpelt. Doch schon im nächsten Moment erwiderte sie die Umarmung und barg das Gesicht an Claires Schulter, als sie die ersten heißen Tränen spürte. Sie konnte sich gar nicht mehr daran erinnern, wann jemand sie das letzte Mal so im Arm gehalten hatte. Es war eine schmerzhafte Erinnerung an das, was sie verloren hatte. Nicht nur Diana – obwohl der Tod ihrer Mutter ein schwerer Schlag gewesen war –, sondern auch Richard.

Einige Zeit verging, ehe sie den Kopf von Claires Schulter hob und sich die Tränen aus dem Gesicht wischte. Claire legte die Hände auf Hannas Oberarme und trat einen Schritt zurück. Dann sah sie sie mit einem traurigen Lächeln an.

»Du hast mir so sehr gefehlt. Lauf bitte nie wieder weg.«

Bei dieser Rüge musste Hanna unter Tränen lächeln. Claire zog sie mit sich in die Küche und schloss die Tür, damit sie ungestört waren und das laute Wummern der Musik nicht hören mussten.

»Es tut mir so unglaublich leid, Claire«, sagte Hanna gepresst. »Ich weiß nicht, was ich mir dabei gedacht habe. Vielleicht habe ich auch gar nicht gedacht.«

»Du hast um deine Mutter getrauert, es war nicht deine Schuld. Ich wusste, dass du Zeit brauchst, aber ich habe jeden Tag gebetet, dass du zu uns zurückkommst.«

»Wie eine verlorene Tochter?« Es hatte eigentlich ein Scherz sein sollen, aber ihr Schluchzen verriet sie.

»Wie ein geliebtes Familienmitglied, Hanna, denn wir lieben dich. Ich hoffe, du weißt das.«

»Ich hatte solche Angst, dass ihr mich hasst, weil ich einfach abgehauen bin.«

»Ich könnte dich niemals hassen.« Inzwischen hatte auch Claire angefangen zu weinen. Tintenschwarze Tränenschlieren zogen sich über ihre Wangen. Sie würden beide ihr Make-up auffrischen müssen, bevor sie sich wieder auf der Party blicken lassen konnten. »Ich mache dir keinen Vorwurf daraus, du hast getrauert, du warst depressiv, und du warst verzweifelt auf der Suche nach etwas, von dem du vielleicht selbst nicht wusstest, was es war. Ich habe mir so gewünscht, dass du in Australien wenigstens ein bisschen Frieden findest.«

Hanna schloss die Augen und dachte an ihre Zeit in Australien zurück. Anfangs war sie völlig verloren gewesen; ihr war klargeworden, dass das Elend, vor dem sie um die halbe Welt geflohen war, ihr gefolgt war. Das war eine höchst unangenehme Erkenntnis gewesen, und sie hatte sie hart getroffen. Aber es war ihr gelungen, sich Schritt für Schritt aus ihrer Depression zu befreien. Es war ein langer, schwerer Weg gewesen, und es hatte mehr Rückschläge gegeben, als ihr lieb war. Aber irgendwann hatte sie sich aus der Dunkelheit zurück ins Tageslicht gekämpft.

»An der Sache mit dem Frieden arbeite ich noch«, gestand sie trocken. »Das ist leichter gesagt als getan.«

»Warum erzählst du mir nicht von deinem neuen Job?

Ruby hat gesagt, es hat etwas mit Bloggen zu tun – was auch immer das ist.«

Zum ersten Mal kam Hannas Lächeln wirklich von Herzen, und ein Leuchten trat in ihre Augen, als sie anfing zu berichten. »Eine ehemalige Kollegin hat eine Website ins Leben gerufen. Für den Anfang veröffentlichen wir nur Musikkritiken, aber auf lange Sicht soll die Seite auch andere Inhalte umfassen. Ich bin die Musikredakteurin, die Arbeit macht mir Riesenspaß. Im Moment bin ich noch alleine, aber ich will bald ein paar Freelancer einstellen.«

Claire stand da und sah sie an. Ein Lächeln umspielte ihre Lippen. »Du wirkst so lebendig, wenn du über deine Arbeit sprichst. Es ist schön, das zu sehen.«

»Der Job war das Einzige, was mich daran gehindert hat, vollends den Verstand zu verlieren«, gestand Hanna. »Als alles andere in meinem Leben den Bach runterging, war meine Arbeit der einzige Fixpunkt.«

»Wir hätten auch dein Fixpunkt sein können«, sagte Claire leise. »Bitte denk daran, wenn es dir noch mal so schlecht geht.«

Hannas Nervosität kehrte zurück, als ihr klarwurde, wie schmerzhaft ihr Verschwinden für die anderen gewesen sein musste. Wenn es schon Claire so schlecht ging, was um Himmels willen hatte sie dann erst Richard angetan?

»Bestimmt.« Ihre Knie zitterten, und sie lehnte sich gegen den Küchentresen, um nicht das Gleichgewicht zu verlieren. »Danke, dass du so nett zu mir bist …«

Sie wurde unterbrochen, als die Tür plötzlich aufging und die Musik wieder lauter wurde. Beide wandten die Köpfe und sahen Steven im Türrahmen stehen. Er trug graue Hosen, einen blauen Pullover, und seine blonden Haare fielen ihm in die Stirn.

»Da bist du ja. Ich glaube, Ruby ist so weit. Wir können jetzt runtergehen.« Steven lächelte Claire zu, bevor ihm klarwurde, dass sich außer ihr noch jemand in der Küche befand. »Oh, tut mir leid, ich wollte euch nicht stö …«

Er verstummt abrupt, als sein Blick auf Hanna fiel. Mit offenem Mund starrte er sie an.

»Oh, Steven. Hanna ist zur Party gekommen, so wie sie es Ruby versprochen hat.«

Hanna blickte zu Steven und sah einen Mann, der von seinen widerstreitenden Gefühlen hin und her gerissen war. Einerseits wollte er sich über ihre Rückkehr freuen, andererseits war er wütend, weil sie überhaupt gegangen war. Sie hatte keine Ahnung, welche Seite die Oberhand gewinnen würde.

»Hallo, Steven.«

»Hanna.« Seine Antwort fiel knapp aus.

Aus dem Augenwinkel sah sie, wie Claire ihm ein Zeichen machte, auch wenn sie nicht verstand, was es bedeuten sollte. Steven zog daraufhin die Augenbrauen hoch und nickte unmerklich. »Wie geht es dir?«

»Gut, danke.« Das klang gestelzt und unaufrichtig. Kein Wunder, dass er sie so anstarrte.

»Wir haben uns eine Weile sehr große Sorgen um dich gemacht, allen voran Richard.«

»Steven!« In Claires Tonfall lag eine unüberhörbare Warnung.

»Lass nur, Claire. Er hat ja recht. Wie geht es Richard?«

Steven kam zu ihnen und blieb vor Hanna stehen. Angesichts seiner imposanten Gestalt kam sie sich winzig klein vor. Er erinnerte sie so sehr an Richard – seine Körperhaltung, die Art, wie er redete. Es tat weh, war aber zugleich auch tröstend.

»Ich will dich nicht belügen, Hanna. Es hat ihn sehr hart getroffen.« Man hörte ihm an, wie sehr er um Beherrschung ringen musste. »Eine Zeitlang hatte er sogar Depressionen, so wie du, aber mittlerweile geht es ihm schon wieder besser. Ich denke, er ist endlich über die Sache hinweg. Er hat sich damit abgefunden, dass du nicht zu ihm zurückkommst.«

Seine Worte schepperten in ihrem Kopf wie eine leere Büchse, die über Kopfsteinpflaster rollt. Es war zu spät. In ihrem verzweifelten Versuch, sich selbst zu retten, hatte sie ihre Beziehung zerstört und zugleich jeden Respekt verspielt, den Richard je für sie empfunden hatte. Wieder spürte sie Tränen hinter ihren Augenlidern brennen und kniff sie ganz fest zu. Sie war auf einer Party; ihre beste Freundin hatte Geburtstag, und verdammt noch mal, sie war hier, um zu feiern.

Kapitel 16

12. März 2008

Hanna hatte absichtlich getrödelt und Tom fast in den Wahnsinn getrieben, weil ihr andauernd etwas einfiel, weswegen sie noch einmal zurück ins Haus gehen musste. Zuerst wollte sie nachsehen, ob sie die Heizung ausgedreht hatte. Danach musste sie sich vergewissern, dass sie bei ihrem Bügeleisen den Stecker gezogen hatte. Und dann ging sie noch ein drittes Mal hinein, um sicherzugehen, dass die Alarmanlage eingeschaltet war, nachdem sie sie die beiden Male davor ausgeschaltet hatte.

Natürlich wusste sie genau, dass ihre Verzögerungstaktik ihr am Ende rein gar nichts nützen würde, aber trotzdem.

»Bist du dir sicher, dass du das durchziehen willst?«, fragte Tom, als sie endlich im Wagen saß. Er nahm ihre Hand, behielt die andere aber am Lenkrad, während er losfuhr. Er hatte die ganze Zeit mit laufendem Motor vor den Haus gewartet.

»Ich weiß es nicht.« Hanna schluckte ihre aufsteigende Panik hinunter und dachte daran, dass sie in ihrem Leben schon weitaus Schlimmeres durchgestanden hatte.

»Wir müssen ja nicht lange bleiben. Wir wohnen der Zeremonie bei, trinken umsonst Alkohol, und dann fahren wir zurück in die Stadt und machen Party zu zweit.«

Hanna grinste. Ihre »Partys zu zweit« bestanden in der

letzten Zeit meistens aus einer Tasse Tee und den Abendnachrichten. Manchmal kam sie sich viel älter vor als sechsundzwanzig.

»Ich werde die Larsens nicht hängenlassen, Tom. Ich habe ihnen einen waschechten Promi für die Hochzeit versprochen, und den werde ich ihnen auch liefern, komme, was da wolle.«

Bei diesen Worten schaute Tom unwillkürlich in den Rückspiegel. Wie üblich folgte ihm ein schwarzes SUV, an dessen Steuer sein Sicherheitsberater saß. Als sie Damon vorgestellt wurde, hatte dies bei Hanna für einige Erheiterung gesorgt, und seitdem ließ sie keine Gelegenheit aus, Tom mit Zitaten aus *Bodyguard* zu beglücken. Was hätte sie nicht alles darum gegeben, einmal zu sehen, wie Damon Tom auf seine starken Arme schwang und in Sicherheit brachte. Das wäre der Höhepunkt ihres Tages gewesen.

»Sie wollen damit nur von sich ablenken«, knurrte Tom. Die Allgegenwart von Handykameras machte ihm das Leben zur Hölle, und er beklagte sich des Öfteren darüber, dass er »nicht mal pissen gehen konnte, ohne dass Perez Hilton am nächsten Tag in seinem Blog darüber schreibt«.

»Du bleibst aber die ganze Zeit bei mir, oder?«, fragte sie und lehnte sich nach vorn, um das Radio einzuschalten. Sie zuckte zusammen, als ohrenbetäubende Drum'n'Base-Musik aus den Boxen dröhnte. »Meine Güte, wie kannst du dir so was antun?«

»Soll ich lieber was von Fatal Limits einlegen?«, fragte Tom belustigt. »Könnte sein, dass ich ein paar Alben im Handschuhfach liegen habe.«

»Nein«, sagte Hanna todernst. »Ich mag nur eure alten Songs.«

Er schlug ihr knallend auf den Schenkel, langte dann an ihr vorbei und öffnete die Klappe vom Handschuhfach. Prompt fielen sämtliche CDs heraus und ergossen sich in einem Schwall über Hannas Beine. Einige purzelten in den Fußraum, und sie musste sich bücken, um sie aufzusammeln.

Tom ignorierte ihre Proteste, fischte eine unbeschriftete CD aus dem Chaos und schob sie in die Anlage. Die sanften Klavierklänge waren Balsam für Hannas Ohren.

Er schaffte es, die ersten Minuten des ersten Songs stillzuhalten, aber dann musste er Hanna einfach fragen, was sie von der Musik hielt.

Inzwischen hatte diese das Handschuhfach wieder eingeräumt und die Klappe geschlossen. Sie nahm sich vor, Tom zu verbieten, das Fach künftig in ihrer Gegenwart zu öffnen.

»Es ist ganz anders als das letzte Album«, begann sie, während sie mit gerunzelter Stirn hochkonzentriert lauschte. Ihr fiel auf, dass die normalerweise eher gitarrenlastige Band diesmal viele elektronische Klänge eingebaut hatte. Eine markante Bassline zog sich durch alle Songs.

»Wir wollten mal was Neues ausprobieren«, meinte Tom und zuckte betont gleichmütig mit den Schultern. Als er jedoch sah, wie aufmerksam Hanna sich der Musik widmete, beschloss er, den Mund zu halten und sie nicht mehr zu stören.

Sie schwiegen während der gesamten Fahrt, die etwa eine Stunde dauerte. Hanna war so auf die Musik fixiert, dass sie kaum merkte, wie Tom schließlich in die Einfahrt einbog und anhielt. Erst als sie aufsah, wurde ihr bewusst, dass sie am Ziel waren. Hier würde der älteste Sohn der Larsens heute die Frau heiraten, mit der er seit einem Jahr verlobt war. Selbstverständlich würde auch Richard da sein. Mit seiner Freundin.

Sie atmete aus und starrte auf das Armaturenbrett, während sie sich ins Gedächtnis rief, dass sie das Recht, irgendwelche Gefühle für ihn zu hegen, vor drei Jahren aufgekündigt hatte.

Richard hatte allen Grund gehabt, sie zu vergessen. Sie hatte ihn geradezu darum angebettelt. Sie hatte ihm gesagt, dass es keine Hoffnung für sie beide gebe und sie deshalb auch nicht wolle, dass er ihr hinterherreiste.

Weshalb um alles in der Welt fühlte sie sich dann so niedergeschlagen?

»Bist du so weit?« Tom zog den Zündschlüssel ab, reckte den Hals, so dass er in den Rückspiegel schauen konnte, bleckte kurz die Zähne und rieb mit dem Finger darüber, wie um sie zu polieren.

»Ja.« Hanna öffnete die Beifahrertür und schwang die Beine nach draußen, wobei sie das enge blaue Kleid zurechtzog, das nach oben gerutscht war. Die Absätze ihrer hochhackigen Schuhe versanken im Kies, und es war eine regelrechte Anstrengung, die Einfahrt zu überqueren.

»Wisch dir das Grinsen aus dem Gesicht, McLean«, knurrte sie, als Tom ihre Bemühungen mit sichtlicher Erheiterung verfolgte. »Oder willst du mich tragen?«

»Liebend gern, aber ich gehe bald auf Welttournee, da will ich vorher keine Verletzungen riskieren.«

Sie wurden in den großen Ballsaal geleitet, in dem die Trauung stattfinden sollte. Hanna und Tom nahmen in der letzten Stuhlreihe Platz. Beide hofften, möglichst lange unerkannt zu bleiben – wenngleich aus ganz unterschiedlichen Beweggründen.

In den wenigen Minuten bis zum Beginn der Zeremonie

hatte Hanna die Gelegenheit, sich unauffällig umzusehen. Sie entdeckte Claire und Steven in der ersten Reihe zusammen mit Ruby und Claires Mutter, die mit ihren dreiundneunzig Jahren immer noch rüstig war.

Plötzlich begann ihr Herz zu rasen.

Ein Stück rechts von ihnen standen Richard und Nathan. Vor lauter Nervosität konnte keiner der beiden stillstehen, und sie beobachtete, wie Nathan Richard den Ellbogen in die Rippen stieß, woraufhin Richard sofort mit einem Schlag auf den Arm seines älteren Halbbruders konterte. Claire beugte sich vor und sagte etwas zu ihnen, und was auch immer es war, veranlasste die beiden dazu, schallend zu lachen. Als Richard sich umdrehte und Hanna sein Profil sah, hielt sie unwillkürlich den Atem an. Das durchs Fenster hereinfallende Sonnenlicht ließ seinen Kopf wie in einem Heiligenschein erstrahlen.

Er war noch immer genauso schön wie in ihrer Erinnerung. Ihr Blick folgte der Kontur seiner geraden Nase, hinab zu seinen Lippen und dem energischen Kinn. Von ihrem Platz aus konnte sie nicht erkennen, ob er glattrasiert war – es war anzunehmen –, aber in ihrem Kopf nahm eine Erinnerung an gemeinsame Frühstücke im Bett, stoppelige Wangen und im Zimmer verstreute Kleider Gestalt an und trieb ihr die Tränen in die Augen.

Richard beugte sich herab und raunte einer Frau, die neben Ruby saß, etwas zu, woraufhin diese die Hand ausstreckte und das Revers seines Sakkos glattstrich. Hanna hatte das Gefühl, ersticken zu müssen, als Richard die junge Frau mit einem zärtlichen, leicht verschmitzten Lächeln ansah. Ruby hatte Hanna bereits von Richards Verlobter Meredith erzählt.

Bevor Hanna die Szene auch nur ansatzweise verarbeitet

hatte, begann der Hochzeitsmarsch, und alle drehten sich nach hinten, um zu sehen, wie Nathans Verlobte Lucy am Arm ihres Vaters und gefolgt von mehreren Brautjungfern den Gang entlangschritt. Dabei bemerkten die Gäste zwangsläufig auch Tom. Hanna sah in wütender Verblüffung zu, wie mehrere Leute anfingen, mit ihren Handys Fotos von ihm zu knipsen. Die Braut schienen sie völlig vergessen zu haben.

Allmählich fragte sie sich, ob es wirklich eine gute Idee gewesen war, einen berühmten Sänger zur Hochzeit mitzubringen.

»Tja, wie's aussieht, ist die Katze aus dem Sack«, wisperte sie. »Tut mir echt leid.«

Tom tat sein Bestes, sich lässig zu geben und das Blitzlichtgewitter zu ignorieren. »Das passiert andauernd«, gab er zurück und warf einen Blick über die Schulter. Hinten im Raum stand ein Sicherheitsmann und versuchte möglichst wenig aufzufallen. »Mach dir darum keinen Kopf, Hanna. Ich bin deinetwegen hier.«

Sie hatten tagelang hin und her diskutiert, ob sie überhaupt zu der Hochzeit gehen sollte. Anfangs hatte sie gedacht, dass es sich bei der Einladung lediglich um eine Höflichkeitsgeste handelte und man insgeheim hoffte, sie möge ablehnen. Aber dann hatten sowohl Claire als auch Nathan bei ihr angerufen und sie beschworen, sie müsse unbedingt dabei sein. Sie hatten ihr versichert, dass es nicht zu peinlichen Momenten zwischen ihr und Richard kommen würde, und Claire war sogar so weit gegangen, ihr vorzuschlagen, sie solle Tom mitbringen. Zweifellos hatte Ruby sie dazu gedrängt, da sie den Sänger nach wie vor verehrte.

Nach der Trauung begab sich die Gesellschaft zum traditionellen Hochzeitsbrunch in den Speisesaal. Hanna und

Tom hatten ihre Plätze an einem runden Tisch mitten im Saal, an dem noch weitere Gäste ihres Alters saßen. Hanna konnte nicht anders, sie musste immer wieder verstohlene Blicke zum Tisch des Brautpaares werfen. Sie suchte nach Richard.

»Du musst aufhören, da hinzuglotzen«, raunte Tom ihr zu, nachdem sie besonders lange gestarrt hatte. »Irgendwann fällt es ihm noch auf.«

Hanna wurde rot und riss ihren Blick von Richard los. Sie sah auf ihre Armbanduhr und fragte sich, wie sie den Rest des Tages überstehen sollte. Sie war sich nicht sicher, ob sie noch acht Stunden durchhalten konnte, ohne irgendetwas Dummes zu machen.

»Erinnere mich regelmäßig daran«, bat sie, ehe sie sich dem Typen zuwandte, der zu ihrer Linken saß und sich ihr als »Mosh« vorgestellt hatte. Er gab gerade eine besonders unappetitliche Anekdote über Nathan, eine vergessene Zahnbürste und eine Klobürste zum Besten. Hanna war heilfroh, bereits aufgegessen zu haben.

Nach dem Essen kamen die Ansprachen an die Reihe, und als Richard aufstand, um seine Trauzeugenrede zu halten, legte Tom tröstend den Arm um sie. Dankbar, dass er da war und ihr Beistand leistete, lehnte Hanna sich an ihn. Richard von der wahren Liebe sprechen zu hören war, als würde ihr Herz von einem Messer durchbohrt, ganz egal wie leicht und heiter seine Rede war. Sie beobachtete wie gebannt die Bewegung seiner Lippen beim Sprechen, und hin und wieder zog er, um eine Pointe zu unterstreichen, die Augenbrauen hoch, woraufhin alle Gäste in sein Lachen mit einstimmten. Ihr Lieblingsteil war sein Toast auf das glückliche Paar. Er hob sein Champagnerglas und trank einen Schluck, und Hanna sah, wie sein Adamsapfel sich unter der straffen Haut seiner Kehle auf und ab bewegte.

Als es Nachmittag wurde, kehrten die Gäste in den Ballsaal zurück, wo das Unterhaltungsprogramm stattfinden sollte. Eine Band hatte in einer Ecke ihre Instrumente aufgebaut und spielte eine Auswahl allseits beliebter, wenngleich wenig aufregender moderner Songs, was sowohl bei Hanna als auch bei Tom für gewisse Erheiterung sorgte. Die ersten Gäste wagten sich auf die Tanzfläche. Man war satt, ein wenig beschwipst und locker genug, um das Tanzbein zu schwingen.

Tom verschwand auf der Toilette, allerdings nicht ohne Hanna vorher zu beteuern, dass er sich beeilen werde. Sie selbst ging derweil an die Bar und bestellte ein Bier. Vielleicht sollte sie sich ein bisschen Mut antrinken.

»Hi.«

Als Hanna sich umdrehte, sah sie Richard vor sich. Neben ihm stand Meredith, die mit ihrer zierlichen Statur seinen Brustkorb noch breiter erscheinen ließ. Im ersten Moment war Hannas Kopf wie leergefegt, und sie spürte Panik in sich hochsteigen, während sie fieberhaft überlegte, was um Himmels willen sie sagen sollte.

»Hi.« Das war nicht viel, aber immerhin machte sie sich damit nicht zum Vollidioten.

»Hanna, ich möchte dir gerne Meredith Devries vorstellen. Meredith, das ist Hanna Vincent.«

Hanna schüttelte der anderen Frau mechanisch die Hand. Sie wunderte sich darüber, wie weich Merediths Haut und wie kraftlos ihr Händedruck war.

»Freut mich, dich kennenzulernen, Meredith.« Hanna verblüffte sich selbst mit ihrer vollendeten Höflichkeit. Das Verhalten war wie ein Reflex, so sehr in Fleisch und Blut übergegangen, dass sie gar nicht darüber nachzudenken brauchte.

»Gleichfalls. Bist du eine Freundin von Lucy?«

Richard hatte Meredith gar nicht darüber aufgeklärt, wer sie war? Das fand Hanna interessant. Zum ersten Mal wagte sie es, ihn direkt anzusehen. Er sah ihr ins Gesicht, wenngleich ohne ihren Blick zu erwidern. Stattdessen schien er ihr auf die Lippen zu starren, die sie aus unerfindlichen Gründen prompt mit der Zungenspitze befeuchten musste.

»Nein, von Ruby.« Das entsprach ja auch irgendwie den Tatsachen.

»Hey, was habe ich verpasst?« Toms Stimme war wie eisgekühlte Limonade an einem heißen Tag. Hanna griff nach seiner Hand.

»Richard hat mich gerade Meredith vorgestellt«, erklärte sie.

»Ach du meine Güte, du bist doch dieser Sänger, oder? Meine Schwester liebt deine Musik.« Wenn Meredith lächelte, erstrahlte ihr ganzes Gesicht, und Hanna begann im Kopf eine Liste mit Gründen zusammenzustellen, warum sie bildhübsche Amerikanerinnen grundsätzlich hasste.

»Hm, danke. Bist du Musikfan?«

Meredith beugte sich vor und flüsterte verschwörerisch: »Ich höre so gut wie nie Musik.«

Hannas Augenbrauen schossen so weit in die Höhe, dass sie fast in ihrem Haaransatz verschwanden. Sie gab sich alle Mühe, nicht zu schmunzeln, schaffte es aber nicht ganz. Automatisch glitt ihr Blick zu Richard. Dessen Lippen verzogen sich zu einem verhaltenen Grinsen, das Hanna erwiderte.

Es tat so unfassbar gut!

Obwohl die Band nur mittelmäßig war, unternahmen

Hanna und Tom – gewissermaßen ironisch – einen Versuch zu tanzen. Sie mussten jedoch kichernd abbrechen, als Tom in wilde John-Travolta-artige Zuckungen verfiel, die dazu führten, dass gleich mehrere Handykameras auf »Video« geschaltet wurden. Sie war ihm dankbar, dass er auf der Hochzeit nie von ihrer Seite wich und wirklich sein Äußerstes gab, um sie zum Lachen zu bringen. Er war ein echter Freund.

Nach einer Weile gesellte sich Ruby zu ihnen, und Hanna beschloss, die beiden ein wenig allein zu lassen, damit Ruby an der Uni etwas zu erzählen hatte. Sie bedeutete den beiden, sie müsse zur Toilette. Tom und Ruby führten gerade eine sehr eigenwillige Interpretation des Macarena auf.

Es war schon recht spät, die Gästeschar hatte sich merklich ausgedünnt, und dementsprechend leer war die Toilette, als Hanna den Vorraum betrat. Er war elegant dekoriert und mit Gästehandtüchern und Molton-Brown-Seife ausgestattet – die Gäste von Chalkley Manor mussten sich nicht mit elektrischen Handtrocknern und blauer Seife aus dem Spender zufriedengeben.

Als sie fertig war, cremte sich Hanna noch die Hände mit der bereitstehenden Lotion ein und öffnete die Tür, um hinauszugehen, als sie Richard im Flur stehen sah. Seine Miene war ernst, seine Stirn gerunzelt, und er hatte die Lippen zu einer dünnen Linie zusammengekniffen.

»Darf ich dich was fragen?« Er schob sie sanft zurück in die Damentoilette, und Hannas Herz schlug höher, als er ihr Handgelenk umfasste. Sie beide hatten den ganzen Tag über stetig getrunken, und sie fragte sich, ob er es war, der da gerade mit ihr redete, oder der Alkohol.

»Ja.« Es war die einzige Antwort, die ihr einfiel, und sie stieß sie aus, als wäre sie ihr letzter Atemzug.

»Du und Tom – vögelt ihr?«

Als sie das hörte, riss sie die Augen auf, und ihr fiel fast die Kinnlade herunter. Im ersten Moment war sie entrüstet über diese übergriffige Frage und Richards ungehobelte Ausdrucksweise. Aber dann dachte sie an die Gründe hinter der Frage, und ihre anfängliche Wut verrauchte.

»Nein, wir sind bloß Freunde.« Sie konnte förmlich sehen, wie ihm daraufhin ein Stein vom Herzen fiel, und auf einmal kam wieder die Wut in ihr hoch, weil sie wusste, dass er jemand Neuen hatte, während sie ganz allein war.

»Und da du so nett fragst, Richard«, schob sie hinterher. »Ich habe in den letzten drei Jahren überhaupt niemanden gevögelt.«

Die Botschaft dahinter hätte klarer nicht sein können: Er war der letzte Mann, mit dem sie geschlafen hatte.

Er kam näher, bis ihre Körper nur noch wenige Zentimeter voneinander entfernt waren, und sie merkte, wie sie sich in Reaktion auf seine Nähe instinktiv anspannte. Ein winziger Schritt noch, und sie würden sich berühren. Alles, was sie dann noch tun müsste, wäre, den Kopf in den Nacken zu legen, darauf zu warten, dass er sich zu ihr herunterbeugte, und ihre Lippen würden in einem explosiven Kuss aufeinandertreffen.

Und dieser Kuss würde der reinste Wahnsinn werden, das wusste sie mit absoluter Gewissheit. Sie beide atmeten schwer. Viel fehlte nicht mehr.

»Wieso nicht?« Seine Stimme klang gepresst, und er ballte die Fäuste, als müsse er sich mit Gewalt daran hindern, sie zu berühren.

Hanna zögerte. Die Antwort lag ihr auf der Zunge, aber sie auszusprechen hieße, ihm zu offenbaren, was sie für ihn empfand. War sie dazu bereit?

Sie merkte, wie sie sich ihm entgegenlehnte, und obwohl sie beide vollständig bekleidet waren, fühlte sie sich verletzlich und entblößt. Sein Blick fand ihren, und auf einmal hatte sie das unbedingte Bedürfnis, aufrichtig zu sein. Ihm zu gestehen, was sie getan hatte und warum.

»Weil ich immer nur dich wollte.«

Augenblicklich stieg ihm das Blut ins Gesicht. Die Verwirrung verschwand aus seiner Miene und machte unverhohlener, nackter Wut Platz. Aus Angst vor seiner Reaktion wich Hanna einen Schritt zurück. Plötzlich stieß Richard ein wütendes Knurren aus und schlug mit der Faust gegen den Spiegel, woraufhin dieser in messerscharfe Scherben zersprang, die unter lautem Klirren ins Waschbecken und auf den gekachelten Boden regneten.

Die folgenden Sekunden kamen Hanna wie Stunden vor. Sie beide standen völlig regungslos da. Richard hielt sich die Hand, und Hanna, die das Blut an seinen Knöcheln sah, hätte sie am liebsten gestreichelt. Sie wollte seine Schmerzen lindern.

Wenigstens die körperlichen.

»Das kannst du nicht machen.« Richards Gesicht war noch immer wutverzerrt. Er ließ seine Hand los und umfasste stattdessen Hannas Kinn. »Du kannst nicht einfach wieder in mein Leben schneien und sagen, dass du immer nur mich wolltest. Sag, dass es eine Lüge ist.«

Hanna schüttelte den Kopf.

»Verdammte Scheiße, Hanna. Da draußen im Ballsaal sitzt die Frau, der ich einen Heiratsantrag gemacht habe und die keinen blassen Schimmer davon hat, was hier gerade abgeht. Willst du, dass ich ihr das Herz breche, so wie du meins gebrochen hast?«

»Nein.« Mittlerweile ließ sie ihren Tränen freien Lauf. »Es tut mir so leid.«

Sie meinte es ernst. Es tat ihr wirklich leid. Alles.

Richard streckte die verletzte Hand aus und strich ihr zitternd über die Wange, um ihre Tränen wegzuwischen. Als er bei ihrem Mund ankam, ruhte sein Daumen einen Moment lang auf ihren Lippen. Er berührte sie so federleicht, dass sie ihn kaum spürte. Sie wusste, dass er mühsam um Beherrschung rang, und bewegte sich nicht, aus Angst davor, was er dann vielleicht tun könnte.

»Ich gehe jetzt und werde versuchen, jedes Wort, das du gerade eben zu mir gesagt hast, zu vergessen.« Richard beugte sich zu ihr herab und strich mit den Lippen über ihre nasse Wange. Hanna musste ihren letzten Rest an Willenskraft aufbringen, um nicht den Kopf ein kleines Stückchen zu drehen und ihren Mund auf seinen zu pressen. »Bitte komm mir nicht nach, und versuch auch nicht, mit mir zu reden. Ich glaube nicht, dass ich mich dann beherrschen könnte.«

»Okay.« Hannas Stimme war immer noch ein Flüstern. Sie stand still wie eine Statue inmitten der Spiegelscherben.

Richard ging rückwärts und ohne ein einziges Mal den Blick von ihr abzuwenden, zu Tür. Er zog sie auf und bedachte Hanna mit einem letzten Blick.

»Du hast noch nie so schön ausgesehen wie in diesem Moment.«

Kapitel 17

19. Februar 2009

Richard überflog die Liste der neuen Mietobjekte und hörte nur mit halbem Ohr zu, während der Leiter der Immobilienabteilung dem Vorstand seinen Quartalsbericht erläuterte. Seit der Hypothekenkrise im vergangenen Jahr verschlang die Abteilung viel Geld, und Richard war gezwungen, selbst Transaktionen, die früher als unbedeutend und alltäglich gegolten hätten, genauestens zu überwachen.

Neue Regeln waren in Kraft getreten, und diese beinhalteten eine strengere Kreditprüfung, höhere Vorauszahlungen bei Vertragsabschluss und eine eingehende Durchleuchtung der Bilanzen ihrer Mieter. So sollte sichergestellt werden, dass sie nur an Firmen mit sicherer wirtschaftlicher Zukunft vermieteten.

»Was ist das hier?« Seth Brown deutete auf einen kleinen Eintrag ganz unten auf der ersten Seite des Berichts. »Buzz Media – scheint mir eine etwas riskante Wahl zu sein.«

»Buzz Media ist eine Internet-Medienfirma mit Hauptsitz in London.« Nick Martin, der Leiter der Immobilienabteilung, schob sich eine Strähne seiner kraftlosen Haare aus den Augen. »Sie haben die üblichen Checks durchlaufen. Unser Makler hat sich mit einer Repräsentantin der Firma getroffen und mir danach umfassend Auskunft gegeben.«

»Wie lange gibt es die Firma schon?«, erkundigte sich

Richard, während er die Seiten des Berichts umblätterte, bis er eine detailliertere Beschreibung gefunden hatte.

»Knapp drei Jahre, es handelt sich also nicht um ein Start-up. Eine der Mitinhaberinnen ist eigens nach New York gekommen, um hier das Büro für ihre neue Niederlassung einzurichten; sie war es auch, mit der unser Makler Kontakt hatte.«

Maxwell Enterprises besaß Immobilien im ganzen Land. Das Unternehmen hatte so gut wie nie direkt mit seinen Mietern zu tun, für die Verwaltung und Betreuung der Mietobjekte war ein eigens beauftragter Subunternehmer zuständig. Erst seit kurzem war Richard überhaupt in die Vorgänge involviert. Er wollte persönlich Sorge tragen, dass Mietverträge nur mit Firmen abgeschlossen wurden, bei denen nicht die Gefahr bestand, dass sie bald pleitegingen.

So waren die Zeichen der Zeit.

Unten auf der Seite fiel sein Blick auf den Namen der Mitinhaberin von Buzz Media. Er musste zweimal hinschauen, weil er es zuerst nicht glauben wollte. Die Letzte, von der er jemals gedacht hätte, dass sie Büros in Manhattan anmieten würde, war Hanna Vincent.

»Sind Sie sicher, dass es sich dabei um eine langfristige Sache handelt?« Wie gebannt und mit trockenem Mund starrte er auf ihren Namen.

»Definitiv. Sie suchen gerade nach einem Redakteur, der das Büro hier leiten soll. Die Vertreterin aus London hat versichert, dass ihnen an einer langfristigen Zusammenarbeit gelegen ist.«

Richard lehnte sich zurück und trommelte nachdenklich mit den Fingern auf den Schreibtisch, während die übrigen Vorstandsmitglieder weiterdiskutierten. Es wunderte ihn, dass sie wieder nach New York gekommen war – nach allem, was sie über die Stadt gesagt hatte. Wie viele Male hatte sie sich geweigert, hierherzuziehen, als sie noch zusammen gewesen waren? Jetzt lebte sie hier, und er hatte nichts davon gewusst.

Er lachte in sich hinein, doch gleich darauf ärgerte er sich, weil er überhaupt an sie dachte. Als sie sich das letzte Mal gesehen hatten – auf Nathans Hochzeit –, hatte er ihr unmissverständlich klargemacht, dass er nichts mehr mit ihr zu tun haben wollte. Warum also hätte sie ihm mitteilen sollen, dass sie in New York war? Trotzdem kam es wie ein Schlag aus heiterem Himmel, zu wissen, dass sie nur wenige Meilen von ihm entfernt lebte.

Die viel wichtigere Frage allerdings war, weshalb sein Vater ihn nicht vorgewarnt hatte. Richard war sich einigermaßen sicher, die Antwort auf diese Frage zu kennen. Steven hatte gesehen, in welchem Zustand er gewesen war, nachdem sie ihn verlassen hatte, und durch Zufall war er sogar Zeuge ihrer Begegnung auf der Hochzeit geworden. Er hatte Richard in sehr deutlichen Worten gesagt, was er davon hielt, dass er Hanna auf die Damentoilette gefolgt war.

Die Tür zum Besprechungszimmer ging auf. Lisa steckte den Kopf herein und winkte mit dem Telefon in ihrer Hand. Richard verstand das Signal. Er stand auf, ging zu seiner Assistentin und unterhielt sich flüsternd mit ihr.

»Wer ist dran?«

»Meredith. Sie sagt, es sei dringend. Ihre Mutter ist bei ihr.«

Richard zog die Tür hinter sich zu und ging ein paar Schritte den Flur hinunter. Erst dann hob er den Hörer ans Ohr.

»Meredith?« Er hatte nicht ganz so streng klingen wollen, aber sie hatten schon öfter über die Häufigkeit ihrer

Anrufe gesprochen, zumal das, was sie als dringend empfand, keineswegs immer ein guter Grund war, ihn aus einem Meeting zu holen.

»Richard, wir sind gerade im Westchester Country Club.« Im Hintergrund hörte Richard, wie seine Mutter Meredith etwas zuflüsterte. »Es sieht wunderschön aus hier, und die Arrangements, die sie für Hochzeiten anbieten, sind einfach fantastisch. Man hat mir sogar eine ganz ausgezeichnete Hochzeitsplanerin empfohlen. Sie ist nicht billig, aber sie ist die Beste, und wir sollten uns unbedingt mit ihr in Verbindung setzen.«

»Hätte das nicht bis heute Abend warten können?«

»Aber ich fahre doch morgen weg, und ich will vorher noch einen Termin buchen. Wenn wir nicht schnell handeln, haben sie nichts mehr frei. Sie sind jetzt schon bis Sommer 2011 ausgebucht.« Ihre Stimme überschlug sich fast vor Begeisterung, und Richard schloss kurz die Augen. Er fragte sich, warum er überhaupt an der Planung für die Hochzeit beteiligt sein musste.

»Dann mach irgendwas aus. Besprich dich mit Lisa wegen des Termins.«

Meredith quietschte vor Freude ins Telefon, so dass Richard es von sich weghalten musste. Ein kleines Lächeln umspielte seine Lippen.

»Das heißt dann also, wir heiraten im Sommer 2011?« Insgeheim fragte er sich, ob ihm jetzt zwei Jahre solcher Telefonate bevorstanden und wie er das aushalten sollte.

»Natürlich. Es wird ja sowieso seine Zeit dauern, alles zu organisieren.«

Er hatte ein wenig herumtelefoniert und weitere Informationen über Buzz Media sowie ihre Niederlassung in New York zusammengetragen. Der Firma ging es trotz der Rezession gut, in erster Linie, weil sie nur im Internet operierte und daher kostengünstig arbeiten konnte. Die Expansion auf den amerikanischen Markt wurde in Fachkreisen als strategisch kluge Entscheidung gewertet.

In der Regel hielt Richard sich aus solchem Kleinkram heraus. Die Summen, um die es ging, waren viel zu niedrig, als dass er mehr als ein flüchtiges Interesse dafür aufgebracht hätte, zumal alles darauf hindeutete, dass die Firma solide aufgestellt war. Umso mehr entsetzte es ihn, dass er wenig später auf der Rückbank seines Wagens saß und sich zum Tower 6 chauffieren ließ, weil er aus erster Hand erfahren wollte, warum Hanna Vincent neuerdings in Manhattan arbeitete.

Jack parkte den Wagen vor dem Bürogebäude in Midtown, und Richard bat ihn zu warten. Das Treffen würde höchstwahrscheinlich nicht lange dauern. Er wollte lediglich ein paar Antworten von ihr haben – darauf hatte er ein Recht, fand er. Danach würde er sich wieder seiner Arbeit, seiner Verlobten und den Plänen für ihre gemeinsame Zukunft widmen.

Mit Plänen war das so eine Sache …

Die Räumlichkeiten, die sie an Buzz Media vermietet hatten, befanden sich im dritten Stock und verfügten über eine wenig inspirierende Aussicht. Es handelte sich um einige ihrer günstigeren Büroeinheiten, daher wunderte sich Richard auch nicht über die preiswerte, aber farbenfrohe Innenausstattung, als er aus dem Fahrstuhl stieg.

Die frisch eingestellte Empfangsdame von Buzz Media nahm ihre Aufgabe ernst, denn sie studierte Richards

Sicherheitsausweis lange und gründlich, ehe sie ihn passieren ließ. »Miss Vincent hat ihr Büro hinter der zweiten Tür links. Ich rufe kurz durch und sage ihr Bescheid, dass Sie da sind.« Sie gab ihm seinen Ausweis zurück, und er steckte ihn wieder in seine Tasche.

»Nicht nötig. Ich bin ein alter Bekannter von ihr und würde sie gerne überraschen, Amanda.« Er sprach leise und in vertraulichem Ton. Er hatte schon oft festgestellt, dass er schneller seinen Willen bekam, wenn er die Frau am Empfang mit ihrem Namen ansprach.

Richard bog um die Ecke und öffnete die Tür. Als er Musik aus einem iPod-Dock schallen hörte, musste er schmunzeln. Hanna stand mit dem Rücken zu ihm über einen Katalog gebeugt. Die offenen Haare fielen ihr über die Schultern nach vorn.

Seine Hände zuckten bei der Erinnerung daran, wie sich ihre seidigen Locken zwischen seinen Fingern angefühlt hatten. Er versuchte das Gefühl zu unterdrücken und räusperte sich, woraufhin Hannas Kopf in die Höhe schnellte und sie zu ihm herumwirbelte.

Im ersten Moment stand sie einfach nur da und starrte ihn an, während er darauf wartete, dass sie etwas sagte. Er wusste nicht genau, ob ihn ein warmherziges Willkommen oder eine Schimpftirade erwartete, aber mit dem Grinsen, das sich bei seinem Anblick in ihrem Gesicht ausbreitete, hatte er definitiv nicht gerechnet.

»Hast du mich erschreckt!« Hannas Augen blitzten fröhlich, als sie eine Hand an ihre Brust legte, als müsse sie ihr klopfendes Herz beruhigen.

»Das war nicht meine Absicht.« Seine Stimme war ungewohnt leise, und er räusperte sich erneut. »Ich kann auch später wiederkommen …«

»Du liebe Zeit, nein.« Sie umrundete ihren Schreibtisch und kam auf ihn zu. Etwa einen Meter von ihm entfernt blieb sie stehen. »Es ist toll, dich zu sehen.«

»Ja.« Er wunderte sich, dass sie immer noch genauso aussah wie immer; die helle Haut, die rosigen Wangen, die dunkelbraunen Augen, die immer vor Leben sprühten. Sie war noch dasselbe Mädchen, das er vor all den Jahren kennengelernt hatte. Er riss den Blick von ihrem Gesicht los und versuchte nicht zu vergessen, dass er wütend auf sie war. Das war schwierig, weil sie sich riesig über sein Kommen zu freuen schien.

»Was führt dich her? Hat Claire dir gesagt, dass ich in New York bin?«

»Nein, wie es der Zufall will, hast du Büros von Maxwell Enterprises angemietet, und da wollte ich mal herkommen und nachsehen, wie es bei dir aussieht.« Er hielt kurz inne, dann fügte er hinzu: »Mit ›du‹ meine ich natürlich Buzz Media, nicht Hanna Vincent.«

Hanna lachte, strich sich die Haare hinter die Ohren und hockte sich auf ihre Schreibtischkante. »Und? Halten wir deinem kritischen Urteil stand?«

»Das kann ich noch nicht sagen. Warum erzählst du mir nicht, warum du hier bist?« Sein Tonfall war beiläufig, aber in Wahrheit brannte er darauf, mehr zu erfahren. Er zog sich einen Stuhl heran, setzte sich und wartete gespannt mit vorgebeugtem Oberkörper.

»Ich wurde weichgekocht«, gestand sie mit einem Achselzucken. »Meine Chefin hat mich so lange beschwatzt, bis ich mich bereit erklärt habe, herzufliegen und unsere New Yorker Redaktion aufzubauen. Außer mir stand niemand zur Verfügung, alle hatten entweder gerade ein Baby bekommen oder waren frisch verliebt, außerdem war ich die

Einzige mit doppelter Staatsangehörigkeit. Bevor ich überhaupt wusste, wie mir geschah, lief ich durch die Ankunftshalle am JFK und fragte mich, wie ich hierhergekommen bin.«

Richard verkniff sich ein Schmunzeln bei der Vorstellung, wie Hanna mitten auf dem JFK-Flughafen stand und es ihr wie Schuppen von den Augen fiel: Sie war nach New York gezogen – nachdem sie sich jahrelang mit Händen und Füßen dagegen gewehrt hatte. Das nannte man wohl Ironie des Schicksals.

»Wo wohnst du?«

Hanna schlenkerte mit den Beinen und lenkte damit seinen Blick auf ihren kurzen Rock. Von dort aus wanderte er weiter ihre glatten, langen Schenkel hinab. »Fürs Erste übernachte ich in Stevens und Claires Wohnung. Ich fürchte allerdings, ich senke das Niveau der Nachbarschaft.«

»Zu viele Partys und Drogenexzesse?«, witzelte Richard, während er heldenhaft versuchte, nicht auf ihre Beine zu starren.

»Nein. Eher zu wenig Maniküre und ein billiger Haarschnitt.« Automatisch ging ihr beider Blick zu Hannas abgebissenen Nägeln, bis sie die Hände vorsorglich hinter den Rücken nahm. »Außerdem sind Sneaker offenbar keine angemessene Fußbekleidung für eine Dame jenseits der zwanzig.«

»Hast du dich mit Olivia unterhalten?«, fragte er, weil er sich daran erinnerte, mit wie viel Leidenschaft Hannas Stiefmutter früher an deren Erscheinungsbild herumkritisiert hatte.

Sie schüttelte grinsend den Kopf, dann wechselte sie das Thema. »Wie unhöflich von mir. Ich habe ganz vergessen, mich nach Meredith zu erkundigen. Wie geht es ihr?«

»Gut. Sie hat sich kopfüber in die Planung für unsere Hochzeit gestürzt.« Er beobachtete Hanna aufmerksam. Er wollte wissen, was diese Information in ihr auslöste, aber sie ließ sich nichts anmerken, sondern erwiderte seinen Blick mit einem offenen, freundschaftlichen Lächeln.

»Das ist der Tag, von dem jede Frau träumt. Da darf sie ein bisschen verrücktspielen, finde ich.« Hannas Stimme war leiser geworden, was bei Richard die Frage aufwarf, ob sie ihm vielleicht doch etwas vormachte. Oder gab er sich da einer Illusion hin?

»Träumst du auch davon?« Kaum waren ihm die Worte entschlüpft, hätte er sie am liebsten zurückgenommen. Er sah zu, wie Hannas Miene sich verdüsterte und sie die Brauen zusammenzog.

»Ich erlaube mir nicht zu träumen, Richard. Ich versuche einfach im Hier und Jetzt zu leben.«

Der Drang, sie in die Arme zu nehmen und an sich zu drücken, war beinahe unerträglich. Sie war eine Mischung aus dem Mädchen von früher und der Frau, zu der sie sich nach dem Tod ihrer Mutter entwickelt hatte. Ihre plötzliche Verletzlichkeit machte ihn beinahe wütend. Wie bei einem Höhlenmensch drängte alles in ihm danach, sie fortzuschleppen und vor der Welt in Sicherheit zu bringen.

»Wie lange willst zu bleiben?« Er bemühte sich, einen unbeschwerten Ton anzuschlagen.

»Mindestens noch fünf Monate. Es gibt so viel zu organisieren, und ich habe noch nicht den oder die Richtige gefunden, um das Büro hier zu leiten.«

»Ruf doch mal bei der Chefin unserer Personalabteilung an. Vielleicht kann sie dir ein paar Tipps geben.« Richard zückte sein Handy, kritzelte eine Nummer auf ein Stück Papier und hielt es Hanna hin. Sie lächelte ihn an, ehe sie zögernd die Hand ausstreckte und den Zettel nehmen wollte.

In dem Moment, als sich ihre Finger berührten, zuckte sie zurück, als hätte sie sich verbrannt. Eine Ecke des Zettels riss ab blieb zwischen seinen Fingern hängen.

»Entschuldige.« Sie saugte an ihrer Unterlippe und sah zu Boden. »Ich bin ein bisschen nervös.«

»Macht nichts. Wahrscheinlich sollte ich sowieso besser gehen. Es war toll, dich wiederzusehen.«

»Fand ich auch. Danke, dass du vorbeigeschaut hast.«

»Magst du nächste Woche vielleicht mal mit mir zu Abend essen?« Die Einladung kam selbst für ihn einigermaßen überraschend, trotzdem bereute er nicht, sie ausgesprochen zu haben; sein ganzer Körper kribbelte bei dem Gedanken, sie wiederzusehen. »Es wäre doch schön, ein bisschen über früher zu plaudern.«

»Ja, gern.«

»Du darfst auch das Restaurant aussuchen.« Er musste sofort hier weg, bevor er etwas tat, das er bereuen würde. Er schrieb seine Handynummer auf einen weiteren Zettel – wobei er sich im Stillen fragte, ob sie sie womöglich noch auswendig kannte, da er sie all die Jahre nicht gewechselt hatte. Er reichte Hanna den Zettel, und diesmal gab er acht, dass sich ihre Finger bei der Übergabe nicht berührten. Er wusste, dass keiner von ihnen den Schock einer neuerlichen Berührung ausgehalten hätte.

Er verabschiedete sich von Hanna, ging zurück durch den Flur und war dankbar, dass er nicht lange auf den Fahrstuhl warten musste. Er trat hinein, legte die fiebrige Stirn gegen den kühlen Spiegel und versuchte sich nicht in die Augen zu schauen, während er sich fragte, was zum Teufel er da eigentlich machte.

Er hatte das dumpfe Gefühl, dass er im Begriff war, sein Leben komplett vor die Wand zu fahren.

Wieder einmal.

Das Cherry Blossom Café lag nur wenige Blocks von ihrer Übergangsbleibe entfernt. Hanna hatte es ausgewählt, weil sie die Besitzer kannte und die entspannte Atmosphäre am Abend schätzte. Im Keller fanden allabendlich wechselnde Live-Veranstaltungen statt: Manchmal spielte eine Band, manchmal fand eine Gedichtrezitation statt, und an wieder anderen Abend wurden kleine Einakter aufgeführt. Man wusste nie, was einen erwartete. Man kam einfach, bestellte etwas zu essen und ließ sich überraschen.

Auch das hatte bei ihrer Wahl des Ortes eine Rolle gespielt: Die bevorstehende Darbietung würde sie von der Notwendigkeit entbinden, sich die ganze Zeit zu unterhalten. Einerseits scheute sie die Intimität eines Abendessens in einem lauschigen Restaurant, andererseits hatte sie Angst vor der aufgeheizten Atmosphäre eines Rockkonzerts. Insofern war das Café die ideale Lösung. Sie hätten einen Tisch zwischen sich, wären jedoch umgeben von Menschen.

Hanna hatte sich auf Anhieb in das Café verliebt. Einige Monate zuvor war sie allein und ein wenig ziellos durch die Straßen ihres Wohnviertels gestreift, doch sobald sie die Tür zu dem Café aufgezogen hatte, hatte sie sich wie zu Hause gefühlt. Die in mattem Dunkelblau gestrichenen Wände und der zerschrammte Holzboden waren angenehm unaufgeregt, und der warmherzige Empfang von Alonso und seiner Frau Elaine hatte sein Übriges getan.

Als sie nun das Café betrat, winkte sie Elaine, die gerade eine Bestellung von einer großen Gruppe in der Ecke aufnahm. Sie hatte sich die schwarzen Haare zu einem Turm hochgesteckt, und ihr Kleid mit Sechzigerjahre-Geometrikmuster schmeichelte ihrer kurvigen Figur. Elaine deutete zu einem Tisch im hinteren Bereich direkt vor der kleinen Bühne, und Hanna musste sich ein Lachen verkneifen, als ihr klarwurde, wofür dieser Platz besonders gut geeignet war: für einen Lyrikabend. Hoffentlich war Richard mental darauf vorbereitet.

Der Tisch war noch leer, und der Gedanke, dass sie vor ihm gekommen war, gab ihr etwas Auftrieb. Jetzt war sie nicht mehr ganz so nervös. Sie waren zwei alte Freunde, die sich zum Abendessen trafen und um über alte Zeiten zu reden, mehr nicht. Sie war die Ruhe selbst.

Bis sie ihn sah.

Das Blut in ihren Adern verwandelte sich in Säure, ihr Herz hämmerte wild gegen ihre Rippen, und das Verlangen erwachte als ein scharfer Schmerz in ihrer Brust. Voller Sehnsucht betrachtete sie sein Profil, als er sich über die Theke lehnte. Ihr Blick folgte der Kontur seines Kiefers vom Ohr bis zum Kinn, und sie bewunderte seine scharfen Züge und die Art, wie sein Bartschatten sie noch deutlicher hervortreten ließ. Er beugte sich über den Tresen und wechselte ein paar Worte mit Alonso, während dieser ihm eine Flasche Bier reichte. Selbst aus der Entfernung konnte sie erkennen, dass er lächelte, und die Art, wie sich dabei die Haut um seine Augen spannte, verriet ihr, dass es ein Lächeln war, das von Herzen kam.

Richard nahm seine Flasche und drehte sich in ihre Richtung. Er trug dunkle Hosen und ein weißes Oberhemd. Vielleicht war er direkt aus dem Büro hergekommen und hatte, in Erwartung eines entspannten, gemütlichen Abends, bloß die Krawatte abgelegt und die oberen drei Hemdknöpfe geöffnet.

»Willst du schon mal einen Blick in die Karte werfen, Hanna?« Elaines Stimme holte sie mit einem Ruck zurück ins Hier und Jetzt.

Sie schob die Erinnerungen beiseite und wandte sich mit einem Lächeln zu ihrer Gastgeberin um. »Ja, wie es aussieht, ist mein Gast da.« Sie deutete in Richtung Bartresen. »Ich gehe kurz zu ihm und sage Hallo.«

»Ich bringe dir derweil was zu trinken. Sancerre?«

»Klingt ausgezeichnet.«

Als Hanna sich der Bar näherte, bemerkte Richard sie und rutschte von seinem Hocker. Die leicht zerknitterten Ärmel seines Hemdes waren bis zu den Ellbogen aufgerollt, und ihr Blick fiel auf seine Unterarme, auf die warme Haut, die goldenen Haare und die sich deutlich abzeichnenden Sehnen.

Ungebetene Erinnerungen an raue Hände und weiche Lippen kamen in ihr hoch, und sie atmete tief ein. Sie musste nur noch einen Schritt machen, dann wäre ihr Gesicht an seiner Brust. Sie ballte die Fäuste, bis sich ihre kurzen Nägel schmerzhaft in ihre Handflächen gruben.

»Kann ich dir was zu trinken bestellen?«, fragte Richard und beugte sich vor, um sie auf die Wange zu küssen. Die Berührung währte nicht mal eine Sekunde, und doch löste sie eine Hitze in ihr aus, als stünde sie in Flammen.

Das war eine ganz dumme Idee.

Wie hatte sie je glauben können, sie käme mit der Situation klar? Hanna hatte das Treffen mit Richard als Gelegenheit angesehen, Abbitte zu leisten – sich für ihr plötzliches Verschwinden zu entschuldigen. Sie wollte ihm für seine Zukunft mit Meredith alles Gute wünschen, doch stattdessen fühlte sie sich in die Zeit zurückversetzt, als sie noch ein Paar gewesen waren; in diese goldenen Monate voller Lust und Liebe, bevor die Krankheit ihrer Mutter ihr das Herz in Stücke gerissen hatte.

»Elaine bringt mir schon ein Glas. Sollen wir uns setzen?« Es gelang ihr tatsächlich, gelöst und unbeschwert zu klingen. Wenn sie nur eisern genug die Rolle der guten Freundin weiterspielte, würde ihr Kopf vielleicht auch irgendwann auf die richtige Richtung einschwenken.

Sie gingen zu ihrem Tisch, Hanna vorweg. Nun, da sie ihn nicht direkt in ihrem Blickfeld hatte, gelang es ihr, ihr inneres Gleichgewicht zumindest teilweise wiederherzustellen. Der Zustand hielt ganze zwei Sekunden an – bis sie sich an den kleinen Bistrotisch setzten und der warme Schein der Kerze auf ihren Gesichtern flackerte.

»Ich glaube, hier war ich noch nie«, meinte Richard, nahm die Speisekarte in die Hand und schaute hinein. »Aber scheint nett zu sein.«

»Ich dachte, du kennst es bestimmt, weil es nur ein paar Blöcke vom Apartment deines Vaters entfernt ist.«

Er zuckte mit den Schultern und trank einen Schluck von seinem Bier. Dann sah er von der Speisekarte auf. »Irgendwie muss ich immer daran vorbeigelaufen sein. Gibt's hier auch Frühstück?«

»Ich denke schon. Meistens esse ich vor dem Mittagessen nichts, deswegen habe ich nie gefragt.«

»Ja, ich erinnere mich.« Er grinste trocken, und sie hatte Angst, ihr Herz würde stehenbleiben.

»Ich hatte nie Gelegenheit, mich bei dir zu entschuldigen«, redete sie drauflos, um die Stille auszufüllen. »Wegen des Briefes. Und dass ich einfach ohne eine Wort verschwunden bin.«

Sein Lächeln verflog. Er legte die Speisekarte behutsam zurück auf den Tisch und strich die Knicke im Papier mit der Hand glatt. Dann sah er sie mit ruhiger, fast unbeweglicher Miene an. »Darüber willst du reden?«

Sie nickte. Selbst wenn sie sich nach diesem Abend nie wiedersahen – und bei ihrem tollpatschigen Verhalten konnte das durchaus passieren –, wollte sie ihm das eine anbieten, was sie noch hatte. Ihre Reue.

»Ich möchte, dass du weißt, dass ich dir dankbar bin für alles, was du für mich getan hast. Als Mum so krank war, warst du der Einzige, der mich aufrechtgehalten hat. Ich weiß, man sagt, man tut am ehesten denen weh, die man am meisten liebt, aber das ist keine Entschuldigung dafür, dass ich einfach abgehauen bin.« Sie fuhr mit den Fingern nervös an ihrem Weinglas entlang und wischte die Kondenswassertropfen weg. »Falls das ein Trost ist, und bestimmt ist es das nicht: Ich könnte mich für das, was ich getan habe, ohrfeigen.«

Sein Lachen war leicht und unbeschwert. »Ich weiß nicht, ob ich mir bei der Sache unbedingt eine Goldmedaille verdient habe. Es tut mir leid, wie ich dich auf Nathans Hochzeit angegangen bin. Normalerweise habe ich keine Gewaltausbrüche auf Toiletten.«

Das Bild eines mit Scherben übersäten Fliesenbodens flackerte kurz vor ihrem inneren Auge auf. »Das hatte ich wohl nicht anders verdient.«

»Du bist zu streng mit dir. Ich habe mit der Sache abgeschlossen. Was passiert ist, ist passiert, und hoffentlich sind wir beide dadurch ein bisschen klüger geworden.«

Sein Großmut traf sie mitten ins Herz. Entweder er war wirklich über sie hinweg – in dem Fall hätte sie sich für ihn freuen sollen, weil er ihr nicht länger nachtrauerte –, oder aber er war ein verdammt guter Schauspieler.

»Erzähl mir von Australien.«

Es war ein Versuch, die Unterhaltung auf weniger gefährliches Terrain zu lenken. Sie lächelte und beschloss, das Angebot anzunehmen. »Rückblickend kommt mir die Zeit ganz seltsam vor – wie wenn man sich daran erinnert, wie man als kleines Kind Weihnachten gefeiert hat. Wenn ich daran denke, habe ich meistens das Gefühl, als würde ich jemand anderen sehen, ein anderes Ich, das für eine Weile mein Leben gelebt hat.« Sie zuckte mit den Achseln. »Keine Ahnung, vielleicht habe ich eine dissoziative Identitätsstörung oder so.«

»Hast du während der Zeit zu irgendwem Kontakt gehalten?« Die Frage klang beiläufig, trotzdem sah sie ihn an. Sie wollte wissen, ob seine Augen vielleicht etwas preisgaben. Nichts.

»Zu Ruby natürlich, und aus beruflichen Gründen zu meinen Kollegen Jamie und Natalie. Einmal habe ich mich auch mit Tom und der Band getroffen, als sie ein Konzert in Sydney hatten, aber das Treffen war die reinste Katastrophe. Ich habe furchtbar viel getrunken und dann die ganze Nacht geflennt, und sie hatten Angst, mich allein nach Hause gehen zu lassen. Sie dachten, ich würde auf dumme Gedanken kommen.«

In Richards Augen blitzte etwas auf. Sie versuchte dahinterzukommen, was es war. Vielleicht lag es auch bloß am Kerzenlicht. Sie nippte an ihrem Wein und fuhr fort. »Ich habe eine ganze Weile gebraucht, um zu erkennen, dass man vor einer Depression nicht weglaufen kann, und irgendwann ist mir klargeworden, dass ich wieder nach Hause musste. Ich hatte mich die ganze Zeit nur vor dem Unvermeidlichen gedrückt. Außerdem kann es durchaus heilsam sein, Menschen um sich zu haben, die man liebt.«

Gleich darauf schielte sie nervös zu ihm hin. Sie schämte

sich für ihre Worte. Er musste sie genauso interpretiert haben wie sie, denn er hielt ihren Blick einen Moment zu lange fest.

Ihm zuliebe beschloss sie, von etwas anderem zu reden. »Aber erzähl mir von Meredith. Sie scheint sehr nett zu sein.«

»Ja, das ist sie«, pflichtete er ihr bei, doch seine nach wie vor angespannten Gesichtszüge verrieten sein Unbehagen. »Wir haben uns auf einer Kunstausstellung kennengelernt.«

»Ich wette, Caroline liebt sie«, sagte Hanna gedehnt, um ihm ein Lächeln zu entlocken.

Er nickte gutmütig. »Zumindest scheinen sie denselben Geschmack zu haben, was Hochzeitslocations angeht.«

»Habt ihr schon ein Datum festgesetzt?«

Er zuckte mit den Schultern, und seine Miene wurde wieder ernst. Sie fragte sich, weshalb. »Wir haben den Sommer 2011 ins Auge gefasst, der genaue Termin steht noch nicht fest.«

Als Elaine ihnen das Essen brachte, wechselte er erneut das Thema. Er schilderte ihr, wie die jüngste Wirtschaftskrise auch Maxwell Enterprises getroffen hatte und erläuterte seine Versuche, trotz aller Widrigkeiten eine solide finanzielle Basis für die Firma zu bewahren. Sie erkundigte sich nach Daniel und versuchte ihre Tränen zu verbergen, als er ihr erzählte, dass sein Stiefbruder seine Firmenanteile verkauft habe und noch immer mit denselben Problemen kämpfte.

Ob es die Wirkung des Alkohols war oder die Erleichterung, dass sie einander all das beichten konnten, was sie an der Vergangenheit bereuten, jedenfalls hatte sich die Atmosphäre zwischen ihnen bis zum Beginn der Lyrik-Performance merklich entspannt. Elaine hatte ihren Tisch abgeräumt und nur die Gläser stehen lassen. Richard drehte seinen Stuhl herum, damit er neben Hanna sitzen konnte und einen besseren Blick auf die Bühne hatte. Sein Hemd streifte ihren nackten Arm, und sie wusste nicht, ob sie so sitzen bleiben oder ein Stück von ihm abrücken sollte.

Seine Nähe machte sie nervös.

»Wenn irgendjemand versucht, mich auf die Bühne zu zerren, damit ich Gedichte rezitiere, musste du mich retten, abgemacht?«, flüsterte er ihr ins Ohr, woraufhin sie schmunzelte.

»Ich werde dich freiwillig melden.« Sie grinste ihn spitzbübisch an. »Ich kann's gar nicht erwarten, deine Verse über die wirtschaftliche Rezession zu hören.«

»Wahrscheinlich würden die in etwa so klingen … *Seit der Immobilienkrise macht mein Hedgefonds nur noch Miese. Wir dachten, Derivate wären heiß, und jetzt haben wir den …*«

»Schhh.« Sie gab ihm einen leichten Klaps auf den Arm, nur um gleich darauf verlegen ihre Hand zurückzuziehen. »Ich schwöre, das nächste Mal schleife ich dich zur Open-Mic-Nacht, wenn du dich nicht benimmst.«

»Du hast angefangen.« Er senkte die Stimme zu einem Flüstern, als eine Frau die Bühne betrat. Ihr weiter dunkler Rock, der beim Gehen um ihre Beine schwang, unterstrich ihren dramatischen Auftritt.

Sie verstummten, als die Frau mit ihrer Rezitation begann; ihre dramatischen Worte wurden untermalt von den Rhythmen eines etwas übereifrigen Steeldrummers. Sie schien sich auf der Bühne wohlzufühlen und zeigte keinerlei Lampenfieber, und obwohl Hannas Interesse an Lyrik eher begrenzt war – trotz ihres Abschlusses in Literaturwissenschaft –, beeindruckte es sie, mit welcher Leidenschaft die Dichterin ihren Vortrag gestaltete. Selbst Richard verhielt sich einigermaßen still, nur ein paarmal hüstelte er, um sein Lachen zu kaschieren. Hanna widerstand dem Drang, ihm einen Knuff in die Rippen zu geben.

Er war so dicht neben ihr; es kam ihr unnatürlich vor, die ganze Zeit stocksteif dazusitzen. Als wären sie noch zusammen, wollte ihr Körper, dass sie sich nach rechts lehnte, den Kopf auf seine Schulter bettete und die Hand in seine legte. Sein Oberschenkel war kaum drei Zentimeter von ihrem entfernt, und sie starrte immer wieder auf seine Hand, die locker auf seinem Bein lag, als könne sie sie allein durch die Macht ihrer Gedanken zwingen, sich zu bewegen und sie zu berühren.

Spürte er diesen Drang genauso stark wie sie?

Am liebsten hätte Hanna sich in den Hintern gebissen, weil sie überhaupt über so etwas nachdachte. Er war mit einer anderen verlobt, und sie hatte kein Recht, sich an ihn zu lehnen.

Aber das hielt ihren Körper nicht davon ab, es zu wollen. Ihr Rücken tat allmählich weh, weil sie die ganze Zeit so kerzengerade dasaß. Im Kopf konnte sie sich haargenau vorstellen, wie es sich anfühlen würde, wenn sie die Wange an seine Brust schmiegte und die Wärme seines Körpers in sich aufsog. Sie sehnte sich danach, die rhythmische Bewegung seines Brustkorbs beim Atmen zu spüren, das beruhigende Geräusch seines Herzschlags an ihrem Ohr zu hören.

Sie machte drei Kreuze, als die Performance vorbei war.

Kapitel 18

28. August 2009

Es war bereits später Nachmittag, als er auf den gekiesten Parkplatz einbog. Richard musste kurz innehalten, um eine entspannte Miene aufzusetzen und sich daran zu erinnern, dass bislang alles hervorragend lief.

Von allen karitativen Projekten, die die Maxwell Memorial Foundation unterstützte, lag ihm das Camp Leon Richard am meisten am Herzen. Hier ging es nicht um teure Kleider oder darum, gesehen zu werden. Hier ging es einzig und allein um die Kinder – um die Nachkommen derer, die am 11. September gestorben waren oder nur um Haaresbreite überlebt hatten. Seit sechs Jahren sah er ihnen nun schon beim Aufwachsen zu. Einige von ihnen hatten sich von Kindern zu wütenden Teenagern entwickelt, die Schwierigkeiten hatten, ihren Platz in der Welt zu finden. Andere waren zu bewundernswerten Männern und Frauen herangewachsen, die als Betreuer ins Camp zurückkehrten. So oder so – jedem Einzelnen von ihnen gehörte ein ganz besonderer Platz in seinem Herzen.

Die Stiftung hatte den aufgelassenen Campingplatz im Jahre 2002 gekauft. Im ersten Jahr hatten sie die Hütten wieder instand gesetzt und auf dem Gelände für Sicherheit gesorgt, indem sie den zugewucherten See säuberten. 2003 konnten dann die ersten Ferienlager stattfinden. Für Kinder, die bei den Terroranschlägen des 11. September Angehörige verloren hatten, war die Teilnahme kostenlos. Für einige von ihnen stellten diese Sommerlager die einzige Gelegenheit dar, der stickigen Luft der Großstadt zu entkommen, und anderen boten sie die Chance, endlich wieder unbeschwert sein und sich wie ganz normale Kinder benehmen zu können. Der entscheidende Unterschied zwischen Camp Leon und anderen Ferienlagern war der, dass es hier zusätzlich zu den Betreuern auch einige Psychologen gab, die den Kindern dabei halfen, sich anderen zu öffnen und sich innerhalb einer geschützten Umgebung mit ihrer Trauer auseinanderzusetzen.

»Richard, du hast es geschafft!« Ruby rannte strahlend auf ihn zu. »Hörst du die Musik? Die Kinder stehen total drauf.«

Das Konzert war eine Neuerung in diesem Jahr. Im März, während eines Besuchs in der New Yorker Redaktion von Buzz Media, hatte er Hanna gestanden, dass einige der Jugendlichen von den üblichen Camp-Aktivitäten gelangweilt waren. Sie hatten sechs Jahre lang Paddeltouren unternommen, waren geklettert und geschwommen, und jetzt wollte Richard ihnen etwas Neues bieten. Nur leider hatte er keine Idee, was.

Hanna hatte ihn überrascht, indem sie ein Musik-Camp nur für Teenager vorgeschlagen hatte. Sie hatte ihm sogar angeboten, sich persönlich um die Planung der einzelnen Aktivitäten sowie die Auswahl der Teilnehmer zu kümmern. Das war vor fünf Monaten gewesen, und in der Zwischenzeit war es ihr nicht nur gelungen, durch das Einlösen diverser Gefälligkeiten bei Bekannten und Kollegen mehrere Workshops auf die Beine zu stellen, sondern sogar ein feierliches Abschlusskonzert am letzten Abend zu organisieren. Sie hatte sich sogar eigens eine Woche freigenommen, um das Camp zu leiten. Richard bereute nur, dass ihn seine Arbeit bis zum letzten Tag in der Stadt festgehalten hatte.

»Klingt toll.« Richard erwiderte die Umarmung seiner Schwester und verkniff sich eine kritische Bemerkung über ihren kurzen Minirock und das knappe Tanktop. Schließlich war es an die siebenundzwanzig Grad heiß. Außerdem durfte er nicht vergessen, dass sie zwanzig Jahre alt war.

»Kommt Meredith nicht?«, fragte Ruby, nicht ahnend, dass sie damit einen wunden Punkt getroffen hatte. Richard biss sich auf die Lippe, als er an die hitzige Auseinandersetzung dachte, die er vor seiner Abreise in die Hamptons mit seiner Verlobten geführt hatte.

»Sie ist verreist.« Seine Antwort war brüsk, allerdings schickte er noch ein Lächeln hinterher, um die Wirkung etwas abzumildern.

Ruby erwiderte sein Lächeln, aber ihre Augen lächelten nicht mit. »Wie schade. Sie ärgert sich bestimmt, dass sie eine so fantastische Show verpasst.«

Er musste sich ein Lachen verkneifen. Er liebte Ruby heiß und innig, und ihre Fähigkeit, stets das Gute in den Menschen zu sehen, brachte ihn immer wieder zum Staunen. »Ich zeige ihr später ein paar Fotos.«

»Hattet ihr denn eine gute Zeit?«, fragte er. Ruby strahlte, als sie sich an die vergangenen Tage erinnerte. Es war das erste Jahr, in dem sie als Betreuerin mit dabei war, und sie war unglaublich stolz, weil ihr großer Bruder so viel Vertrauen in sie setzte.

Er war froh, dass er auf Hanna gehört hatte, als sie ihm vorgeschlagen hatte, Ruby um Mithilfe zu bitten.

»Es ist großartig. Die Kids sind einfach der Hammer, und dank Hanna hatte ich die Möglichkeit, den ganzen Organisationsprozess hautnah mitzuerleben. Sie ist ständig am Rotieren. Wenn sie sich nicht gerade um die Bands kümmert, unterhält sie sich mit den Kids oder spielt Softball mit ihnen.«

Er war nicht sicher, woran er spürte, dass sie ganz in der Nähe sein musste. Vielleicht hatte er eine Bewegung aus dem Augenwinkel wahrgenommen, oder vielleicht stellten sich die Härchen auf seiner Haut erwartungsvoll auf wie Antennen, die ihr Kommen registrierten. Wie auch immer, kurz darauf hörte er jedenfalls den vertrauten Klang ihres Lachens und drehte sich um.

Hanna unterhielt sich gerade angeregt mit einem Betreuer. Sie gestikulierte wild und hatte ein breites Grinsen im Gesicht. Jede ihrer Bewegungen war übertrieben, und sie wirkte so lebendig, dass er am liebsten zu ihr gerannt und sie in seine Arme gerissen hätte. Wie Ruby war auch sie dem heißen Wetter entsprechend gekleidet. Kurze, ausgefranste Jeansshorts umspannten ihren Po, und sie hatte das ärmellose schwarze Band-T-Shirt, das sie trug, über dem Bauchnabel verknotet, so dass man einen Streifen sonnengebräunter Haut sehen konnte. Selbst aus der Entfernung war nicht zu übersehen, wie braun sie geworden war.

Richard ging zu den beiden hinüber und freute sich, als er sah, wie Hanna den Kopf hob und ihr Lächeln bei seinem Anblick noch ein bisschen strahlender wurde.

»Du hast es geschafft!« Die Abendsonne leuchtete auf ihrer Haut. »Und? Was sagst du?«

»Du hast phänomenale Arbeit geleistet. Der Leiter ruft mich andauernd an und fragt, ob du das Camp im nächsten Jahr noch mal organisieren kannst.«

Hanna lachte ein heiseres, erotisches Lachen, bei dem sein Körper vor Sehnsucht schmerzte. »Nichts lieber als das.

Die Kids hier haben mich tief beeindruckt, sie sind alle so tapfer.«

»Ich weiß gar nicht, wie ich dir für alles danken soll, was du getan hast.« Er verspürte den starken Drang, sie in die Arme zu nehmen, aber seit ihrer Versöhnung waren sie zueinander auf Abstand geblieben. Es war, als wüssten sie genau, dass Körperkontakt alle Dämme zwischen ihnen zum Einstürzen bringen könnte.

»Ohne Ruby hätte ich es nie geschafft.« Hanna legte Ruby den Arm um die Schulter, und einen Augenblick lang spürte er einen Stich der Eifersucht. »Sie war praktisch meine rechte Hand. Ich überlege, ob ich ihr nicht den Job als Leiterin unseres New Yorker Redaktionsbüros anbieten soll«, fügte sie scherzhaft hinzu.

Dass es ihr nach wie vor nicht gelungen war, einen geeigneten Kandidaten für die New Yorker Niederlassung von Buzz zu finden, hatte immerhin den positiven Nebeneffekt, dass sie länger in Manhattan geblieben war als ursprünglich geplant. Er war nicht sicher, wie viel Energie sie überhaupt noch auf die Suche eines Redaktionsleiters verwandte, aber wenn es nach ihm gegangen wäre, hätte sie den Vertrag mit der Personalagentur gekündigt und den Job selbst übernommen.

Es war einfach schön, sie um sich zu haben. Mit ihr konnte er reden und Ideen austauschen. Sie war die Erste, die er anrufen wollte, wenn er einen schlechten Tag gehabt hatte – oder einen guten. Sie war eine gute Freundin – wahrscheinlich seine beste –, und es machte ihn glücklich, sie in seiner Nähe zu haben.

»Ich muss los, der nächsten Band Bescheid sagen.« Sie lächelte ihn an, und sein Herz flatterte ein wenig. »Wir unterhalten uns später, in Ordnung?«

»Klar«, sagte er bereitwillig, zumal er wusste, dass es Zeit für ihn war, sich ein wenig umzusehen und mit den Kids ins Gespräch zu kommen. »Ich versuche, dich wiederzufinden, bevor das Feuerwerk losgeht.«

Nachdem die letzte Band gespielt hatte, traf er Hanna im Gespräch mit einer Gruppe von Sponsoren an. Zwischen den Leinenkleidern und gediegenen Anzügen wirkte sie in ihren legeren Festivalklamotten ein wenig deplatziert. Aber das schien sie nicht im Mindesten zu stören; sie beantwortete in aller Seelenruhe Fragen und nahm Komplimente entgegen.

Richard stand eine Weile abseits und beobachtete sie. Es gefiel ihm, dass sie ihn nicht bemerkte und er sie ungestört betrachten konnte. Meredith hatte sie einmal als »verrückten Vogel« bezeichnet, was ganz gut passte, auch wenn Meredith mit dieser Beschreibung vermutlich etwas anderes im Sinn gehabt hatte als er. Hannas unkonventionelle Art machte sie in seinen Augen erst liebenswert.

Vielleicht hatte er bloß kalte Füße wegen der Hochzeit. Obwohl sie bis dahin noch fast zwei Jahre Zeit hatten, war Meredith schon jetzt kaum noch zu bremsen. Sie verbrachte ganze Wochenenden mit der Hochzeitsplanerin und beschwatzte Richard, die verschiedensten Caterer und Konditoren auszuprobieren.

»Ich werde auf gar keinen Fall eine Rede halten. Völlig ausgeschlossen.« Ohne den Lärm der Musik schwebte Hannas Stimme hell und klar durch die Abendluft zu ihm herüber. Seine Lippen zuckten bei der Vorstellung, wie sie aufstand, eine zierliche Gestalt auf der riesigen Bühne, und sich durch eine ellenlange Liste von Namen stammelte, um sich bei allen Beteiligten zu bedanken.

»Sie haben die Anerkennung mehr als verdient«, sagte

Mimi Flynn, eine wohlhabende Sponsorin, die am 11. September ihren Mann verloren hatte. »Mein Sohn hat mir erzählt, dass Sie viele großartige Bands für das Projekt gewinnen konnten.«

Hanna lachte und hustete zugleich. »Ich glaube, Sean ist da ein klein wenig voreingenommen.« Richard musste nicht hinsehen, um zu wissen, dass sie rot geworden war. »Aber trotzdem vielen Dank.«

Er wollte nicht länger am Rand stehen und zuschauen, also nahm er Kurs auf die Gruppe. Kaum hatte er sich zu ihnen gesellt, wandte sich die allgemeine Aufmerksamkeit ihm zu. Er unterhielt sich mit den Sponsoren, lächelte und dankte ihnen für ihre Unterstützung, während er zugleich Hanna aus dem Augenwinkel beobachtete. Die meisten Spender waren ihm wohlbekannt – durch ihre Verbindung zu seiner Stiftung, aber auch weil sie sich des Öfteren bei anderen gesellschaftlichen Anlässen begegneten –, und es fiel ihm schwer, sich im Gespräch mit ihnen auf oberflächliches Geplänkel zu beschränken. Diese Leute waren seine Freunde.

Hanna hatte ihre Unterhaltung mit Mimi beendet und wandte sich nun an den Rest der Runde. »Ich glaube, das Feuerwerk geht gleich los. Vor dem Zelt der Sponsoren gibt es dazu einen kleinen Umtrunk.«

Für ihre Worte erntete sie zustimmendes Gemurmel. Innerhalb von Sekunden hatte sich die Gruppe, angelockt von Champagner und Häppchen, zerstreut. Richard sah ihnen nach, wie sie auf das weiße Segeltuchzelt zustrebten.

Dann waren sie beide allein.

»Hey.« Hanna rieb sich die nackten Arme, und er sah ihre Gänsehaut. Die Abendluft war zwar mild, aber nun, da die Sonne untergegangen war, fröstelte sie in ihrer allzu luftigen Kleidung.

Er wünschte, er hätte sein Jackett angehabt, dann hätte er es ihr um die Schultern legen können. Dummerweise hatte er es auf dem Rücksitz seines Wagens liegenlassen, genau wie seine Krawatte. »Du frierst ja.«

»Die Körperwärme der anderen fehlt mir«, witzelte sie. »Solange ich in der Gruppe stand, ging es einigermaßen. Ich war sozusagen das arme Kind, das die Milch vom Nachbarn klaut.«

Sie begann zu zittern. Es war kein Schlottern und Zähneklappern, aber schlimm genug, dass er das Bedürfnis hatte, etwas dagegen zu unternehmen. Er sagte sich, dass er, hätte es sich um eine seiner anderen Freundinnen gehandelt, sie ohne zu zögern an sich gezogen und durch seine Umarmung gewärmt hätte. Vielleicht hätte er sogar ihren Körper mit den Händen gerieben, bis sie aufhörte zu bibbern.

Aber sie *war* nicht wie seine anderen Freundinnen. Als sie vor ihm stand, wurde ihr Gesicht erleuchtet von den Flutlichtern, die vereinzelt auf dem Rasen standen. Sie sah aus wie die Hanna von früher, die Hanna, die ihm im Park aufs Hemd gesabbert und auf Partys mit ihm geflirtet hatte. Sie sah aus wie *seine* Hanna.

»Komm her.« Es war eine Aufforderung, keine Bitte. Er wartete ihre Antwort auch gar nicht erst ab. Ein Schritt, und er hielt sie in seinen Armen und atmete den Duft ihres Shampoos ein, während er sie fest an sich zog.

Mein Gott, sie war furchtbar kalt. Ihre Haut fühlte sich an wie Eis, und er war wütend auf sich selbst, weil er so lange gezögert hatte. Die Umarmung hatte überhaupt nichts Sexuelles. Sie war ein reiner Akt der Nächstenliebe. Er bot ihr Wärme und Schutz, nichts weiter.

Jawohl, genau so war es.

Hanna öffnete den Mund, um etwas zu sagen, aber ihre

Worte gingen im Knallen der ersten Feuerwerkskörper unter, die über ihren Köpfen explodierten. Ein Regen aus Purpur und Grün erglühte am Himmel und entlockte den Zuschauern ein bewunderndes »Ahh!«.

Sie stand ein wenig steif, als hätte sie Angst, sich zu rühren oder die Umarmung zu erwidern. Das veranlasste ihn dazu, sie nur noch fester an sich zu drücken. Sie kam ihm vor wie ein wildes Tier, das neugierig genug war, sich von Menschen anfassen zu lassen, aber das die Berührung zugleich nervös machte. Er wollte, dass sie sich entspannte und von ihm wärmen ließ, denn im Moment war sie kalt und steif wie ein Eiszapfen.

Als die nächste Rakete explodierte, hob Hanna den Kopf, und in ihrer Miene spiegelte sich ein Ausdruck des Staunens. Vielleicht war das der Grund, weshalb er sie ungleich faszinierender fand als das pyrotechnische Geschehen oben am Himmel.

»Hast du das Feuerwerk etwa auch organisiert?«

Hanna unterdrückte ein Schmunzeln. »Es ist wirklich erstaunlich, wie großzügig die Leute sein können, wenn man die Worte ›Kinder‹ und ›11. September‹ im selben Satz erwähnt.«

Sie fing seinen Blick ein, nur kurz, aber es reichte aus, um ihn zusammenfahren zu lassen. Ihr Körper wurde ganz allmählich wärmer, und der Wunsch, ihr Schutz zu bieten, machte einem anderen, wesentlich heftigeren und tiefersitzenden Wunsch Platz. Er bewegte sich auf dünnem Eis. Er hatte ganz vergessen, wie es war, von einem Strudel der Gefühle mitgerissen zu werden. Sein Herz schlug schneller, und das Blut rauschte in seinen Ohren. War das besser als die ruhige Verlässlichkeit, die Meredith ihm bot?

Er wusste es nicht genau.

»Ich finde es einfach unglaublich, wie viel Zeit und Arbeit du investiert hast. Das war sehr großzügig von dir.« Er legte eine Hand an ihre Wange, und sie erschrak. »Du hast das alles auf die Beine gestellt und in den letzten Monaten fast deine ganze Freizeit geopfert – und deinen Urlaub noch dazu.«

Sie war ganz still in seinen Armen, und er fürchtete schon, er hätte sie mit seinen Worten geschockt. Er fragte sich, ob sie wie er Angst hatte, die Mauer einzureißen, die sie mit so großer Sorgfalt zwischen sich errichtet hatten. Sie beide waren einen Handel mit dem Teufel eingegangen und hatten gelobt, diese unsichtbare Grenze nicht zu überschreiten, wenn sie dafür zusammen sein durften. Sie hatten schon einmal den Fehler gemacht, eine Liebesbeziehung einzugehen, und wie das geendet hatte, wussten sie ja.

»Ich helfe doch gern …« Ihre Stimme war ein leises Murmeln und versiegte ganz, als die nächsten Feuerwerkskörper am Himmel aufflammten. Diesmal jedoch sah sie nicht nach oben, sondern in seine Augen, während sich die wechselnden Farben des Feuerwerks in ihrem Gesicht spiegelten. Erst orange, dann grün, dann rot. Er leckte sich die trockenen Lippen und versuchte sich darüber klarzuwerden, was er jetzt tun sollte.

Sie loszulassen war jedenfalls keine Option.

»Hanna«, raunte er so leise, dass sie ihn gar nicht hören konnte. Er war auch nicht sicher, ob er wollte, dass sie ihn hörte. Er neigte den Kopf, so dass seine Stirn ihre berührte, und ihre Augen wurden groß, als sie seine Miene sah. Wieder kam ihm der Vergleich mit einem wilden Tier in den Sinn. Sie würde nie ihm gehören, aber es war genug, sie aus der Ferne zu beobachten und zu wissen, dass es ihr gutging und sie glücklich war.

Kapitel 19

9. Februar 2010

Hanna wusste gar nicht mehr, wie sie in diese schmuddelige Kneipe gekommen war. Sie saß in einer finsteren Ecke und ließ die letzten Tropfen der Weinflasche in ihr Glas laufen. Dass sie oft daraus getrunken hatte, war nicht zu übersehen: Es war voller Lippenstiftflecken und Fingerabdrücke, und am Rand hingen rote Tropfen. Sie nickte dem Barkeeper zu, damit der ihr eine neue Flasche brachte. Warum sollte sie den Abend nicht so beenden, wie sie ihn angefangen hatte?

Als seelisches und körperliches Wrack.

Sie hatte nicht einmal gewusst, welches Datum es war, bis sie in der U-Bahn stand und sich auf die Zehenspitzen reckte, damit sie sich an der Haltestange festklammern konnte und nicht mit anderen Pendlern zusammenstieß. Der Mann neben ihr las die *New York Times*, säuberlich in Viertel gefaltet, um seinen Sitznachbarn nicht in die Quere zu kommen, und durch Zufall fiel ihr Blick auf das Datum oben am Seitenrand.

Ihre letzte Panikattacke lag Jahre zurück, trotzdem erkannte Hanna die Anzeichen sofort. Ihr Herz begann zu rasen, das Atmen fiel ihr schwer, und sie hatte das Gefühl, jeden Moment, sich in Krämpfen windend, auf dem staubigen Boden des U-Bahn-Waggons zusammenzubrechen. Dies war der denkbar ungünstigste Ort für einen Angstanfall. Nur mit äußerster Mühe gelang es ihr, sich so lange zusammenzureißen, bis der Zug in den nächsten Bahnhof einfuhr.

Sie schaute nicht einmal nach, wo sie sich befand, sondern stolperte blindlings durch die Türen des Zugs und über den Bahnsteig. Sie geriet erneut in Panik, weil sich das Drehkreuz nicht gleich öffnen wollte, nachdem sie ihre Fahrkarte hineingesteckt hatte. Ihre Hände zitterten, und Übelkeit wütete in ihrem Magen. Sie hatte den Ausgang kaum hinter sich gelassen, da krümmte sie sich vornüber und verzierte den Boden mit den halbverdauten Überresten ihres Frühstücks.

Die morgendlichen Pendlerströme wogten an ihr vorbei. Diejenigen, die die U-Bahn-Station betraten, machten einen weiten Bogen um sie. Wahrscheinlich dachten sie, sie wäre noch betrunken vom Abend zuvor, oder sie hielten sie für eine Verrückte, die gemurmelte Selbstgespräche führte, während sie sich gegen die schmutzige Backsteinwand des U-Bahnhofs sinken ließ. Sie war nur ein unbedeutender Störfaktor – die Leute hatten sie vergessen, sobald sie in den Zug stiegen –, eine der unzähligen skurrilen Gestalten, die diese große Stadt bevölkerten.

In Momenten wie diesem wünschte Hanna sich, sie wäre noch in London. Dann hätte sie Natalie oder Tom angerufen oder wäre kurzerhand in ein Taxi gestiegen, um zu Claire zu fahren und sich von ihr in den Arm nehmen zu lassen. Claire hätte ihr süßen Tee eingeflößt und sie gehalten, bis sie sich ausgeweint hatte und so weit gestärkt war, dass sie dem Tag wieder ins Auge sehen konnte.

Stattdessen war sie hier in Manhattan, eine Fremde mit einem Handy voller Nummern von Kollegen und flüchtigen Bekannten, aber ohne Freunde, denen sie sich hätte anvertrauen oder die sie um Hilfe hätte bitten können. Hier gab es weit und breit niemanden, der verstand, warum dieser Tag so schwer für sie war.

Die Zeit verging schneller, als sie für möglich gehalten hätte. Frühstück in einem Diner, dann stundenlanges Stöbern in einem Buchladen, gefolgt von einem frühen Abendessen an einem Ecktisch in einer heruntergekommenen Bar in Soho. Wie sie hierhergekommen war, hätte sie nicht mehr genau sagen können, aber in diesem Teil der Insel fühlte sie sich mehr zu Hause als sonst irgendwo in Manhattan.

Die letzten zwei Stunden über hatte sie ihren Kummer systematisch in Rotwein ertränkt und die Annäherungsversuche von Typen abgewehrt, die sie für leichte Beute hielten. Selbst im Zustand fortgeschrittener Trunkenheit war es so ziemlich das Schlimmste, was sie sich vorstellen konnte, Gedanken an ihre Mutter mit einer schnellen Nummer zwischendurch zu vergessen.

Also saß sie hier, ließ die vergangenen fünf Jahre Revue passieren und dachte darüber nach, wie gründlich sie alles versaut hatte. Sie warf einen Blick auf ihre Armbanduhr – wie spät war es jetzt in London? Viel zu spät, um Claire oder Ruby anzurufen. Die lagen längst in ihren Betten und schliefen.

Blieb nur noch eine Nummer übrig. Sie wählte, ohne nachzudenken, als hätte sie ihren gesunden Menschenverstand am Boden der leeren Weinflasche gelassen. Es klingelte nur zweimal, dann nahm jemand ab.

»Hanna?« Seine Stimme klang weich und warm und ein wenig besorgt.

»Richard.« Sie trank noch einen Schluck Wein. »Ich wollte dir nur sagen, wie leid mir das alles tut.«

»Geht es dir gut?«

Sie hörte Stimmengemurmel im Hintergrund. Hanna biss sich auf die Lippe und fragte sich, ob sie ihn bei etwas gestört hatte. Vielleicht aß er gerade mit Meredith zu Abend.

»Dass ich nach Mums Tod einfach abgehauen bin. Ich hätte dich nicht einfach so hängenlassen dürfen, ohne es dir wenigstens zu erklären. Ich musste den ganzen Tag daran denken, und ich …«

»Oh Gott, ich hatte völlig vergessen, was für ein Tag heute ist. Das tut mir schrecklich leid.« Er klang aufgewühlt, und sie stellte sich vor, wie er sich beim Reden mit den Fingern durch sein dichtes Haar fuhr. Wahrscheinlich war er außer ihr der einzige Mensch auf der Welt, der an den Tag vor fünf Jahren dachte – den Tag, als ihre Mutter gestorben war.

Sie lachte harsch auf. »Ich hätte dich nicht anrufen sollen. Ich weiß, du hast jetzt Meredith, und ich freue mich für dich, dass ihr euch gefunden habt. Du hast jedes Recht darauf, glücklich zu sein.« Sie lallte die Worte mit schwerer Zunge ins Telefon.

»Hast du getrunken?«

»Ein bisschen. Aber ich lasse dich jetzt in Ruhe.«

»Bist du zu Hause?«, fragte er.

»In einer Bar.«

»Allein?«

»Hm.«

»Scheiße«, fluchte er halblaut. »Ich schicke Jack mit dem Wagen, er soll dich nach Hause bringen. Wo genau bist du?«

Sie sah sich um, ob sie irgendwo den Namen der Bar entdecken konnte, musste jedoch schnell feststellen, dass es nichts gab, das ihr einen Hinweis gegeben hätte – bis sie auf den Tisch blickte und ihr der Bierdeckel ins Auge fiel. »Murphy's. In Soho.«

»Rühr dich nicht von der Stelle.« Das war ein Befehl, und sie nahm ihn ernst. Sie wollte sowieso nichts mehr von dem Rotwein trinken, der vor ihr stand. Alles, wonach sie sich jetzt sehnte, war die weiche Wärme ihrer Bettdecke und die erlösende Schwärze des Schlafs.

In der Viertelstunde, die sie wartete, verflog ihr Rausch ein klein wenig. Der Barkeeper brachte ihr die Rechnung und ein Glas Wasser, das sie in einem Zug hinunterstürzte, in der Hoffnung, den Alkohol in ihrem Organismus etwas zu verdünnen. Dann kam er plötzlich in die Bar marschiert, seinen schwarzen Wollmantel über dem Arm.

»Richard!« Sie erschrak. »Ich dachte, du wolltest Jack schicken.«

»Ich habe beschlossen mitzukommen«, antwortete er leise, während er sie mitfühlend betrachtete. »Das war eine gute Ausrede, früher von dem Abendessen wegzukommen.«

Er sah müde aus. Im Dämmerlicht der Bar sah sie die tiefen Falten um seine Augen. Sie musste sich auf die Lippe beißen, weil er so nett zu ihr war.

»Ist Meredith auch mitgekommen?« Sie schluckte hart. Zu wissen, dass er mit einer anderen Frau zusammen war, war eine Sache – sie in einem Moment wie diesem zusammen zu sehen, hätte sie nicht ausgehalten.

»Sie ist zu Besuch bei ihren Eltern. Ich war ganz allein unter dreihundertfünfzig Mitgliedern der New Yorker High Society.« Er schnitt eine Grimasse. »Du kannst mir also glauben, wenn ich dir sage, dass du mir einen Gefallen getan hast.« Er stand auf und nahm ihre Jacke von dem Haken neben ihrem Platz. »Und jetzt komm, ich bringe dich nach Hause.«

Hanna erhob sich, drehte ihm den Rücken zu und ließ sich von ihm in die Jacke helfen. Seine Hände lagen danach einen Augenblick zu lang auf ihren Schultern.

Richard stieß leise die Luft aus, drehte sie zu sich herum und half ihr dabei, die großen Knöpfe an ihrer Jacke zu schließen. So hatte er sich den Verlauf des Abends gewiss nicht vorgestellt. Er hatte ein nettes, zivilisiertes Abendessen im Sinn gehabt, vielleicht einen oder zwei Whiskys hinterher und dann früh ins Bett. Sein Körper stand unter Strom, als hätte ihr Anblick ihn überhaupt erst richtig lebendig gemacht. Seine Nervenenden prickelten wie tausend Stecknadeln.

Er zögerte ganz kurz, ob er ihre Hand nehmen sollte. Doch dann sah er, wie zwei der Männer am Tresen sich umdrehten und Hanna enttäuscht anstarrten, und er verspürte den Drang, sein Territorium zu markieren – selbst wenn es strenggenommen gar nicht sein Territorium war.

»Du musst das wirklich nicht machen«, murmelte sie und stolperte gleich darauf über ihre eigenen Füße. Er versuchte sich ein Lachen zu verkneifen, aber es klappte nicht ganz, und sie strafte ihn mit einem indignierten Blick. »Findest du das etwa lustig?«

»Ein bisschen schon«, gestand er und legte ihr den Arm um die Schultern, um sie zum Ausgang zu lotsen. Sie driftete immer wieder nach rechts wie ein Auto, bei dem die Steuerung nicht richtig kalibriert ist. »Aber ich versuche mich zu beherrschen.«

»Gut. Ich will dich nämlich nicht schlagen müssen.«

»Welchen von uns beiden würdest du denn schlagen?«

»Beide«, brummelte sie und gab sich alle Mühe, nicht zu schielen.

Erneut sackte sie gegen ihn. Er hielt sie fest und beschloss, sie nicht weiter auf ihren Zustand hinzuweisen. Als sie im Wagen saßen, wurde sie schlagartig müde. Sie vergrub den Kopf in seinem Jackett und fuhr fort, mit schleppender Stimme vor sich hin zu reden.

»Weißt du noch, wie wir uns zum ersten Mal begegnet sind?«, fragte sie ihn. »Du hattest diesen todschicken Smoking an, und ich sah so was von verboten aus.«

»Ich habe das anders in Erinnerung.« Er murmelte in ihr Haar und atmete den Duft ihres Shampoos ein. »In deinem Kellnerinnen-Outfit sahst du rattenscharf aus.« Bilder von schwarzroten Haaren und mit Kholumrandeten Augen erschienen vor seinem inneren Auge. »Ich konnte es gar nicht erwarten, dir meine PlayStation zu zeigen.«

Sie lachte, dann bekam sie Schluckauf. »Ist das eine Metapher für etwas anderes?«

»Weiß nicht genau«, gestand er, legte den Arm um sie und rieb mit dem Finger sanft ihre Schulter.

»Ich weiß noch, dass ich ziemlich beeindruckt war von deiner … Inbrunst.«

Jack brachte den Wagen zum Stehen. Selbst um dreiundzwanzig Uhr an einem Dienstagabend war auf den Straßen die Hölle los. Richard fragte sich, ob Hanna es nach Hause schaffen würde, ohne vorher einzuschlafen.

»Ich nehme das mal als Kompliment.«

»Solltest du auch.«

Sie schwiegen. Richard ließ den Kopf gegen die Rücklehne sinken und überlegte, was er jetzt tun sollte. Er wollte sichergehen, dass sie wohlbehalten in der Wohnung ankam. Er wusste, wie schlimm der heutige Tag für sie gewesen war. Er würde sie einfach ins Bett bringen und warten, bis sie eingeschlafen war, dann würde es ihm bessergehen.

Er versuchte die Wut zu unterdrücken, die in ihm hochstieg. Wut auf sich selbst und auf ihre Freunde, weil sie sie im Stich gelassen hatten.

Zwanzig Minuten später hielt der Wagen vor dem Apartmentgebäude an der Upper East Side. Hanna war so still, dass Richard sich fragte, ob sie tatsächlich eingeschlafen war. Aber sobald der Wagen anhielt, hob sie den Kopf und starrte ihn an.

»Danke fürs Nachhausebringen.«

Im ersten Moment war er verwirrt, bevor ihm klarwurde, dass sie ohne ihn nach oben gehen wollte. Aus unerfindlichen Gründen konnte er das nicht akzeptieren.

»Ich bringe dich noch rauf, damit ich weiß, dass es dir gutgeht.«

Sie lachte. »Ich glaube, die Junkies und Mörder haben schon Feierabend gemacht. Das Schlimmste, was mich da drin erwartet, ist Mrs Van Kemp, die mir missbilligend auf die Schuhe starrt und mir wieder mal sagt, ich würde das Niveau der Nachbarschaft senken.«

»Tu mir einfach den Gefallen.«

Sie nickte heftig, dann nestelte sie mit dem Finger an ihrer Gurtschnalle. Er verkniff sich ein Lachen, bevor er sich zu ihr beugte und ihr half.

»Hör auf, mich auszulachen.« Sie gab ihm einen sanften Schlag auf den Arm. »Das ist nicht komisch.«

Er hatte genug Zeit in der Wohnung seines Vaters verbracht und kannte den Concierge. Er nickte ihm zu, als er Hanna zum Aufzug schleifte. Trotz der dicken Winterjacke kam sie ihm klein und verletzlich vor, und er fragte sich, ob sein Beschützerinstinkt ihr gegenüber lediglich eine natürliche Reaktion auf ihre zierliche Größe war. Vielleicht wollte er sie genau wie Ruby vor der Welt beschützen.

Der Gedanke munterte ihn ein wenig auf. Er holte den Wohnungsschlüssel aus ihrer Handtasche und steckte ihn ins Schloss. Mit einer Hand betätigte er den Lichtschalter, mit der anderen stützte er Hanna. Sie streifte sich die Schuhe ab, die mit einem lauten Geräusch auf dem gefliesten Boden landeten.

»Willst du die Wohnung absuchen, um sicherzugehen, dass Ted Bundy sich nicht im Trockner versteckt?« Ein belustigtes Blitzen erschien in ihren Augen.

Er grinste verhalten, bevor er ihre Jacke nahm und sie ordentlich in den Garderobenschrank im Flur hängte. »Das Furchterregendste, worauf du dich gefasst machen musst, ist der Kater, den du morgen früh haben wirst.«

Richard ging in die Küche, nahm ein hohes Glas aus dem Schrank, füllte es mit Wasser und trug es ins Gästezimmer, wo er es auf dem Nachttisch abstellte.

»Wo bewahrst du deine Schmerztabletten auf?«, fragte er und versuchte nicht hinzusehen, als Hanna sich die Haare öffnete, so dass sie ihr lose über die Schultern fielen. »Ich hole dir ein paar, und dann gehe ich.«

Sie sah blinzelnd in den Spiegel und fing seinen Blick ein. »In dem Schränkchen über dem Waschbecken.«

Richard ging ins Badezimmer, erstaunt über die wenigen Kosmetikartikel und Schminkprodukte, die dort standen. Er schnappte sich eine Blisterpackung Panadol und brachte sie ihr ans Bett.

Hanna saß gegen den Kopfteil gelehnt auf der Bettdecke. Richard drückte zwei Tabletten aus der Packung und steckte sie ihr sanft in den Mund. Dann hob er das Glas an ihre Lippen und ermunterte sie zum Trinken. Er konnte sich nicht beherrschen und strich ihr mit den Fingern durchs Haar, als sie die Tabletten herunterschluckte.

»Das fühlt sich gut an.« Mit geschlossenen Augen ließ sie sich von ihm streicheln. »Kannst du noch ein bisschen bleiben?«

»Du gehörst ins Bett.« Er griff hinter ihren Rücken und zog den Reißverschluss ihres Kleides herunter. Die Geste kam ihm viel zu intim vor, und er hatte Mühe, seine Reaktion auf ihre Nähe zu verbergen. »Wenn du dich ausgeschlafen hast, geht es dir bestimmt besser.«

»Du bist so lieb.« Ihre Stimme war nur noch ein Murmeln. Sie kroch näher zu ihm heran und schmiegte sich mit dem Gesicht in die Kuhle zwischen seiner Schulter und seinem Hals. »Und du riechst so unglaublich gut. Du hast immer schon gut gerochen, selbst am Morgen. Das vermisse ich mit am meisten.«

»Du vermisst, wie ich rieche?« Er versuchte, einen Witz daraus zu machen, allerdings begann sie, noch während er sprach, sich aus ihrem Kleid zu schälen.

Innerhalb von Sekunden war er hart.

»Mach die Augen zu, ich muss mich umziehen.« Ihr Befehl war nicht sehr energisch und kam überdies mit einiger Verspätung. Dennoch tat er wie geheißen und grub die Fingernägel in seine Handflächen, um nicht dem Drang zu erliegen, sie zu berühren. Wenn er die sanfte Wölbung ihrer Brust sah, wäre es um ihn geschehen.

Das Bett wackelte, als sie mit ihren Kleidern kämpfte. Er stand so still, wie er nur konnte, und widerstand dem ungeheuren Drang, die Augen zu öffnen. Sah sie noch genauso aus, wie er es in Erinnerung hatte – die weiche Haut, die sanften Kurven? Oder hatten die letzten fünf Jahre sie nicht nur innerlich, sondern auch äußerlich verändert?

Er hatte sich nie für den Typ Mann gehalten, der fremdgeht. Er war mit einer Frau verlobt, die ihm blind vertraute, und er wollte dieses Vertrauen nicht enttäuschen. Die Gedanken, die ihm jetzt gerade durch den Kopf wirbelten, waren absolut unverzeihlich. Er kam sich wie ein Riesenarschloch vor.

»Du kannst wieder gucken.« Hanna ließ sich aufs Bett fallen, und ihre Haare breiteten sich auf dem weißen Baumwollkissen aus. »Danke für alles.«

»Gern geschehen.« Noch im Sprechen sah er, wie sie erschlaffte. Ihre Lider begannen zu flattern, und ihr Gesicht entspannte sich. Er streckte die Hand aus, strich ihr das Haar aus den Augen und spürte ihre weiche glatte Haut unter seinen rauen Fingerkuppen. Sie seufzte leise, und er spürte, wie seine Erektion noch härter wurde, während er ihre roten, leicht geschwollenen Lippen betrachtete.

Nur ein einziges Mal kosten.

Er beugte sich vor und berührte ihre Lippen federleicht mit seinen. Ihr sanfter Atem badete seine Haut. Sie riss die Augen auf. Dann schlang sie ihm die Arme um den Hals, riss ihn an sich und erwiderte stürmisch seinen Kuss. Jeder Zentimeter seines Körpers war hellwach, und eine Woge der Lust schoss von seinem Schritt bis hinunter in seine Zehenspitzen.

Er bewegte die Hand ihren Körper entlang und strich mit den Fingerspitzen über ihre Brust, bis sie zu stöhnen begann und das beängstigendste Gefühl von allen in ihm zum Leben erwachte.

Hoffnung.

Es war, als würde alles im Zimmer in einem brillanten Farbenrausch explodieren. Das Gefühl machte sie schneller nüchtern als ein Eimer voller Eiswasser. In dem Augenblick, als ihre Lippen sich das erste Mal berührten, wusste sie, dass sie an einem Punkt ohne Wiederkehr angelangt waren. Er war die Sonne, und sie befand sich in seinem Orbit; sie umkreiste ihn, wurde unerbittlich von ihm angezogen. Alles an ihm brachte sie zum Glühen.

Die Matratze senkte sich, als er sich über ihr abstützte. Sein Becken streifte ihres, und instinktiv fing sie an, sich an ihm zu reiben. Sie spürte seine Erektion an ihrem Bauch. Seine Fingerspitzen strichen in federleichten Berührungen die Seite ihres Körpers entlang, so dass ihre Nippel hart und ihre Schenkel feucht wurden.

»Hanna«, hauchte er an ihrer Wange. Sie biss sich auf die Lippe und versuchte, nicht zu antworten. Sie versuchte ihn abzulenken, indem sie sich abermals gegen ihn drängte.

Es schien zu funktionieren.

»Lass mich …« Er wartete nicht erst auf die Erlaubnis. Er schob ihr Top nach oben und entblößte ihre Brüste. Er sah auf sie herab und fuhr sich mit der Zunge über die Lippen, und sie spürte das Zucken seines Schafts an ihrem Körper. Seine Finger neckten ihre Brustwarzen, bis sie unter seiner Berührung fast schmerzhaft hart wurden und das Verlangen immer größer wurde.

Dann gingen die Gedanken mit ihr durch. Erst bekam sie Angst, dass sie es tatsächlich tun würden, dann fürchtete sie plötzlich, dass er es sich vielleicht noch anders überlegen würde. Irgendwo tief in ihrem Innern wusste sie, dass es falsch war, was sie da taten, aber sie verdrängte dieses Wissen, begrub es unter dem intensiven Lustgefühl, das sich ihres Körpers bemächtigt hatte.

Es fiel ihr schwer, ihm in die Augen zu schauen. Sie wusste nicht, was sie darin sehen würde – sie wusste nicht einmal wirklich, was sie darin sehen *wollte*. Verzweiflung vielleicht? Oder einen Spiegel ihres eigenen Begehrens?

Hauptsache keine Reue, kein Bedauern oder gar Mitleid. Sie wusste, wenn er sie so ansah, würde sie sich zusammenrollen und losheulen.

Und sie wollte nicht heulen. Sie fühlte sich viel zu gut für Tränen oder für Bedauern. Sie hatte viel zu lange darauf gewartet, endlich wieder seinen Mund an ihren Brustwarzen zu spüren, wie er sie leckte und daran saugte und sie schließlich sanft mit den Zähnen zu reizen begann.

Sie musste unbedingt den Mund halten.

Richard schien ihre Ängste zu spüren, denn er umfasste ihr Kinn mit der Hand und hob ihr Gesicht an, bis sie seinem Blick begegnen musste. Als ihre schokoladenbraunen Augen auf seine jagdgrünen trafen, wusste sie, dass sie mit all ihren Spekulationen komplett falsch gelegen hatte.

Richards Augen waren dunkel. Sie loderten förmlich, und sie wurde ganz atemlos unter seinen Blicken.

»Ich brauche …« Wie Richard konnte auch sie ihren Satz nicht zu Ende bringen. Aber das musste sie auch gar nicht. Er wusste auch ohne Worte, was sie wollte. Seine Hände schlossen sich um ihren Hintern, und seine Finger zerrten an ihrem Höschen, bis sie nackt und voller Sehnsucht unter ihm lag. Kühle Luft streifte ihre feuchte Haut, und sie erschauerte. Ihre Schenkel waren empfindsam und klamm von Schweiß, als er sie nahm und sanft auseinanderschob.

Es fühlte sich so unglaublich gut an.

Seine Finger tauchten weiter nach unten und liebkosten die feuchten Hautfalten zwischen ihren Schenkeln. Er zog sie sanft auseinander, und sie hatte sich noch nie so entblößt gefühlt. Er drängte mit der Hand gegen ihren Eingang, bis ihr Körper ihm Einlass gewährte. Sie stöhnte tief und flehentlich und kam ihm mit ihren Hüften entgegen, als seine Finger in sie hineinglitten.

Richards Lippen arbeiteten sich weiter nach unten vor. Sie fanden ihr Zentrum, und seine feste, kraftvolle Zunge begann sie zu lecken, bis sie sich im Rhythmus seiner Liebkosungen aufbäumte. Das Schwindelgefühl in ihrem Kopf hatte nichts mit dem Wein zu tun, den sie getrunken hatte, sondern einzig und allein mit den Gefühlen, die er in ihr wachrief. Sie musste ihn berühren. Sie hob die Hände, fuhr durch seine Haare und zog daran, bis sie ihn zwischen ihren Beinen stöhnen hörte.

Hanna öffnete erst die Augen, dann den Mund und stieß einen Laut irgendwo zwischen Schrei und Wimmern aus. Richard schob einen dritten Finger in sie hinein, und ihre inneren Muskeln zogen sich um ihn zusammen, und das Lustgefühl wurde immer größer, bis ihre Knie anfingen zu zittern.

Sie war ganz kurz davor.

Dann nahm er plötzlich die Hand weg, und sofort fühlte sie sich beraubt. Er kniete sich zwischen ihre Beine. Sie streckte die Hände nach ihm aus und begann am Knopf seiner Hose zu nesteln. Ihre Finger rutschten ab, wie bei einem aufgeregten Kind, das unbedingt sein Geburtstagsgeschenk öffnen will. Aber irgendwann hatte sie es geschafft, zog auch den Reißverschluss herunter und riss an seiner Hose, bis er den Wink verstand und ihr dabei half, sie ihm über die Hüften zu ziehen.

Den Rest erledigte Richard selbst. Er zog sich die Hose bis zu den Waden herunter, und Hanna folgte ihm mit den Händen. Sie streichelte ihn und spürte die eisenharten Muskeln unter der Haut seiner Oberschenkel.

»Zieh dein Top aus.« Er kniete sich aufs Bett und begann sich seines Hemdes zu entledigen. Zeitgleich zog sie sich ihr Tanktop über den Kopf und warf es auf den Boden. Sie konnte es gar nicht erwarten, endlich nackt zu sein. Er hatte die Knie rechts und links von ihren Schenkeln, so dass sie zwischen ihnen gefangen war. Sie sah deutlich die Wölbung unter seinen schwarzen Boxerhorts.

Mit einem Finger fuhr sie diese Wölbung von oben nach unten entlang. Daraufhin wurde er noch härter, bis die Spitze seines Schafts oben aus dem Saum hervorschaute. Sie sah, wie sich ganz oben ein kleiner Tropfen bildete. Sie beugte sich vor und leckte ihn ab. Ein ersticktes Stöhnen drang aus Richards Kehle. Sie machte dasselbe noch einmal, dann strich sie mit der Zunge über seine Eichel und umkreiste sie, ehe sie ihn zu küssen und lecken begann, während sie ihm gleichzeitig die Boxershorts nach unten zog.

Richard umfasste ihren Hinterkopf und trieb sie zu einem gleichmäßigen Rhythmus an. Bei der Aufwärtsbewegung fuhr sie mit der Zunge an der Unterseite seines Schafts entlang. Sie konnte gar nicht genug davon bekommen, ihn zu lecken, zu küssen und zu schmecken.

Irgendwann hielt er es nicht mehr aus. »Hör auf.« Er hielt ihren Kopf fest, und sie sah ihm in die Augen. Ihre Lippen hielten ihn noch immer umschlossen. Seine eigenen Lippen waren geschwollen und glänzten feucht, und er hatte sie zum Atmen leicht geöffnet. »Ich will in dir sein.«

Seine Worte waren wie Heroin. Hanna ließ von ihm ab und sah, wie seine Erektion gegen die wohldefinierten Muskeln seines Bauches schnellte.

»Leg dich hin.« Er drückte sie mit einer Hand auf die Matratze. Die Laken waren glatt und seidig unter ihrem Rücken. Richard legte sich auf sie. Sein Körper nahm ihren gefangen, bis sie sich nicht mehr rühren konnte.

Sie war fast schon zu feucht. Sein Becken rieb sich an

ihren empfindsamen Schenkeln, als er sich in Position brachte. Er hielt einen langen Moment inne, ehe er in sie hineinstieß.

»Richard«, stöhnte sie.

Er küsste sie. Sie schmeckte sich selbst auf seinen Lippen. Sie kam ihm mit den Hüften entgegen, und er zog sich aus ihr zurück, glitt über sie wie der Bogen über eine Geige. Sie kniff die Augen zu und versuchte, ihre wachsende Lust im Zaum zu halten.

»Mach die Augen auf. Ich will dich sehen.« Richards Bewegungen waren ruhig und kontrolliert, ganz im Gegensatz zu seiner Stimme. Er fühlte sich himmlisch an, und sie schlang die Beine um seinen Rücken, um ihn noch tiefer in sich hineinzuziehen.

Sie ertrank. Sie wusste nicht genau, ob er sie retten oder nur noch tiefer unter Wasser ziehen würde.

»Bist du gleich so weit?« Richards Atemstöße wurden abgehackter, seine Bewegungen unkontrollierter, und sie wusste, dass er kurz vor dem Höhepunkt war. Hanna öffnete den Mund, doch die Worte blieben ihr im Halse stecken, als sie spürte, wie er sie nun gleichzeitig auch noch mit den Fingern zu liebkosen begann, wie er kleine, köstliche Kreise um ihre Klitoris zog und geschickt wie ein Künstler ihre Lust immer weiter hinauszögerte.

Sie schrie auf und vergrub den Kopf an seiner Halsbeuge. Sie spürte seine schweißfeuchte Haut an ihren Lippen. Beim nächsten Stoß seines Beckens erbebte ihr ganzer Körper, und ihr Stöhnen wurde von seiner Haut erstickt.

Sein Keuchen an ihrem Ohr wurde immer lauter und drängender, und selbst wenn sie seine Zuckungen in ihr nicht gespürt hätte, wäre ihr klar gewesen, dass er kurz vor dem Orgasmus stand. Seine Atmung veränderte sich, und er stieß einen leisen Fluch aus, als er kam. Sie spürte, wie erneut ein Beben durch ihren Körper ging. Wie von Sinnen rieb sie sich an ihm. Sie wollte diesen Augenblick so lange wie möglich festhalten.

Und dann war es vorbei.

Sie hatte ihre feuchten, klebrigen Schenkel noch immer um seine Hüften geschlungen, und er lag schwer auf ihr. Ihr hektisches Keuchen beruhigte sich ganz allmählich, und ihre Atemzüge wurden länger und leiser, als sie allmählich wieder im Hier und Jetzt ankamen. Die Realität traf sie mit der Wucht einer Abrissbirne.

Hanna lag unter dem Mann, von dem sie selbst nach all den Jahren nicht losgekommen war. Er war immer noch hart, immer noch in ihr, und sie musste grauenhaft aussehen. Ihre braunen Haare waren ein wirres Nest, ihre Schminke war nach einem Tag voller Tränen und einem Abend mit zu viel Alkohol zerlaufen und verschmiert.

Er stemmte sich hoch und zog sich aus ihr zurück, und Hanna ließ den Kopf auf das Kissen fallen. Sie starrte auf die Lampe aus Glas und Metall über dem Bett und kümmerte sich nicht darum, dass das grelle Licht auf ihrer Netzhaut brannte. Sie sah es auch dann noch, als sie die Augen schloss, wie einen Geist.

»Hanna, ich …« Er klang so bedrückt, wie sie sich fühlte, und brachte die Worte nur mit Mühe heraus.

Sie blinzelte ein paarmal, und das Nachbild auf ihrer Retina verwandelte sich von schwarz zu weiß. Ihre Augen brannten. Richard rollte sich von ihr herunter und blieb neben ihr liegen. Sie sah zu, wie er die Hand nach ihr ausstreckte, jedoch mitten in der Bewegung innehielt.

»Nicht.« Ihre Stimme war leise und kratzig. Sie schluckte trocken. Ihre Kehle fühlte sich an, als wäre sie voller Watte.

Sie sehnte sich danach, von ihm in die Arme genommen zu werden.

»Es tut mir leid. Es war falsch, dass ich die Situation ausgenutzt haben.«

»Das hast du nicht. Ich wollte es auch.« Sie biss sich heftig auf die Lippe. Der Schmerz tat gut.

Richard drehte sich auf den Rücken und legte einen Arm über seine Augen. Sie erlaubte sich, seinen Körper zu betrachten. Ihr Blick wanderte von seinem Hals nach unten bis zu der glatten festen Haut an seinem Bauch. Wenige Augenblicke zuvor hatte er sich noch an sie gepresst und ein Feuer in ihr entfacht.

Jetzt fröstelte sie.

»Komm her.« Er zog sie an sich, und ihre Lider senkten sich flatternd. Sie wollte, dass er ging, und wünschte sich gleichzeitig verzweifelt, er möge bleiben. Zu wissen, dass er ihr so nahe und doch unerreichbar war, quälte sie, und nur der süße Schlaf konnte diesen Schmerz lindern.

Statt weiter zu grübeln, ergab sie sich ihrer Müdigkeit. Wenn sie jemals hatte vergessen wollen, dann jetzt.

Als sie am nächsten Morgen aufwachte, versuchte sie so zu tun, als wäre die vergangene Nacht nur ein schmutziger, weinseliger Traum gewesen. Aber das leichte Gefühl von Wundsein zwischen ihren Beinen war nur allzu real, und sie musste sich nicht erst dort berühren, um sich von ihren Aktivitäten der letzten Nacht zu überzeugen. Sie brauchte nur Richards Duft einzuatmen, schon hatte sie jede Einzelheit dessen, was geschehen war, klar und deutlich vor Augen.

Sie hob die Hand und versuchte sich mit den Fingern die Knoten aus dem Haar zu kämmen, die der wilde Sex und die unruhigen Träume darin hinterlassen hatten. Durch die

Ritze zwischen den dicken Vorhängen und den schmalen Spalt unterhalb der Vorhangstange fiel Morgenlicht ins Zimmer.

»Ich wollte dich nicht wecken«, sagte er leise und setzte sich neben sie aufs Bett. Er war bereits angezogen und trug die Hose sowie das weiße Hemd vom Abend zuvor.

»Du gehst?«

»Ich habe um sieben ein Meeting, das lässt sich nicht verschieben.« In seinen Worten schwang Bedauern mit. Dann beugte er sich zu ihr herab und gab ihr einen zärtlichen Kuss auf die Stirn. Seine Lippen hinterließen eine eiskalte Spur auf ihrer Haut.

»Oh.« Sie runzelte die Stirn und überlegte, was wohl die passende Antwort darauf wäre. Dummerweise schien ihr Verstand noch nicht begriffen zu haben, dass sie wach war.

»Können wir uns heute Abend sehen?« Sein Mund strich federleicht über ihre Haut. »Wir müssen reden.«

Sie nagte an ihrer Unterlippe. Die unschönen Tatsachen ließen sich nicht länger verleugnen. Es gab sehr viel, worüber sie reden mussten. So viel, dass sie gar nicht wusste, wo sie anfangen sollte.

»Ich habe den ganzen Tag über Vorstellungsgespräche. Ab sechs hätte ich Zeit.«

»Vorstellungsgespräche?« Er runzelte die Stirn. Sie strich mit der Fingerspitze die Falten glatt. Sie brauchte nur seine Haut an ihrer zu spüren, schon stand sie in Flammen.

»Für die Stelle als mein Nachfolger … blödes Timing, ich weiß.«

Die Geschichte ihres Lebens …

»Ich hole dich um sechs Uhr ab. Triff keine vorschnellen Entscheidungen.«

»Warum nicht?« Die unausgesprochenen Worte zwischen ihnen waren wie ein Wundschorf, den sie aufkratzen wollte, damit es blutete.

»Weil ich dich hier bei mir haben möchte.«

»Ich bin niemand, der andere betrügt, Richard, und du auch nicht.« Nur, dass sie es eben doch waren. Sie beide.

Die Muskeln in seiner Wange zuckten, als er sie ansah. Im dämmrigen Licht des Morgens schimmerte seine Haut warm und sonnengebräunt. Am liebsten hätte sie ihn überall geküsst.

»Wenn Meredith nächste Woche zurückkommt, werde ich ihr sagen, dass es vorbei ist.«

Von jetzt auf gleich fühlte sich ihr Herz an, als wären ihm Flügel gewachsen und es wäre aus ihrer Brust geflogen. Was er sagte, klang wunderbar, aber es kam wie ein Schlag aus heiterem Himmel. Innerhalb eines Tages war ihr ganzes Leben auf den Kopf gestellt worden. Erst hatte sie nichts gehabt, und jetzt würde sie vielleicht alles haben.

Das Glück war zum Greifen nah.

»Okay.« Ihre Antwort war kaum lauter als ein Flüstern. Sie setzte sich auf, und die Bettdecke rutschte herunter, so dass ihre nackte Brust entblößt war. Das Zucken in Richards Kiefer wurde stärker, und sie griff rasch nach der Decke, um sie sich bis zu den Schultern hochzuziehen.

»Ich würde dich so gerne berühren«, gestand er, die Hände zu Fäusten geballt, als müsse er sich mit Gewalt zurückhalten. »Aber bis jetzt habe ich alles falsch gemacht.«

»Richard …«

»Nein, lass mich ausreden. Du weißt, dass ich dich liebe. Ich habe dich immer geliebt, und du hast ein Anrecht darauf, die Erste und Einzige in meinem Leben zu sein. Ich hätte nicht mit dir schlafen sollen, während ich noch mit Meredith verlobt bin.«

»Du warst betrunken. Wir beide waren betrunken.«

»Das ist keine Entschuldigung.« Er war aufgewühlt und raufte sich die Haare. »Gib mir die Möglichkeit, die Sache in Ordnung zu bringen. Ich will es richtig angehen. Könnten wir versuchen, bis nächste Woche einfach nur Freunde zu sein?«

Hanna seufzte. Ihr fiel ein Stein vom Herzen. »Ich habe nichts dagegen.«

Sie brauchte den ganzen Tag, aber schließlich hatte sie den richtigen Mann für den Job gefunden. Genau wie Hanna kam auch Paul Spence vom Musikjournalismus, und sein enzyklopädisches Wissen über die New Yorker Musikszene konnte sich durchaus mit ihrem messen. Sie bedauerte es ein wenig, dass sie nicht zusammen mit ihm in New York arbeiten würde. Sie hatten sich von Anfang an gut verstanden. Das halbe Vorstellungsgespräch hatte sie damit verbracht, ihn über die Gigs auszufragen, auf denen er in letzter Zeit gewesen war, und freundschaftlich über diverse Bands zu diskutieren.

»Es hat mich außerordentlich gefreut, Sie kennenzulernen, Paul«, sagte sie, als der Fahrstuhl kam. »Ich melde mich dann bald bei Ihnen.«

Kaum war er im Fahrstuhl verschwunden, machte sie kehrt und ging zurück in ihr Büro. Dort schnappte sie sich ihren Mantel, warf ihn über und freute sich, dass sie schon in einer halben Stunde Richard wiedersehen würde.

Wie hatte sie es eigentlich so lange ohne ihn ausgehalten? Wie ein Bildhauer hatte er den grauen, tristen Ton ihres Lebens zwischen seine Hände genommen und daraus etwas Wunderschönes geformt. Sie fühlte sich so lebendig wie lange nicht mehr.

Um fünf nach sechs klingelte ihr Handy. Sie musste sich ein Grinsen verkneifen, als sie die misstönenden Akkorde des Songs »Last Night« von den Strokes aus ihrer Handtasche schallen hörte. Richard hatte ihren Klingelton neu eingestellt, während sie geschlafen hatte. Sie mochte seine lustigen Einfälle, vor allem da ihre Situation ja im Grunde genommen ziemlich ernst war.

»Hallo?«

»Hanna?« Er klang abgehetzt. Im Hintergrund hörte sie all die vertrauten Geräusche der Stadt: röhrende Motoren, Hupen und das niemals abbrechende Heulen der Polizeisirenen.

»Bist du unten?« Sie machte sich nicht die Mühe, ihre Aufregung zu verbergen. Sie war einfach so verdammt glücklich.

»Liebling, es gab eine Planänderung.«

»Ach ja?« Die Vorfreude war mit einem Mal vorbei. »Kommst du denn trotzdem noch und holst mich ab?«

»Meredith hatte einen Unfall«, sagte er mit monotoner Stimme. Im ersten Moment runzelte Hanna die Stirn und suchte nach einer passenden Erwiderung – ein paar Mut machende Worte, irgendetwas Nettes, Aufbauendes. Doch das Einzige, was sie empfand, war nackte, blinde Panik.

»Ich bin gerade auf dem Weg nach Norden. Es hört sich schlimm an.« Seine Stimme brach, und sie hätte alles darum gegeben, ihm jetzt nahe sein zu können. Sie schloss die Faust, wie um ihre Enttäuschung darin einzuschließen. Ein kläglicher Ersatz für seinen Körper.

»Ich weiß nicht, was ich sagen soll. Das tut mir ganz schrecklich leid.«

»Ich rufe dich an, sobald ich mehr weiß. Gib mir ein bisschen Zeit, okay?«

Sie atmete tief ein, füllte ihre Lungen mit Sauerstoff und hielt den Atem an, bis sie fast platzte. Sie stieß die Luft mit einem Zischen aus, und danach war sie ruhig genug, um ihm zu antworten.

»Konzentrier dich auf Meredith. Halt mich auf dem Laufenden, wie es um sie steht.«

»Ich liebe dich.« Seine Worte waren voller Verzweiflung. Hanna versuchte sich an ihnen festzuhalten, aber sie war wie ein Kind, das eine Seifenblase gefangen hat und Angst hat, sie könnte verschwunden sein, sobald es die Hand öffnet.

»Ich liebe dich auch.« Mehr gab es nicht zu sagen. Ihr Kopf explodierte fast, so viel wollte sie ihm sagen, aber es würde warten müssen. Jetzt musste sie ihm Zeit geben. Er gehörte nach wie vor zu Meredith. So lange, bis er sich von ihr trennte. Hanna war der Eindringling, diejenige, die draußen stand und durch die Scheibe starrte.

Die Schuldgefühle, die sie den ganzen Tag lang unterdrückt hatte, begannen in ihr zu wuchern, und sie fragte sich, ob das vielleicht eine göttliche Strafe war oder einfach nur übles Pech.

Vermutlich ein bisschen von beidem.

Es war in der darauffolgenden Woche. Hanna verließ soeben das Büro. Sie zog den Mantel enger um sich, um sich vor dem Wind zu schützen. Es dunkelte bereits; der Abendhimmel war grau und wolkenverhangen, und obwohl es trocken war, schmeckte die Luft nach Schnee. Sie würde die Extreme des Lebens in Manhattan vermissen – die stickige Gluthitze im Sommer, die flammenden Rottöne des Herbstes. London war eine wunderschöne Stadt und ihre große alte Liebe, aber Manhattan war wie eine wilde Affäre.

Der Wind peitschte die Second Avenue hinauf, und sie

klappte den Mantelkragen hoch. Zu dumm, dass sie ihren Schal im Büro vergessen hatte. Am Straßenrand wartete mit laufendem Motor eine schwarze Limousine. Grauer Rauch quoll aus dem Auspuff, und sie sah, wie die hintere Tür aufging.

»Hanna.«

Richard stieg aus und trat auf den Gehsteig, und sie bewegte sich wie von selbst auf ihn zu. Er sah völlig fertig aus; seine Haut war blass, die Haare ungekämmt. Sie hätte ihn gerne umarmt und ganz fest an sich gedrückt.

»Ich dachte, du bist noch bei Meredith.«

In der Woche seit Hanna ihn das letzte Mal gesehen hatte, hatten sie nur ein paarmal telefoniert. Die meiste Zeit des Tages hatte Richard am Bett seiner Verlobten gesessen, sich um die Versicherung gekümmert und alles für ihre Überführung nach New York in die Wege geleitet. Vielleicht war er deshalb hier.

»Ich hatte einige Vorstellungsgespräche mit Krankenschwestern.« Seine Stimme war genauso monoton wie die letzten Male, als sie sich gesprochen hatten. Es war, als versuchte er mit aller Macht, seine Empfindungen in Schach zu halten. »Morgen bringt ein Helikopter Meredith zurück in die Stadt.«

»Wie geht es ihr?« Was für eine dumme Frage. Hier standen sie beide, wollten nichts sehnlicher, als einander zu berühren, und das Einzige, was sie davon abhielt, war Merediths Gesundheitszustand.

»Sie kann sich immer noch kaum bewegen. Die Ärzte sagen, wir müssen Geduld haben. Mit intensiver Reha, meinen sie, kann sie vielleicht bald wieder laufen.«

»Das sind doch gute Neuigkeiten.« Der Wind peitschte ihre Wange. Eine dicke Schneeflocke trudelte vor ihren Augen in Richtung Erde. Sie tanzte in der Luft und schien keinerlei Eile zu haben, am Boden anzukommen.

»Das hoffe ich.« Er sah so beklommen aus, wie sie sich fühlte. Es begann heftiger zu schneien. Er räusperte sich, sah zum Dach ihres Gebäudes hoch, und ihr fiel wieder ein, dass es ihm gehörte. Es war so seltsam, dass alles in ihrem Leben zu ihm zurückzuführen schien.

»Ich fliege nächste Woche.« Die Qual, ihn nicht berühren zu dürfen, riss fast ihre Seele entzwei. »Aber eigentlich will ich gar nicht weg.«

Er war aufgewühlt, und sie sah das Glühen in seinen Augen, während er über etwas nachdachte. »Warum kommst du nicht endlich mal her?«

Noch bevor er den Satz zu Ende gesprochen hatte, lag sie in seinen Armen. Es war nicht genug, ihn einfach nur zu halten, sie wollte in ihn hineinkrabbeln, so dass sie miteinander verschmolzen, zu einer Person wurden.

»Das ist alles so ein Scheißdurcheinander.« Sie sah zu ihm auf. Seine Augen schimmerten feucht.

»Ich muss Meredith helfen, wieder auf die Beine zu kommen. Sie kann noch nicht allein sein, sie braucht rund um die Uhr Betreuung.« Er vergrub die Finger in Hannas Haar. »Aber sobald sie wieder gesund ist, werde ich ihr alles sagen. Und dann setze ich mich in den nächsten Flieger nach London.«

Sie schmiegte sich an seine Brust. Sein Mantel war ein wenig feucht vom Schnee, sie sah die winzigen Wassertröpfchen, die wie Perlen auf der Wolle saßen. Seine Worte waren mehr, als sie zu hoffen gewagt hatte; beinahe das Versprechen einer gemeinsamen Zukunft. Aber die Aussicht, monatelang ohne ihn sein zu müssen, war fast mehr, als sie ertragen konnte.

»Ich liebe dich.« Sie fuhr mit der Fingerspitze an seiner kalten Wange entlang. Sie zögerte kurz, weil sie erst die richtigen Worte finden musste. »Aber wir können nicht zusammen sein, während du noch mit einer anderen verlobt bist. Ich war selbst mal in der Situation, und es würde mich umbringen, wenn ich wüsste, dass ich jemandem so weh tue.«

Sein Griff um sie lockerte sich. »Ich weiß. Ich bin so ein Arschloch.«

Sie rang sich ein Lächeln ab. »Nein. Die Umstände könnten besser sein, aber wenigstens sind wir ab jetzt nicht mehr andauernd in Versuchung.«

»Es gibt ja diese schlaue Erfindung, die nennt sich Flugzeug …«

»Du weißt, was ich meine. Solange du noch mit Meredith zusammen bist, muss das zwischen uns aufhören. Komm zu mir, wenn sich die Lage gebessert hat. Ich habe immer noch dieselbe Adresse in London, und du hast ja meine Handynummer.«

»Aber das könnte Monate dauern.«

»Ich warte auf dich.«

Er stand direkt vor ihr, legte ihr einen Finger unter das Kinn und senkte den Kopf, bis seine Stirn und ihre sich berührten.

»Versprichst du mir das?« Er war ihr ganz nahe. Sie verlor sich im Grün seiner Augen und musste ihre ganze Willenskraft aufbringen, ihn nicht zu küssen.

»Ich verspreche es.«

Kapitel 20

15. Juni 2010

Es war peinlich und darüber hinaus auch etwas besorgniserregend, dass Hanna bis vor zwei Tagen gar nicht gemerkt hatte, dass etwas anders war als sonst. Sie hatte in Toms Garten gesessen, dabei zugesehen, wie er den Kampf gegen seinen nagelneuen Gasgrill verlor, und krampfhaft versucht, nicht zu kichern, als sie zum ersten Mal diese kleine Bewegung in ihrem Innern gespürt hatte. Es fühlte sich ein bisschen wie Verstopfung an, nur dass sie länger nichts gegessen hatte, und das, obwohl sie einen Bärenhunger hatte. Natalie sah, wie Hanna instinktiv beide Hände auf ihren Bauch legte, und verkündete postwendend: »Du bist schwanger.«

Was folgte, war erst eine lange Diskussion über die Frage, ob es möglich war, während einer Schwangerschaft weiterhin seine Periode zu bekommen, dann die frenetische Suche nach einer Apotheke, die am Sonntag geöffnet hatte. Irgendwann kam Natalie mit drei Schwangerschaftstests von unterschiedlichen Herstellern zurück. Außerdem schleppte sie noch eine Tüte voller Vitaminpräparate sowie eine Familienpackung Taschentücher an – für die Tränen, die unweigerlich fließen würden.

Und jetzt saß Hanna bei Tom im Auto auf der Fahrt zum exklusiven Portland Hospital, wo er für sie einen Termin zum Ultraschall gemacht hatte. Trotz ihrer Proteste hatte er darauf bestanden, denn seiner Meinung nach war für

Hanna die beste Schwangerschaftsvorsorge gerade gut genug. Er hatte sogar versprochen, die Kosten für die Erstuntersuchung zu übernehmen.

»Hast du es ihm schon gesagt?«, fragte Tom, als sie den Regent's Park passierten. Der Rasen war voller halbnackter Menschen, die das Beste aus der Mini-Hitzewelle herausholen wollten, die London derzeit heimsuchte. Hanna fragte sich flüchtig, wie heiß es wohl in New York war.

»Ich schiebe es die ganze Zeit vor mir her«, gestand sie und fächelte sich mit der Hand Luft zu. Trotz des lauten Summens der Klimaanlage herrschte im Auto drückende Hitze, und der Schweiß lief in Strömen. »Ich will erst absolute Gewissheit haben, ehe ich ihn anrufe.«

In Wahrheit fürchtete sie sich davor. Sie hatte diese Vision im Kopf, wie Richard die erstbeste Maschine nach London nahm und sie mit Liebesbekundungen überhäufte. Aber was, wenn es ganz anders kam? Es war über vier Monate her, seit sie sich das letzte Mal gesehen hatten und sie ihm das Versprechen abgenommen hatte, sich erst wieder bei ihr zu melden, wenn er frei war. Nun hatte sie das Gefühl, dass sie die Sache forcierte – dass sie ihn gewissermaßen zum Handeln zwang.

Sie hatte nichts von ihm gehört – kein einziges Wort – und auch den Kontakt zu den Larsens gemieden, aus Angst, dort womöglich zu erfahren, dass er auf Dauer bei Meredith bleiben würde. Das Warten allein war schon schwer genug; aber eine endgültige Zurückweisung wäre noch hundertmal schmerzhafter gewesen.

»Sind drei positive Schwangerschaftstest nicht Gewissheit genug?«, fragte Tom. Hanna sah das Grübchen in seiner Wange, als er lächelte. »Du hättest es ihm längst sagen sollen.«

»Was, wenn er es gar nicht will?« Sie sprach ihre schlimmste Befürchtung aus. Wohler war ihr danach aber nicht zumute.

»Das ist nicht seine Entscheidung«, gab er zurück. Er nahm ihre Hand und rieb mit dem Daumen über ihre Handfläche. »Selbst wenn er kein Interesse an dem Kind hat – du weißt, dass ich immer für dich da sein werde.«

Ihr Herz krampfte sich zusammen. Manchmal war Tom einfach zu gut zu ihr – jetzt zum Beispiel.

Der Wagen bog auf den Privatparkplatz des Krankenhauses ein. Draußen an der Wand vor dem Haupteingang lehnten ein paar Fotografen und warteten darauf, einen Promi vor die Linse zu bekommen.

»Bist du sicher, dass du mit reinkommen willst? Was, wenn dich jemand sieht?«

Wenn die Papparrazzi ihn sahen, würden sie beide in den Schlagzeilen landen. Das Portland Hospital war ein beliebter Ort für Promigeburten, und draußen trieben sich fast immer Reporter herum, die sich Hoffnungen auf eine exklusive Story machten.

»Niemand wird mich sehen. Ich habe uns einen Parkplatz neben dem Hintereingang frei halten lassen, wir sind ganz schnell drinnen und wieder draußen.« Er zog etwas aus seiner Tasche. »Außerdem habe ich meine Beanie mitgebracht.«

Hanna lachte, als er sich die schwarze Wollmütze über die blonden Locken stülpte. Er wusste immer genau, wie er eine angespannte Situation auflockern konnte, sei es, indem er ihr einen spontanen Heiratsantrag machte – das hatte er getan, nachdem sich herausgestellt hatte, dass sie schwanger war; allerdings hatte sie abgelehnt –, oder indem er am heißesten Tag seit fünfzig Jahren eine Wollmütze aufsetzte. Sie war so unglaublich dankbar für seine Freundschaft.

Da Geld bekanntlich die Welt regierte und Tom eine Menge Geld besaß, war ihr Parkplatz der beste weit und breit, und kaum hatten sie das Krankenhaus durch den Hintereingang betreten, wurden sie postwendend in ein Untersuchungszimmer geleitet. Sie mussten weder im Wartebereich Platz nehmen noch ellenlange Formulare ausfüllen. Ein paar Unterschriften, und schon lag Hanna auf der Liege, das Top hoch- und die Jeans heruntergezogen, während kaltes Gel auf ihrem Bauch verteilt wurde.

»Bestimmt freuen Sie beide sich schon sehr«, sagte die Röntgenassistentin. Hanna merkte, wie sie errötete, weil die Frau ihre Situation falsch eingeschätzt hatte, Sie schielte zu Tom, doch der schien sich an der Bemerkung kein bisschen zu stoßen.

»Und wie.« Er zwinkerte Hanna zu. Sie gab sich Mühe, zurückzulächeln.

»Also, ich werfe jetzt erst mal einen Blick auf den Fötus und schaue nach, ob alles in Ordnung ist. Danach drehe ich den Monitor so, dass Sie auch etwas sehen können.« Die Stimme der Röntgenassistentin war ruhig und ermutigend, trotzdem hatte Hanna vor lauter Aufregung Schmetterlinge im Bauch. »Sie sagten, Sie sind ungefähr am Ende des vierten Monats, stimmt das?«

»Ich denke schon.«

»Wenn das so ist, wird noch nicht allzu viel zu sehen sein, aber einige Highlights kann ich Ihnen schon zeigen.«

Hanna blickte nach unten auf ihren Bauch, der von dem Gel glänzte, und fragte sich, wie es sein konnte, dass sie überhaupt nichts gemerkt hatte. Die sanfte Wölbung war doch deutlich sichtbar: Ihr ganzer Bauch rundete sich vom Becken aufwärts.

Tom beugte sich zu ihr und nahm ihre Hand. Er wirkte

nervöser als Hanna, als die Röntgenassistentin langsam mit der Ultraschallsonde über ihren Bauch glitt. Hanna erwiderte aufmunternd den Druck seiner Hand, damit er sich ein bisschen entspannte.

Die Röntgenassistentin drehte sich zu ihnen um und lächelte sie an. »Also, bis jetzt sieht alles prima aus.«

Sie hätte nichts Schöneres sagen können. Noch vor zwei Tagen hatte Hanna nicht einmal gewusst, dass das Baby in ihrem Bauch existierte, und plötzlich drehte sich ihre ganze Welt um dieses Wesen, das nicht größer war als eine Avocado.

Dann sah sie den Monitor.

In ungläubigem Staunen betrachtete sie das grünschwarze Bild, und Tränen brannten in ihren Augen, als sie die winzige Silhouette eines Babys erkannte. Sie war davon ausgegangen, dass noch nicht viel mehr zu sehen sein würde als ein Fleck, aber tatsächlich konnte sie einen Kopf und Beine und klitzekleine Arme ausmachen, die zu winken schienen, als die Röntgenassistentin die Sonde mit leichtem Druck hin und her bewegte.

»Mein Gott«, hauchte Tom. Hanna drehte sich um und sah, dass ihm Tränen über das Gesicht liefen. Ihre Kehle war wie zugeschnürt, und obwohl sie den Mund öffnete, brachte sie kein Wort heraus.

Es war ein Baby. *Ihr* Baby – ihres und Richards, und es war ihr allergrößter Schatz. Nichts auf der Welt war wichtiger als dieses kleine Wesen, das da in ihrem Bauch heranwuchs.

»Das Baby macht einen vollkommen gesunden Eindruck und misst etwa elfeinhalb Zentimeter. Ich habe als voraussichtlichen Entbindungstermin den dritten November bestimmt, aber weil Sie nicht mehr genau wissen, wann

Sie Ihre letzte Periode hatten, ist das Datum nicht ganz exakt.«

»Du kriegst noch vor Weihnachten ein Baby.« Toms Freude war ansteckend, und Hanna konnte gar nicht mehr aufhören zu grinsen. Sie stellte sich bereits den winzigen Säugling in einem kleinen Weihnachtsmannkostüm vor, süß und knuddelig und von Liebe umgeben.

»Ich mache jetzt ein paar Bilder für Sie zum Mitnehmen.« Die Röntgenassistentin hielt die Sonde still und drückte auf eine Taste, während sie konzentriert die Augen zusammenkniff. »Das Baby will uns seine Schokoladenseite nicht zeigen. Eigensinniges kleines Ding.«

Stolz schwellte Hannas Brust, und am liebsten hätte sie sich vor lauter Freude selbst umarmt. Sie war schwanger mit einem gesunden, temperamentvollen, wunderschönen Baby, und in etwa fünf Monaten würde sie Mutter sein.

Mutter.

»Er ist so wunderhübsch.« Tom beugte sich näher zum Bildschirm hin, bis sein Kopf ganz dicht neben Hannas war, und beide blickten hochkonzentriert auf den Monitor. Das Baby bewegte erneut den Arm, als wolle es ihnen winken.

»Sie«, korrigierte sie ihn. Sie konnte den Blick nicht abwenden. Fünf Monate kamen ihr wie eine Ewigkeit vor. Im Kopf machte sie bereits eine Liste aller Dinge, die sie bis dahin noch erledigen musste: in eine andere Wohnung umziehen, das Kinderzimmer einrichten, bergeweise überflüssige Babyausstattung kaufen, die sie hinterher nie benutzen würde.

»Also gut, ich stelle Ihnen dann eine Überweisung aus. Die Gynäkologin möchte sicherlich, dass Sie nächste Woche noch mal vorbeikommen, und in der zwanzigsten Woche stehen noch einige weitere Tests an.« Sie wischte Hannas Bauch sauber. Während Hanna sich aufsetzte und ihre Kleider zurechtzog, überreichte die Röntgenassistentin Tom die Fotos, der sie begierig in Empfang nahm.

»Bitte sehr, stolzer Vater. Die ersten für Ihre Sammlung.«

Tom lachte und machte sich nicht die Mühe, sie über ihren Irrtum aufzuklären. Hanna fragte sich, ob er womöglich schon jetzt einen gewissen Besitzanspruch auf ihr Kind geltend machte. Sie wusste nicht genau, ob das gut oder schlecht war – sie wollte nicht, dass die Dinge mit Richard noch komplizierter wurden, als sie es ohnehin schon waren.

Aber dann kam ihr ein Gedanke. Falls Richard sich weigerte, sie mit dem Kind zu unterstützen, wäre es doch schön, Tom an ihrer Seite zu haben. Sie wollte nicht alles alleine durchstehen müssen, und er schien sich riesig über ihre Schwangerschaft zu freuen. Außerdem lief ja nichts zwischen ihnen; sie waren lediglich gute Freunde.

»Tom, du darfst Ruby nichts davon sagen – nicht bis ich mit Richard gesprochen habe, hörst du?« Das Letzte, was sie wollte, war, dass die Larsens vor dem leiblichen Vater von ihrer Schwangerschaft erfuhren.

»Meine Lippen sind versiegelt. Aber dir ist klar, dass ich ein kleines Fatal-Limits-T-Shirt für dein Kind anfertigen lassen werde.«

Sie lachte. »Mit dir als Patenonkel wird das Kind das coolste in der ganzen Straße sein.«

»Im Ernst? Das ist mein Kind?«

Bei seiner Begeisterung blieb ihr fast die Luft weg. Es waren genau die richtigen Worte, wenngleich aus dem Mund des falschen Mannes. »Dein *Paten*kind«, berichtigte sie ihn, aber das schien seinen Eifer kein bisschen zu bremsen. »Du darfst das Kind nach Strich und Faden verwöhnen und mit ihm oder ihr zum ersten Mal in die Kneipe gehen.«

»Kann ich das möglichst bald machen?«

»Nur wenn du eine Flasche Milch bestellst.« Hanna ließ zu, dass er sie bei der Hand nahm, als sie das Untersuchungszimmer verließen. »Und bis es so weit ist, freue ich mich über Fußmassagen und selbstgekochtes Essen.«

»Abgemacht.« Er zwinkerte ihr zu, und in ihr glomm ein kleiner Funke Hoffnung auf. Wenn Toms Begeisterung schon so groß war, würde Richard sich vielleicht auch über die Neuigkeit freuen.

Hanna ging nach ihrem Arzttermin nicht mehr zurück ins Büro. Sie brauchte Zeit zum Nachdenken, wollte alles erst einmal verdauen und sich innerlich auf das Telefonat mit Richard vorbereiten. Sie hatte vor, ihn abends anzurufen, dann wäre in New York gerade Mittagszeit, und es bestünde die Chance, Richard ungestört zu erwischen.

Sie tigerte in der Wohnung auf und ab, unfähig, sich auf irgendetwas zu konzentrieren. Wenigstens hatte das den Vorteil, dass sie nicht lange genug stillsitzen konnte, um der Angst eine Chance zu geben. In der Küche schrubbte sie den Herd, obwohl der blitzsauber war, dann ging sie ins Schlafzimmer und sortierte dort alle ihre T-Shirts nach Farben.

Auf die Art kam sie wenigstens nicht ins Grübeln.

So wurde es siebzehn Uhr. Sie zögerte die Sache noch weiter hinaus, indem sie sich sagte, dass es ein bisschen übertrieben wäre, ihn Punkt fünf anzurufen, und er wahrscheinlich sowieso noch in irgendeiner Besprechung saß. Als die Zeiger der Küchenuhr auf zehn nach fünf gewandert waren, schluckte sie tapfer und wünschte, sie hätte Tom gebeten, bei ihr zu bleiben. Das hier war das Schwerste, was sie je getan hatte.

Um Viertel nach fünf spürte sie eine kleine Bewegung im

Bauch. Selbst das Baby hatte langsam genug vom Warten. Hanna streichelte ihren Bauch, nicht wissend, ob sie damit sich oder ihr ungeborenes Kind beruhigen wollte. Sie schuldete es diesem Kind, seinem Vater Bescheid zu sagen. Und auch Richard hatte ein Anrecht auf die Wahrheit.

Sie entsperrte ihr Handy und rief ihre Kontaktliste auf. Sie tippte mit dem Finger auf Richards Namen und zog ihn auf das grüne Telefonsymbol. Dann sah sie zu, wie die Verbindung aufgebaut wurde, ehe sie das Handy ans Ohr hob.

Es klingelte einmal, zweimal, dann ein drittes Mal. Jeder Moment schien sich bis ins Unendliche zu dehnen, und die Übelkeit stieg aus ihrem Magen nach oben, bis sich ihre Kehle zusammenzog.

»Hallo?« Eine Frauenstimme. Damit hatte sie nicht gerechnet.

Sie holte tief Luft. »Könnte ich bitte mit Richard sprechen?«

»Wer ist denn da?«

»Hanna Vincent.«

Es folgte eine lange Pause. Sie wollte schon ihren Namen wiederholen, da sagte die Stimme am anderen Ende: »Hanna, hier ist Richards Mutter. Ich weiß nicht genau, ob Sie sich noch an mich erinnern.«

»Doch, ich erinnere mich, Mrs Maxwell.« Wie hätte sie diese Frau jemals vergessen können?

»Er ist im Moment leider nicht zu sprechen. Er ist bei seiner Verlobten.«

»Es ist aber dringend. Es geht um etwas sehr Wichtiges.« Hanna überraschte sich selbst mit ihrem energischen Tonfall.

»Ich denke nicht, dass irgendetwas auch nur annähernd so wichtig sein kann wie Merediths Gesundheit«, gab Caroline indigniert zurück. »Ihr wurde gesagt, dass sie den Rest ihres Lebens im Rollstuhl verbringen muss. Die junge Frau ist ein Krüppel, Hanna. Was immer Sie sagen wollen, bitte behalten Sie es für sich, denn es wird nur Kummer bringen.« Sie hielt kurz inne, als wolle sie sichergehen, dass ihre Worte bei Hanna angekommen waren, bevor sie noch hinterherschickte: »Rufen Sie ihn nicht wieder an.«

Hanna war wie erstarrt. Im ersten Moment konnte sie kaum atmen, konnte nicht einmal mehr ihren eigenen Herzschlag spüren. Die Wahrheit traf sie mit der Wucht einer Tonne Ziegelsteine, und alle Zuversicht verließ sie. Das konnte doch nicht stimmen, oder? Als sie Richard das letzte Mal gesehen hatte, war er doch zuversichtlich gewesen, dass Meredith früher oder später wieder laufen würde. Wie sehr er gelitten haben musste, weil er wusste, dass sie ihr Leben lang gelähmt sein würde und er für immer bei ihr bleiben musste. Ohne ein weiteres Wort legte Hanna auf, presste die Hand auf ihr Herz und spürte, wie es unter ihrer Handfläche unruhig pochte.

Sie wollte es schwarz auf weiß haben, also öffnete sie ihren Laptop und tippte Merediths Namen in die Suchmaske ein. Kurz darauf hatte sie sich über die Einzelheiten ihres Unfalls informiert. Abgesehen von dem ursprünglichen Artikel über den Unfall im Februar gab es keine weitere Berichterstattung. Hanna spürte, wie ihr Herz brach, als sie an die lebensfrohe Blondine dachte, und versuchte sich vorzustellen, wie es für sie sein musste, den Rest ihres Lebens an den Rollstuhl gefesselt zu sein.

Wie konnte sie Richard jemals sagen, dass sie ein Baby von ihm erwartete, wenn er so sehr gebraucht wurde? Wenn sie es ihm jetzt sagte, würde er dann seine Verlobte im Stich lassen und zu ihr kommen? Konnte sie ihm dann überhaupt noch in die Augen sehen? Würde sie ihn vor die Wahl stellen – entweder die Gesundheit seiner Verlobten oder sein Kind?

Sie wusste, dass sie niemals dazu fähig wäre.

Irgendwann würde er anfangen sie – und vielleicht auch ihr Baby – zu hassen, weil sie ihn zu der Entscheidung gezwungen hatte. Er war ein guter Mensch, beinahe schon zu gut, und sie wusste, sein Ehrgefühl würde ihm raten, bei Meredith zu bleiben. Man musste nur daran denken, wie er seine eigenen Träume aufgegeben hatte, um nach Leons Tod Maxwell Enterprises zu übernehmen.

Hanna zitterte am ganzen Leib, als sie eine andere Nummer wählte und das Handy erneut ans Ohr hielt. Kurz darauf vernahm sie Toms Stimme und wurde augenblicklich ein wenig ruhiger.

»Ich muss aus London weg, bis das Baby da ist.«

Diesmal war es keine Flucht. Diesmal zog sie sich lediglich zurück, stellte die Interessen anderer vor ihre eigenen. Obwohl es sie fast umbrachte, den Kontakt zu ihrer Ersatzfamilie abzubrechen, wusste sie, dass sie die Larsens nicht mehr sehen konnte. Wenn Richard von dem Baby erfuhr, würde es ihm das Herz zerreißen.

Kapitel 21

25. April 2012

»Backe, backe Kuchen, der Bäcker hat gerufen!« Hanna klatschte Mattys winzige Hand gegen ihre eigene. Seine Augen leuchteten vor Vergnügen, als er das Geräusch von Haut auf Haut hörte. Sie sang ihm das Lied noch einmal vor, und er quietschte fröhlich und nickte mit Nachdruck, damit sie es noch ein drittes Mal sang.

Erst zehn Minuten zuvor war er aus einem langen Mittagsschlaf aufgewacht, insofern bestanden gute Chancen, dass er munter blieb, bis Tom nach Hause kam. Hanna hatte ihm versprechen müssen, dass sein Patensohn noch auf sein würde, wenn er in seiner Villa in Nizza ankam, denn er brannte darauf zu sehen, wie Matthew sich in den Monaten seiner Abwesenheit entwickelt hatte.

»Bus.« Mattys Ausdrucksfähigkeit beschränkte sich derzeit noch auf Einwortsätze, doch mit jedem Tag kamen neue Wörter zu seinem Vokabular hinzu. Sein Gesicht leuchtete auf, wenn Hanna ihn etwa bat, seine Schuhe zu holen. Dann kam er mit dem gewünschten Gegenstand in seinen kleinen Händen auf stämmigen Beinchen zu ihr zurückgedackelt und baute sich mit stolzgeschwellter Brust vor ihr auf.

Hanna nahm seine Hände und begann »Die Räder am Bus« zu singen. Wie immer hielt er gespannt die Luft an, bis sie zu der Stelle mit den lärmenden Kindern kamen. Dann stieß er einen ohrenbetäubenden Schrei aus und krümmte sich vor Lachen, wenn Hanna sich in einer übertriebenen Geste die Ohren zuhielt und so tat, als sei sie nun taub.

Gott, wie sehr sie ihn liebte. Als man ihn ihr nach der Geburt in die Arme gelegt hatte, war es, als wäre nach monatelangem grauem Himmel endlich die Sonne herausgekommen, und dasselbe Gefühl empfand sie auch jetzt noch jedes Mal, wenn sie ihn sah. Ihre Liebe zu ihm war so groß, dass es weh tat. Für ihren Jungen würde sie Himmel und Hölle in Bewegung setzen. Sie würde Drachen töten, sie würde sich sogar durch die Minen von Moria kämpfen, wenn es sein musste. Es gab nichts, was sie nicht für ihn getan hätte.

Hanna hatte in einem Krankenhaus außerhalb von Nizza entbunden. Es war eine relativ leichte Geburt gewesen, und genauso leicht ging es weiter, denn Matthew war das umgänglichste, zufriedenste Kind, dem sie je begegnet war. Nicht, dass er nie geweint hätte – sie war daran gewöhnt, nachts aufzustehen, um seinen Schnuller zu suchen oder ihm ein Fläschchen zu geben. Aber sie war so sehr auf seine Bedürfnisse eingestellt, dass es ihr gar nicht wie eine Anstrengung vorkam, mitten in der Nacht aus dem Bett zu müssen. Sie fand vielmehr, dass sie ungeheures Glück hatte.

Sie hatte versucht, die Erinnerung an Richard weitgehend zu verdrängen, trotzdem dachte sie noch oft an ihn, er schwebte ständig am Rande ihres Bewusstseins. Sie hatte das Richtige getan; davon war sie überzeugt. Meredith war gelähmt und musste im Rollstuhl sitzen, während Hanna eine wundervolle Zukunft mit ihrem kleinen Jungen vor sich hatte, selbst wenn dieser kleine Junge wohl nie seinen Vater kennenlernen würde.

Mittlerweile war Matty achtzehn Monate alt und kein Baby mehr. Matthew Richard Vincent war ein richtiger kleiner Junge mit dunkelblonden Locken und großen braunen

Augen, die ihr folgten, wo immer sie hinging. Hanna war froh, dass sie die letzten anderthalb Jahre beinahe jeden Tag mit ihm verbracht hatte. Sie hatte von Toms Villa aus gearbeitet, eine Biographie über Fatal Limits geschrieben und nebenbei für Buzz gebloggt.

Dazu hatte sie sich Toms Orangerie zu einem Arbeitszimmer umgebaut. Ihr Laptop stand auf einem alten weißen Holztisch, und in der Ecke lag ein riesiger Haufen aus knallbuntem Plastik – Mattys Spielsachen. Alle halbe Stunde machte sie eine kurze Pause, setzte sich zu ihm und stapelte mit ihm Bauklötze, die er dann zum Einsturz brachte. Sie konnte gar nicht genug bekommen von seinem gurgelnden Gelächter.

»Erinnerst du dich noch an Onkel Tom, Matty?« Sie nahm ihn auf den Schoß und barg das Gesicht in seinen seidigen, daunenweichen Haaren. »Er singt so gerne für dich.«

Matty brabbelte etwas Unverständliches, und Hanna spielte ihr altbekanntes Spiel. Sie tat so, als verstünde sie genau, was er sagte, und antwortete ihm wie einem Erwachsenen.

»Sehr richtig. Er hat das Lied extra für dich aufgenommen.«

»Dear Matty«, das im Februar 2011 herausgekommen war, hatte Platinstatus erreicht. Alle dachten, es handle sich um ein Liebeslied für eine neue Freundin. Nur die Band und Hanna wussten, dass Tom mit dem Song in Wahrheit seine Liebe zu seinem neugeborenen Patensohn besang. Sie bekam jedes Mal eine Gänsehaut, wenn sie das Lied hörte.

Matty kletterte auf Hannas Schoß, stellte sich hin und schlang ihr seine pummeligen Ärmchen um den Hals. Er hatte noch kleine Speckröllchen um die Handgelenke, die aussahen, als hätte man ihm Gummibänder um die Arme gewickelt. Aber er wurde mit jedem Tag schlanker und sah mehr und mehr wie ein kleiner Junge aus. Die Freude, die es ihr bereitete, ihn immer besser kennenzulernen, war das Einzige, was sie darüber hinwegtröstete, dass ihr Baby unaufhaltsam größer wurde.

Ihr Handy gab drei Piepstöne von sich, die ihr verrieten, dass sie eine SMS bekommen hatte. Sie hob Matty von ihrem Schoß, schwang ihn sich auf die Hüfte und ging in die Ecke ihres gläsernen Büros. Ihr iPhone leuchtete noch, und sie nahm es in die Hand und wischte mit dem Finger über das Display.

In Monte Carlo gelandet. Müsste in zwei Stunden da sein.

Die letzte Etappe der Welttournee von Fatal Limits war Australien gewesen; im Anschluss hatte Tom sich ein paar Wochen freigenommen, um auszuspannen und ein bisschen zu surfen. Eine Woche zuvor war er zurück nach London geflogen, und nun hatte er vor, eine Weile bei Hanna in Nizza zu bleiben. Sie mussten noch die letzten Korrekturen an der Biographie besprechen und hofften außerdem, endlich wieder etwas Zeit füreinander zu haben, da Tom nach Mattys Geburt so oft weg gewesen war.

Hanna selbst war seitdem nur ein paarmal in London gewesen. Sie hatte die Wohnung behalten, für den Fall, dass sie eines Tages wieder nach Hause ziehen wollte, aber im Augenblick ging es ihr hier in Frankreich gut. Matty liebte den Garten von Toms Villa, und er verbrachte viel Zeit am Strand. Es war ein friedliches, beschauliches Leben.

Außerdem musste sie hier nicht befürchten, zufällig den Larsens über den Weg zu laufen.

Ich stell den Schampus kalt. Zum Abendessen gibt's Fischstäbchen.

Sie schmunzelte, als sie die SMS abschickte. Was ihm am Patenonkelsein mit am meisten Spaß machte, war, dass er Mattys Essen ausprobieren durfte. Während seiner kurzen Stippvisiten zwischen einzelnen Konzertterminen hatte er Matty begeistert mit dem Brei gefüttert, den Hanna vorgekocht und tiefgefroren hatte. Oft aß er mehr davon als Matty selbst, getreu dem Motto »Ein Löffel für Matty, ein Löffel für Tom«.

Mach eine Extraportion. Ich bringe jemanden mit.

Das weckte Hannas Neugier. Ihres Wissens nach war Tom solo, obwohl Hanna vermutete, dass er in einigen der Städte, in denen die Band Konzerte gab, feste Bettbekanntschaften hatte. Ihre Hoffnung, er könne irgendwann mit Ruby zusammenkommen, schien ewig unerfüllt zu bleiben, und irgendwie hatte sie den Verdacht, dass das zum Teil auch ihre Schuld war. Sie hatte mit den Larsens gebrochen, und Tom hatte sich vorbehaltlos auf ihre Seite geschlagen.

Nicht, dass sie von ihm verlangt hätte, sich zwischen ihr und den Larsens zu entscheiden. Sie hatte nach wie vor Kontakt zu Ruby und Claire und war fast ein bisschen erstaunt, dass diese ihre lahmen Ausreden, weshalb sie sie nicht besuchen konnte, widerspruchslos schluckten. Sie hatte eine imaginäre Abmachung mit einem »sehr zurückgezogen lebenden Sänger« vorgeschoben, über den sie angeblich ein Buch schrieb und um dessentwillen sie ihren Aufenthaltsort auf keinen Fall preisgeben dürfe, nicht einmal Familie und Freunden gegenüber. Vielleicht lag es an Claires Erfahrungen mit den exzentrischen New Yorkern, die sie gelehrt hatten, dass praktisch nichts unmöglich war. Oder daran, das Ruby zu sehr mit ihrer Dissertation in Molekularphysik beschäftigt war, um viele Gedanken an ihre ehemals beste Freundin zu verschwenden. Wie auch immer: Es war geradezu niederschmetternd einfach gewesen, Mattys Existenz zu verheimlichen.

Die Haustür schlug zu, und Matty begann zu brabbeln und mit den Händen auf das Badewasser zu klatschen.

»Seid ihr da?«, rief Tom aus der Eingangshalle.

»Im Bad!«, rief Hanna zurück und lachte. »Hier sieht es ziemlich wüst aus.«

Innerhalb von Sekunden wurde die Tür zum Badezimmer aufgestoßen, und Tom stand vor ihr. Er grinste wie ein Honigkuchenpferd.

»Matty Boy!« Er beugte sich über die Wanne und drückte Matthew, der aus Protest mit der Faust ins Wasser schlug. Im Nu war Toms teures schwarzes T-Shirt klatschnass.

Hanna biss sich auf die Lippe, um nicht laut loszulachen. Matty wirkte ein wenig verstört, sowohl durch die Unterbrechung seines Bades, als auch wegen Toms stürmischer Umarmung. Seit kurzem fremdelte er ein wenig bei Menschen, die er nicht gut kannte. Hanna hoffte, dass es sich lediglich um eine vorübergehende Phase handelte.

Sie stand auf und umarmte Tom, wobei sein bespritztes T-Shirt auch ihre Bluse durchnässte. »Wie war dein Flug?«

»Keine Ahnung. Hab die meiste Zeit geschlafen.« Wie um seine Aussage zu unterstreichen, rieb er sich mit den Handballen die Augen.

»Ich wette, deine Bekannte fand das toll.«

»Meine Bekannte?«

»Du hast doch jemanden mitgebracht? Deswegen habe ich extra mehr Abendessen gekocht?«

»Ach so, du meinst Ruby.« Tom lachte, aber Hannas Blut gefror bei diesen Worten.

»Ruby wie in Ruby Larsen?« Sie senkte die Stimme zu einem Flüstern. »Du hast Ruby mitgebracht?«

Tom rieb ihr beschwichtigend den Oberarm. »Das ist eine lange Geschichte; es gibt da ein paar Sachen, über die ihr dringend reden müsst.«

»Das kann man wohl sagen.«

Hanna hob den Kopf und sah Ruby in der Tür stehen.

»Du hast versprochen, du wartest, bis ich mit ihr gesprochen habe.« Tom trat zu Ruby und legte ihr den Arm um die Taille. »Es wird nicht einfacher, wenn ihr euch gegenseitig zerfleischt.«

Hanna schnürte es die Kehle zu. Vor lauter Panik konnte sie kaum noch atmen. Sie hatte das Gefühl, von Tom verraten worden zu sein, und fürchtete, dass ihr schönes friedliches Leben, das sie für sich und Matty aufgebaut hatte, nun ausgerechnet von denen bedroht wurde, die ihr die ganze Zeit über am meisten gefehlt hatten.

»Ruby, es tut mir so ...«

Matty klatschte erneut mit der Hand auf die Wasseroberfläche, diesmal so heftig, dass etwas davon auf Rubys Oberteil spritzte. Hanna sah, wie sich auf Rubys Gesicht ein Lächeln ausbreitete und ihre Miene weicher wurde, als sie Matty beobachtete.

»Er ist ein Goldstück.«

Hanna nickte bloß. Sie wusste nicht, was sie sagen sollte.

»Ich kann nicht fassen, dass du mir nichts von ihm gesagt hast, Hanna. Es will mir nicht in den Kopf, weshalb du mir nicht vertrauen konntest. Ich dachte, wir sind Freundinnen. Mein Gott, du bist meine *beste* Freundin, und die ganze Zeit hast du mir in deinen Mails irgendwelche Lügengeschichten über öffentlichkeitsscheue Musiker und komplizierte Reportagen aufgetischt.«

»Ich bin durchaus ein bisschen öffentlichkeitsscheu«, warf Tom ein, was ihm einen Klaps von Ruby einbrachte.

»Mit dir habe ich auch noch ein Hühnchen zu rupfen.« Ruby sah ihn kopfschüttelnd an.

»Das ist nicht Toms Schuld. Ich habe ihn gebeten, nichts zu verraten.«

»Er hat es in die ganze Welt hinausposaunt, Hanna. Er hat einen *Song* über deinen Sohn geschrieben, verdammte Scheiße noch mal.« Ruby machte ein betroffenes Gesicht. »Über deinen und Richards Sohn.«

Hanna stritt es nicht ab. Die Ähnlichkeit wurde mit zunehmendem Alter immer offensichtlicher. Die dunklen Haare, die er bei der Geburt gehabt hatte, waren ihm ausgefallen, inzwischen war er genauso dunkelblond wie sein Vater. Nur seine Augen glichen denen seiner Mutter.

»Darf ich Matty nur kurz ins Bett bringen?« Hanna hob ihren nassen, zappelnden Sohn aus der Wanne und wickelte ihn in ein weißes flauschiges Handtuch. »Wir können reden, wenn er schläft.«

Ruby sah Matty mit liebevollem Blick dabei zu, wie er an seinem Handtuch kaute. »Sicher. Ich packe in der Zwischenzeit aus. Du hast eine halbe Stunde.«

Matty schlief schon fast, als sie sich mit ihm in den Sessel setzte und den letzten Schluck aus der Tasse Milch trank, die sie ihm zum Abend gegeben hatte. Sein kleiner Körper schmiegte sich warm und entspannt an ihren, und sie spürte, wie sein Atem immer langsamer wurde, bis er schließlich eingeschlafen war. Erst dann hob sie ihn hoch und legte ihn in sein Bettchen. Sie knipste sein Nachtlicht an und schaltete das Babyfon ein, ehe sie auf Zehenspitzen aus dem Kinderzimmer schlich und die Tür leise hinter sich zuzog.

Vor diesem Moment hatte ihr gegraut. Sie war unsagbar wütend auf Tom, weil er nicht einmal den Anstand gehabt hatte, sie vorzuwarnen. Aber hauptsächlich galt ihre Wut sich selbst. Die Lage, in die sie Tom gebracht hatte, war auf Dauer unhaltbar gewesen, vor allem da er zwischenzeitlich wieder engeren Kontakt zu Ruby aufgebaut zu haben schien. Von ihm zu verlangen, dass er log, war absolut unfair.

Hanna betrat den offenen Wohnbereich. Die Abendsonne, die sich langsam dem Horizont zuneigte, glühte feuerrot. Sie ließ den Raum in bernsteinfarbenem Licht erstrahlen und brachte Toms und Rubys Haut zum Leuchten, so dass sie beinahe aussahen wie Wesen aus einer anderen Welt. Sie betrachtete die beiden einen Augenblick aus der Entfernung. Sie saßen dicht beieinander, hatten die Köpfe zusammengesteckt und unterhielten sich. Wie lange lief da schon etwas zwischen den beiden? Für zwei Menschen, die sich erst in den letzten Tagen in London wiedergetroffen hatten, wirkten sie viel zu innig.

»Möchtest du ein Glas Wein?« Tom stand auf und trat mit einem versöhnlichen Lächeln auf sie zu. Sie bemühte sich zurückzulächeln, um ihn wissen zu lassen, dass sie ihm nichts nachtrug.

»Ein Glas Sancerre wäre wunderbar.« In Wahrheit hätte sie gerne eine ganze Flasche getrunken, aber mit so einer Einstellung konnte sie sich die Auszeichnung zur Mutter des Jahres abschminken.

Tom verließ den Raum, und Ruby stand auf. Im Abendlicht hatte ihr Gesicht etwas Jugendliches. Hanna spürte, wie sie etwas unaufhaltsam zu ihrer Freundin hinzog, noch bevor Ruby sich in Bewegung setzte. Innerhalb von Sekunden lagen sie sich in den Armen. Es war eine Umarmung voller Tränen, Vorwürfe und Wut.

Sie waren Schwestern. Ihre Liebe zueinander schweißte sie zusammen, egal was passierte.

»Ich bin so wütend auf dich«, schluchzte Ruby an Hannas Schulter. »Du musst mir erklären, warum du das gemacht hast.«

Hanna nahm Rubys Gesicht in beide Hände und küsste sie auf die Wange. Ihre Tränen vermischten sich. Der Kloß in ihrem Hals wurde so groß, dass sie kaum sprechen konnte.

»Ich …« Hanna brach ab und dachte nach, wie sie ihr Handeln am besten rechtfertigen konnte. »Als ich rausfand, dass ich schwanger war, habe ich Richard angerufen, um es ihm zu sagen. Caroline ist an sein Handy gegangen und hat mir das mit Meredith erzählt.«

»Was mit Meredith?«, fragte Ruby.

»Dass sie seit dem Unfall nicht mehr laufen kann.« Sie beide atmeten jetzt ein wenig leichter. Hanna nahm Rubys Hand und führte sie zum Sofa, wo sie sich dicht nebeneinandersetzten und das Gespräch fortführten.

»Meredith *kann* laufen.« Ruby war sichtlich verwirrt. »Anfangs, gleich nach dem Unfall, ging es noch nicht so richtig gut, aber sie hat sich ziemlich schnell wieder erholt.«

Hanna schüttelte den Kopf. »Nein. Caroline hat mir gesagt, dass sie den Rest ihres Lebens im Rollstuhl sitzen muss. Deswegen habe ich Richard nichts von dem Kind gesagt. Ich wollte nicht, dass er sie meinetwegen verlässt.«

Ruby versteifte sich. »Das ist nicht wahr!«

»Doch!«, widersprach Hanna. »Ich habe ihn angerufen und wollte es ihm sagen!«

»Ich meine den Teil mit Meredith. Das war eine Lüge. Caroline hat dich angelogen.«

Hanna hatte das Gefühl, ihr Herz hörte auf zu schlagen.

Wieso um alles in der Welt hätte Caroline sie anlügen sollen? Das ergab doch gar keinen Sinn … Es sei denn, sie wollte, dass Hanna und Richard nicht wieder zusammenfanden. Was bedeuten würde, dass alles umsonst gewesen war. Bei diesem Gedanken wurde ihr hundeelend zumute. All die Monate hatte sie völlig grundlos ein Kind alleine großgezogen, ohne seinen Vater.

Völlig grundlos.

Was zum Teufel sollte sie jetzt machen? Sie hatte Richard etwas verschwiegen, weil sie dachte, es wäre das Beste so, aber in Wirklichkeit hatte sie ihm seinen Sohn vorenthalten. Das würde er ihr niemals verzeihen. Und Hanna würde Caroline auch nie verzeihen. Sie wollte ihr die Augen auskratzen, sie anschreien und ihr an den Kopf werfen, was sie mit ihren gedankenlosen Worten angerichtet hatte. Das Miststück hatte ihnen die Zukunft gestohlen.

Hanna schüttelte den Kopf. Erneut liefen ihre Tränen über. »Nein.«

»Doch. Meredith kann einwandfrei gehen. Sie ist direkt aus Richards Leben spaziert.«

»Nein!«, schrie Hanna. »Ich habe ihm nichts von Matty gesagt, damit er sein Leben mit ihr verbringen und sich um sie kümmern kann.«

»Hanna, er hat sich schon vor fast zwei Jahren von Meredith getrennt. Er ist nach London gekommen und musste feststellen, dass du einfach verschwunden warst. Er war so wütend; ich kann dir gar nicht beschreiben, wie es war. Ich hatte Angst, er würde jemandem etwas antun – oder sich selbst. Ich habe mich nicht mal getraut, ihm zu sagen, dass wir immer noch per E-Mail in Kontakt stehen.«

Hanna war sich nicht sicher, ob sie sich übergeben

musste oder einen Drink wollte. Wo zum Henker blieb Tom mit dem Wein? Hoffentlich brachte er gleich die ganze Flasche mit. Wenn sie nur versucht hätte, ihn noch ein zweites Mal anzurufen – oder wenigstens Ruby eingeweiht hätte. Dann könnte sie jetzt mit Richard zusammen sein und zusehen, wie er mit seinem Sohn spielte oder ihm beibrachte, einen Fußball zu kicken. Gott, sie hätte alles darum gegeben, die Zeit zurückdrehen zu können.

»Er ist nicht mehr mit Meredith zusammen?« Hanna musste absolute Gewissheit haben. Sie wusste nicht genau, welche Antwort sie sich wünschte.

»Nein. Wenn ich richtig informiert bin, ist er mit überhaupt niemandem zusammen. Nicht, dass er mit mir über solche Sachen sprechen würde. Ich wohne nur bei ihm, während ich an der Columbia studiere.«

»Es ist schön, dass ihr zwei euch wieder nähergekommen seid.« Hannas Antwort kam rein mechanisch. In ihrem Kopf existierte immer noch die Vorstellung von einem Penthouse-Apartment in Manhattan. Sie konnte fast sehen, wie Matty über den teuren Parkettboden rannte und übers ganze Gesicht strahlte, wenn sein Daddy nach einem langen Arbeitstag nach Hause kam. Erneut begann Hanna zu schluchzen, als ihr bewusst wurde, dass sie eine solche Szene niemals erleben würde.

»Ja, es ist wirklich toll.« Rubys Augen leuchteten vor Freude. Dann endlich kam Tom mit einer Flasche Wein und Gläsern zurück.

»Kann ich mich zu euch reinwagen?«, fragte er und stellte die Gläser auf den Couchtisch, bevor er ihnen den kühlen, hellen Wein einschenkte.

»Wir haben uns noch nicht die Augen ausgekratzt, falls du das meinst.« Ruby ergriff Hannas Hand und drückte sie fest. »Jetzt müssen wir nur noch darüber reden, wie wir Richard das alles erklären.«

Hanna war immer noch wie betäubt und konnte ihre Gedanken in keine halbwegs klare Ordnung bringen. Also überließ sie Ruby die Führung.

»Ich bin mir nicht sicher, ob er überhaupt mit dir reden wird«, gestand Ruby. »Zu den seltenen Gelegenheiten, bei denen dein Name fällt, verlässt er normalerweise den Raum.«

Hanna rutschte das Herz in die Hose. Natürlich musste er sie hassen. Ihre letzten Worte an ihn, als sie sich in New York gesehen hatten, waren das Versprechen gewesen, dass sie in London auf ihn warten würde. Kein Wunder, dass er so wütend gewesen war, als er nach London gekommen war und sie nicht angetroffen hatte.

Schon zum zweiten Mal.

Würde er Matty auch ablehnen? Ihr Herz krampfte sich zusammen bei der Vorstellung, irgendjemand könne ihr Kind hassen, aber wenn Richard so wütend auf Hanna war, konnte es durchaus sein, dass er auch von seinem Sohn nichts wissen wollte. Matthew war die perfekte Verbindung von ihnen beiden, sowohl vom Aussehen als auch von seinem Temperament her. Richard würde unweigerlich Hannas Anteile in ihm sehen. Er konnte gar nicht anders.

Wie auch immer, sie konnte es nicht länger aufschieben. Die Entscheidung war ihr aus den Händen genommen. Am liebsten hätte sie ihn jetzt gleich angerufen und ihm die Wahrheit gebeichtet, um nicht noch mehr Zeit zu vergeuden. Aber dies war nicht die Art von Neuigkeit, die man jemandem über Tausende Meilen hinweg am Telefon mitteilte.

»Ich kann es ihm nicht am Telefon sagen. Ich muss nach

New York.« Sie kaute auf einem Fingernagel. »Fragt sich nur, was Matty dazu sagen wird.« Hanna konnte sich bereits lebhaft vorstellen, wie Matty im Flugzeug brüllend den Gang auf und ab rannte. Das Bild ließ sie innerlich erschauern.

»Lass ihn doch hier bei uns«, schlug Ruby vor. »Ich will meinen Neffen unbedingt besser kennenlernen, und aus Toms Song weiß ich, dass er total in ihn vernarrt ist.«

»Er klammert gerade sehr.« Hanna zögerte. Sie erkannte durchaus den Sinn in Rubys Vorschlag, sie war nur nicht sicher, ob sie es ohne ihren Sohn aushalten würde.

»Gib uns ein paar Wochen, um eine Bindung zu ihm aufzubauen. Wenn du danach glaubst, dass wir der Aufgabe gewachsen sind, kannst du nach New York fliegen, Richard alles sagen und gleich wieder zurückkommen. Ich verspreche dir, wir werden ihn behandeln wie einen König.« Rubys Stimme verriet nur allzu deutlich, wie sehr sie sich freute. Hanna wurde weich, als sie merkte, wie Tom Ruby mit großen glänzenden Augen ansah.

»Wird Richard mich überhaupt sehen wollen?«, fragte sich Hanna, wohl wissend, dass sie damit ihr Einverständnis praktisch schon erteilt hatte. Ruby lehnte sich zu ihr und umarmte sie fest. Dabei stieß sie einen dermaßen spitzen Quietschlaut aus, dass Hanna zusammenzuckte.

»Wahrscheinlich nicht«, gab Ruby zurück. »Aber ich kann bei ihm im Büro anrufen und in meinem Namen einen Termin ausmachen. Dann kannst du im Büro mit ihm reden. Wenn andere Leuten dabei sind, kann er wenigstens nicht komplett ausrasten.«

Ruby schien bereits alles genauestens geplant zu haben. In wenigen Wochen würde Hanna eine Maschine nach New York besteigen. Die Angst und Aufregung in ihrem

Innern mischten sich mit dem Alkohol, den sie in großen Schlucken trank. Bei dem Gedanken, Richard nach all der Zeit wiederzusehen, zitterten ihr die Knie.

Sie würde es tun, weil er ein Recht darauf hatte, von seinem Sohn zu erfahren. Und weil Matty ein Recht auf einen Vater hatte. Aber vor allem würde sie es tun, weil sie ihn so sehr liebte, dass sie glaubte, ihr Herz würde zerspringen.

Kapitel 22

12. Mai 2012

Es war früher Nachmittag, als das Flugzeug den Flughafen JFK erreichte. Die Landung war so holprig, dass Hannas ohnehin nervöser Magen noch mehr in Aufruhr geriet. Sie war schon oft über den Atlantik geflogen, aber dies war das erste Mal, dass sie sich dabei ihrer eigenen Sterblichkeit bewusst wurde, und die plötzlich aufsteigende Angst, was nach ihrem Tod aus Matty werden würde, bewirkte, dass sie eine Zeitlang überhaupt keinen klaren Gedanken mehr fassen konnte.

Umso mehr Gründe, Richard alles zu sagen, meldete sich der gehässige Teil ihres Verstandes zu Wort. Hanna brachte ihn zum Schweigen.

Selbst ihre Psyche stellte sich gegen sie.

Sie hatte keine Gepäckstücke aufgegeben. Der Rückflug war für den darauffolgenden Tag gebucht, und für eine Übernachtung reichte ihr Handgepäck aus. Ein paar Toilettenartikel, Make-up und Kleidung zum Wechseln – mehr brauchte sie nicht.

Die Schlange am Einreiseschalter bewegte sich zügig vorwärts. Mit jedem Schritt, der sie dem Glaskasten mit dem Zollbeamten näher brachte, verkürzte sich zugleich die Zeit, die sie noch hatte, bis sie Richard die schockierendste Neuigkeit seines Lebens überbringen musste. Hanna merkte, wie sie absichtlich trödelte. Sie nestelte an ihrem blauen

Reisepass herum und fragte sich, ob es nicht besser gewesen wäre, ihren europäischen Pass mitzunehmen. Auf der anderen Seite des Raumes war die Schlange viel länger.

Sie schloss die Augen und dachte daran, wie Ruby sie vor ihrer Abreise aus Nizza umarmt hatte. Die Mut machenden Worte, die sie Hanna ins Ohr geflüstert hatte, reichten aus, um in ihr ein Fünkchen Hoffnung zu wecken, dass Richard ihr vielleicht irgendwann für ihr erneutes Verschwinden vergeben würde. Sie hatte noch keine Zeit gehabt, diesen Hoffnungsfunken weiter zu nähren, damit ein richtiges Feuer daraus wurde. Im Moment war sie schon froh, wenn sie ihn nicht ganz zum Verlöschen brachte.

»Waren Sie seit einer Weile nicht im Land, Ma'am?« Der Beamte am Schalter tippte mit der rechten Hand etwas in seinen Computer ein, während er in der linken Hannas Pass hielt, in den er angestrengt hineinschaute.

»Ich habe eine doppelte Staatsbürgerschaft. Ich lebe zurzeit in Europa.«

»Haben Sie vor, länger zu bleiben?« Er sah fragend zu ihr auf.

»Nur bis morgen. Ich treffe mich mit einem alten Freund.«

Der Beamte klappte ihren Pass zu und gab ihn ihr zurück. »Dann wünsche ich Ihnen einen schönen Aufenthalt, Ma'am.« Damit wandte er seine Aufmerksamkeit dem nächsten Reisenden zu. Hanna hob ihre Tasche auf und ging weiter. Sie fühlte, wie die Zeit unaufhaltsam verrann, wie der Countdown an Silvester. Die Vorstellung war aufregend und beängstigend zugleich.

Sie ließ die Gepäckausgabe links liegen und ging weiter zu der Tür, durch die man ins Hauptterminal gelangte. Sie hatte eine Gänsehaut von der Klimaanlage, aber der Sonne nach zu urteilen, die durch die Glaswände des Terminals hereinschien, musste draußen ein wunderschöner Frühlingstag sein.

Sie stellte sich in die Schlange derer, die auf ein Taxi warteten, und übte in Gedanken das bevorstehende Gespräch. *Sag es ihm so früh wie möglich*, ermahnte sie sich. *Wenn du erst lange um den heißen Brei herumredest, wird er dich entweder rauswerfen oder umbringen.* Je mehr Zeit sie verschwendete, desto schmerzhafter wäre es für ihn, erst jetzt von der Existenz seines Sohnes zu erfahren.

Ganz gleich, wie sie sich verhielt, sie würde ihm weh tun.

Als sie an der Reihe war, kletterte Hanna in das eben vorgefahrene Taxi und hievte ihre Tasche neben sich auf die Rückbank. Das schwarze Vinylpolster fühlte sich kühl an ihrer Haut an, und ihr Blick ging automatisch zu dem des Fahrers, der sie durch den Rückspiegel abwartend ansah.

»Wohin soll's gehen?«

»In den Finanzbezirk. Ecke Pine und Nassau.«

»Maxwell Enterprises?«, fragte der Fahrer nach.

»Genau.« Hanna betete, dass Ruby wie versprochen die Sache mit ihrem Besucherausweis geregelt hatte. Sie hatte Angst, dass sie kneifen würde, wenn sie die Sache erst mit Richards Assistentin Lisa klären musste.

Glücklicherweise dauerte die Autofahrt lange. In der Innenstadt herrschte Stau, und die Abgase der Autos und Lastwagen hingen als graue Wolken in den Straßen. Hanna lehnte sich zurück und lauschte der Musik aus der Stereoanlage des Taxis. Der gleichförmige Rhythmus sorgte dafür, dass sie ein wenig zur Ruhe kam. In den Jahren seit ihrem letzten Aufenthalt schienen die Taxis moderner und komfortabler geworden zu sein. Es gab sogar einen Monitor, auf dem, hin und wieder unterbrochen von Werbespots für lokale Unternehmen, ihr genauer Standort angezeigt wurde. Allerdings hätte sie den blinkenden roten Punkt nicht gebraucht, um zu merken, dass sie nur im Schneckentempo vorwärtskamen.

Es war fünfzehn Uhr, als sie an der Pine Street hielten. Hanna reichte dem Fahrer dreißig Dollar und sagte ihm, er solle den Rest behalten, dann öffnete sie die Wagentür und trat auf die Straße hinaus. Die Geräusche kamen ihr nicht mehr so laut und schrill vor wie früher – vielleicht hatte das eine Jahr, das sie hier gelebt hatte, sie gegen den Lärm immun gemacht. Der vertraute Gestank von Abgasen und Imbisswagen, der ihr in die Nase stieg, weckte geradezu nostalgische Gefühle in ihr.

Ihr Selbstvertrauen war zurückgekehrt. In ihren Skinny Jeans und dem schwarzen T-Shirt wirkte sie inmitten des Meers aus grauen Anzügen ein wenig seltsam, aber das verunsicherte sie nicht, im Gegenteil: Sie lächelte bei dem Gedanken, dass ihre eigene Arbeit erfüllender war und ihr darüber hinaus erlaubte, viel Zeit mit ihrem Sohn zu verbringen. Im Vergleich dazu kamen ihr die Büroangestellten wie Gefangene vor; ihre Uniformen mochten maßgeschneidert sein, aber sie waren genauso eingesperrt wie ein Mörder in San Quentin.

Am Empfang hatte sie keine Probleme. Ihr Name stand auf der Liste, ihr Besucherausweis lag ausgedruckt bereit. Sie befestigte ihn am Bund ihrer Jeans und machte einen Abstecher zur Toilette. Sie musste noch ein letztes Mal in den Spiegel sehen, bevor sie nach oben in sein Büro fuhr.

Als sie wieder herauskam – das Make-up aufgefrischt, die Frisur glattgestrichen –, nahm sie Kurs auf die Fahrstühle am Ende der Lobby. Sie war schon einige Male hier gewesen, damals vor dem Tod ihrer Mutter, als sie und Richard ein Paar gewesen waren, und dann später, als sie in Manhattan gelebt hatte. Diesmal fühlte es sich ganz anders an. Das Gebäude kam ihr bedrohlicher vor als früher, der Aufzug enger, beklemmender. Aber vermutlich war das bloß Einbildung. Sie selbst hatte sich verändert, nicht das Gebäude.

Vor der Tür zum Vorzimmer blieb sie kurz stehen und atmete einmal tief durch, um ihren Mut zu sammeln. Sie drückte den Rücken durch, griff nach der Türklinke und setzte ein neutrales Gesicht auf.

Dann betrat sie den Raum.

»Hanna?« Lisa konnte ihre Verblüffung nicht verbergen. Die anderen beiden Angestellten im Raum hörten auf zu tippen und blickten neugierig zu Hanna. Sie mussten neu sein, Hanna hatte sie noch nie zuvor gesehen.

»Hallo, Lisa. Wie geht es Ihnen?« Sie hatte Richards Assistentin immer gemocht.

»Gut, danke. Und Ihnen?«

Hanna versuchte sich an einem Lächeln. »Gut. Hat Richard gerade Zeit?«

»Er hat den ganzen Nachmittag Termine. Ich glaube nicht, dass er mit Ihnen rechnet.« Lisas Antwort war höflich wie immer, und sie sah Hanna in aufrichtigem Bedauern an.

»Ich bin sein Halb-vier-Termin. Ruby hat ihn für mich ausgemacht.«

»Ah, das erklärt einiges. Ich sage ihm Bescheid, dass Sie hier sind.«

Am liebsten wäre Hanna geflohen und schnurstracks zurück zum Flughafen gefahren. War sie hierzu überhaupt bereit? Sie hatte ihn seit Ewigkeiten nicht gesehen, und die Umstände ihres Wiedersehens hätten wohl jeden nervös gemacht. Die leichte Übelkeit in ihrem Magen wurde stärker. Wenn sie sich nicht zusammennahm, würde sie sich noch übergeben.

Du hast das im Griff, ermahnte sie sich. *Sag es ihm, gib ihm Zeit, es zu verdauen, und dann geh einfach wieder.*

Sie würde nicht in Panik geraten. Sie würde nicht die Fassung verlieren. Hanna atmete bewusst gleichmäßig und langsam, obwohl ihr Herz raste. Das Letzte, was sie jetzt brauchen konnte, war ein Ohnmachtsanfall in Richards Vorzimmer.

»Sie können reingehen.« Lisas Stimme holte sie zurück in die Wirklichkeit.

»Kann ich meine Tasche hier stehen lassen?« Hanna deutete auf ihr kleines Handgepäckstück.

Lisa hob es mit einem Lächeln vom Boden auf und deutete zu Richards Tür.

Also los.

War sie bereit? Würde sie jemals bereit sein? Das Einzige, was sie mit Sicherheit wusste, war, dass sie es Richard und Matty schuldig war, ihm die Wahrheit zu sagen. Mit den Konsequenzen würde sie schon irgendwie fertigwerden. Einen Fuß vor den anderen setzend, durchquerte sie den Vorraum, bis sie an seiner Tür angekommen war. Ihr Blick glitt über das vertraute dunkle Eichenholz. Sie streckte die Hand nach dem Türgriff aus.

Hanna öffnete die Tür, deren Angeln leise knarrten. Innerhalb der letzten Jahre war das Büro neu eingerichtet worden. Die einst cremefarbenen Wände waren jetzt in einem helleren Weißton gestrichen, die neuen Möbel wirkten schlichter und moderner. Ihr wurde bewusst, dass das Leben ohne sie weitergegangen war, und das machte sie irgendwie traurig. Wie Richard wohl reagieren würde, wenn er erfuhr, wie sehr das Leben auf der anderen Seite des Atlantiks ohne *ihn* weitergegangen war?

»Was willst du hier?«

Richard lehnte an seinem Schreibtisch, die Knöchel überkreuz, die Arme abweisend vor der Brust verschränkt. Sein Jackett hing hinter ihm an einem Ständer. Sie wollte nicht hinsehen, aber ihr Blick machte sich selbstständig und glitt an seinem Körper entlang.

Richard hatte etwas an Gewicht zugelegt, seit sie ihn das letzte Mal gesehen hatte. Es stand ihm gut. Der dünne Baumwollstoff seines Hemds spannte sich um seine Oberarmmuskeln und lag eng an seinem flachen Bauch. Seine Hüften waren noch genauso schmal wie damals, und Hanna musste kurz die Augen schließen, um nicht daran zu denken, wie sie sich zwischen ihren Schenkeln angefühlt hatten, während er sich in ihr bewegte, sein Atem ihr Ohr streifte und sie stöhnte und wimmerte und …

Sie schüttelte den Kopf. Sie stand nicht hier in diesem riesigen, eichenholzgetäfelten Büro, um sich auf einen Trip in die Vergangenheit zu begeben, so schön das auch gewesen wäre. Nein, sie war Tausende Meilen weit geflogen, um Richard etwas sehr Wichtiges mitzuteilen. Er hatte ein Recht darauf, die Wahrheit zu erfahren.

Es war vollkommen unangebracht, aber plötzlich verspürte sie den überwältigenden Drang zu lachen. Ihre Situation war geradezu lächerlich melodramatisch. Ihr siebzehnjähriges Ich hätte garantiert mit den Augen gerollt und sich gefragt, wie um alles in der Welt diese neunundzwanzigjährige Frau es geschafft hatte, ein Leben voll bester Zukunftsaussichten zu einer Seifenoper verkommen zu lassen.

Sie hob den Kopf, sah ihm ins Gesicht und betrachtete

seine missbilligend nach unten gezogenen Lippen. Er hatte die Augen zusammengekniffen und seine gerade, vornehme Nase war in Reaktion auf ihre Anwesenheit leicht gerümpft.

Sie konnte seine Abneigung fast mit Händen greifen.

Hanna versuchte, gleichmäßig weiterzuatmen, und rief sich ins Gedächtnis, dass sie zwar in *seinem* Büro stand, im obersten Stockwerk *seines* Gebäudes, aber das hier *ihre* Show war.

Sie hatte das Sagen.

Er sah sie schon jetzt mit solcher Verachtung an, dass sie sich gar nicht auszumalen wagte, was er empfinden würde, sobald er die Neuigkeit gehört hatte. Er war lange ein wichtiger Teil ihres Lebens gewesen – als Freund, als Vertrauter, sogar als Liebhaber –, aber nie zuvor hatte er die Macht besessen, sie zu vernichten.

»So schön es auch ist, dich zu sehen«, sagte er gedehnt, wobei sein Tonfall keinen Zweifel daran ließ, dass er ihr Wiedersehen alles andere als schön fand. »Ich habe in fünf Minuten ein Meeting. Was willst du?«

Noch war er vollkommen ahnungslos. Aber jetzt war der Moment da – der Moment, in dem sie den Mund aufmachen und damit herausrücken musste. Plötzlich wurden ihr die Arme schwer, und ihre Finger begannen vor Nervosität zu zittern. Ihr Drang zu lachen machte einem unangenehmen Gefühl tief im Magen Platz. Sie versuchte, durchzuatmen und endlich das zu sagen, weswegen sie die weite Reise auf sich genommen hatte.

Sie befeuchtete ihre Lippen mit der Zunge. Sein Blick wanderte zu ihrem Mund, und er starrte sie mit seinen dunkelgrünen Augen an, während sie sich auf die Unterlippe biss.

»Richard.« Ihre Stimme klang überraschend fest. Sie

würde es jetzt durchziehen. Sie würde es ihm sagen und dann gleich wieder verschwinden.

Ab ins nächste Flugzeug.

Zurück nach Hause.

Zurück zu *ihm*.

»Richard, wir hatten ein Baby.«

Das Schweigen, das nun folgte, war beinahe unerträglich. Richards Verwirrung war allzu augenscheinlich. Sie sah die verschiedensten Gefühle über sein Gesicht zucken. Sie hatte ihre Aufgabe erfüllt. Sie hatte ihm die Wahrheit gesagt. Jetzt galt es, sich für den Sturm zu wappnen, der unweigerlich folgen würde.

Doch Richard war wie erstarrt, und sie fragte sich, ob sie es vielleicht noch einmal würde wiederholen müssen. Sie scharrte ungeduldig mit den Füßen. Am liebsten wäre sie zu ihm gegangen – ganz nah zu ihm hin, bis sie ihn berühren konnte.

Solche Gedanken waren gefährlich.

»Wir *hatten* ein Baby?«, wiederholte er.

Hanna bemerkte ihren Fehler. In ihrer Verzweiflung, die Neuigkeit möglichst schnell loszuwerden, hatte sie sich versprochen.

»Wir *haben* ein Baby – na ja, eigentlich ist er jetzt schon ein Kleinkind, aber er *war* ein Baby – also, früher.« Verdammt noch mal, was stotterte sie da für einen Blödsinn zusammen? Das mussten die Nerven sein. Sie überwand sich, sah ihm in die Augen – und zuckte unwillkürlich zurück, als sie den Zorn und die Verwirrung darin sah.

»Was zum Teufel ist hier los?« Er legte die Stirn in tiefe, drohende Falten. »Ich verstehe nicht, was du mir sagen willst.«

Er brauchte einen Beweis, das war besser, als jede umständliche Erklärung. Wieder begannen ihre Hände zu zittern, aber immerhin gelang es ihr, das Handy aus der Tasche zu ziehen. Sie versuchte, die Finger ruhig zu halten, als sie ihre Bilderordner aufrief.

»Als ich vor zwei Jahren aus New York weg bin, war ich schwanger. Damals wusste ich es noch nicht, es hat noch ein paar Monate gedauert, bis ich es gemerkt habe. Als wir das letzte Mal zusammen waren, haben wir ein Baby gezeugt.« Die letzten Worte sagte sie langsam. Es kam ihr immer noch wie das reinste Wunder vor.

»Bist du sicher, dass es von mir ist?«

Die Frage war verständlich, trotzdem traf sie Hanna tief. »Hundertprozentig.«

Das Schweigen war wie eine Wand zwischen ihnen. Hanna fragte sich, ob es ihr jemals gelingen würde, sie einzureißen. Sie beschloss, einfach weiterzureden, ihm sämtliche notwendigen Informationen mitzuteilen und dann schleunigst zu verschwinden. Sie sehnte sich nach Matty. Mit ihm im Arm hätte sie sich sicherer gefühlt.

»Er heißt Matthew. Er ist vorletztes Jahr am zwölften November auf die Welt gekommen. Er ist achtzehn Monate alt.« Sie trat einen Schritt vor, um Richard ein Foto auf ihrem iPhone zu zeigen. Sie hatte eines ausgewählt, das sie erst wenige Tage zuvor gemacht hatte. Darauf war Matty zu sehen, wie er in Toms Wohnzimmer stand und einen Ball in den Händen hielt, den er gerade Ruby zuwerfen wollte. Man sah ihm deutlich an, wie sehr er sich freute, mit seiner Tante zu spielen, und gleichzeitig biss er sich in höchster Konzentration auf die Unterlippe.

»Das ist er?«, fragte Richard tonlos. »Das ist mein Sohn?«

Hanna nickte. Sie hatte einen Kloß im Hals und konnte nicht sprechen. Wie oft hatte sie sich diesen Augenblick ausgemalt? Dass er keinerlei Gefühlsregung erkennen ließ, brachte sie fast um – allerdings nur kurz, denn als sie gleich darauf sah, wie Wut seine Züge verzerrte, wünschte sie sich seine ausdruckslose Miene von vorher zurück.

»Ich muss hier kurz raus. Du bleibst«, knurrte er mühsam beherrscht. Schon ging er mit steifen Schritten zur Tür und riss sie auf. Im Hinausgehen zog er den Schlüssel ab, und nachdem er die Tür hinter sich zugeschlagen hatte, hörte sie, wie es im Schloss knirschte.

Er hatte sie eingesperrt.

So wenig Vertrauen hatte er zu ihr. Er war sich so sicher, dass sie schon wieder Reißaus nehmen würde, dass er sich nicht anders zu helfen wusste, als sie einzusperren.

Oder vielleicht versuchte er sie auch zu beschützen, denn im nächsten Moment war zu hören, wie etwas im Vorzimmer gegen die Wand krachte. Sie hörte Richard brüllen und gleich darauf Lisas leise Stimme, die beruhigend auf ihn einredete.

Hanna ging zu dem dunkelbraunen Ledersofa neben dem großen Panoramafenster und setzte sich. Sie hatte noch das iPhone in der Hand und begann zu tippen.

Ich hab's ihm gesagt. Sie schickte die SMS an Ruby.

Innerhalb von Sekunden kam die Antwort.

Wie hat er's aufgenommen?

Er hat mich in seinem Büro eingesperrt.

Geht es dir gut? Und ihm? Ruby, das Goldstück. Sie sorgte sich wie immer um sie beide.

Er ist kurz rausgegangen. Mir geht's gut. Ich glaube, er wirft mit Möbeln um sich.

Wenige Minuten später hörte Hanna, wie die Tür wieder aufgeschlossen wurde, und Lisas Gesicht tauchte im Türrahmen auf.

»Wie geht es Ihnen, Hanna?«

Hanna musste sich ein Schmunzeln verkneifen. Alle stellten ihr die Frage, die sie eigentlich Richard hätten stellen sollen. Ihr ging es gut. Sie war ein bisschen zittrig, hatte ein wenig Angst, aber ansonsten war mit ihr alles in Ordnung.

»Und Richard?«

»Er ist ein bisschen wütend. Es geht mich nichts an, aber ich glaube, ich habe so ungefähr verstanden, worum es geht. Ich habe ihm gesagt, er soll ein bisschen an die frische Luft und erst wiederkommen, wenn er sich beruhigt hat.« Hinter Lisa sah Hanna die Verwüstung, die Richard angerichtet hatte. Er hatte Stifteständer und diverse andere Gegenstände im Büro durch den Raum geworfen. »Möchten Sie vielleicht etwas trinken, während Sie auf ihn warten?«

»Ein Glas Wasser wäre nett, danke.« Ihr war gar nicht aufgefallen, wie trocken ihr Mund war, bis Lisa ihr ein Getränk angeboten hatte. Die Konfrontation hatte alle Feuchtigkeit aus ihr herausgesaugt.

Nach etwa zwanzig Minuten kam Richard zurück. Während sie wartete, schrieben Hanna und Ruby sich noch mehrere SMS, und auf diese Weise erfuhr Hanna, dass Richard mit seiner Schwester telefoniert hatte und sich zwischenzeitlich etwas gefangen zu haben schien. Trotzdem war Hanna auf alles gefasst, als die Tür aufging. Sie fürchtete sich vor Richards Zorn.

»Tut mir leid, dass ich dich eingesperrt habe.« Seine ersten Worte beruhigten sie. »Ich musste hier raus, sonst hätte ich womöglich noch etwas getan, was ich hinterher bereut hätte.«

»Ich bin diejenige, die sich entschuldigen muss.«

Richard ignorierte ihren reumütigen Gesichtsausdruck. »Ich habe Lisa gebeten, für uns beide Plätze im nächsten Flieger nach Frankreich zu reservieren. Heute Abend geht eine Maschine.«

»Ich habe morgen schon einen Flug …«, wollte sie protestieren, aber Richard brachte sie mit einer Handbewegung zum Schweigen.

»Es ist bereits alles erledigt. Während ich warte, dass man mein Gepäck herbringt, kannst du mir ein paar Fragen beantworten.« Er kam auf sie zu und setzte sich ihr gegenüber in einen Ledersessel. Im grellen Licht der Nachmittagssonne schienen seine Gesichtszüge schärfer. Sie verspürte den seltsamen Drang, die Kontur seines Kiefers mit dem Finger nachzuzeichnen.

»Gern.«

Richard lehnte sich zurück und fuhr sich mit der Hand durchs Haar. »Warum hast du mir nichts gesagt? War das aus Rache, weil ich bei Meredith geblieben bin, während sie sich von dem Unfall erholt hat? Das wäre nämlich ganz schön armselig von dir gewesen.« Die Worte sprudelten nur so aus ihm hervor, und jedes einzelne von ihnen traf Hanna mitten ins Herz.

Sie schüttelte energisch den Kopf. »Ich wollte es dir sagen. Ich habe es erst im vierten Monat gemerkt. Aber gleich nach dem Ultraschall habe ich dich angerufen.« Sie nahm das Glas Wasser und stürzte den Inhalt in einem Zug hinunter. »Deine Mutter ist an dein Handy gegangen. Sie hat mir gesagt, dass Meredith den Rest ihres Lebens an den Rollstuhl gefesselt sein würde und dass du dich um sie kümmern müsstest.«

Richard zerrte an seinen Haaren. Sie widerstand dem Drang, begütigend die Hand auf seinen Arm zu legen.

»Meine Mutter hat *was* gesagt?« Seine Stimme war kalt wie Eis.

»Sie hat gesagt, dass Meredith nie wieder laufen kann, und dass sie den Rest ihres Lebens im Rollstuhl verbringen muss.«

Eine drückende Stille trat ein. Richard brauchte eine ganze Weile, bis er die Sprache wiedergefunden hatte. »Warum sollte sie so etwas sagen?«

Hannas Herz fühlte sich an, als wäre es in einem Schraubstock eingespannt. Sie hatte schreckliche Angst, dass er ihr nicht glauben würde. Warum sollte er auch?

»Ich weiß nicht.« Sie schüttelte den Kopf. »Aber ich habe ihr geglaubt.« Am liebsten hätte Hanna die Zeit zurückgedreht, damit sie das Telefonat noch einmal führen und Caroline einige bohrende Fragen stellen konnte. Sie war so durcheinander gewesen – die Entdeckung, dass sie schwanger war, hatte ein derartiges Gefühlschaos in ihr angerichtet –, dass sie an nichts anderes gedacht hatte als daran, Richard davon zu erzählen. Caroline hatte ihre Unsicherheit schamlos ausgenutzt und das Gespräch abgewürgt, bevor Hanna überhaupt wusste, wie ihr geschah.

»Du weißt es nicht.« Schon wieder klang seine Stimme wie tot. Sie hatte keine Ahnung, was in ihm vorging. Sein Gesicht war eine Maske, und sie wollte ihn packen und so lange schütteln, bis er Gefühle zeigte – ganz egal welche. »Warum hast du mich später nicht noch mal angerufen?«

Hanna leckte sich über die spröden Lippen. »Wenn ich dir gesagt hätte, dass ich schwanger bin, hättest du Meredith verlassen. Das konnte ich ihr nicht antun. Ich dachte, sie wäre gelähmt und brauchte dich. Ich wusste, es würde dich in einen schrecklichen Gewissenskonflikt stürzen, wenn du dich zwischen uns entscheiden musst.«

»Das war eine Lüge.« Auf einmal kam Leben in sein zuvor noch völlig ausdrucksloses Gesicht. »Meine Mutter hat dich angelogen.«

»Sie wusste nicht, dass ich schwanger bin.« Hannas Stimme zitterte, und sie spürte Tränen in ihren Augen brennen. »Ich hätte es dir sagen sollen.«

Er stemmte sich aus seinem Sessel hoch und begann im Büro auf und ab zu gehen. »Ich kann dir nicht mal ansatzweise beschreiben, was ich gerade empfinde. Ich bin unglaublich wütend auf meine Mutter und auf dich – ich bin sogar wütend, weil Ruby meinen Sohn eher kennengelernt hat als ich. Wärst du nicht die Mutter meines Kindes, hätte ich wahrscheinlich nicht übel Lust, dich umzubringen.«

Hanna begann erneut zu zittern. Er war aufgewühlt, seinen Emotionen hilflos ausgeliefert, und sie konnte nachvollziehen, warum. Hätte man ihr gerade eröffnet, dass sie seit achtzehn Monaten ein Kind und nichts davon gewusst hatte, wäre sie außer sich vor Wut. Und verwirrt und verängstigt noch dazu.

Sie sah ihn an. »Du sagtest, du hast Fragen – Plural?«

»Wie lautet sein voller Name?«

Das wird jetzt weh tun, dachte sie. »Matthew Richard Vincent.«

»Du hast ihn nach mir benannt?«

»Ich konnte ihm nicht deinen Nachnamen geben, also hat er deinen Vornamen bekommen. Matthew bedeutet ›Geschenk Gottes‹.« Sie gestattete sich einen kleinen Seufzer. »Und das ist er wirklich, Richard.«

»Ist er gesund? Ist er glücklich?« Seine nächsten Fragen kamen Schlag auf Schlag.

Ihr Herz krampfte sich zusammen. Selbst während des größten emotionalen Aufruhrs seines Lebens hatte er das

Wohlergehen anderer im Sinn. Ihre Liebe zu ihm drohte aus ihrem Innern hervorzubrechen. Sie musste sie mit aller Macht zurückhalten.

»Er ist kerngesund und hat alle vorgeschriebenen Impfungen bekommen. Natürlich gab ein paar kleinere Unfälle und Blessuren, aber nichts Weltbewegendes.« Sie versuchte ihn unter Tränen anzulächeln. »Er ist das glücklichste Kind, das du dir überhaupt vorstellen kannst. Er lacht und spielt den ganzen Tag, und wenn ich unterwegs war und nach Hause komme, strahlt er mich immer an. Da fühlt man sich, als würde die Sonne aufgehen.« Das klang ziemlich schmalzig, aber sie konnte sich einfach nicht bremsen. »Und er ist so klug. Er kennt schon ganz viele Wörter und konnte schon laufen, als er noch kein Jahr alt war. Glaub mir, du wirst ihn lieben.«

Richards Miene verriet, dass er das jetzt schon tat.

»Ich muss ihn sehen«, sagte er rau. »Ich kann gar nicht glauben, dass das wirklich wahr ist.«

Erneut wollte Hanna die Hand ausstrecken und ihn streicheln. Das Gefühlschaos, in das sie Richard mit ihrer Neuigkeit gestürzt hatte, schien ihn völlig zu überfordern. Wie gerne hätte sie es ihm leichter gemacht »Es tut mir so leid. Ich wünschte, du hättest bei seiner Geburt dabei sein können.«

»War es eine unproblematische Entbindung?« Er hörte auf, im Raum hin und her zu gehen, und setzte sich wieder. Diesmal nahm er neben ihr auf dem Sofa Platz – das weckte ein Fünkchen Hoffnung in ihr.

»Ich dachte, es reißt mich auseinander, aber das Ergebnis war all die Schmerzen wert. In dem Augenblick, als man ihn mir in die Arme gelegt hat, wusste ich, dass ich es ohne zu zögern noch mal machen würde.«

»Hast du Fotos von ihm, als er noch ein Baby war?«

»Die älteren Bilder sind alle in einem Album zu Hause in Frankreich. Aber ich habe ein paar von ihm, als er in der Krabbelphase war.« Sie scrollte durch die Bilder auf ihrem Handy und zeigte Richard weitere Fotos. Er betrachtete eins nach dem anderen, und seine Augen leuchteten vor Staunen und Ehrfurcht.

»Er ist wunderschön«, flüsterte er.

»Ich kann es gar nicht erwarten, dass du ihn endlich kennenlernst.«

»Ruby hat mich am Telefon ein bisschen zuhören lassen. Er hat ›Mummy‹ gesagt.«

Hanna schluckte und lächelte unter Tränen. Sie vermisste ihren Matty so sehr und sie sehnte sich danach, ihn wieder in den Armen zu halten. Sie wischte sich über die feuchten Wangen.

»Er ist so ein kluger Junge.«

Die Tür öffnete sich, und Lisa steckte den Kopf ins Zimmer. »Jack ist mit Ihrem Gepäck hier. Wollen Sie gleich nach unten gehen?«

»Ja.« Richards Antwort war kurz und bündig. Er ging zu seinem Schreibtisch, schaltete seinen Rechner aus und packte seinen Laptop sowie einige Akten ein. Nachdem er den Reißverschluss der Tasche geschlossen hatte, wandte er sich an Hanna. »Gibt es bei dir zu Hause in Frankreich WLAN?«

Hanna nickte und fragte sich, wie lange Richard bei ihr zu bleiben gedachte. Dann kam ihr ein besorgniserregender Gedanke: Was genau waren seine Absichten? Er konnte ja nicht ewig in Frankreich leben. Würde er etwa versuchen, ihr Matty wegzunehmen? Er hatte jedes Recht, das gemeinsame Sorgerecht zu beantragen, und ganz egal wie schwer es ihr fallen würde, sie würde es ihm nicht verweigern.

Ursprünglich war sie davon ausgegangen, dass sie ihm die Neuigkeit mitteilen und dann zurück nach Frankreich fliegen würde. Im Wesentlichen würde ihr Leben so weitergehen wie bisher, mit dem einzigen Unterschied, dass Matty seinen Vater kennenlernen würde. Ihr Leben, fand sie, war schon kompliziert genug, aber das war nichts gegen das, was die Zukunft für sie bereithielt.

Richard trat nach draußen ins Vorzimmer, wo er ihre Tasche aufhob und sich über die Schulter schwang. Hanna folgte ihm mit klopfendem Herzen. Gedanken an die Zukunft ließen sie nicht los. Einerseits freute sie sich riesig, dass sie Matty schon in weniger als einem Tag wiedersehen würde. Doch es gab auch einen Teil in ihr, der so große Angst hatte, dass ihr das Atmen schwerfiel.

Es würde sich zeigen, ob das Schwerste hinter ihr lag.

Kapitel 23

13. Mai 2012

Richard saß zurückgelehnt in seinem Ledersitz und warf einen Blick aus dem kleinen ovalen Fenster. Zufrieden nahm er zur Kenntnis, dass sie endlich Land unter sich hatten. Der Flickenteppich aus Feldern tief unter ihnen war unverkennbar, selbst aus der Luft sah Europa ganz anders aus als die USA – kleiner, hübscher, eben besser an die Gemüter seiner Bewohner angepasst.

Zu denen auch sein Sohn gehörte.

Sein Sohn.

Er konnte die Worte in Gedanken wiederholen, sooft er wollte, wirklich begriffen hatte er es immer noch nicht. Zum allerersten Mal in seinem Leben hatte er vor dem Flug eine Beruhigungstablette genommen – in geringer Dosierung, gerade ausreichend, um seine Nerven zu entspannen und seinen Drang zu unterdrücken, Hanna Vincent abwechselnd zu küssen und zu erwürgen. Sie lag neben ihm und schlief, die langen mahagonibraunen Haare über den Kopfteil ihres Sitzes gebreitet. Zwei Transatlantikflüge in weniger als vierundzwanzig Stunden waren nicht spurlos an ihr vorübergegangen. Ihr wunderhübsches Gesicht sah schrecklich müde aus.

Er widmete sich wieder seinem Laptop und überflog die E-Mails, die er heruntergeladen hatte, bevor sie aufgebrochen waren. Nachdem er Lisa gebeten hatte, Plätze im nächsten Flieger zu buchen, hatte sie automatisch auch all seine Termine für die nächsten Tage abgesagt, allerdings würde er um einige Videokonferenzen wohl nicht herumkommen. Blieb zu hoffen, dass Hannas Internetverbindung der Aufgabe gewachsen war.

Erneut wurde er von einer Woge irrationalen Zorns erfasst. Seine Gesichtszüge verkrampften sich, weil er sich anstrengen musste, seine Wut im Zaum zu halten, und er ballte die Hände zu Fäusten. Jedes Mal wenn er sie ansah, wenn er daran dachte, was sie getan hatte, regte sich in ihm dieses Bedürfnis, ihr etwas anzutun. Es war die reinste Qual.

Ein ersticktes Schluchzen riss ihn aus seiner Wut, und als er sich umwandte, sah er, dass Hanna aufgewacht war. Sie hatte die Hand vor den Mund gepresst, und ihre Wangen waren nass von Tränen. Augenblicklich war sein Ärger verraucht, und Besorgnis trat an seine Stelle. Er verfluchte sich für seine Stimmungsschwankungen.

Er würde *nicht* die Hand nach ihr ausstrecken und ihre Tränen wegwischen. Dieses Mal nicht. Auch nicht, wenn seine Hand bereits in der Luft war und förmlich darauf brannte, ihre Wange zu berühren.

»Entschuldige.« Ihre Stimme war kaum lauter als ein Flüstern. »Aber du sahst so furchtbar wütend aus.«

Richard holte tief Luft. Wie sehr Hanna sich auch nach Vergebung sehnte, dies war nicht der passende Ort für eine solche Unterhaltung. Die Kabine war zwar abgedunkelt, doch das häufige Kommen und Gehen der Flugbegleiter und die zahlreichen Passagiere, die durch den Gang zur Toilette wollten, sorgten nicht gerade für eine lauschige Atmosphäre. Die Vorwürfe würden warten müssen, bis sie in Frankreich landeten. Bis sie in der Villa waren.

Bis er seinen Sohn traf.

Die Anschnallzeichen über ihren Köpfen leuchteten auf, und kurz darauf folgte die Ansage des Kabinenchefs, dass der Landeanflug begonnen habe. Erneut starrte Richard aus dem Fenster und staunte über die Schönheit der Landschaft tief unter ihnen. Das weiße Licht der Morgensonne stach in seinen Augen. New York kam ihm bereits unendlich weit weg vor, wie eine Stadt aus einem Traum.

»Ich habe veranlasst, dass uns ein Wagen am Flughafen abholt.« Er bemühte sich um einen sachlichen, neutralen Ton. Direkt neben ihr zu sitzen war wirklich keine gute Idee. Er brauchte sie nur anzusehen, und seine Gefühle spielten vollkommen verrückt. Weshalb er sich sehr viel Mühe gab, sie *nicht* anzusehen.

»Danke.«

»Ruby und Tom warten in der Villa auf uns. Danach fahren sie für ein paar Tage nach Monaco. Das gibt uns die Möglichkeit, alles zu klären.«

Er spürte, wie Hanna sich neben ihm versteifte. Ihr Arm war nur wenige Millimeter von seinem entfernt, und ihre Finger trommelten nervös auf der Armlehne. Er krallte die Finger in seinen Oberschenkel und unterdrückte mit aller Macht den Drang, ihre Hand zu nehmen und mit dem Daumen sanft über ihre Knöchel zu streichen, bis sie sich beruhigte.

»Sie fahren weg?«, fragte sie mit bebender Stimme. »Ich hatte eigentlich gehofft, ein bisschen Zeit mit Ruby verbringen zu können.«

Richard schüttelte den Kopf. Er starrte noch immer auf ihre Hand. »Ich will meinen Sohn kennenlernen. Ohne dass andere Leute dabei sind.«

Wieder ein ersticktes Aufschluchzen. Selbst mit abgewandtem Blick wusste er, dass sie sich gerade auf die Lippe biss. Er kannte diese Frau in- und auswendig; ihr Lachen und ihr Weinen.

Ihre Lügen.

Das Flugzeug ging in den Sinkflug, und es knackte in Richards Ohren. Hanna griff nach der Wasserflasche in ihrem Getränkehalter und trank in hastigen Schlucken. Er hatte ganz vergessen, wie empfindlich ihre Gehörgänge waren. Auf ihren wenigen gemeinsamen Flügen zwischen New York und London hatte er immer ihr Haar gestreichelt, während sie verzweifelt schluckte, um den Druck auf ihren Trommelfellen auszugleichen.

Er biss die Zähne zusammen. Er würde *nicht* zu ihr hinsehen.

Sie nahm die Hand von der Armlehne. Unwillkürlich folgte sein Blick der Bewegung bis zu ihren dichten, gewellten Haaren, die im Licht rötlich schimmerten. Sie presste sich die Hand aufs Ohr. Ihr Gesicht war schmerzverzerrt.

»Komm her.« Er zog ihren Kopf an sich und kraulte ihre Haare. In einem lange vergessenen Rhythmus massierte er ihre Kopfhaut und spürte, wie sie sich ganz allmählich entspannte.

Sie weinte immer noch. Dort, wo ihr Gesicht sein Hemd berührte, bildete sich ein nasser Fleck. Er legte ihr die Hand an die Wange und wischte sie trocken.

»Danke.« Ihre Stimme wurde durch seine Brust gedämpft. Er wusste nicht genau, wofür sie ihm dankbar war – dafür, dass er aus reiner Menschlichkeit versuchte, sie in ihrem Schmerz zu trösten? Weil er sie endlich berührt hatte? Oder weil sie durch diese Geste wieder Hoffnung schöpfen konnte, eine gütliche Einigung mit ihm zu erzielen und zu einer freundschaftlichen Beziehung zurückzufinden?

Nachdem sie ausgestiegen waren, trennten sich ihre

Wege vorerst; Hanna konnte ohne Passkontrollen weitergehen, weil sie Europäerin war, während Richard sich in die Schlange der »anderen Nationalitäten« einreihen musste. Sie wartete beim Gepäckkarussell auf ihn; sie hatte sogar schon seinen Koffer vom Band geholt und ihn auf einen Trolley gewuchtet. Ihr Umgang miteinander war unerträglich höflich.

Die Fahrt zur Villa dauerte eine knappe Stunde. Es war ein klarer Frühlingstag; die Felder waren grün und die Straßen voller kleiner Autos mit jaulenden Motoren, die keinen erkennbaren Verkehrsregeln zu folgen schienen. Hin und wieder schoss ein Kleinwagen, meist ein Renault oder Citroën, links an ihnen vorbei, und Hanna zuckte vor Schreck zusammen.

Als sie vor Toms Haus hielten, stand Richard vor Staunen der Mund offen. Als Hanna von einer »Villa« gesprochen hatte, hatte er sich ein malerisches Landhäuschen mit zwei, höchstens drei Schlafzimmern vorgestellt, bei dem die weiße Farbe abblätterte und die Fensterläden nicht richtig schlossen. In Wahrheit glich das Haus eher einem Palast. Selbst Richard, der an Wohlstand und Luxus gewöhnt war, kam es riesig vor. Zu wissen, dass sein Sohn in einem solchen Haus aufwuchs, war für ihn wie ein Schlag ins Gesicht.

Der Fahrer stieg aus und lud Richards Gepäck aus dem Kofferraum, ehe er Hanna mit einem kurzen Lächeln ihre Reisetasche reichte. Richard nahm alle Gepäckstücke, und sie gingen wortlos zum Eingang. Sie waren beide mit ihren eigenen Gedanken beschäftigt. Erst, als sie an der Haustür ankamen, brach Hanna das Schweigen.

»Wie wollen wir es machen?« Sie klang jetzt ein wenig gefasster, als gäbe ihr die vertraute Umgebung Sicherheit. »Soll ich dich als einen Freund vorstellen? Für Matty spielt es wahrscheinlich keine große Rolle, er ist ja noch klein. Aber ich will nichts tun, womit du dich nicht wohlfühlst.«

»Ich bin sein Vater, Hanna«, gab Richard mit neu erwachtem Zorn zurück. »Vielleicht können wir damit anfangen.«

Hanna schluckte und nickte. »In Ordnung. Aber er ist Fremden gegenüber meistens ein bisschen schüchtern. Du musst ihm etwas Zeit geben. Sei nicht enttäuscht, wenn er sich anfangs zurückhält.«

Ehe er die Chance hatte, etwas zu entgegnen, wurde die Tür geöffnet, und Tom erschien auf der Schwelle. Er hatte ein breites Grinsen im Gesicht und ein kleines Kind auf dem Arm, das vor lauter Aufregung strampelte und zappelte.

»Er hat es nicht mehr ausgehalten, Hanna. Er war schon auf dem Weg zur Tür.«

Richard versuchte seine plötzlich aufflammende Eifersucht herunterzuschlucken, als Matty die Arme nach seiner Mutter ausstreckte und wild draufloszuplappern begann. Hanna nahm ihn Tom ab und umarmte ihn ganz fest. Sie vergrub das Gesicht in seinem Haar und sagte ihm, wie sehr er ihr gefehlt hatte.

Er hatte ihr gefehlt?

Was glaubte sie denn, wie er sich fühlte?

Als hätte sie seine Gedanken gehört, hob Hanna den Kopf und sah Richard an. Ihre Lippen verzogen sich zu einem Lächeln. Sie drehte sich ein wenig zur Seite, damit er Mattys Gesicht sehen konnte, und mit einem Schlag war all sein Ärger verflogen.

Sein Sohn war wunderschön.

Seine dunkelbraunen Augen waren groß und ausdrucksvoll. Er hob die Hand zum Mund und begann am Daumen zu nuckeln, während er Richard interessiert musterte. Seine dunkelblonden Haare fielen ihm in die Stirn; Richard hatte genügend Fotos aus seiner eigenen Kindheit gesehen, um zu wissen, dass die Farbe im Laufe der Zeit immer dunkler werden würde, bis sie irgendwann seiner, Richards, Haarfarbe glich.

Matty zog seine dünnen Augenbrauen zusammen, allerdings nicht weil er im Begriff war zu weinen, sondern vor Konzentration. Er nahm den Daumen aus dem Mund – er glänzte noch von Speichel – und zeigte auf Richard.

»Da?«

Hanna begegnete Richards Blick und sah ihn aufmunternd an. »Das ist dein Daddy, Schätzchen.«

Matty zuckte die Achseln, unbeeindruckt von der Neuigkeit. Die Worte bedeuteten ihm nichts. Richard wusste nicht genau, ob er erleichtert war, dass er so problemlos akzeptiert wurde, oder verärgert, weil er um eine tränenreiche Wiedervereinigung betrogen worden war.

Sein Herzschlag beschleunigte sich, als er sah, wie sein Sohn ihn weiterhin aufmerksam betrachtete. Er war ein wunderschönes Kind, in dem sich die besten Eigenschaften seiner Eltern zu einem neuen, vollkommenen Ganzen vereint hatten. Richard bemühte sich, ruhig zu atmen und seine Emotionen zu zügeln. Er wollte seinen Sohn nicht erschrecken. Matty streckte die Hand aus, berührte Richards Gesicht, und die winzigen Falten zwischen seinen Augenbrauen verschwanden. Stattdessen breitete sich ein freudiges Lächeln auf seinem Gesicht aus.

»Datty.«

Die Berührung der weichen Hand seines Sohnes an seiner Wange war unbeschreiblich. Er wollte die Augen schließen und das Gefühl genießen. Er wollte Mattys Hand nehmen und ihn an sich drücken. Er wollte ihn Hanna aus den

Armen reißen und ihn wild im Kreis herumwirbeln, um ihm zu zeigen, wie überglücklich er war, ihn kennenlernen zu dürfen.

Seinen Sohn.

Seinen Sohn.

»Hi, Matthew.« Richards Mundwinkel berührten fast seine Ohren, so breit war sein Grinsen. »Na, wie geht's dir denn so?«

Matty nickte, als verstünde er jedes Wort, dann streckte er die Arme nach Richard aus und begann erneut zu zappeln, bis Hanna ihn an Richard weiterreichte. Im ersten Moment begriff Richard gar nicht, was Hanna von ihm wollte, doch sein Köper war schneller als sein Verstand. Noch ehe er über irgendetwas nachdenken konnte, hielt er seinen Sohn bereits im Arm, und sein kleines Gesichtchen war ihm plötzlich so nahe, dass er Mattys schnellen Atem auf der Haut spürte.

»Hmm.« Matthew piekste Richard mit dem Finger in die Wange und lachte. Sein Lachen war ansteckend. Richard stimmte mit ein, rückte Matthew auf seinem Arm zurecht und genoss das Gefühl, seinen Sohn ganz nah bei sich zu haben. Er staunte, wie leicht er war und wie perfekt sein kleiner Körper in seine Arme passte.

»Er ist wirklich ein Prachtkerl.« Richard sah Hanna mit ganz neuen Augen. Wie konnte er eine Frau hassen, die etwas derart Vollkommenes auf die Welt gebracht hatte?

»Er mag dich. Normalerweise geht er nicht gleich auf Fremde zu.« Ihre Stimme war gefasst, doch er sah das verräterische Glänzen in ihren Augen. Sie strich sich eine Haarsträhne hinters Ohr und wandte den Blick ab. »War bei euch so weit alles okay, Tom?«

Richard hatte ganz vergessen, dass sie nicht allein waren,

und sah auf. »Hi, Tom.« Er verlagerte Matty auf seine linke Hüfte und streckte Tom zum Gruß die Hand hin.

»Richard, schön dich zu sehen.« Toms Grinsen war genauso breit wie Richards. »Hat ja lange genug gedauert.« Er sah Hanna mit hochgezogenen Brauen an. Die hatte den Anstand, ein betretenes Gesicht zu machen.

»Wo ist Ruby?« Hanna stellte sich auf die Zehenspitzen, damit sie über Toms Schulter ins Haus spähen konnte. »Ich dachte, sie würde uns als Allererste begrüßen.«

»Hat verschlafen«, antwortete Tom in absichtlich lautem Flüsterton. »Ich bin mit Matty schon seit fünf Uhr wach.«

Matty nickte energisch, als nähme er regen Anteil an der Konversation. »Wach.«

»Genau, Matty. Wach und auf den Beinen. Du weißt gar nicht, wie froh du mich damit gemacht hast.« Toms Stimme war todernst. »Das ist ab jetzt dein Job, Richard. Viel Spaß.«

»Den hab ich bestimmt.« Sein Grinsen schien in seinem Gesicht wie festgewachsen. »Ich glaube nicht, dass ich mit dem Frühaufstehen Probleme haben werde.« Oder mit seinem Jetlag. Er hatte nicht die Absicht, auch nur eine Minute mit seinem Sohn zu verschenken.

»Hi, Richard!« Rubys Stimme schallte durch den gefliesten Eingangsbereich der Villa. Erst war das laute Klappern ihrer Schritte zu hören, als sie die Treppe hinunterlief, dann kam etwas Grünes quer durch die Halle geschossen und machte kurz vor ihm Halt. »Ich kann nicht glauben, dass ich das große Wiedersehen verpasst habe! Und das, nachdem ich es tagelang geplant habe.« Sie drehte sich um und boxte Tom in den Arm. »Ich habe dir doch gesagt, du sollst ihn nicht mit rausbringen!«

»Keine Gewalt«, mahnte Tom sie gutmütig. Das Leuchten in seinen Augen verriet Richard sofort, dass zwischen den beiden mehr war als nur Freundschaft. Er versuchte, den Gedanken abzuschütteln. Die Rolle des großen, um seine Schwester besorgten Bruders würde warten müssen; im Moment hatte er Wichtigeres zu tun.

»Findest du ihn nicht toll, Richard? Ist er nicht ein Goldstück?« Ruby schien Toms Fehlverhalten bereits vergessen zu haben und begann nun, für Matty Grimassen zu schneiden, der prompt zu glucksen anfing. »Das sieht ja richtig professionell aus, wie du ihn hältst. Hast du eigentlich schon mal ein Kleinkind im Arm gehalten? Weißt du, was du da tust?« Sie wirkte beinahe enttäuscht, dass sie zwischendurch im Reden innehalten und Atem holen musste.

»Als du ein Baby warst, habe ich dich stundenlang mit mir rumgetragen. Du warst total weinerlich und hast unglaublich geklammert, außerdem musste man bei dir ständig die Windeln wechseln.« Richard sah Ruby vielsagend an. Röte stieg ihr in die Wangen, und sie schielte zu Tom, weil sie wissen wollte, ob er die Bemerkung gehört hatte. »Insofern denke ich, dass ich der Aufgabe gewachsen bin.«

Der Tag verging in einem Wirbel aus Windelwechseln, Essen und knallbuntem Plastikspielzeug. Zwischendurch, wenn Matty nicht schlief oder sie miteinander spielten, musste Richard immer wieder kurz innehalten und staunen, dass dieser Tag für andere Menschen ein ganz normaler Mittwoch war. Für ihn war er ein Tag der Wunder. Er hatte nur Augen für seinen kleinen Sohn und sah ihm voller Entzücken dabei zu, wie er auf seinen wackligen, aber stämmigen Beinchen von einem Zimmer ins nächste rannte. Überhaupt schien Rennen seine Lieblingsbeschäftigung zu sein. Er sprühte nur so vor Energie – bis zu dem Moment hin, an dem ihn schließlich am Abend die Müdigkeit übermannte.

Wie ein elektronisches Spielzeug, bei dem die Batterien leer waren, blieb er plötzlich stehen, ging zu Hanna, kuschelte sich in ihre Arme, steckte den Daumen in den Mund und deutete auf ein Buch.

Hanna erklärte Richard, welche Temperatur das Wasser haben musste, wenn er Matty ein Bad einließ, und zeigte ihm Tricks, wie man Matty die Windel wechselte, ohne dass dieser mit seinem andauernden Gezappel eine Sauerei anrichtete. Bei jedem Handgriff gab sie ihm Ratschläge oder berichtete von ihren Erfahrungen, und es gab Momente, da hätte er sie am liebsten beiseitegeschoben und ihr gesagt, sie solle ihn gefälligst in Ruhe lassen. Er war ein intelligenter Mensch, da sollte man doch wohl annehmen, dass er mit einem anderthalbjährigen Kind zurechtkam.

Seinen Sohn ins Bett zu bringen, war ein bewegendes Erlebnis. Hanna hatte das Kinderzimmer bereits vor der Geburt eingerichtet, obwohl sie das Geschlecht des Babys damals noch gar nicht gekannt hatte. Er war warm und behaglich – eine Oase der Ruhe. Sie gingen zusammen mit Matty hinein. Hanna hielt ihn eng an ihre Brust gedrückt, doch als sie im Zimmer ankamen, hob Matty den Kopf und strampelte, bis sie ihn auf dem Boden abstellte.

Auf nackten Füßen wackelte er zu seinem hellblauen Bücherregal, zog ein abgegriffenes, oft gelesenes Buch heraus und nahm es in beide Hände. Dann ging er mit dem Buch zu Richard und streckte es ihm mit einer Miene entgegen, die dieser nicht so recht zu deuten wusste.

»Schichte.« Als wüsste er, dass Richard noch ein Anfänger war, nahm Matty ihn bei der Hand und führte ihn zu dem blauweiß gemusterten Schaukelstuhl, der neben seinem Bettchen stand. Richard setzte sich hinein und half Matty, auf seinen Schoß zu klettern, wo dieser sich gemütlich zusammenrollte und abermals den Daumen in den Mund steckte.

Richard bettete Mattys Kopf an seine Brust und genoss die Wärme, die durch seinen Körper floss. Es war fast unmöglich zu glauben, dass er vor zwei Tagen nicht einmal von Mattys Existenz gewusst hatte. Und jetzt *war* Matty Richards Existenz.

»Lesen«, befahl sein Sohn, und Richard verkniff sich ein Schmunzeln. Er klappte die dicken Pappseiten auf, wobei er acht gab, die Ecken nicht noch weiter auszufransen, dann begann er mit sanfter, volltönender Stimme vorzulesen.

»Es war einmal in einem weit entfernten Land …«

Er blätterte die Seiten um, las den Text vor, erklärte Matty die Bilder und sah zu, wie die Lider seines Sohnes immer schwerer wurden, bis er sie kaum noch offen halten konnte. Richard legte ihm behutsam eine Hand an die kleine, runde Wange und fühlte die Bewegung der weichen Haut unter seinen Fingern, als Matty, schon halb im Schlaf, lächelte. Bei der Vorstellung, ihn immer bei sich zu haben, ihn jederzeit im Arm halten zu können, zog sich sein Herz zusammen. Matty gehörte jetzt ihm, genauso wie er Hanna gehörte, und Richard würde ihn nie mehr fortlassen.

Von allem, was in den letzten zwölf Jahren passiert war – angefangen bei ihrer ersten Begegnung bis hin zu Hannas zweitem Verschwinden –, von alldem konnte er nicht eine Sekunde bereuen. Nicht, wenn es zur Geburt dieses Kindes geführt hatte. Was immer er für Hanna empfand oder wie er ihr Handeln beurteilte, er brachte es nicht über sich, eine Frau zu hassen, die mit so viel Zuneigung für Matthew sorgte.

Den ganzen Tag über hatte er gesehen, wie ihre Augen

vor Liebe schier überquollen, während sie ihren Sohn beobachtete, mit ihm spielte, ihn auf den Arm nahm, wenn er weinte, oder ihn sanft zurechtwies, wenn er etwas getan hatte, was er nicht durfte. Egal, was sie sagte oder tat – Matthew stand immer im Mittelpunkt.

Er war das Wichtigste in ihrem Leben. Und jetzt auch in seinem.

Nachdem Matthew eingeschlafen war, drückte Richard noch einen Kuss auf sein weiches dunkelblondes Haar, ehe er ihn behutsam in sein Bettchen legte. Er deckte ihn zu und stand noch eine Weile da. Er wollte sich das Bild seines friedlich schlafenden Sohnes ganz tief ins Gedächtnis einprägen, damit er den restlichen Abend davon zehren konnte.

Als er sich schließlich zum Gehen wandte, sah er Hanna in der Tür stehen. Tränen liefen ihr über das Gesicht, und sie hatte die Hände ineinander verkrampft. Er verspürte den Impuls, sie in die Arme zu nehmen, wollte ihr aber keine falschen Signale geben. Zwischen ihnen war noch längst nicht alles im Reinen.

Weiß Gott nicht.

»Können wir reden?«, fragte sie.

»Nicht heute Abend.« Sein Tonfall verbot jede weitere Diskussion. »Ich bin todmüde und gehe jetzt ins Bett.«

»Wann dann?« Hanna ließ nicht locker. Seine kühle Fassade bröckelte ein wenig.

»Den Zeitpunkt bestimmt ich, Hanna, nicht du.« Seine wütend hervorgestoßene Erwiderung ließ sie einen Schritt zurückweichen. »Heute war ein sehr anstrengender Tag, und ich muss erst mal nachdenken. Gute Nacht.«

»Gute Nacht.« Ihre Worte waren leise und zittrig. Es kostete ihn all seine Willenskraft, sich umzudrehen und zu gehen.

Aber er schaffte es, und er wusste auch, warum. Es ging hier nicht mehr nur um sie beide. Es ging nicht um eine Frau und einen Mann, die dumm gewesen waren und ihre Liebe nicht hatten festhalten können. Es ging um ihren Sohn, ein wundervolles, einzigartiges Kind, das ein Anrecht auf ein glückliches Leben hatte.

Matty war jetzt der Mittelpunkt seiner Welt, und nichts und niemand würde sie auseinanderreißen.

Kapitel 24

18. Mai 2012

Der Regen trommelte auf das Dach und hörte sich an wie Hufgetrappel. Hanna seufzte laut und sah zu, wie Matty rastlos von einem Zimmer ins nächste rannte, weil er nicht wusste, was er mit seiner überschüssigen Energie anstellen sollte. Das Sommergewitter war ganz plötzlich aufgezogen. Innerhalb von Sekunden hatte sich der gelbblaue Morgenhimmel grau gefärbt, und die Luft war immer drückender geworden, bis die Wolken den Regen schließlich nicht länger halten konnten. Es begann nicht mit einem sanften Prasseln gegen die Fensterscheiben; das Unwetter setzte gleich mit voller Stärke ein, und genauso ging es auch weiter.

Matty hielt sich nicht gerne drinnen auf. Er brauchte frische Luft und Gras und Sand unter seinen Füßen. Er liebte es, draußen auf Entdeckungsreise zu gehen, Blumen zu pflücken und Tieren nachzulaufen, die ihm natürlich immer entwischten, woraufhin er kleine frustrierte Schreie ausstieß. Im Haus fühlte er sich eingesperrt. Der Druck seiner angestauten Energie schien immer größer zu werden, bis Hanna irgendwann das Gefühl hatte, das Dach würde vom Haus fliegen.

Jetzt hämmerte er gegen die Tür zur Orangerie. Dort saß Richard und arbeitete. Während einer ihrer steifen Wortwechsel hatte er etwas von einer Videokonferenz gemurmelt. Hanna fasste Matty am Arm und versuchte ihn zum Schweigen zu bringen und von der Tür wegzulocken.

»Nein!« Mattys Gesicht war wutverzerrt. Hanna schluckte und nahm all ihren mütterlichen Mut zusammen.

»Komm von der Tür weg, Matty«, sagte sie streng. Denn eins hatte sie gelernt: Eine strenge Stimme bedeutete, dass er auf sie hörte.

»Nein!« Matty schüttelte den Kopf, drehte sich wieder zur Tür und begann mit der Faust dagegenzuschlagen. Hanna stöhnte, dann nahm sie ihn kurzerhand auf den Arm und trug ihn von der Tür weg. Einen Moment lang starrte Matty sie mit weit geöffnetem Mund an, als könne er nicht fassen, dass er seinen Willen nicht bekam. Dann begannen seine Lippen zu beben, er kniff die Augen zusammen, und ein klagender Schrei drang aus seiner Kehle.

Sie versuchte ihn so schnell wie möglich aus der Gefahrenzone zu bringen, aber Matty hatte erstaunlich starke Lungen. Keinen Augenblick später öffnete Richard die Tür der Orangerie, kam in die Halle und sah die beiden fragend an.

»Ist alles in Ordnung mit ihm?«, fragte er sanft.

»Es tut mir leid, wir wollten dich nicht stören. Er kriegt hier drinnen langsam einen Koller.«

Sie litt Höllenqualen. Ein Blick hier, ein knappes, bemüht höfliches Wort da. Jede Interaktion mit Richard war für sie die reinste Folter, angefangen bei den gemeinsamen Morgen am Küchentisch bis hin zu den Abenden, wenn er, nachdem sie Matty zu Bett gebracht hatten, wortlos an ihr vorbeiging und auf seinem Zimmer verschwand.

Langsam hielt sie es nicht mehr aus. Sie musste mit ihm reden – und sie wollte hören, was er zu sagen hatte. Dabei war es ihr völlig egal, ob er seinen Ärger an ihr ausließ oder ihr sagte, wie sehr er sie hasste – sollte er schreien und toben, so viel er wollte. Das alles würde sie schon irgendwie ertragen, war es doch unendlich viel besser als diese steife, höfliche Unnahbarkeit.

Er war jetzt seit fünf Tagen hier. Fünf Tage lang schlichen sie nun schon umeinander herum und vermieden das eine wichtige Thema: ihre Zukunft. Es war, als wüsste er, dass sein Schweigen ihr ungleich mehr zusetzte, als seine Wut und Vorwürfe es je gekonnt hätten.

Wie recht er hatte.

Matty begann auf ihrem Arm zu zappeln. Er wollte heruntergelassen werden und zu seinem Vater. Richard machte schmunzelnd einige Schritte auf sie zu. Als er nur noch wenige Meter von Matty entfernt war, streckte dieser ihm die stämmigen Ärmchen entgegen und strampelte noch heftiger.

»Dad!« Seine Stimme überschlug sich fast. »Daddy!«

Hanna erstarrte.

Dann ging ihr das Herz auf. Ihr war, als würde es immer weiter wachsen, bis es gegen ihre Rippen drückte und sie dachte, sie müsste platzen. Sie sah Richard an. In seinen Augen schimmerten Tränen.

»Er hat Daddy zu mir gesagt.«

Hanna nickte, und nun liefen ihre eigenen Tränen über. Richard nahm ihr Matty aus dem Arm, zog ihn an seine Brust und wiegte den Kopf seines Sohnes in seiner großen Hand.

»Kannst du das noch mal sagen, Matty?«, wisperte er. »Sag noch mal Daddy.«

Matty sah zu seinem Vater hoch, und seine Augen blitzten, als ihm klarwurde, dass es sich um ein neues Spiel handelte. Er spielte für sein Leben gern.

»Daddy.« Das Wort brachte ihm ein entzücktes Quietschen von Hanna und einen Kuss von Richard ein. Erneut wechselten sie einen Blick, und Hanna fiel in Richards Miene eine Sanftheit auf, die sie zuvor nicht wahrgenommen hatte. Am liebsten hätte sie sich darin eingewickelt wie in eine weiche, warme Decke.

»So ein kluger Junge.« Sie streichelte ihm über den Kopf, und seine weichen Haare kitzelten ihre Handfläche.

Richard starrte sie weiterhin an, bis sie merkte, wie ihr die Röte in die Wangen kroch. Er zog sie an wie ein Magnet, ihre Augen klebten förmlich an seinen. In ihrem Innern sprudelten die Gefühle hoch wie Kohlensäure in einer gerade geöffneten Flasche Champagner. Er hatte ihr nicht verziehen – das wusste sie, und was noch schlimmer war: Sie konnte es verstehen –, aber sie wollte die Hoffnung nicht aufgeben, dass er eines Tages vielleicht dazu bereit wäre.

»Ich muss noch meine Konferenz beenden.« Richards Stimme war belegt. Ein Muskel zuckte in seinem Gesicht, und sie hätte gerne die Hand an seine Wange gelegt und die Anspannung weggestreichelt.

»Ich nehme ihn wieder«, bot sie ihm an und streckte die Arme aus. Matty aber wollte nicht und klammerte sich an Richard fest. Sie beide mussten lächeln.

»Er kann mit mir reinkommen, wenn du nichts dagegen hast. Es dürfte höchstens noch ein paar Minuten dauern.« Da war sie wieder, diese Höflichkeit.

Kleine Schritte, beschwor sie sich.

»Kein Problem. Ich bin in der Küche, falls du mich brauchst.« *Frag, ob ich auch mitkommen will. Bitte sag, ich soll mit reinkommen.*

»Wir kommen schon zurecht.« Mit diesen Worten drehte er sich um und verschwand mit Matty in der Orangerie. Hanna saugte an ihrer Unterlippe, starrte Richards

Rücken hinterher und rief sich die SMS ins Gedächtnis, die Ruby ihr am Morgen geschickt hatte.

Gib ihm Zeit. Er ist es wert.

Als der Abend kam, war Hanna wie zerschlagen von der ständigen Anstrengung, höflich lächeln und wie auf Zehenspitzen gehen zu müssen. Im Laufe der letzten Tage hatten sie sich angewöhnt, zusammen mit Matty zu Abend zu essen. Danach badeten sie ihn und brachten ihn gemeinsam ins Bett. Richard brachte sich mit großem Eifer ein, und er strahlte immer über das ganze Gesicht, wenn er mit seinem Sohn spielte oder mit ihm durchs Haus tobte. Doch die ganze Zeit vermieden sie krampfhaft das eine Thema, das wie ein Damoklesschwert über ihnen hing.

»Er schläft jetzt«, wisperte Richard, als er aus dem Kinderzimmer trat.

Hanna lächelte und schob sich an ihm vorbei. Sie vermutete, dass Richard wie gewohnt in seinem Schlafzimmer verschwinden würde. Sie blieb vor Mattys Bettchen stehen, beugte sich hinab und streichelte sein wunderschönes Gesicht. Ihre Finger ruhten kurz auf seiner rundlichen Wange.

»Gute Nacht, mein süßer Prinz.« Sie küsste ihren Zeige- und Mittelfinger und legte sie an seine Stirn. Wenn sie Matty ins Bett brachte, war das stets eine bittersüße Erfahrung. Einerseits war sie froh, weil ein langer, anstrengender Tag vorbei war und sie den Rest des Abends für sich hatte. Andererseits vermisste sie sein Lachen und das Gefühl seiner warmen Ärmchen, die sich voller Zuneigung um sie schlangen.

Sie verließ geräuschlos sein Zimmer und zog die Tür hinter sich zu. Sie war so in Gedanken versunken, dass sie im ersten Moment gar nicht bemerkte, dass Richard immer noch da war. Er stand gegen die Wand gelehnt, die Hände in den Hosentaschen, so dass die Sehnen an seinen Armen deutlich sichtbar hervortraten.

»Willst du reden?«

Ihr Magen machte einen unangenehmen Satz. Dies war der Moment, auf den sie die ganze Woche gewartet hatte. Doch nun, da er gekommen war, zitterte sie vor Angst.

Sie nickte stumm. Richard stieß sich von der Wand ab und ging voran in Richtung Wohnzimmer. Sie folgte ihm in einiger Entfernung. In ihrem Kopf war ein einziges Durcheinander aus Gedanken und Gefühlen.

Auf dem Tisch standen eine entkorkte Rotweinflasche und zwei halbvolle Gläser. Hanna fragte sich, ob es klug war, mit Richard Alkohol zu trinken. Sie konnte auch so schon an nichts anderes mehr denken als an ihn. Wie viel schlimmer würde es erst werden, wenn sie alkoholisiert war?

»Ich dachte, das hilft vielleicht ein bisschen.« Er hielt ihr ein Glas hin. Hanna nahm es am Stiel, spürte das dünne Kristall zwischen den Fingern und fragte sich, ob es brechen würde, wenn ihre Anspannung noch weiter wuchs.

»Danke«, murmelte sie und setzte sich ihm gegenüber. Sie war froh, dass der Couchtisch zwischen ihnen stand. Sie hob das Glas an die Lippen, nahm einen Schluck und ließ die warme, vollmundige Flüssigkeit über ihre Zunge gleiten, ehe sie schluckte.

Richard räusperte sich. »Unser Sohn ist ein tolles Kind.«

Sie nickte. Der Kloß in ihrem Hals wurde immer größer. »Ja.«

»Ehrlich gesagt habe ich immer noch keine Ahnung, wie ich mit der ganzen Situation umgehen soll. Aber wir müssen uns auf Matty konzentrieren.« Er fuhr mit der Fingerspitze am oberen Rand seines Glases entlang. »Sein Wohl ist das Allerwichtigste.«

»Für mich auch«, pflichtete sie ihm mit einem zaghaften Lächeln bei.

»Du bist eine großartige Mutter, Hanna. Ich will ihn dir auf gar keinen Fall wegnehmen.«

Sie hatte das Gefühl, als würde ihr eine schwere Last von den Schultern genommen.

»Aber ich habe genauso das Recht, Zeit mit ihm zu verbringen, wie du«, fügte er hinzu, bevor er flüsterte: »Jetzt, wo ich ihn kennengelernt habe, will ich nicht mehr ohne ihn sein.«

»Ich weiß.« Ihr Herz füllte sich mit Zuneigung. »Ich will auch, dass du Zeit mit ihm verbringst. Du bist sein Vater, und er liebt dich.« So, wie Matty sich Richard gegenüber verhielt, konnte daran kein Zweifel bestehen. »Ich habe noch nie erlebt, dass er so schnell zu jemandem Vertrauen gefasst hat.«

Richard leerte sein Glas und stellte es auf den Tisch. »Das Problem ist nur, dass wir in verschiedenen Ländern leben. Was sage ich – auf verschiedenen Kontinenten.«

Da war es schon wieder: dieses eine, scheinbar unüberwindbare Hindernis, das ihnen seit zwölf Jahren das Leben schwermachte. Nur dass die Lage jetzt noch komplizierter geworden war.

»Wir können es schaffen«, hielt Hanna dagegen, unsicher, ob sie ihn oder sich selbst überzeugen wollte. »Wenn wir bereit sind, es wirklich zu versuchen.«

Richard beugte sich vor, und einen flüchtigen Moment lang wünschte sie sich, der Tisch zwischen ihnen würde sich in Luft auflösen.

»Ich bin dazu bereit.«

Ihr Mund war so trocken, dass sie nicht einmal schlucken konnte, und sie merkte, wie ihr Herz unter seinem intensiven Blick zu rasen begann. Seine Augen waren dunkel im schummrigen Lampenschein, und sie starrte wie mesmerisiert auf seine grüne Iris.

»Matty und ich ziehen nach New York.« Sie sagte es ganz spontan, ohne vorher ihren Verstand einzuschalten, trotzdem bereute sie die Worte nicht. »Ich suche mir drüben eine Wohnung, dann können wir uns gemeinsam um ihn kümmern.«

Überrascht zog er die Brauen hoch. »Das würdest du tun?«

Hanna war beinahe so geschockt wie er. Dennoch nickte sie. »Ja, das würde ich tun. Matty hat ein Recht darauf, dich zu sehen, und zwar nicht nur in den Ferien oder an Feiertagen, sondern regelmäßig, abends und am Wochenende. Eine andere Lösung fällt mir nicht ein.«

»Ich weiß gar nicht, was ich sagen soll.«

Sie lächelte verhalten. »Du musst nichts sagen. Ich mache das genauso sehr für mich wie für euch beide.« Sie lehnte sich nach vorn, um ebenfalls ihr Glas abzustellen. Kaum hatte sie es getan, nahm Richard ihre Hand. Es kam so überraschend, dass sie nach Luft schnappte. Die Wärme seiner Finger und das Gefühl seiner rauen Haut überwältigten sie. Es war die erste richtige Berührung seit zwei Jahren. Erinnerungen strömten auf sie ein, bis sie kaum noch atmen konnte.

Sie starrte auf seine Hand und betrachtete den Gegensatz zwischen seiner gebräunten und ihrer hellen Haut. Sie atmete zitternd ein, dann zwang sie sich, den Blick zu heben. Sie wollte wissen, was seine Geste zu bedeuten hatte.

Als sie ihm ins Gesicht sah, begegnete er ihrem Blick mit

sanfter Miene. Sie wusste, dass er ihr für das Friedensangebot dankbar war, und mehr steckte bestimmt nicht dahinter, aber das hielt ihr Herz nicht davon ab, schneller zu schlagen, als sie die Andeutung seines Lächelns und die winzigen Fältchen um seine Augen sah. Die Jahre hatten seinem guten Aussehen nichts anhaben können; im Gegenteil, er schien jetzt erst richtig in seine Attraktivität hineingewachsen zu sein. Wie auch immer, die Gefühle, die sein Anblick in ihr auslöste, verrieten ihr eins jedenfalls mit absoluter Gewissheit.

Sie liebte Richard Larsen immer noch.

Hanna versuchte, tapfer zu sein, als sie das asphaltierte Rollfeld überquerten, aber ganz konnte sie ihre Unsicherheit nicht verbergen, als sie den weißen Jet sah, der dort auf sie wartete. Er war kleiner, als sie erwartet hatte, nur sechs Stufen aus galvanisiertem Metall trennten ihn vom Boden. Die fünf kleinen Fenster auf der ihnen zugewandten Seite blinkten in der Sonne.

Sie wandte sich zu Matty um, der sich mit einem Arm an Richards Hals festklammerte und mit dem anderen auf das Flugzeug zeigte.

»Da?«, fragte er, und Hanna rang sich ein Lächeln ab.

»Das ist ein Flugzeug. Damit werden wir hoch in den Himmel fliegen.« Sie streichelte seine Wange.

»Bis nach London«, setzte Richard hinzu.

Hanna runzelte besorgt die Stirn.

»Alles klar?«, erkundigte er sich, als er merkte, wie sie sich in sich zurückzog.

Hanna nickte. Alles würde gut werden, sobald sie nur die Reise nach London hinter sich gebracht hatten. Sie fürchtete sich vor dem Wiedersehen mit Claire und Stephen und hatte ernsthaft erwogen, im Hotel zu bleiben, während Richard mit Matty zu ihnen fuhr. Das war feige, sicher, aber das Wiedersehen konnte nur auf eine einzige Art enden.

In Tränen.

»Leider kann uns diese Maschine hier nur nach London bringen.« Richard tätschelte die Außenhaut des Jets, die ein hohles, metallenes Geräusch von sich gab. »Nach New York müssen wir Linie fliegen.«

»Das ist ja furchtbar.« Hanna konnte sich ein Schmunzeln nicht verkneifen. »Ich hasse es, mich unters gemeine Volk mischen zu müssen.«

Richards Lippen zuckten. »Es geht mir nicht um dich. Mir tun die anderen Passagiere leid, wenn wir unseren Sohn im Flugzeug von der Leine lassen.«

Hanna schloss die Augen und hatte eine Vision, wie Matty durch den Gang der Ersten Klasse rannte, Gläser umwarf und die Empörung von Geschäftsmännern auf sich zog, die er in ihrer Ruhe gestört hatte. Vielleicht war ein dreitätiger Zwischenstopp in England wirklich gar keine so schlechte Idee.

Sie stiegen die Stufen hinauf. Sie nahm Matty, während Richard nach vorn ging, um mit dem Piloten den Flugplan und die erwartete Ankunftszeit abzustimmen. Als sie die Kabine betrat, hielt sie unwillkürlich den Atem an. Sie war Welten von den Flugzeugkabinen entfernt, die sie bisher von innen gesehen hatte. Statt der typischen knalligen Farben der gewerblichen Fluglinien herrschten hier gedeckte Cremetöne und dunkles Walnussholz vor. Das Ambiente schien eine beruhigende Wirkung auf sie zu haben, denn sobald sie sich mit Matty auf dem Schoß an ihrem Platz niedergelassen hatte, fiel ein Teil der Anspannung von ihr ab.

»Wir starten in zehn Minuten, sie machen gerade noch einen letzten Check«, teilte Richard ihr mit, als er aus dem Cockpit trat. Mattys Kopf drehte sich automatisch in die Richtung, aus der die Stimme seines Vaters gekommen war. »Na, Kleiner, freust du dich schon auf den Flug?« Er sah Hanna fragend an. »Hast du an das Fläschchen für seine Ohren gedacht?«

»Steht schon bereit.« Sie deutete vor sich auf den Tisch. »Ich habe Wasser reingefüllt.«

Sie befürchteten, Matty könne Hannas Probleme mit den Ohren geerbt haben. Bei der Vorstellung, ihr Sohn könnte ebenso starke Schmerzen wie sie bei Start und Landung empfinden, wurde ihr ganz beklommen zumute. Deshalb hatten sie vorsorglich Schnuller und Fläschchen mitgebracht, in der Hoffnung, das Saugen könne den Druck auf seine Gehörgänge ein wenig lindern.

»Wenn dir die Ohren weh tun, nehme ich ihn dir gerne ab«, versprach Richard und half Hanna, Matty den Kindergurt anzulegen. Er war noch zu klein, um auf einem eigenen Platz zu sitzen.

»Ich hoffe, es wird nicht so schlimm, der Flug ist ja relativ kurz. Wegen Freitag mache ich mir schon mehr Sorgen.«

Richard streichelte ihr beruhigend den Arm. Unwillkürlich machte sie sich steif. Er sollte nicht merken, wie viel ihr diese Geste der Freundlichkeit bedeutete.

»Warten wir's ab. Notfalls bin ich ja da, um dir zu helfen.«

Auch diesmal brauchte Richard länger bei der Passkontrolle. Hanna nutzte die Zeit, um Mattys Windel zu wechseln und sich ein wenig frisch zu machen. Sie legte neuen Lipgloss auf, vermied es dabei allerdings, ihr erschöpftes Gesicht im Spiegel genauer zu betrachten. Als sie fertig war, wartete Richard bereits draußen auf sie. Er sah genauso müde aus wie Hanna.

»Wenn es dich beruhigt – in New York werde ich diejenige sein, die bei der Einreise Schlange stehen muss.« Fast hätte sie die Hand an seine Wange gelegt. Sie konnte sich gerade noch zurückhalten.

»Du hast doch einen amerikanischen Pass«, sagte er.

»Ja, aber Matty nicht. Jedenfalls noch nicht.«

Richard nahm ihr den Kleinen ab und setzte ihn auf den Bügel des Gepäckwagens, den er vor sich herschob. »Was steht denn in seiner Geburtsurkunde?« Sein Tonfall war beiläufig, dennoch spürte sie deutlich die Anspannung hinter seiner Frage.

»Nur mein Name.« Sie hatte die Urkunde im britischen Konsulat in Frankreich ausstellen lassen.

»Das müssen wir auch ändern.« Richard sah Matty mit nachdenklich gerunzelter Stirn an. »Ich möchte mich gerne offiziell als Vater eintragen lassen. Ich werde das mal mit meinen Anwälten besprechen.«

Hanna sah die Besorgnis in seiner Miene. Dieser Punkt war ihm sehr wichtig. »Natürlich. Und wenn wir vorhaben, länger in New York zu bleiben, müssen wir ein Visum für ihn beantragen.«

»Was das angeht, hat sich Lisa schon erkundigt. Das müsste sich ohne große Umstände erledigen lassen.«

Richard faltete Mattys Buggy auseinander, und Hanna hob ihn behutsam hinein. Sie schnallte ihn an und kitzelte seine Beinchen, um ihn zum Lachen zu bringen. Ihr fiel ein, dass sie Richard noch gar nicht gefragt hatte, wo sie in London wohnen würden oder wie sie dorthin zu kommen gedachten.

Sie waren in London. In ihrer Stadt, ihrer alten Heimat.

Auf einmal freute sie sich unbändig, wieder zu Hause zu sein, wenn auch nur für ein paar Tage.

»Wo sollen wir eigentlich wohnen?« Ihre ehemalige Wohnung hatte sie längst aufgegeben. Sie lenkte Mattys Buggy über den blankpolierten Fliesenboden der Halle. Richard folgte ihr mit dem Trolley auf dem sich Koffer voll mit Kleidern, Spielzeug und dem üblichen Kleinkindzubehör türmten.

»Ich habe eine Suite im Dorchester für uns reserviert«, antwortete Richard. »Es gibt zwei Schlafzimmer, und ich habe darum gebeten, dass man dir ein Babybett dazustellt.«

Hanna lächelte dankbar. Das war eine gute Lösung. Ihr wäre nicht wohl dabei gewesen, ihren Sohn an einem ihm fremden Ort alleine in einem Zimmer schlafen zu lassen. »Danke, dass du dich um alles gekümmert hast.«

Er sah sie einen Moment lang an. Ein Lächeln erschien auf seinen Lippen, und ihr Herz setzte ein paar Schläge aus.

»Ich sollte mich bei dir bedanken. Schließlich bist du bereit, dein ganzes Leben aufzugeben und Tausende Meilen weit weg zu ziehen.«

»Weil es das einzig Richtige ist«, erwiderte Hanna schlicht. Richard drückte ihre Hand, die auf dem Griff des Buggys lag. Bei dieser unerwarteten Geste stockte ihr kurz der Atem.

»Trotzdem danke«, flüsterte er. Sie nahm die Hand vom Griff und erwiderte den Druck seiner Finger.

Sie waren fast am Ende des Ganges angekommen, als Richard abrupt stehen blieb und den Mund öffnete. Er warf Hanna einen beunruhigten Blick zu, woraufhin ihr Herz heftig zu klopfen begann.

Irgendetwas stimmte nicht.

»Ich habe sie extra gebeten, das nicht zu tun.« Er hielt

ihre Hand ganz fest, als hätte er Angst, sie könnte sonst davonlaufen. »Das tut mir wirklich leid, Hanna. Aber ich schwöre dir, ich lasse dich nicht allein.«

Sie folgte seinem Blick. Am Rand der Gruppe von Wartenden in der Ankunftshalle standen Steven und Claire und starrten ihnen mit offenen Mündern entgegen. Sie wirkten nicht besonders gutgelaunt und schienen sich auch nicht aufrichtig darüber zu freuen, sie zu sehen. Allerdings, so bemerkte Hanna mit einiger Erleichterung, hellten sich ihre Mienen merklich auf, kaum dass sie Matty erspäht hatten, der in seinem Buggy auf- und abhopste und vergnügt vor sich hinträllerte.

Hannas Hoffnung, eine Konfrontation mit Richards Eltern vermeiden zu können, hatte sich damit zerschlagen. Sie ließ sich von Richard vorwärtsziehen. Sein Griff um ihre Hand lockerte sich nicht. Sie holte tief Luft, versuchte, gleichmäßig zu atmen und hoffte, dass man ihr nicht ansah, wie mulmig ihr zumute war.

»Richard!« Als sie nur noch wenige Meter trennten, kam Claire auf sie zugelaufen und warf ihrem Stiefsohn die Arme um den Hals. Richard erwiderte die Umarmung, ehe er sich seinem Vater zuwandte und ihm die Hand schüttelte. Dann beugten sich alle drei über Matty und begannen aufgeregt auf ihn einzureden.

Matty verzog das Gesicht, öffnete den Mund und fing lautstark an zu weinen, woraufhin Claire und Steven sich wieder etwas zurückzogen, weil sie ihn nicht bedrängen wollten. Richard merkte, dass Hanna stocksteif neben ihm stand. Ein Blick in ihr Gesicht verriet ihm, wie besorgt und aufgewühlt sie war. Er kannte sie gut genug, um zu wissen, dass alles in ihr danach schrie, ihren Sohn zu trösten, aber gleichzeitig wagte sie nicht, sich einfach zwischen die anderen zu drängeln und Matty aus seinem Buggy zu heben. Also drückte er ihre Hand, bückte sich, löste Mattys Gurte und nahm seinen Sohn auf den Arm. Er murmelte einige besänftigende Worte, während er ihm über den Kopf strich.

»Schhh. Ist ja schon gut. Ganz ruhig.«

Matty steckte den Daumen in den Mund und begann schmatzend daran zu nuckeln. Sein kleiner Brustkorb bebte noch in lautlosen Schluchzern, und er kniff die tränenfeuchten Augen zusammen. »Mummy …«

Richard drehte sich zu Hanna um. Sie legte die Hand an Mattys Wange und streichelte ihn beruhigend.

Claire erhob sich. »Hanna.«

»Claire. Wie geht es dir?« Matty griff nach Hannas Hand.

»Gute Frage. Ganz ehrlich? Ich habe nicht die geringste Ahnung.« Claire schüttelte den Kopf, dass ihre Locken tanzten. »Ich kann nicht sagen, was ich gerade empfinde.«

»Ich schon. Ich bin ziemlich geladen«, meldete sich Steven zu Wort, woraufhin Claire ihm mahnend die Hand auf die Schulter legte. Er stand aus der Hocke auf, sah Hanna aus kühlen blauen Augen an und schüttelte langsam den Kopf. »Was zum Teufel hast du dir dabei gedacht?«

»Jetzt mal langsam …« Richard trat vor und reichte Matty an Hanna weiter. Sie schob die Hand unter seinen Po, und er schlang ihr, noch immer leise schluchzend, die Arme um den Hals. »Was auch immer passiert ist, ist eine Sache zwischen Hanna und mir. Ihr müsst nicht meine Kämpfe für mich ausfechten.«

Claire trat zwischen sie. Ihre Miene war schwer zu deuten. »Um Kämpfen geht es hier auch gar nicht, Richard. Wir hätten bloß gerne ein paar Antworten. Ich denke, das ist unser gutes Recht.«

Hinter ihr stand Steven, unbewegt und mit angespanntem Gesicht. Es war das erste Mal in seinem Leben, dass Richard Partei gegen seinen Vater ergriff. Hanna sagte kein Wort, doch aus dem Augenwinkel sah Richard, wie sie zitterte. Am liebsten hätte er sie an sich gezogen, sie ganz fest in seine Arme geschlossen.

»Das hier ist weder der richtige Zeitpunkt noch der richtige Ort für so was, Claire. Ich habe gesagt, wir treffen uns bei euch zu Hause, weil ich genau diese Szene in aller Öffentlichkeit vermeiden wollte.« Richard deutete um sich. Alle paar Sekunden wurde einer von ihnen von einem Vorbeieilenden angerempelt.

»Ich möchte einfach nur mit Hanna reden, verstehst du? Nicht weil sie die Mutter deines Kindes ist oder die Frau, die dich verlassen hat, sondern weil sie einmal wie eine Tochter für mich war.« Claire wischte sich eine Träne aus dem Augenwinkel. »Könnten wir vielleicht irgendwo einen Kaffee trinken?«

Er wandte sich an Hanna, die wortlos nickte. Matty blickte derweil mit großen Augen in die Runde. Er lutschte immer noch am Daumen, aber seine Tränen waren inzwischen getrocknet. Im grellen Licht des Flughafengebäudes sah man die glänzenden Spuren, die sie auf seinen Wangen hinterlassen hatten.

»Claire, Steven – das ist Matty.« Hanna holte noch einmal tief Luft, ehe sie vortrat. »Matty, das ist …« Sie verstummte und blickte fragend zu Claire. »Wie soll ich dich nennen?«

»Ich weiß nicht genau. Darüber habe ich mir noch gar keine Gedanken gemacht.« Claire stand eine Zeitlang unschlüssig da, die Lippen geschürzt, und überlegte. »Ich habe zu meiner Großmutter immer ›Grandma‹ gesagt. Warum machen wir es bei mir nicht genauso?«

Sie wandte sich an ihren Mann. Der musterte Matty aufmerksam, insbesondere seine Haare und sein Gesicht.

»Kein Zweifel, Richard, er ist dir wie aus dem Gesicht geschnitten.« Er streckte die Hand aus und kitzelte seinen Enkel unter dem Kinn, woraufhin sich sein Weinen in ein hicksendes Glucksen verwandelte. »Also, ich könnte mich mit ›Pops‹ anfreunden.«

»Matty, kannst du Grandma und Pops Hallo sagen?«, fragte Hanna und wippte ihn auf ihren Armen auf und ab.

Matty nahm mit einem saugenden Geräusch den Daumen aus dem Mund und spitzte die Lippen. »Hi«, sagte er und winkte.

»Kluger Junge.« Richard lächelte und strubbelte ihm durch die Locken. Matty klatschte grinsend in die Hände.

»Er ist wirklich bildhübsch.« Claire zog Richard an sich und drückte ihn ganz fest. »Ich bin so stolz auf dich, Schatz.« Richard machte einen Schritt zurück, das Gesicht krebsrot vor Verlegenheit. Er wusste nicht, wie er darauf reagieren sollte.

»Er ist wirklich ein ganz Süßer«, pflichtete Steven seiner Frau bei. »Hanna, ich entschuldige mich für meinen kleinen Ausbruch vorhin. Du musst mir ein bisschen Zeit geben, um das alles zu verdauen.«

»Es besteht kein Grund, dich zu entschuldigen.« Sie hielt sich an Matty fest, als wäre er ein Talisman, der alles Übel von ihr fernhielt. »Ich weiß, dass es alles meine Schuld ist, und werde alles tun, um es wiedergutzumachen.« Sie sah zu Richard und fing seinen Blick ein.

»Es ist nicht *alles* deine Schuld«, widersprach er. Er klappte den Buggy zusammen und legte ihn zu den Koffern auf den Trolley, ehe er Hannas Schulter drückte. »Wir haben alle Fehler gemacht. Ich hätte dich anrufen sollen, und meine Mutter hätte mir sagen sollen, dass *du* angerufen hast …«

»Caroline wusste die ganze Zeit Bescheid?« Auf einmal klang Stevens Stimme eisig. Er hob die Hand und fuhr sich durch sein dichtes blondes Haar. »Was zur Hölle hat sie sich dabei gedacht?«

»Sie hat Hanna gegenüber behauptet, Meredith müsste ihr Leben lang im Rollstuhl sitzen und ich würde sie niemals verlassen«, klärte Richard seinen Vater auf. Trotz des Gewimmels auf dem Flughafen war es, als befänden sich die fünf in ihrem eigenen, abgeschlossenen Mikrokosmos. Mittlerweile machten die Leute einen weiten Bogen um sie. Richard war nicht sicher, ob das mit der Wut zu tun hatte, die zwischen ihnen in der Luft knisterte, oder damit, dass sie so unnatürlich aufrecht dastanden.

»Ich habe Richard angerufen, um ihm von der Schwangerschaft zu erzählen«, ergänzte Hanna. »Caroline hat abgenommen. Aber sie wusste nichts davon. Dass ich schwanger war, meine ich.«

»Es spielt keine Rolle, ob sie davon wusste oder nicht. Dass sie sich immer und überall einmischen muss, diese …« Steven brach gerade noch rechtzeitig ab. Aus dem Augenwinkel sah Richard, dass Claire sich ein Schmunzeln verkneifen musste. »Hast du schon mit ihr darüber gesprochen, Richard?«

»Ich habe nicht die geringste Lust, *überhaupt* mit ihr zu sprechen. Aber wenn – oder besser: *falls* – ich es tue, werde ich ihr auf jeden Fall herzliche Grüße von dir ausrichten.«

Matty drehte sich in Hannas Armen, bis er Claire anschauen konnte. Er fasste in ihre Locken und zog daran. Claire lachte, und zum ersten Mal wurde auch Stevens

Miene etwas weicher. Auf seinem Gesicht erschien sogar der Anflug eines Lächelns. Richard atmete erleichtert auf.

Sie steuerten ein Café in der Nähe des Ausgangs an, wobei sie versuchten, den Passagierströmen so weit wie möglich aus dem Weg zu gehen. Hanna und Claire gingen vorneweg. Claire hielt Mattys ausgestreckte Hand und strahlte über das ganze Gesicht. Natürlich wussten sie, dass die Krise noch längst nicht gemeistert war, dass die Differenzen zwischen ihnen noch nicht überwunden waren, trotzdem erwachte in Richard die Hoffnung, dass es eines Tages so weit sein würde.

Wenn er die Augen zusammenkniff und sich die Zukunft vorstellte, wollte er nur eins: von den Menschen umgeben sein, die er liebte.

Ein lautes Krachen aus dem angrenzenden Wohnzimmer ließ ihn aus dem Schlaf fahren. Seine Augen waren schlafverkrustet, das dunkle Zimmer kam ihm fremd vor. Er rieb sich die Augen und versuchte sich zu orientieren, sah aber nur das grüne Leuchten eines ihm unbekannten Weckers auf dem Nachttisch.

Seine Kehle war staubtrocken, und er tastete auf dem Nachttisch nach einem Glas Wasser. Ohne Erfolg.

Erst als er Mattys Weinen von nebenan hörte, fiel ihm wieder ein, wo er war.

In London.

In einem Hotel.

Es war mitten in der Nacht.

Er setzte sich kerzengerade auf und suchte hinter sich nach dem Lichtschalter am hölzernen Kopfteil des Betts. Gleich darauf verströmte die Nachttischlampe ihr warmes goldenes Licht. Sie spendete ausreichend Helligkeit, ohne zu blenden. Alles im Zimmer war darauf ausgelegt, dass der Gast sich wohlfühlte.

Er hörte einen weiteren Schrei, gefolgt von einer leisen Stimme. Hanna redete beruhigend auf ihren Sohn ein, wahrscheinlich, um ihn wieder zum Einschlafen zu bewegen. Seiner wütenden Reaktion nach zu urteilen, wollte Matty davon allerdings nichts wissen.

Richard schlug die Decke zurück und stand auf. Er sah an sich herab, um sicherzugehen, dass er halbwegs präsentabel war. Seine karierte Pyjamahose saß tief auf seinen Hüften, seine nackte Brust leuchtete im Schein der Lampe.

Er ging über den teuren Teppich in Richtung Wohnzimmer und öffnete leise die Tür, für den Fall, dass Matty bereits wieder eingeschlafen war. Hanna ging barfuß im Zimmer auf und ab. Der dunkle Lack auf ihren Zehennägeln wirkte im spärlichen Licht fast schwarz. Sie hielt Matty auf dem Arm, der strampelte und zeterte und ihr mit der Hand auf den Rücken schlug, während sie ihn vergeblich zu trösten versuchte.

»Es tut mir so leid. Wir wollten dich nicht aufwecken. Er ist aus dem Kinderbett gefallen. Wahrscheinlich ist es nicht so hoch wie das bei uns zu Hause.« Einer der Träger ihres Hemdchens war über die Schulter nach unten gerutscht und gab den Blick auf glatte, milchweiße Haut frei. In der Dunkelheit sah sie aus wie Porzellan.

»Ist alles in Ordnung mit ihm?« Richard zog die Stirn in Falten. »Das war ja ein ganz schöner Rumms.«

Hanna lächelte. »Ihm geht es gut. Er hat es bis ins Wohnzimmer geschafft, ehe ich überhaupt wusste, was los ist. Ich schwöre dir, er hat eine ruhmreiche Zukunft als Entfesselungskünstler vor sich.«

Als wäre ihm soeben klargeworden, dass über ihn gesprochen wurde, heulte Matty erneut auf. Diesmal schwang eine Spur Verzweiflung darin mit. Er schaute mit rotgeränderten Augen und vor Wut zerknautschtem Gesicht zu Richard hoch.

»Soll ich ihn dir abnehmen?«, fragte dieser leise. Ihre Haut lenkte ihn ab. Er erinnerte sich noch daran, wie sie schmeckte.

»Ich glaube, er hat Angst wegen der fremden Umgebung. Ich bin selbst ein bisschen desorientiert.« Ihre Blicke trafen sich und hielten einander fest, und einen Moment lang spürten sie das geladene Schweigen. Dann brüllte Matty abermals los.

Richard streckte die Hand aus und strich ihm über die Wange. Matty war von der Berührung so verdattert, dass er einen Moment lang zu schreien vergaß. »He, Matty, jetzt ist Schlafenszeit«, murmelte Richard sanft, aber bestimmt.

»Daddy.« Mit einem klagenden Weinen streckte Matty die Ärmchen nach ihm aus. Richard nahm ihn Hanna ab und hielt ihn fest an seine Brust gedrückt, damit er sich geborgen fühlte und wusste, dass er keine Angst zu haben brauchte. Es schien zu funktionieren; Mattys Atmung wurde langsam wieder ruhiger, und er hob den Daumen zum Mund. Richard rieb ihm über den Rücken und schaukelte ihn ein wenig auf und ab, den Kopf im Haar seines Sohnes vergraben.

Er roch so gut.

»Soll ich versuchen, ihn wieder hinzulegen?«, fragte Richard und schaute Hanna an. Sie stand neben dem Esstisch und hantierte mit dem Wasserkocher.

»Ja, bitte. Vielleicht ist es das Beste, wenn ich ihn einfach mit zu mir ins Bett nehme. Ich will nicht, dass er noch mal rausfällt. Das hätte leicht ins Auge gehen können.«

Richard ging in ihr Schlafzimmer, und ein vertrauter, verführerischer Duft umfing ihn. Er erinnerte ihn an träge Tage in London und heiße Nächte in New York. Matty gähnte, ohne den Daumen aus dem Mund zu nehmen, und ließ sich widerstandslos von Richard auf das unbenutzte Kissen neben Hannas legen. Seine Lider flatterten. Er war ganz offensichtlich todmüde.

»Schlaf schön wieder ein.« Richard beugte sich hinab und gab Matty einen Kuss. Matty seufzte und drehte sich mit angezogenen Knien auf die Seite. Richard blieb noch einen Moment und sah zu, wie sein Sohn eifrig an seinem Daumen saugte. Hin und wieder durchdrang ein Schmatzen die nächtliche Stille.

»Träum süß«, murmelte er, schlich aus dem Schlafzimmer und zog die Tür hinter sich zu. Als er sich im Wohnzimmer umblickte, sah er Hanna auf dem Plüschsofa sitzen, die Beine untergeschlagen, eine Tasse Tee in der Hand.

»Ich habe dir auch eine gemacht, falls du Durst hast.« Sie deutete zum Couchtisch. Richard trat zu ihr und nahm die dampfende Tasse. Er hob sie an die Lippen und trank einen Schluck von der heißen süßen Flüssigkeit. Er trank wie ein Verdurstender.

»Danke.«

»Keine Ursache.« Hannas Erwiderung klang gestelzt und höflich. Richard fragte sich, was ihre Fassade zum Wanken bringen könnte. Ob es etwas gab, wodurch sie in sich zusammenstürzen würde, so dass nichts mehr übrig blieb als ihre Verletzungen und nackte, brutale Ehrlichkeit.

»Ich hatte noch gar keine Gelegenheit, mich für den Überfall am Flughafen zu entschuldigen.« Er lächelte nervös und versuchte, sie nicht zu direkt anzustarren. Obwohl ihr Schlafanzug einigermaßen züchtig aussah – ein Trägerhemd und eine lange schwarze Hose –, fand er ihn seltsam erotisch, zumal er wusste, dass sie nichts darunter trug. Schließlich wusste er ja sehr genau, wie sie nackt aussah.

Er hatte schon am helllichten Tag Schwierigkeiten, all die widerstreitenden Gefühle, die in ihm tobten, halbwegs unter Kontrolle zu halten. Nachts im Dunkeln fiel es ihm noch ungleich schwerer.

»Das war ja nicht deine Schuld. Und mir war klar, dass ich ihnen irgendwann begegnen muss.« Sie trank noch einen Schluck von ihrem Tee. Er sah zu, wie ihre Lippen das zarte Porzellan berührten, wie sie schluckte und kurz die Augen schloss, um das Aroma des Tees auf sich wirken zu lassen.

»Ich fand, alles in allem lief es erstaunlich gut.« Richard setzte sich dicht neben sie aufs Sofa. Er hätte gerne ihre Beine genommen, sie auf seinen Schoß gehoben und massiert.

Er hielt sich zurück.

»Sie sind immer so großzügig. Ich kann mir vorstellen, wie schwer es für sie gewesen sein muss, höflich zu mir zu sein. Nach allem, was passiert ist.« Hanna stellte ihre Tasse ab. »Aber sie scheinen Matty zu mögen. Das ist alles, was zählt.«

»Jedes Mal, wenn wir es jemandem sagen, wird es ein bisschen leichter werden.« Er sah, wie sie den Atem anhielt, als er *wir* sagte. »Es kann nur bergauf gehen.«

Als sie lächelte, war es, als wäre in dem dunklen Raum ein Licht angegangen. Trotz ihrer Müdigkeit und des anstrengenden Tages, der hinter ihnen lag, war sie immer noch herzzerreißend schön. Sie erschien ihm wie ein Kunstwerk. Seit sie Mutter geworden war, waren ihre Brüste voller geworden, und ihre Wangenknochen traten schärfer hervor.

Aber es war die Veränderung in ihrem Innern, die ihn am meisten berührte – sie im Umgang mit ihrem Sohn zu beobachten war eine unvergleichliche Erfahrung. Es wäre ein Leichtes gewesen, sich in die Art zu verlieben, wie sie Matty liebte.

Hanna räusperte sich. »Ich habe es meinem Vater noch nicht gesagt. Ursprünglich wollte ich ihn besuchen, als ich in New York war – nachdem ich es dir gesagt hatte. Na ja, dann werde ich es ihm eben sagen, wenn wir ankommen.« Sie runzelte die Stirn.

»Wenn es dir hilft – ich werde auch ein Wörtchen mit meiner Mutter reden, sobald wir in New York sind«, gab er zurück.

Hanna zog die Augenbrauen hoch. Ihre Zähne spielten nervös mit ihrer Unterlippe. »Es hört nie auf, oder? Gerade wenn man denkt, man hat das Gröbste hinter sich, kommt irgendwas Neues.«

Richard streckte die Hand aus, zog sie jedoch im letzten Moment zurück und strich stattdessen über das Muster im Sofaplüsch. Dann hob er den Kopf und sah sie mit ernster Miene an. »Weißt du, als ich nach London gekommen bin und festgestellt habe, dass du verschwunden bist, da dachte ich, ich würde nie wieder glücklich sein.« Ihr Gesicht war bei diesen Worten wie versteinert. »Ich hatte es mir so einfach vorgestellt: Ich klingle an deiner Tür, reiße dich in meine Arme und entführe dich zurück nach Manhattan.«

Hanna beugte sich zu ihm. In ihren Augen schwammen Tränen. Sie sah aus, als wolle sie etwas sagen, doch ihre Lippen blieben geschlossen.

Er holte erneut tief Luft, unschlüssig, worauf er eigentlich hinauswollte. Er wollte ihr sagen, was er durchgemacht hatte. Sie sollte wissen, wie schlecht es ihm gegangen war. Aber wenn er sie verletzte, verletzte er damit auch sich selbst.

»Ich habe das Gefühl, dass ich die letzten beiden Jahre einfach nur existiert habe, als würde ich in einer Warteschleife festhängen. Und jetzt, wo ich auch noch weiß, dass ich diese zwei Jahre mit Matty und dir hätte verbringen können …« Seine Stimme brach, bevor er den Satz beenden konnte.

»Es tut mir so leid.« Hanna richtete sich auf, nahm seine Hand und legte sie an ihre Wange. »Ich weiß, dass ich alles versaut habe. Wenn ich zurückgehen und es ändern könnte, wurde ich es tun.« Ihre Tränen benetzten seine Finger, und er strich mit dem Daumen über ihre Wange, um sie fortzuwischen. »Es ist schrecklich, dass du so viel verpasst hast, und es ist schrecklich, dass ich geglaubt habe, du wärst noch mit Meredith zusammen. Vor allem weil ich die ganze Zeit ein Stück von dir hatte, und du hattest gar nichts.«

Richard drehte sich zu ihr um. Ihre Haut war zart unter seinen rauen Fingern und spannte sich über ihre Wangenknochen. Nur wenige Zentimeter tiefer, und er hätte ihren Hals streicheln, seine Finger in ihrem Haar vergraben können. Sie an sich ziehen können, bis ihre Lippen …

Er schüttelte den Kopf, um den Gedanken zu verscheuchen. Er wollte sie auf seinen Schoß ziehen und sie um den Verstand küssen, wollte seinen schmerzenden Körper an ihrem reiben, bis sie um mehr bettelte. Aber seine Wut auf sie saß tief, und genauso tief saß der Drang, sie zu packen und zu schütteln, dass ihre Zähne klapperten. Sie anzuschreien, bis sie ihn um Gnade anflehte.

Er musste ins Bett – allein. Er konnte sich selbst nicht

trauen. Womöglich würde er ihr sonst etwas antun. Oder sie ihm. Er hatte das Gefühl, dass alles immer verworrener wurde.

Der Flug nach New York war so nervenaufreibend, wie sie befürchtet hatten. Anfangs ließ Matty sich noch von den Filmen ablenken, die auf dem kleinen Monitor in der Rückenlehne des Vordersitzes liefen. Hanna erklärte ihm mit Engelsgeduld die einzelnen Figuren, während sie gleichzeitig versuchte, ihn davon abzuhalten, sich die Kopfhörer herunterzureißen. Doch ungefähr nach der Hälfte der Flugzeit bekam er plötzlich einen Energieschub. Immer wieder versuchte er, von seinem Platz zu klettern und durch den Gang zu rennen. Er wollte partout nicht stillsitzen. Also nahm Richard ihn auf den Arm und ging mit ihm auf und ab, bis irgendwann sein Köpfchen schwer wurde und er einschlief. Sie legten ihn sich quer über die Beine und streichelten ihn, während er friedlich träumte.

Sie erwähnten die vergangene Nacht nicht. Hannas Tränen und sein Hadern mit der Vergangenheit hatten sie auf Eis gelegt. Sie hatten genug andere Probleme. Matty war ihr Schutzschild und hielt sie zusammen. Er machte es möglich, alles, was sonst noch zwischen ihnen in der Luft lag, zu verdrängen.

»Ich habe das Personal gebeten, ein Zimmer für dich und Matty herzurichten«, sagte Richard, während er seinem Sohn das Haar streichelte. »Und ich habe gesagt, sie sollen ein normales Bett reinstellen, kein Gitterbettchen. Für den Fall, dass er noch mal so eine Houdini-Nummer abzieht.«

Hanna versuchte sich an einem Lächeln. »Dann wird er sich also aufs Tresorknacken und Base-Jumping beschränken müssen.« Sie suchte seinen Blick. »Danke, dass wir bei dir bleiben dürfen, während wir uns nach einer eigenen Wohnung umsehen.«

Es war früher Abend, als sie bei Richards Apartment ankamen. Matty war ungewöhnlich still, als hätte er seine gesamten Energiereserven im Flieger verbraucht. Sein Kopf sank immer wieder gegen Hannas Arm, während er aus dem Autofenster blickte, und er hatte bereits seinen Daumen im Mund. Gelegentlich erregte etwas sein Interesse, dann zeigte er darauf und fragte mit einem »Da?«, worum es sich handelte. Hanna erklärte es ihm jedes Mal bereitwillig, während Richard versuchte, nicht auf ihre Lippen zu starren.

Wenn er sie die ganze Zeit in seiner Nähe hatte, würde er früher oder später durchdrehen, aber wenn sie auszogen, wäre das noch viel schlimmer. Er wollte eine Möglichkeit finden, sie bei sich zu behalten, damit er sie beschützen, für sie sorgen und sie behüten konnte. Es reichte ihm nicht zu wissen, dass sie in derselben Stadt wohnten. Er wollte sie unter seinem Dach haben.

Jack brachte ihr Gepäck nach oben, und da er nicht wusste, welche Koffer Hannas und welche Mattys Sachen enthielten, stellte er kurzerhand alle in ihr Zimmer. Sie hatte zusätzlich noch eine kleine Reisetasche mit Übernachtungssachen gepackt und badete Matty rasch, ehe sie ihm einen einteiligen, mit Autos bedruckten Schlafanzug anzog. Richard stand im Zimmer, sah zu, wie sein Sohn mit den Sachen spielte, die Lisa auf sein Geheiß hin besorgt hatte, und grinste, als Matty mit vor Entzücken weit aufgerissenen Augen zwischen seinem neuen Plastik-Parkhaus und der Kinderküche hin und her dackelte.

»In deiner Wohnung sieht es aus, als hätte Toys›R‹Us

sein Lager hier eingerichtet«, bemerkte Hanna, während sie belustigt zusahen, wie Matty sich mit einer Plastikpfanne auf den Kopf schlug. »Ziemlich ungewohnt.«

Richard kratzte sich am Kinn. Ein Blick auf die weißen Wände und die rohseidenen Sofas genügte, um zu erkennen, dass die Wohnung nicht gerade kindgemäß eingerichtet war. Aber seinen Sohn hier zu sehen, umgeben von lauter buntem Spielzeug, machte die Wohnung in seinen Augen schöner und gemütlicher, als jeder überbezahlte Designer es vermocht hätte.

»Ich habe nur das Wesentlichste besorgen lassen. Wir müssen eine Liste machen, was wir sonst noch brauchen.« Er fing ihren Blick ein. Ihre schokoladenbraunen Augen waren riesig, und sie sah ihn mit leicht geöffnetem Mund an. Dann schlug sie die Augen nieder und streckte die zitternden Arme nach ihrem Sohn aus.

»Ich bringe ihn jetzt ins Bett. Morgen wird ein langer Tag.«

Einige Tage später wartete Richard am Ententeich im Central Park und sah zu, wie die Kinder den Vögeln Brot ins Wasser warfen. Hanna und Matty hatten sich dort mit ihm um ein Uhr verabredet, allerdings war es jetzt schon Viertel nach, und allmählich machte er sich Sorgen.

Irgendjemand warf etwas Schweres in den Teich, und das laute Platschen erschreckte die Vögel, die hektisch flügelschlagend das Weite suchten. Richard reckte den Hals und erspähte eine Gruppe Jugendlicher am anderen Ufer, die sich köstlich über ihren Streich amüsierten.

»Entschuldige, dass wir uns verspätet haben.« Hannas Stimme klang belegt, und ihre Augen waren gerötet. Matty kam auf ihn zugerannt, schlang die Arme um seine Beine und zog mit klebrigen Fingern am teuren Wollstoff seiner Anzughose.

»Wie war's?« Die Frage hätte er sich sparen können. Ihre Miene sagte alles.

»Mein Dad war ziemlich wütend. Er sagte, ich wäre genauso verantwortungslos wie meine Mutter. Dann hat er Olivia angerufen, und die hat am Telefon rumgebrüllt. Ich habe gehört, wie sie gesagt hat, es wäre das Beste für Matty, wenn ich ihn zur Adoption freigebe.« Sie starrte zu Boden und nestelte an ihrem Armband. Er hätte sie zu gerne getröstet.

»Ich hätte mitkommen sollen. Ich wollte mitkommen.« Er würde es tun; er *musste* es tun – um ihretwillen und um seinetwillen. Er straffte die Schultern, machte einen Schritt auf sie zu und berührte sie sacht am Arm. Sie sah mit tränennassen Augen zu ihm auf und öffnete den Mund, um etwas zu sagen, aber nichts kam.

Im nächsten Augenblick lag sie in seinen Armen, und ihr zierlicher Körper drückte sich fest an seinen. Richard zögerte kurz, weil er nicht recht wusste, wohin mit seinen Händen. Schließlich legte er sie auf ihren Rücken und streichelte sie beruhigend durch den dünnen Stoff ihres Kleides.

»Es tut mir so leid, dass sie das gesagt hat«, murmelte er. »Du weißt, dass sie unrecht hat. Matty ist das Beste, was uns seit langem passiert ist.«

»Er hat gesagt, er kennt mich nicht«, schluchzte sie in sein Hemd. »Er hat gesagt, er *will* mich gar nicht kennen. Ich weiß, ich habe ihm Matty vorenthalten, das war falsch, aber er war so widerlich zu mir.« Sie nahm die Hand von seinem Arm und wischte sich über das Gesicht. Hinterher waren ihre Fingerspitzen schwarz von verlaufener Mascara. »Er hat tausendmal schlimmer reagiert als du, dabei hattest du viel mehr Grund, böse auf mich zu sein.«

»Aber auch viel mehr Grund, dir dankbar zu sein.« Richard nahm Matty auf den Arm, und die drei umarmten einander wie eine richtige Familie. Er wollte die Augen schließen und dieses Glück ganz tief einatmen. »Wir haben noch eine Menge Arbeit vor uns, bis wir alles geklärt haben, aber wenigstens sind wir bereit, es zu versuchen.«

Sie gingen zu einer Bank, und er beobachtete das Spiel ihrer Wadenmuskeln beim Gehen. Sie hatte Sonne abbekommen, weil sie die meiste Zeit mit Matty im Park verbrachte, wo sie ihm die Tiere zeigte und mit ihm über die Wiesen tollte.

Wenn er abends nach Hause kam, war sein Herz so voll, dass es fast weh tat. Zu sehen, wie Hanna in der Küche stand und Mattys Abendessen zubereitete, weckte unbeschreibliche, fast schmerzhafte Gefühle in ihm. Aber es war ein guter Schmerz. Ihm drängte sich die Frage auf: Fühlte er sich um ihrer selbst willen zu ihr hingezogen, oder träumte er einfach von einer perfekten Familie? So, wie sein Körper reagierte, wann immer sie sich vorbeugte und er einen flüchtigen Blick auf die Wölbung ihrer Brüste erhaschte, konnte nur Ersteres der Fall sein.

Sie holte Mattys Mittagessen aus ihrer überdimensionierten Tragetasche und suchte nach Feuchttüchern und Lätzchen. Matty platzierte sich auf die Bank, baumelte mit den Beinen und plapperte selbst ausgedachte Wörter vor sich hin.

»Hat dein Dad Matty überhaupt eines Blickes gewürdigt?« Richard wusste, dass er damit Salz in die Wunde streute, aber er konnte und wollte nicht glauben, dass Philip seinen eigenen Enkel ablehnte. Unwillkürlich musste er an die noch viel unangenehmere und schmerzvollere Konfrontation mit seiner Mutter denken, die ihm noch bevorstand – und die er die ganze Zeit vor sich herschob.

»Nur ganz kurz, als Matty irgendwelche Unterlagen von seinem Schreibtisch gezogen hat. Er hat gestöhnt und sie aufgesammelt und mir gesagt, ein Büro wäre kein Ort für ein Kind.« Sie zog den Deckel von einem Joghurtbecher, tauchte den Löffel ein und hielt ihn Matty vor den Mund.

»Vielleicht braucht er einfach ein bisschen Zeit. Das war eine ganz schöne Bombe, die du hast platzen lassen.« Er musste ein Schmunzeln unterdrücken, weil seine Worte ebenso sehr auf ihn selbst zutrafen wie auf Philip Vincent.

»Wenn er so weit ist, soll er mich anrufen. *Falls* er jemals so weit ist.« Hanna zupfte ein Feuchttuch aus der Packung und wischte damit Mattys Mund sauber. Der zog aus Protest die Nase kraus und drehte den Kopf zur Seite, um dem Tuch zu entgehen. Sie kitzelte ihn unter dem Kinn, bis er anfing zu glucksen, und sie blitzschnell den Joghurt auffangen musste, der ihm aus dem Mund lief. Ihr triumphierender Gesichtsausdruck entlockte Richard ein Grinsen. Als sie sich zu ihm umdrehte, hatte auch sie ein Lächeln auf den Lippen.

»Was?«, fragte sie.

»Du sahst so selbstzufrieden aus«, antwortete er. »Als hättest du den Pulitzerpreis gewonnen, nicht bloß ein bisschen Joghurt weggewischt.«

»Wenn du solche Wäscheberge bewältigen müsstest wie ich, wüsstest du, dass jeder in einem Feuchttuch aufgefangene Klecks Joghurt ein Triumph ist.« Sie beugte sich vor und wischte mit dem Tuch über Richards Gesicht. Ein süßer Duft stieg ihm in die Nase.

»He! Ich habe gar keinen Joghurt gegessen.« Er reckte sich grinsend, um ein zweites Tuch aus der Packung zu ziehen. »Wenn hier irgendjemand saubergemacht werden muss, dann du.« Sie versuchte, ihm auszuweichen, und rutschte von ihm weg, aber er verfolgte sie wie ein Löwe auf Beutejagd. Auf einmal war er ihr ganz nah. Er merkte, wie ihre Miene sich veränderte und sie unwillkürlich den Atem anhielt.

Sie befeuchtete sich die Lippen mit der Zungenspitze, und ihre Wangen röteten sich. Aus dem Augenwinkel sah Richard, wie Matty noch immer mit den Beinen baumelte und zufrieden eine Banane aß, während er den Vögeln zusah, die aus den Bäumen auf den Rasen flatterten.

Richard wischte Hanna mit dem Tuch über das Gesicht und entfernte die Mascara-Flecken unter ihren Augen. Ihre Blicke trafen sich, und die Welt um sie herum hörte auf zu existieren. Ihr Lachen erstarb, so intensiv war die Verbindung zwischen ihnen, und sie wurde immer intensiver, bis sie nichts mehr spürten als ihr gegenseitiges Begehren.

»Deine Haut ist makellos«, flüsterte er und fuhr mit den Fingern an ihrem Wangenknochen entlang. Seine Absicht, sie sauberzuwischen, war vergessen. »Ich hatte ganz vergessen, wie weich sie ist.«

Hanna schluckte, als er fortfuhr, sie zu streicheln. Sie schob eine Hand unter sein Jackett und um seine Taille. Trotz des Stoffs zwischen ihrer Hand und seiner Haut berauschte ihn das Gefühl ihrer Berührung. Er wollte sich das Hemd aus der Hose ziehen, ihre Hand nehmen und sie darunter schieben, auf seine nackte Brust. Es war nicht länger genug, sie einfach nur anzusehen. Er musste sie spüren.

»Würdest du heute mit mir zu Abend essen?«, fragte er aus einem Impuls heraus. Hanna zog verwirrt die Brauen zusammen, und der Griff ihrer Hand an seiner Taille wurde einen Moment lang fester.

»Und was ist mit Matty? Ich möchte ihn nicht gern in der Obhut eines Babysitters lassen, dafür ist es noch zu früh.«

Sie hatte nicht nein gesagt. Immerhin. Er musste lächeln.

»Dann essen wir eben zu Hause. Wir können Matty ins Bett bringen, und ich lasse uns was kommen. Nur wir zwei. Dann haben wir Gelegenheit zum Reden.«

Ein Lächeln erhellte ihre Züge. »Ja. Ich würde sehr gerne mit dir zu Abend essen.«

Richard war es egal, was es kostete. Er war fest entschlossen, diesmal alles richtig zu machen. Er wollte um diese Frau werben, sie erobern und dafür sorgen, dass sie nie wieder weglaufen konnte. Zuvor waren sie leichtsinnig gewesen, und die Liebe war zwischen ihren Fingern zerronnen wie Sand. Keiner von ihnen war unschuldig an der Misere, in der sie sich befanden. Sie beide hatten den Kampf zu früh aufgegeben.

Aber diesmal … diesmal würde er sie nicht wieder fortlassen.

Kapitel 25

1. Juni 2012

»Jetzt zappel doch nicht so«, flehte Hanna Matty an und versuchte vergeblich, seine Windel zuzukleben, damit sie ihm den Schlafanzug anziehen konnte. Doch sie hatte keine Chance. Matty strampelte lachend mit den Beinen, als führe er Fahrrad, und versuchte sich von der Wickelunterlage zu rollen. Sie gab ihm einen verspielten Klaps auf den Po, dann legte sie die Lippen auf seinen Bauch, holte tief Luft und prustete lautstark.

»Nein!« Er fing erneut an zu strampeln. »Nicht das.«

Hanna hielt inne und sah ihn an. »Nicht das?« Sie versuchte ihre freudige Erregung zu verbergen; sie konnte sich nicht daran erinnern, dass er jemals in Zweiwortsätzen gesprochen hatte. Bislang war seine Kommunikation auf einzelne Wörter beschränkt gewesen.

»Nein«, sagte Matty bestimmt.

»Dann machen wir dich jetzt bettfertig.« Sie stellte ihn auf die Füße, rollte die Beine seiner Schlafanzughose auf und half ihm hineinzusteigen. »Du musst nämlich dringend schlafen, kleiner Mann.«

»Nicht schlafen.« Er hatte einen regelrechten Höhenflug, und sie musste wider Willen lachen. Sie konnte es gar nicht erwarten, Richard vom neuesten Entwicklungsschritt ihres Sohnes zu berichten.

»Okay, Matty, aber wenn Daddy nach Hause kommt« –

sie zog ihm das Schlafanzugoberteil über den Kopf und steckte es in die Hose – »dann geht es ab ins Bett.«

Sobald sie mit dem Anziehen des Schlafanzugs fertig war, entwischte Matty ihr und rannte quer über den hellen Holzboden zum mannshohen Fenster auf der anderen Seite seines Zimmers. Die Abendsonne wärmte sein Gesicht und ließ es in einem goldenen Licht erstrahlen. Er hüpfte auf und ab und zeigte auf die Autos unten auf der Straße.

Ein lautes Krachen aus dem Flur ließ Hanna zusammenfahren, und sie drehte sich mit gerunzelter Stirn um. Einen Augenblick später hörte sie Richards Stimme.

»Hanna? Matty?« Er klang beinahe panisch. Sie war kaum aufgestanden, da kam er schon durch die Tür gestürzt. Er war außer Atem, ging mit großen Schritten auf sie zu, zog sie an sich und erdrückte sie fast mit seinen starken Armen.

»Scheiße. Gott sei Dank.« Er zog sie an sich. »Ich hatte diese entsetzliche Ahnung, dass ihr nicht mehr da seid.«

Das klang nicht gut. Sie schlang die Arme um ihn und rieb ihm zaghaft den Rücken. »Wo sollten wir denn hingegangen sein?«

Matty rannte vergnügt krähend auf sie zu. Richard bückte sich, hob ihn mit dem rechten Arm hoch und zog Hanna mit dem linken wieder an sich. Er lehnte seine Stirn gegen ihre, so dass ihre Augen sich ganz nahe waren. Sie spürte seinen warmen Atem im Gesicht.

»Richard, was ist denn passiert?«

Matty langte nach Richards Gesicht, weil er selbst mit ihm schmusen wollte. »Da.« Er legte seine dicken Händchen an die Wangen seines Vaters und lachte, als Richard ihm einen Schmetterlingskuss mit den Wimpern gab.

Dann holte Richard tief Luft. Als er sich halbwegs wieder gefangen hatte, küsste er Matty noch einmal, bevor er ihn auf dem Boden abstellte und sich an Hanna wandte. In seinem Gesicht spiegelte sich deutlich die Angst.

»Ich habe heute meinen Anwalt angerufen und ihn gefragt, ob er so was wie eine einstweilige Verfügung gegen dich erwirken kann, um dich daran zu hindern, das Land zu verlassen.« Er machte ein Gesicht, als beichte er eine Todsünde. Hanna wich einen Schritt von ihm zurück und versuchte zu ergründen, weshalb ihr Herz mit einem Mal so heftig pochte.

»Und was hat er gesagt?«

»Dass ich mit einem Psychotherapeuten reden soll.« Richards Lachen war trocken und kalt. »Also habe ich das gemacht. Ich habe mit einem Therapeuten geredet.«

»Oh.« Mittlerweile raste ihr Herz. Sie fragte sich, ob es die Angst war oder die Sehnsucht nach ihm.

»Hanna, wir haben es gründlich versaut.« Seine Stimme war rau und tief. Er raufte sich die Haare, die ihm danach in alle Richtungen vom Kopf abstanden. »Zwischen uns besteht einfach kein Vertrauen.«

»Ich vertraue dir«, sagte sie kläglich.

»Nein. Tust du nicht. Wenn du mir vertraut hättest, hättest du mich nicht verlassen. Beide Male.« Er streckte zaghaft die Hand aus und strich ihr mit den Fingerspitzen über die Wange. »Du hattest die ganze Zeit kein Vertrauen in meine Liebe.«

»Und du hast kein Vertrauen, dass ich bei dir bleibe.« Hanna begann an der Haut um ihre Fingernägel zu beißen. Sie war tief unglücklich. Er hatte recht. Ihr mangelndes Vertrauen war wie ein gigantischer Berg, der sie voneinander trennte. »Und was hat der Therapeut gesagt?«

Richard grinste. »Dass ich eine intensive, langwierige Behandlung brauchen werde.«

Hanna musste wider Willen lachen.

»Aber mal im Ernst. Mir ist klar, dass ich dich nicht an die Heizung ketten oder dich verklagen kann, so gerne ich das vielleicht auch tun würde.« Er hielt kurz inne, dann fuhr er fort. »Wenn du nicht bleiben willst, gibt es nichts, was ich dagegen machen kann.«

»Richard, ich …«

Er hob abwehrend die Hand. »Bitte lass mich ausreden. In dem Gespräch mit dem Therapeuten habe ich etwas über mich gelernt. Vielleicht habe ich dir gesagt, dass ich dich liebe, aber ich habe dich nie wirklich davon überzeugt, dass du es *wert* bist, geliebt zu werden. Als du vor mir weggelaufen bist, lag das daran, dass du dachtest, dass ich mehr will – oder mehr verdient habe – als dich. Und du hattest beide Male unrecht.«

Matty, dem das Gespräch mit der Zeit langweilig wurde, lief zu seiner Spielzeugkiste und fischte sein Lieblingsstofftier heraus.

»Du hast wirklich mehr verdient.«

Richard schüttelte den Kopf. »Du hast nicht zu entscheiden, was ich will oder was ich brauche. Bevor wir auch nur anfangen, über die Zukunft zu reden, will ich, dass du etwas begreifst.« Er wippte nervös auf den Fersen. »Ich liebe dich, seit wir uns zum ersten Mal begegnet sind. Ich habe dich immer geliebt, selbst als du weit weg warst und ich nicht bei dir sein durfte.« Er machte einen Schritt auf sie zu und legte zärtlich die Hand in ihren Nacken. »Falls du jemals wegwillst, dann geh nicht, weil du an meiner Liebe zu dir zweifelst. Geh, weil du mich nicht willst oder weil du dir etwas Besseres wünschst. Ich liebe dich, Hanna Vincent. Ich werde dich immer lieben, und es gibt nichts, was ich mehr möchte, als dich an meiner Seite zu haben.«

Hannas Lippen bebten, als seine Finger in ihr Haar griffen. Gleich würde sie weinen. Doch bevor sie sich in seinen Armen gehen ließ, musste auch sie noch etwas Wichtiges loswerden.

»Richard …« Ihre Stimme versagte, und Tränen begannen zu fließen, ehe sie zu Ende gesprochen hatte. »Ich gehe nirgendwohin.« Sie warf einen Blick zu Matty, der vollkommen in sein eigenes Tun vertieft war; er hatte sich ein merkwürdiges Spiel ausgedacht, das darin bestand, dass er sich immer wieder seinen Teddybären auf den Kopf setzte, nickte und zusah, wie er herunterfiel. Hanna legte ihre Hand in Richards und spürte die Wärme seiner Finger. »Ich habe viele Fehler gemacht, aber ich will nicht, dass Matty darunter leidet. Er hat ein Recht darauf, dich zu kennen und bei dir zu sein. Ich würde ihn dir niemals vorenthalten.«

Sie sah ihn durch ihre gesenkten Wimpern an. Seine Mundwinkel zeigten noch immer nach unten. »Und vor allem *will* ich auch gar nicht gehen. Ich will bei dir sein, ich will, dass wir eine Familie sind.« Sie blickte zu Boden, während sie versuchte, die richtigen Worte zu finden. »Ich liebe dich auch. So sehr, dass ich heulen könnte.« Sie lachte, während ihr tatsächlich die Tränen über das Gesicht liefen. »Ich gehe nur weg, wenn du mir sagst, dass ich gehen soll.«

»Ich werde dir niemals sagen, dass du gehen sollst«, flüsterte er rau.

»Dann kannst du die Handschellen in den Laden zurückbringen.« Sie merkte, wie ihr das Blut in die Wangen stieg, weil sie daran dachte, wozu man die Handschellen sonst noch gebrauchen konnte. Richard lachte, als wüsste er genau, was sie sich gerade vorstellte.

Er strich sanft mit seinem Daumen über ihren Hals, dann löste er sich von ihr und betrachtete sie mit einem schiefen Lächeln. »Eigentlich wollte ich dir das alles beim Abendessen sagen. Wie es scheint, habe ich ein bisschen vorgegriffen.«

»Es musste raus.« Sie merkte, wie ihr das Herz augenblicklich leichter wurde. »Ich bin froh, dass du es gesagt hast.«

Ein kleines Lächeln umspielte seine Lippen. »Also, ich werde dir jetzt ein Bad einlassen, dann bringe ich Matty ins Bett und decke den Tisch. Komm nicht aus deinem Zimmer, ehe ich es dir sage, verstanden?«

Sie sah ihn aus zusammengekniffenen Augen an. »Was haben Sie vor, Mr Larsen?«

Richard tippte sich an die Stirn und zwinkerte. »Geduld ist eine Tugend, Miss Vincent.«

Das Badewasser war warm und duftend, und am liebsten wäre sie nie mehr aus der Wanne gestiegen. Ihre Lider waren schwer vor Entspannung und ihre Muskeln wunderbar locker und schlaff, als hätte jemand ihr sämtliche Knochen aus dem Körper entfernt. Sie blies die Kerzen aus und setzte sich auf. Das Wasser schwappte um ihre Taille und lief ihr in kleinen Rinnsalen den Oberkörper hinab. Hanna stieg aus der Wanne auf die flauschige Badematte und wickelte sich in ein weiches, cremefarbenes Handtuch.

Sie entschied sich für ein schlichtes schwarzes Kleid; es war so kurz, dass es ihre schlanken Beine gut zur Geltung brachte, aber nicht zu freizügig. Sie föhnte sich rasch die Haare, und weil sie keine Lust hatte, sich lange mit dem Frisieren aufzuhalten, drehte sie sie kurzerhand am Hinterkopf zu einem Knoten, ehe sie einen Hauch von Make-up auftrug.

Als es klopfte, stand sie von dem samtbezogenen Hocker

auf und ging über den weichen Teppich zur Tür. Sie warf noch einen Blick in den mannshohen Spiegel an der Wand neben ihrem Bett. Sie hatte dunkle Schatten unter den Augen und fragte sich, ob sie ein Zeichen von Müdigkeit oder fortschreitendem Alter waren.

Als sie die massive Eichentür öffnete, stand Richard auf der Schwelle. Er trug eine dunkelgraue Hose und ein hellblaues Hemd, an dem er die zwei obersten Knöpfe offen gelassen hatte. Unwillkürlich landete ihr Blick auf der kleinen Kuhle unterhalb seines Kehlkopfes und glitt von dort aus weiter nach unten bis zum Ansatz seiner Brusthaare.

Sie schluckte trocken.

»Bist du so weit?« Die linke Seite seines Mundes verzog sich zur Andeutung eines Grinsens. »Oder wolltest du mich noch auf einen Kaffee reinbitten?«

Hanna musste lachen. »*So* ein Date soll das also werden?«

»Das will ich doch schwer hoffen.« Er nahm ihre Hand. »Aber zuerst musst du etwas essen.«

Er zog sie mit sich zur Tür hinaus. Auf dem Holzboden machten ihre nackten Füße kaum ein Geräusch. Im Flur legte Richard ihr die Hände auf die Schultern und betrachtete sie. »Du siehst wunderschön aus.«

Sie lächelte. »Danke sehr. Du machst auch keine schlechte Figur.« Das war die Untertreibung des Jahrhunderts. Sein schmal geschnittenes Hemd ließ die Muskeln an seinem Oberkörper erahnen, und die Hose saß ihm auf absolut himmlische Art tief auf den Hüften.

»Danke.« Er sah aus, als wolle er noch etwas hinzufügen, doch dann drehte er sich um und führte sie in Richtung Esszimmer, den Arm locker um ihre Schultern gelegt. Hanna schmiegte sich an ihn, und sein Körper wärmte sie durch die Kleidung.

Auf dem Esstisch lag ein edles weißes Tischtuch. Besteck und Teller waren sorgfältig platziert, und vor jedem Platz standen zwei Weingläser. In der Tischmitte stand ein silberner Kerzenleuchter, in dem drei spitz zulaufende Kerzen flackerten und einen sanften Lichtschein verbreiteten. Richard zog ihr den Stuhl zurück, sie setzte sich, und er rückte den Stuhl wieder an den Tisch heran.

»Das sieht fantastisch aus!« Hanna machte große Augen. »Du hättest dir nicht so viel Mühe machen müssen.«

»Ich wollte es aber.« Seine Stimme klang ein wenig heiser. Er trat zum Sideboard und nahm ihre Teller von den Warmhalteplatten. »Ich habe dir doch gesagt, dass ich diesmal alles richtig machen will.«

Er setzte sich ihr gegenüber, griff nach der Flasche Merlot und goss ihnen beiden die Gläser fast bis zum Rand voll. Hanna schoss unwillkürlich die Frage durch den Kopf, wen er betrunken machen wollte – sie oder sich.

»Ist Matty gut eingeschlafen?«, fragte sie, nahm ihr Besteck in die Hand und spießte ein Stück Karotte auf.

»Ohne Probleme. Er hat geschlafen, ehe ich auch nur die zweite Seite des Buches umgeblättert hatte. Er muss sich im Park ganz schön verausgabt haben.«

Oder vielleicht hatte er geahnt, dass seine Eltern ein bisschen Zeit für sich brauchten.

»Du gehst so großartig mit ihm um.« Sie sah ihn an. »Danke dafür.«

Richard zuckte mit den Schultern. »Ich bin sein Vater.«

»Ich weiß, ich kann mich noch an den Moment der Zeugung erinnern.« Schlagartig begannen ihre Wangen zu glühen. Was für eine unangemessene Bemerkung. Am liebsten hätte sie sich eine Kopfnuss verpasst. Aus lauter Verlegenheit nahm sie ihr Weinglas in die Hand, legte den Kopf zurück und trank einen tiefen Schluck.

»Ich mich auch«, gab Richard leise zurück.

Sie konnte ihn nicht ansehen; sie konnte einfach nicht. Trotzdem wurde ihr Blick von ihm geradezu magnetisch angezogen. Sie biss sich auf die Lippe, um nicht noch mit ganz anderen Sachen herauszuplatzen.

»Das ist mir wahnsinnig peinlich«, gestand sie stattdessen, woraufhin Richard lachen musste.

»Nicht nötig. Du bist eben ein ehrlicher Typ. Das liebe ich so an dir.«

Liebe. Erneut wurde ihr schwindlig. Am liebsten hätte sie die ganze Weinflasche ausgetrunken, so nervös war sie.

»Weißt du, zwischen dem Telefonat mit meinem Anwalt und dem Gespräch mit dem Therapeuten kam mir heute der Gedanke, dass wir im Grunde wie ein altes Ehepaar sind.« Er nahm die Merlot-Flasche und schenkte nach. »Wir wohnen zusammen, wir haben ein gemeinsames Kind, und wir sitzen abends bis spät in die Nacht da und unterhalten uns über Themen, die uns am Herzen liegen.« Er sah sie durch gesenkte Wimpern an. »Das Einzige, was fehlt, ist der Sex.«

Hanna verschluckte sich an ihrem Wein. Sie nahm die Serviette von ihrem Schoß und hielt sie sich vor den Mund. Am liebsten hätte sie sich dahinter versteckt.

»Und der Ring«, setzte Richard hinzu. »Den haben wir auch nicht.«

»Ganz zu schweigen von einem wunderschönen Hochzeitsalbum. Das könnten wir anschauen und uns daran erinnern, wie unsere Verwandten sich gestritten, gehasst und am Ende mit Tellern beworfen haben.« Sie grinste ihn an. »Ohne Hochzeitsalbum geht es nicht.«

Richard zog die Augenbrauen hoch. »Das war kein Witz.

Ich weiß, dass wir noch jede Menge Probleme zu bewältigen haben, aber irgendwann habe ich vor, dich zu heiraten. Ich will, dass Matty und du Larsens werdet.«

Hanna wollte das auch. Sie wollte es so sehr, dass sie kaum davon zu träumen wagte. Dass sie fürchtete, sterben zu müssen, falls man es ihr jetzt wieder wegnahm. Sie konnte es sich lebhaft vorstellen: der Ring an ihrem Finger, die Küsse, bevor Richard morgens zur Arbeit ging, seine Rückkehr am Abend, wenn er Matty hochhob und dann zu ihr kam, um sie um den Verstand zu küssen.

Die Babys.

Sie musste auf dem Teppich bleiben. Sie vergaloppierte sich ja völlig. Es war wichtig, es langsam anzugehen – Matty zuliebe, aber auch für sie beide wäre es besser. Denn wer mit dem Feuer spielte, riskierte, sich zu verbrennen.

»Ich will auch, dass wir zu dir gehören.« Es war ein Abend der Wahrheiten. Sie würde sich nicht länger hinter ihren Unsicherheiten verstecken. Das Leben hatte sie gelehrt, dass dieser Weg ins Unglück führte.

Richard strahlte, und als sie zu ihm aufsah, waren seine Augen ein bisschen glasig. Er berührte ihre Hand und strich mit den Fingern von ihren Knöcheln bis zum Handgelenk. Sie bekam eine Gänsehaut, und die winzigen Härchen auf ihrem Arm stellten sich auf, als sie die Augen schloss und die Intensität der körperlichen Verbindung auf sich wirken ließ.

Nach dem Essen trugen sie Teller und Besteck in die Küche und stellten sie in den Geschirrspüler. Hin und wieder nahm Richard ihr etwas ab, und seine Hand ruhte dabei jedes Mal lange genug auf ihrer, um sie wissen zu lassen, was er für sie empfand.

Es war elektrisierend.

Als alles weggeräumt war, nahm Richard ihre Gläser und die halbleere Weinflasche und trug sie zum Sofa. Er stellte sie auf den Couchtisch, dann klopfte er neben sich auf das Polster. Seine Augen waren dunkel, als Hanna zu ihm kam und sich setzte. Sie wirkte sichtlich nervös.

»Woran denkst du gerade?«, fragte er leise und drehte sich zu ihr um, damit er ihr ins Gesicht konnte.

»Ich habe Angst.« Sie beeindruckte sich selbst mit ihrer Ehrlichkeit.

»Falls es dich beruhigt: Beim ersten Date läuft bei mir nichts.« Er zwinkerte, nahm ihr Glas vom Tisch und reichte es ihr.

»Das beruhigt mich enorm.« Sie trank einen großzügigen Schluck. Richards Gelächter verebbte, als sich die Atmosphäre zwischen ihnen weiter aufheizte. Sie spürten fast das Knistern in der Luft. »Wobei ich mir nicht sicher bin, ob wir jemals ein erstes Date hatten.«

Er runzelte angestrengt die Stirn. »Soweit ich weiß, nicht.«

»Wobei du mich immerhin vor ungefähr zehn Jahren in New York in ein Diner eingeladen hast.« Hanna lächelte.

Er lachte. »Das war kein Date.«

»War es wohl!«, widersprach sie. »Also, zumindest dachte ich das. Ich habe dich zu einem Konzert mitgenommen, und du hast mich ins Diner eingeladen. Mir kam das wie ein Date vor.«

»Wenn ich mit dir auf ein Date gehen würde, würde ich dich garantiert nicht in ein Diner einladen«, gab er entrüstet zurück. »Ganz so stillos bin ich dann doch nicht.«

Jetzt war Hanna diejenige, die laut lachte. »Du bist unglaublich. Dein Gedächtnis ist dermaßen selektiv, dass man glatt Angst bekommt, du könntest senil werden.« Sie lehnte sich vor und stellte ihr Glas ab, ehe sie ihm einen Klaps auf den Arm gab. Er fing ihr Handgelenk ein und blickte auf ihre Hand. Dann zog er sie an sich, bis sie nur noch wenige Zentimeter voneinander entfernt waren. Sie blinzelte zweimal, und ihr Magen schlug einen Purzelbaum, so eindringlich war sein Blick.

»Ich erinnere mich an jeden einzelnen Augenblick mit dir Hanna. Ich weiß noch, wie jung und verschreckt du ausgesehen hast, als ich dich zum ersten Mal gesehen habe, wie du im Haus meines Vaters neben diesem grauenhaften Weihnachtsbaum standst. Ich weiß noch, wie deine Augen geleuchtet haben, als du in dem Pub in den Cotswolds einer kleinen unbekannten Band zugehört hast, deren größtes Ziel es war, auf der ganzen Welt berühmt zu werden.« Sein Mund verzog sich zu einem Lächeln. Alles in ihr sehnte sich danach, die letzten Zentimeter zwischen ihnen zu überbrücken. »Ich weiß noch, wie es sich angefühlt hat, als wir uns zum ersten Mal geliebt haben. Deine Augen waren ganz groß und klar, und deine Lippen haben gezittert, als ich mich in dir bewegt habe.« Er überbrückte den restlichen Abstand zwischen ihnen, und sein Atem streichelte ihre Haut. »Ich erinnere mich an jede einzelne Minute mit dir, Hanna. Und das bringt mich schier um den Verstand.«

Mit diesen Worten ergriff er Besitz von ihrem Mund. Er umfasste ihren Hinterkopf und bog ihn sanft zurück, bis sie ihm beim Küssen in die Augen sehen musste. Sie schlang den Arm um seinen Hals und fühlte die weichen kurzen Haare in seinem Nacken.

Seine Zunge tanzte über ihre Unterlippe. Sie kam ihr mit ihrer eigenen Zunge entgegen und stöhnte, als er in ihren Mund eindrang. Sie hatte die Augen fest geschlossen. Sie wollte jeden Teil seines Körpers spüren. Er zog sie an sich, bis ihre Brust seine berührte, aber es war immer noch nicht genug, ihr Körper wollte mehr. Sie setzte sich rittlings auf seinen Schoß, er umfasste ihren Hintern und drückte sie an sich. Sie bog den Rücken durch, und ihre Brustwarzen kribbelten.

»Gott.« Er löste sich von ihr. Seine Augen glänzten. »Du hast mir so gefehlt.« Er küsste sie erneut, gierig und wild, bis sie beide außer Atem waren. Sie wollte, dass es nie aufhörte.

»Ich will mit dir schlafen.« Sie musste unbedingt seinen nackten Körper spüren, auf ihr, in ihr. Es kam ihr so vor, als wäre ihr Körper zum ersten Mal seit Jahren wieder richtig lebendig. Sie musste wissen, ob er dasselbe empfand.

»Hanna …« Er hielt sie fest an sich gedrückt, die Finger in ihrem Haar vergraben. »Ich will das auch. Aber wir müssen es langsam angehen lassen.«

Sie beugte sich zu ihm und küsste ihn abermals. Diesmal übernahm sie die Kontrolle, eroberte seinen Mund und umschlang seine Zunge mit ihrer, bis sie den deutlichen Beweis seiner Erregung spürte. Er umfasste ihr Gesäß fester, stand auf und schlang sich ihre Beine um die Taille, so dass er sie tragen konnte. Sie legte ihm die Arme um den Hals, ohne den Kuss zu unterbrechen.

»Überredet.« Seine Lippen bewegten sich an ihren. »Langsam ist Mist.« Er ging durchs Wohnzimmer und unterbrach den Kuss nur, damit er kurz aufschauen und die Türklinke ertasten konnte. Er wollte sie gerade herunterdrücken, als im Flur das Telefon läutete. Der Klingelton verriet ihm, dass der Anruf von unten aus der Lobby kam.

»Eine Sekunde.« Er ließ sie behutsam zu Boden gleiten und ging zum Telefon. Er nahm den Hörer ab, und Hanna konnte zusehen, wie jede Erregung aus seinen Zügen wich. Schon jetzt vermisste ihr Körper seine warme Umarmung.

»In Ordnung, vielen Dank.« Er knallte den Hörer auf, fuhr sich mit einer Hand durchs Haar und sah sie entschuldigend an.

»Das war der Portier … Meine Mutter ist auf dem Weg nach oben.«

Kapitel 26

1. Juni 2012

Richard ging zur Tür und schob den Riegel zurück; Hanna sah, wie sich die Muskeln in seinem Rücken anspannten, als er die schwere Tür einen Spalt aufzog. Aus dem Gang draußen fiel ein Streifen Licht auf den hellen Holzboden des Eingangsbereichs. Er machte Platz, damit seine Mutter eintreten konnte.

Caroline Maxwell trug ein Cocktailkleid aus rosa Chiffon und um die Schultern eine passende Stola. Sie hatte sich die blonden Haare mit einer Spange aus dem Gesicht frisiert, und ihre gestrafften Züge ließen ihr wahres Alter nicht erahnen. Richard hatte nie nachgefragt, vermutete aber, dass während ihrer jährlichen Urlaubsreisen auch Begegnungen mit Skalpellen und kostspieligen Chirurgen auf dem Plan standen. Genug Geld hatte sie allemal.

Wer auch immer bei ihr zu Werke gewesen war, hatte ganze Arbeit geleistet.

»Was macht sie hier?« Caroline wies mit ihrer perfekt manikürten Hand auf Hanna. Sie hatte ihre fülligen Lippen missbilligend verzogen, auch wenn der Rest ihres Gesichts starr blieb. »Aber nein, spar dir deine Erklärungen; ich habe alles von Olivia Vincent gehört. Sie war ganz heiß darauf, mir das ganze Drama rund um meinen neuen Enkelsohn haarklein zu berichten.« Erneut warf sie einen Blick in Hannas Richtung und rümpfte verächtlich die Nase. »Ich kann nicht glauben, dass du dich von dieser billigen Frau und ihren billigen Lügen einwickeln lässt.«

Zorn stieg in Richard hoch, und das Blut schoss ihm ins Gesicht. Wutentbrannt funkelte er seine Mutter an. Sie stand kerzengerade da, als wäre sie in dieser Sache das Opfer, und der Anblick weckte in ihm den glühenden Wunsch, sie an ihrem dürren Hals zu packen und ihr ins Gesicht zu schreien. Sie musste doch wissen, was er wegen ihrer Lügen verloren hatte. Ihre kühle Ruhe machte ihn schier rasend.

»Ich glaube kaum, dass du es dir leisten kannst, dich als Moralapostel aufzuspielen.« Es gelang ihm nicht, seine Bitterkeit zu verbergen. »Wenn man bedenkt, was du getan hast.«

Caroline lachte. Es war ein dünnes, zerbrechliches Lachen, das ihm einen Schauer über den Rücken jagte. »Ich habe mich noch nie in meinem Leben so geschämt.« Sie zog an dem diamantenen Anhänger, den sie an einer Kette um den Hals trug. »›*Oh, wie ich höre, bist du Großmutter geworden, Caroline. Was, du wusstest gar nicht, dass Richard und Hanna ein Kind zusammen haben? Sie haben es dir verheimlicht? Wie furchtbar.*‹« Ihr Sarkasmus schnitt durch die Luft wie ein Messer durch ein Stück Butter.

Richard griff nach Hannas Hand. Er wollte nicht, dass sie das Gefühl hatte, sich verstecken zu müssen. Er wollte sie neben sich haben. Er brauchte ihre Nähe, und er wollte zeigen, dass er sich nicht für ihre Beziehung schämte. Im Gegenteil, er war stolz, dass sie mit ihm zusammen sein wollte.

»Wie reizend«, höhnte Caroline, als er Hanna an sich zog. »Was um alles in der Welt hat sie nur an sich, dass du jedes Mal zu ihr zurückgekrochen kommst? Ist sie so gut im

Bett? Es gibt nämlich Frauen, die man für Sex bezahlen kann …«

Hanna löste sich aus Richards Umarmung, machte einen Schritt nach vorn und hob die Hand. Gleich darauf sah er, wie ihre offene Handfläche Carolines Wange traf. Die Wucht des Schlages war so heftig, dass Caroline nach hinten taumelte.

»Wagen Sie es ja nicht, mich als Nutte zu bezeichnen«, fauchte Hanna. Richard ballte die Fäuste. Am liebsten hätte er Hanna applaudiert. »Außerdem wäre ich Ihnen sehr verbunden, wenn Sie etwas leiser sprechen könnten, nebenan schläft nämlich ein Kind.«

Auf Carolines Wange leuchtete ein roter Fleck. Sie starrte Hanna mit funkelnden Augen und hassverzerrten Zügen an. »Erlaubst du ihr etwa, so mit mir zu reden? Sie hat mich tätlich angegriffen!«, zeterte sie.

»Ich erlaube oder verbiete Hanna gar nichts. Sie ist ein selbstständiges Individuum, und in unserer Wohnung kann sie tun und lassen, was sie will.« Er spürte, wie der Rhythmus seines Herzens sich beschleunigte, bis es wild gegen seine Rippen hämmerte. Am liebsten hätte er Hanna in den Arm genommen, um ihr Mut einzuflößen. »Aber wenn du sie noch ein Mal mit einer Hure vergleichst, setze ich dich auf die Straße.«

Caroline war merklich eingeschüchtert; jetzt füllten sich ihre Augen mit Tränen. »Warum bist du so wütend auf mich? Ich bin doch nicht diejenige, die dir mehr als ein Jahr lang ein Kind vorenthalten hat und dann plötzlich wieder auftaucht und behauptet, es wäre deins.« Sie strich sich eine abstehende Haarsträhne glatt. »Hast du wenigstens einen Vaterschaftstest machen lassen?«

Richard zog drohend die Brauen zusammen. »Matty ist

mein Sohn. Um das zu erkennen, brauche ich keinen Vaterschaftstest.« Sein Blick ging in den Flur und blieb an der geschlossenen Tür zu Mattys Zimmer hängen. »Ich bin wütend auf dich, weil Hanna mir nur aus einem einzigen Grund nichts von ihrer Schwangerschaft gesagt hat, nämlich wegen deiner gottverdammten Lügen.« Seine Stimme drohte überzuschnappen. Er musste unbedingt seinen Zorn in den Griff bekommen.

»Ich habe keine Ahnung, wovon du redest«, meinte Caroline wegwerfend. Sie rieb sich die Wange. »Ich habe Hanna nie angelogen.«

»Haben Sie wohl!«, rief Hanna. Sie bebte an Richards Seite wie ein verängstigtes Tier. »Ich habe Richard auf dem Handy angerufen, und Sie sind rangegangen. Sie haben mir gesagt, Meredith würde nie wieder laufen können.«

»Ich glaube, an ein solches Gespräch würde ich mich erinnern. Wann soll dieser Anruf angeblich stattgefunden haben?«

»Gleich nachdem ich wusste, dass ich schwanger bin. Im Juni 2010«, antwortete Hanna. Sie schlang Richard den Arm um die Taille. Sie brauchte etwas, woran sie sich festhalten konnte.

Caroline schüttelte den Kopf, und zwischen ihren Augenbrauen erschien eine winzige Falte. Sie blinzelte einige Male, ehe sie Richard anklagend ansah. »Im Juni 2010 – hast du Meredith nicht etwa zur selben Zeit gesagt, dass du sie nicht heiraten willst?«

Richard überlegte kurz. Es war schwer, sich an etwas zu erinnern, das vor zwei Jahren passiert war, aber gewisse Ereignisse hatten sich in sein Gedächtnis eingebrannt. Wie zum Beispiel der Tag, an dem er Meredith offenbart hatte, dass er nicht länger mit ihr zusammen sein wollte. Oder der

Tag, an dem er nach London geflogen war, nur um dort festzustellen, dass Hanna wieder einmal die Flucht vor ihm ergriffen hatte.

Ihm drehte sich der Magen um, als eine vage Erinnerung in seinem Kopf aufflackerte. Er wusste noch, wie seine Mutter ihn im Büro angerufen hatte, um ihm mitzuteilen, dass er sein Handy zu Hause vergessen hatte. Sie war mit Meredith in seiner Wohnung gewesen und hatte ihr beim Packen geholfen. Caroline hatte ihm angeboten, das Handy per Kurier ins Büro bringen zu lassen.

»Als dieses Gespräch mit Hanna stattfand, waren Meredith und ich da schon getrennt?« Erneut ballte er die Hand zur Faust. Er hatte das Bedürfnis, auf irgendetwas einzuschlagen. Jeder einzelne Tag der vergangenen zwei Jahre war vergeudet gewesen. Ihr Glück war zum Greifen nahe gewesen. Sie hätten alles haben können, was sie sich je erträumt hatten. Und ein paar Worte von seiner Mutter hatten alles zerstört. »Du hast ihr gesagt, Meredith wäre an den Rollstuhl gefesselt, obwohl wir zu dem Zeitpunkt gar nicht mehr zusammen waren?«

»Ich dachte, du würdest deine Meinung noch ändern …«, wisperte Caroline, um dann betreten zu verstummen.

Hanna presste ihre Hand auf ihren Mund. Die ganze Situation war ein so großer Schock für sie, dass sie lautlos zu weinen begann. Richard fragte sich, ob sie genau wie er den Drang verspürte, irgendetwas – oder irgendjemandem – Gewalt anzutun. Sein Zorn war übermächtig; er wusste nicht, wie er ihn im Zaum halten sollte.

»Erinnerst du dich daran, wie du ihr gesagt hast, Meredith sei für immer an den Rollstuhl gefesselt?«

Caroline nickte und wich furchtsam vor ihm zurück. Er wusste, er gebärdete sich wie ein Wahnsinniger; sein Körper war angespannt wie der einer Schlange, kurz bevor sie zubeißt. Einzig Hannas Arm hielt ihn davon ab, etwas zu tun, was er später bereuen würde.

»Warum zum Teufel hast du das getan? Ist dir eigentlich klar, dass Hanna mich damals angerufen hat, um mir zu sagen, dass sie schwanger ist? Wegen dir habe ich achtzehn Monate im Leben meines Sohnes verloren – die kann mir niemand je wieder zurückbringen.«

Seine Mutter presste ihre faltige Hand an die Brust. »Ich wusste nicht …«

»Du wusstest genug, um Hanna abzuwimmeln. Du wusstest genug, um mir gegenüber ihren Anruf mit keinem einzigen Wort zu erwähnen. Spiel bloß nicht die Unschuldige, denn du bist so was von schuldig.« In seinem Körper war eine derartige Anspannung, dass er schreien und um sich schlagen wollte … Egal was, solange nur diese unerträgliche Spannung aus ihm wich. Jeder Augenblick, den er länger vor seiner Mutter stand, erinnerte ihn daran, was er um ein Haar für immer verloren hätte.

Was er tatsächlich verloren hatte.

»Wusste Meredith von dem Anruf?« Seine Stimme troff vor Gift.

Caroline schüttelte den Kopf. Ihre Miene war flehentlich, als sie auf Richard zutrat und die Hand nach ihm ausstreckte. »Richard, du musst das nicht tun. Wir können mit unseren Anwälten reden, damit du das Sorgerecht bekommst. Du musst dich nicht wieder mit Hanna einlassen.«

Es dauerte einen Moment, bis er begriff, was sie da gerade gesagt hatte. Sie wollte allen Ernstes, dass er Hanna verließ. Dass er ihr Matty wegnahm. Die menschenverachtende Ungeheuerlichkeit dieses Vorschlags brachte das Fass zum Überlaufen. Sie sollte seiner Familie nie wieder zu nahe kommen, damit sie sie nicht vergiften konnte, so wie sie versucht hatte, ihn zu vergiften.

Er zog Hanna noch fester an sich, vergrub für einen Augenblick sein Gesicht in ihren Haaren und drückte einen Kuss auf ihre seidigen Locken.

»Wir möchten, dass du jetzt gehst.« Seine Stimme wurde durch Hannas Haare gedämpft. Er konnte seiner Mutter nicht ins Gesicht sehen, geschweige denn sie zur Tür bringen. Übelkeit stieg in ihm hoch, als er sich vorzustellen versuchte, was sie Hanna am Telefon gesagt haben musste. Er war sich der bitteren Ironie vollauf bewusst, als er hinzufügte: »Und komm nie wieder.«

»Nie mehr?« Carolines Stimme rutschte eine Oktave in die Höhe. Hanna löste sich von Richard und legte ihm beruhigend die Hand auf die Brust. Sie schüttelte unmerklich den Kopf, wie um ihm zu sagen, er solle nicht übers Ziel hinausschießen. Tief in seinem Herzen wusste er, dass sie recht hatte. Er war zornig, und es war besser, keine voreiligen Entscheidungen zu treffen. Trotzdem kostete es ihn all seine Überwindung, seine Mutter nicht mit Gewalt aus der Tür zu befördern.

»Jedenfalls nicht hierher. Ich will dich nicht in der Nähe meiner Familie haben.« Hanna schnappte erschrocken nach Luft, als er dies sagte. »Bei Maxwell Enterprises kann ich dir nicht aus dem Weg gehen, das ist mir klar; aber du wirst nie wieder Teil meines Privatlebens sein.«

»Aber ich bin doch deine Mutter.« Die zierliche Caroline richtete sich zu ihrer vollen Größe auf. »Ich verdiene deinen Respekt. Ich kann nicht glauben, dass du dich für sie entscheidest statt für mich. Hör sofort auf mit diesem Unsinn.«

Richard deutete zur Tür und fuchtelte ungehalten mit der Hand, als wolle er einen Hund fortjagen. »Ich danke

Gott dafür, dass ich in dieser Sache frei entscheiden *kann*. In den letzten Jahren war das nur allzu selten der Fall.«

Caroline warf ihm noch einen letzten wütenden Blick zu, die dünnen Lippen geschürzt, dann schüttelte sie den Kopf und streckte die Hand nach der Türklinke aus. Als er sie gehen sah, empfand er nichts als Erleichterung. Es war, als wäre nun auch das allerletzte Hindernis für ihre glückliche Zukunft beseitigt. Er wagte sogar ein zaghaftes Lächeln.

Aber Hanna wirkte bedrückt. Er wollte zu dem Moment zurückkehren, als er sie im Arm gehalten und sie voller Leidenschaft die Beine um seine Hüften geschlungen hatte. Alles war ihm so fröhlich und unbeschwert vorgekommen; er hatte keine Ahnung, wie er es nun anstellen sollte, zu diesem Gefühl zurückzufinden.

»Ich glaube, ich gehe lieber ins Bett. Es war ein langer Tag.« Hanna schenkte ihm ein mattes Lächeln. »Morgen früh erscheinen mir die Dinge hoffentlich nicht mehr ganz so düster.«

Er wusste, dass sie recht hatte. Der Moment war vertan, zumindest an diesem Abend. Sie brauchten beide Zeit, damit ihre Wunden heilen konnten. Allerdings änderte diese Erkenntnis nichts an seiner Enttäuschung.

»Wenn es dir damit bessergeht: Das Schlimmste ist wirklich vorbei. Unsere Eltern wissen Bescheid, und keiner von ihnen hat auf unvorhergesehene Weise reagiert«, versuchte er sie zu trösten.

»Sogar Claire und Steven sind wütend auf mich.«

Richard schüttelte den Kopf. »Das stimmt nicht. Sie waren geschockt und überrascht, aber ich habe heute erst mit Claire telefoniert. Sie möchten uns bald besuchen kommen. Sie freuen sich sehr, dich und Matty in der Familie zu haben.«

Er legte ihr die Hand an die Wange. Ihre Haut war weich und noch feucht von ihren Tränen. Richard fuhr mit dem Daumen ihren Wangenknochen entlang und ließ dann seine Finger durch ihre Haare gleiten. Er zog sie an sich und barg ihr Gesicht an seiner Brust.

»Ich habe ganz vergessen, dir auszurichten, dass Ruby heute angerufen hat. Sie kommt nächste Woche nach New York«, sagte Hanna. »Sie wollte wissen, ob du was dagegen hast, wenn sie Tom mitbringt.«

Richard lachte, und Hanna spürte das Vibrieren seines Brustkorbs an ihrem Gesicht. »Will sie das wirklich wissen?«

Hanna rückte von ihm ab, hob den Kopf und sah ihn mit blitzenden Augen an. »Ich glaube nicht. Ich habe ihr gesagt, sie soll am besten direkt mit dir sprechen.« Sie streichelte die Bartstoppeln auf seiner Wange. »Du wirst es ihr doch nicht unnötig schwermachen, oder? Ich finde ja, die beiden sind wie füreinander gemacht.«

Bei der Vorstellung, seine Schwester könne für irgendeinen Mann »gemacht« sein, zuckte er innerlich zusammen. »Vermutlich gibt mir das Gelegenheit, mal ein ernstes Wort mit Tom zu reden«, gab er neckend zurück.

»Der arme Tom. Sei froh, dass ich keinen großen Bruder habe, der mit dir ein ernstes Wort redet.«

Seine Miene wurde ernst. »Ich wünschte, du hättest einen gehabt. Ich weiß, du hattest Tom, und irgendwann hat er Ruby eingeweiht, aber ein wütender Kerl mit einer Schrotflinte hätte uns sehr viel Kummer ersparen können.«

»Indem er dich ins Grab bringt, bevor du überhaupt Gelegenheit hast, Matty kennenzulernen?«

Richard schüttelte den Kopf. »Nein, indem er auf dich

aufpasst und dafür sorgt, dass ich meiner Verantwortung gerecht werde.«

Ihre Hand lag noch immer an seiner Wange. Er wandte den Kopf und küsste ihre Fingerspitzen. Sein Körper reagierte sofort, als sie mit den Fingern über seine Lippen strich. Dann schob sie sanft einen Finger in seinen Mund. Die Hitze in seinem Schritt drohte zu explodieren. Ihre Miene ließ keinen Zweifel daran, was sie für ihn empfand.

»Du solltest schlafen.« Seine Stimme war heiser vor Verlangen. Er wollte Hanna in ihr Schlafzimmer folgen und ihr die Kleider vom Leib reißen. Er wollte sie mit jedem Zentimeter seines Körpers trösten. Aber er beschwor sich, nichts zu überstürzen, egal wie sehr er sich danach sehnte, in ihr zu sein. Sie hatten ihr ganzes Leben vor sich, und diesmal wollte er alles richtig machen.

Hanna nickte. »Es war ein langer Tag.« Sie lächelte matt. »Du solltest dich auch ein bisschen ausruhen.«

»Ich muss noch ein bisschen arbeiten, bevor ich ins Bett gehe.« Er wusste, er würde sowieso nicht schlafen können, egal wie groß seine Erschöpfung war. Das Wissen, dass sie nur ein Zimmer entfernt lag, würde ihn die ganze Zeit wach halten.

Richard beugte sich vor und strich mit den Lippen über ihre zarte Wange. »Träum süß, Hanna.« Mit äußerster Mühe widerstand er dem Drang, sie zu nehmen und in sein Bett zu tragen. Stattdessen drehte er sich um und verschwand in seinem Arbeitszimmer. Die ganze Zeit spürte er dabei ihre Blicke im Rücken.

Er hasste es, die Dinge langsam angehen zu lassen.

Hanna schlief unruhig; die schwere Bettdecke war heiß und reizte ihre empfindliche Haut. Sie wälzte sich so heftig hin und her, dass sie ein paarmal fast davon aufgewacht wäre, und der Schweiß lief ihr in Strömen über den Körper.

Sie träumte von Matty und Richard. Sie stand in einer ausgedörrten Ebene, und ihre Füße klebten am Boden fest, während die beiden immer weiter von ihr weggingen, bis sie nur noch als winzige Punkte in der Ferne zu sehen waren. Sie rief ihnen nach, sie sollten warten, aber sie hörten sie nicht. Dann versuchte sie ihnen zu folgen, aber die Erde zerbröckelte unter ihren Füßen, und sie kam nicht vorwärts. Sie rannte und rannte und bewegte sich nicht von der Stelle.

»Nein …«, schrie sie. Sie wollte die beiden unbedingt einholen, musste aber unter Tränen zusehen, wie sie irgendwann am roten Horizont verschwanden. Schließlich gaben die Knie unter ihr nach. Sie brach auf dem heißen, staubigen Boden zusammen und trommelte mit den Fäusten auf die Erde, während ihre Tränen im Staub versickerten.

»Hanna«, hörte sie plötzlich Richards Stimme, und im Traum sah sie, wie er sich umwandte und stehen blieb. »Hanna, hörst du mich?«

»Komm zurück.« Sie merkte vage, wie die Realität in ihren Traum eindrang, und das Bild von Richard und Matty verschwamm im Nebel ihres Bewusstseins.

»Das ist nur ein schlechter Traum, Baby. Wach auf.« Sie spürte Richards kühle Hand an ihrem Gesicht. Blinzelnd versuchte sie ihre schweren Lider zu heben.

»Bin ich jetzt wach?« Sie konnte Traum und Wirklichkeit nicht auseinanderhalten, aber sie berührte ihn an der Hand, und der Kontakt beruhigte sie ein wenig.

»Ja, bist du«, antwortete er. In seiner Stimme klang ein Hauch Belustigung mit. »Möchtest du ein Glas Wasser?«

Sie setzte sich auf, und ihre Augen gewöhnten sich allmählich an die Dunkelheit. Das Herz hämmerte in ihrer Brust. »Ja, danke.« Sie warf einen Blick auf den Wecker; die roten Leuchtziffern verrieten ihr, dass es ein Uhr morgens war.

»Hier, trink einen Schluck«, sagte er leise, bevor er ihr das Glas an die Lippen hielt und zusah, wie sie das klare Wasser trank. Es tat gut und war angenehm kühl.

»Tut mir leid, dass dich geweckt habe.«

»Ich habe noch gar nicht geschlafen«, gestand Richard. »Ich musste noch was für die Arbeit fertigmachen.«

Ein Blick auf seine Kleidung genügte, um zu sehen, dass er die Wahrheit sagte. Er hatte die Ärmel hochgekrempelt, so dass seine starken, leicht behaarten Unterarme sichtbar waren. Das Hemd war ihm aus der Hose gerutscht und nach einem langen arbeitsreichen Abend zerknittert.

»Ich wollte gerade nach Matty sehen, als ich gehört habe, wie du meinen Namen rufst. Ich dachte, das muss ja ein schöner Traum sein.« In seiner Stimme lag ein Lächeln. »Und dann stell dir mein Erstaunen vor, als dein Traum sich als Alptraum entpuppte.«

Hanna schloss die Augen und versuchte das Traumbild von Matty und Richard in unerreichbarer Ferne aus ihrem Kopf zu verbannen. »Ihr seid vor mir weggerannt.« Sie schluckte und schmeckte immer noch den trockenen Staub in ihrem Mund. Richard, der instinktiv spürte, was sie brauchte, reichte ihr wieder das Wasserglas.

»Ich werde nie weglaufen.« Seine Stimme quoll über vor Gefühl. »Allein das hätte dir schon klarmachen müssen, dass es nur ein Traum war.«

Tränen brannten in Hannas Augen und sammelten sich am unteren Lidrand, so dass alles vor ihren Augen verschwamm. Richard streichelte ihr das Haar und liebkoste mit sanften Fingern ihren Nacken. Dann wanderte seine Hand weiter nach unten bis zu ihren nackten Schultern.

»Du bringst mich um den Verstand«, flüsterte er und malte kleine Kreise auf ihre Haut. »Alles an dir macht mich wahnsinnig.«

Ihr stockte der Atem. Erinnerungen an den Beginn des Abends kamen in ihr hoch; sehr lebhafte Erinnerungen daran, wie sie um ein Haar ihre neu aufkeimende Liebe besiegelt hätten. Und jetzt saß er auf ihrer Bettkannte, groß und stark, und sie stellte fest, dass sie sich ihm hingeben wollte.

Er glitt mit der Hand ihren Rücken hinauf und verweilte kurz in ihrem Nacken, ehe er nach vorne wanderte und mit den Fingern über ihren Hals strich.

»Genau hier«, flüsterte er. »Hier fühle ich das Klopfen deines Pulses unter der Haut und den Atem in deiner Kehle.«

Hanna sagte nichts, sondern sah zu, wie seine grünen Augen zu lodern begannen und er sich mit der Zungenspitze die Lippen benetzte. Seine Hand wanderte tiefer, zwischen ihre Brüste, seine starken Finger auf ihrer schweißfeuchten Haut. »Und hier kann ich spüren, wie schnell dein Herz schlägt.« Er spreizte die Finger und bewegte sie weiter nach unten, bis sie ihre Brustwarze streiften. Unter der Berührung seiner rauen Hand richtete sich die empfindsame Knospe sofort auf. Hanna keuchte, als eine Welle der Lust durch ihren Körper jagte.

Er rollte ihren Nippel zwischen Daumen und Zeigefinger, und das Begehren wurde zu einem stetigen Pochen zwischen ihren Beinen. Sie sah ihn durch halbgeschlossene Lider an. Seine Miene war düster, ein Durcheinander verschiedener Gefühle.

»Bitte küss mich.« Sie drängte sich ihm entgegen, und

ihre Lippen zitterten, als er sich zu ihr herabbeugte. Sein Atem, der ihr Gesicht streichelte, war warm und erregend. Er ließ sich Zeit mit dem Kuss, aber sie wollte mehr. Er entzog ihr seinen Mund und begann eine Spur aus Küssen auf ihren Hals zu tupfen.

»Richard …« Sie schloss die Augen, als seine Lippen sanft an ihrer Haut zu saugen begannen. Ihre Brustwarzen reckten sich ihm entgegen, und die Hitze zwischen ihren Schenkeln wurde immer unerträglicher.

Er zog ihr das Trägerhemdchen über den Kopf und streifte ihr auch das Höschen ab, bis sie nackt und zitternd vor Erwartung vor ihm lag.

»Du bist so wunderschön.« Seine Augen loderten, und sie glaubte spüren zu können, wie ihr Körper die Hitze seines Blicks reflektierte. »Alles an dir ist vollkommen.« Er streckte die Hand aus, berührte mit der Fingerspitze ihren Hals, strich dann hinab zu ihrer Brust und reizte ihre Brustwarze, ehe er weiter nach unten zu ihrem Bauch wanderte. Als er die hellen Linien ihrer Dehnungsstreifen nachfuhr, versteifte sie sich unwillkürlich.

»Die sind hässlich.« Hanna wollte seine Hand wegschieben.

»Sie sind nicht hässlich, sie sind wundervoll.« Richard schüttelte den Kopf, beugte sich hinab und küsste jeden einzelnen Streifen mit geöffnetem Mund. »Sie erinnern mich daran, was wir zusammen geschaffen haben. Wen du auf die Welt gebracht hast. Sie sind ein Teil von dir.« Er zeichnete sie mit den Lippen nach, bis zu ihren Hüftknochen. Dann nahm er mit zärtlichem, aber zugleich festem Griff ihre Schenkel und schob sie auseinander. Sie spürte, wie sein Atem über ihre heiße Mitte strich, und dann begannen seine Lippen ihren Körper zu liebkosen, so wie seine Worte zuvor ihre Seele liebkost hatten. Er schob seine Zunge in sie hinein und hielt ihre zuckenden Schenkel mit seinen starken Händen fest. Sie stöhnte laut und bäumte sich auf, und ihre Hände verkrallten sich in seine Haare, als er sie unaufhaltsam dem Höhepunkt entgegentrieb.

Hanna schloss die Augen und gab sich ganz ihrer Lust hin. Ihr Körper spannte sich an, und sie rang nach Atem, als er den Druck seiner Zunge erhöhte und sie immer weiter reizte. Verzweifelt suchten ihre Hände Halt im Bettlaken, als er sie zum Orgasmus brachte und sich alles in ihrem Innern zusammenzog, während sie wieder und wieder seinen Namen stöhnte. Sie bog den Rücken durch, und der Höhepunkt überschwemmte sie wie eine riesige Welle, bis sie die Wirklichkeit kaum noch wahrnahm.

Während sie langsam wieder zu sich kam, beobachtete sie träge, wie er sich auszog. Dann legte er sich zu ihr, und gleich darauf spürte sie das Gewicht seines Körpers auf ihrem. Seine Erektion drückte hart und schwer gegen ihre Hüfte, ein köstliches Gefühl. Sie schob die Hand nach unten und umfasste ihn, fuhr mit dem Daumen über seine Spitze und verteilte die Feuchtigkeit, die dort ausgetreten war.

»Brauche ich ein Kondom?« Seine Stimme war drängend, er rieb sich rhythmisch an ihrer Hand. Sie griff ihn fester, und ein Stöhnen drang über seine Lippen.

»Nein, alles gut.«

Und das war es wirklich. Sie spürte ihn mit jeder Faser ihres Körpers, er beherrschte sie ganz und gar. Sie schloss die Augen und verschluckte den leisen Aufschrei, als er mit der Spitze seines Schafts behutsam in sie eindrang. Es war genauso wie früher. Er war alles, was sie wollte und sich erhofft hatte. Sie ertrank förmlich in seinen Berührungen.

»Mach die Augen auf.« Seine Stimme erklang rau in ihrem Ohr. Ihre Lider hoben sich flatternd, und ihre Tränen liefen über, als sie seinen erhitzten Blick erwiderte. Ihr Herzschlag geriet ins Trudeln, als sie die starken Gefühle hinter seinen Augen sah. Seine Lippen waren trocken, sein Kiefer angespannt, und sie streckte die Hand aus und fuhr mit einem Finger die Kontur seines Mundes nach.

»Richard, bitte …« Sie drängte sich gegen sein Becken. Er packte sie, damit sie stillhielt, und sein lodernder Blick traf ihren. Das Herz hämmerte gegen ihre Rippen.

»Warte kurz.«

Sie hielt in der Bewegung inne und sah ihn an. Sie atmeten im Gleichklang, und sie wartete ungeduldig darauf, dass er weitermachte, dass er ihr mit seinem Körper auch das letzte bisschen Verstand raubte.

»Jetzt.« Er spannte das Becken an und glitt in sie hinein, bis sie ganz von ihm ausgefüllt war. Sie seufzte auf. Das Gefühl war so überwältigend, dass heiße Tränen über ihre Wangen liefen. Sie hatte keine Kontrolle mehr über ihre Gefühle.

»Ich liebe dich …« Die Worte waren nicht mehr als ein Atemhauch. Sie schwebten durch die Luft wie ein unsichtbares Band, das sie zusammenknüpfte.

»Ich liebe dich …« Ein Keuchen, ein Versprechen. Er sagte es noch einmal, nur um die Worte noch einmal zu hören.

Dann eroberte er ihren Mund, und ihre Zungen begannen einen wilden Tanz, während Hannas salzige Tränen sich mit ihrem Kuss vermischten. Sie legte die Hand an seine Wange, und aus ihren Augen strahlten all die Gefühle, die er in ihrem Körper zum Leben erweckte.

»Liebe …«

Als Hanna am nächsten Morgen endlich aufwachte, war Richard bereits angezogen. Statt seiner lag Matty bei ihr im Bett und hatte seine dicken Ärmchen um ihren Hals geschlungen.

»Er ist schon eine ganze Zeitlang wach«, erklärte Richard. Die dunklen Schatten unter seinen Augen verrieten, wie wenig Schlaf er in der letzten Nacht bekommen hatte. »Ich habe ihn um kurz vor sechs zu dir ins Bett gelegt.«

»Er ist ein richtiges Klammeräffchen.« Sie schmiegte das Gesicht an Mattys weiche Locken und atmete den pudrigen Duft seines Babyshampoos ein. »Gehst du schon?«

»Ich habe um acht ein Meeting.« Richard band sich gerade die Krawatte, und am liebsten hätte sie ihn daran gepackt und zurück ins Bett gezogen. Nach dem gestrigen Abend war sie zu Tode erschöpft. Sie hatte das Gefühl, tausend Jahre schlafen zu können. Und dabei wollte sie Richard bei sich haben.

»Ich wollte dich gestern Abend noch was fragen.« Matty setzte sich auf, krabbelte über das Bett und umschlang Richards Hosenbeine. Richard fing ihn gerade noch rechtzeitig auf, damit er nicht vom Bett kugelte, und Matty lachte kreischend, als sein Vater ihn hoch in die Luft warf. »Der Therapeut, mit dem du gesprochen hast, gewährt der einen Nachlass, wenn du ihn jemandem weiterempfiehlst?«

Richard fing ihren Blick ein und schenkte ihr ein sanftes Lächeln. »Mal sehen. Ich bin sehr gut im Verhandeln.«

»Ich möchte, dass wir noch einmal ganz von vorne anfangen. Vielleicht sollten wir auch eine Paartherapie machen?«

Sie wusste, dass sich ihre Vergangenheit nicht durch ein paar Augenblicke der Glückseligkeit ausradieren ließ. Richards Panik, als er gestern nach Hause gekommen war, hatte ihr nur zu deutlich vor Augen geführt, dass es noch viele Probleme gab, an denen sie arbeiten mussten. Doch zum ersten Mal war sie zuversichtlich, dass sie gemeinsam alle Schwierigkeiten meistern würden.

»Ich rufe ihn heute an«, versprach er und bückte sich, um ihr einen Kuss auf den Mund zu geben. Dann setzte er Matty neben Hanna ab. Der hüpfte im Sitzen ein wenig auf der Matratze, und das gefiel ihm so gut, dass er sich aufrappelte und dasselbe auch im Stehen versuchte.

»Wir könnten uns zum Mittagessen treffen«, schlug Richard vor, während er sich das Sakko überwarf. Sie beäugte ihn gierig und versuchte sich bei dem Anblick seines göttlichen Körpers im Gucci-Anzug nicht die Lippen zu lecken.

»Meinst du wirklich, der Kurze hier sollte frei in deinem Büro herumlaufen?« Matty hüpfte immer noch auf dem Bett, bis Hanna ihn an sich zog, ihn um die Hüften packte und anfing, ihn am Bauch zu kitzeln.

»Ich sage Lisa, sie soll ein paar Spielsachen liefern lassen. Ich kann nicht den ganzen Tag ohne dich sein.« Er zog die Brauen zusammen. »Vielleicht sollten wir bei unserem Therapeuten auch das Thema Co-Abhängigkeit ansprechen.«

Hanna lachte. »Wenn das so weitergeht, kriegen wir richtig viel Leistung für unser Geld. Emotionale Vernachlässigung durch die Eltern ließe sich auch noch auf die Liste setzen.«

Richard beugte sich über das Bett und küsste sie noch einmal. »Geht es dir wieder einigermaßen gut nach dem, was gestern passiert ist?«

»Erstaunlicherweise, ja. Wenn wir ehrlich sind, haben wir doch nichts anderes erwartet, als dass deine Mutter Gift und Galle spuckt. Und was meinen Dad angeht – da werden wir wohl einfach abwarten müssen, wie sich die Dinge entwickeln.« Sie ließ zu, dass Matty ihr die Arme um den Hals schlang und das Gesicht an ihre Schulter drückte. »Die zwei wichtigsten Menschen in meinem Leben sind hier in diesem Zimmer. Alles andere interessiert mich nicht.«

»Ich werde euch heute Morgen vermissen.« Er zauste Mattys Haar, was der mit einem empörten kleinen Aufschrei quittierte. »Sehr.«

»Wenn du nicht bald verschwindest, verpasst du noch dein Meeting.« Hanna zog die Decke hoch und schob ihn vom Bett. Richard fing ihre Handgelenke ein und zog sie noch ein letztes Mal an sich. Matty, der zwischen ihnen eingeklemmt war, zappelte vor Vergnügen.

»Ich würde lieber hierbleiben«, murmelte er an ihrem Haar.

»Geh!« Sie lachte.

Er ließ sie los und gab jedem von ihnen noch einen letzten Kuss. »Wir sehen uns um zwölf«, erinnerte er sie im Gehen. Sie hob ein zusammengerolltes Paar Socken vom Boden auf und warf es nach ihm. Sie verfehlte ihn um mehrere Meter.

Sie zog Matty in die Arme, sah Richard hinterher, und eine wohlige Wärme breitete sich in ihr aus. Sie lächelte. Endlich, nach so langer Zeit, hatten sie beide genau das, was sie immer gewollt hatten.

Einander.

Kapitel 27

31. Dezember 2012

Schon seit dem frühen Morgen waren die Leute von der Catering-Firma mit den Vorbereitungen für die alljährliche Silvesterparty beschäftigt. Hanna sah zu, wie sie in der Küche ein Tablett nach dem anderen mit Kanapees und Desserts zubereiteten. Das Herz wurde ihr ein wenig schwer, als sie daran dachte, wie ihre Mutter früher die Arbeiten beaufsichtigt hatte. Sie hatte das Walkie-Talkie in der einen, das Handy in der anderen Hand gehabt und in beide gleichzeitig hineingebrüllt.

»Geht es dir gut?« Claire streichelte Hannas Wange. »Ich freue mich so, dass du gekommen bist.«

»Es gibt keinen Ort, an dem wir lieber wären.«

Sie waren am Heiligabend nach London geflogen, um das Weihnachtsfest mit Steven und Claire zu verbringen. Die ganze Familie hatte sich auf ihr erstes gemeinsames Weihnachten mit Matty gefreut. Hanna verliebte sich noch einmal ganz neu in die Familie Larsen, nicht zuletzt weil sie mit allem, was sie taten, zeigten, wie sehr sie Matty liebten.

»Bestimmt kommt da die eine oder andere Erinnerung hoch. Manchmal fällt es mir schwer zu glauben, dass deine Mutter nicht mehr bei uns ist.«

In Hannas Augenwinkeln stiegen Tränen auf. Sie wischte sie fort. Sie wollte sich den heutigen Tag nicht mit traurigen Erinnerungen verderben. Sie wollte neue, schöne Erinnerungen schaffen – für Matty und den Rest der Familie –, selbst wenn es schwerfiel, die Vergangenheit ruhen zu lassen.

»Ich bin nur traurig, dass sie Matty nicht mehr kennengelernt hat. Sie hätte sich so gefreut, ihn durchs Haus toben zu sehen, als wäre es ein riesengroßer Spielplatz.« Hanna schloss einen Moment lang die Augen. Fast sah sie im Geiste Dianas entzücktes Lächeln vor sich.

»Wenn sie dich jetzt sehen könnte, wäre sie bestimmt genauso stolz auf dich, wie ich es bin.« Claire zog sie an sich, und Hanna überließ sich mit geschlossenen Augen der Umarmung.

»Meinst du wirklich? Ich glaube eher, wenn sie mich jetzt sehen könnte, würde sie mir eins mit dem Kochlöffel über den Schädel ziehen.«

Claire gab keine Antwort, was Hanna nach einer Weile dazu veranlasste, fragend den Kopf zu heben. Claires Miene war wie erstarrt, und der Anblick erschreckte Hanna so sehr, dass sie sie am Arm fasste und sanft schüttelte.

»Oh mein Gott, ich habe die Aufzeichnungen vergessen!« Bestürzt presste Claire sich eine Hand an die Brust. »Die Nachrichten, die sie dir hinterlassen hat. Sie liegen noch im Arbeitszimmer.«

»Aufzeichnungen?«, wiederholte Hanna verdattert. »Was für Aufzeichnungen?«

»Erinnerst du dich noch an unser geheimes Projekt im Hospiz? Diana hat Botschaften für dich aufgezeichnet, die ich dir zu ganz bestimmten Zeitpunkten aushändigen sollte: zu deiner Hochzeit, nach der Geburt deines ersten Kindes und so weiter. Ich kann nicht glauben, dass ich das vergessen habe! Die erste hätte ich dir geben sollen, gleich nachdem ich von Matty erfahren hatte.«

»Kann ich sie mir jetzt anhören?« Hanna spürte, wie eine seltsame Erregung von ihr Besitz ergriff. In den Jahren seit Dianas Tod waren die Erinnerungen an ihre Mutter immer mehr verblasst. Manchmal wusste sie nicht einmal mehr genau, wie Dianas Stimme geklungen hatte. Und nun plötzlich zu erfahren, dass es Aufzeichnungen gab – Aufzeichnungen ihrer Mutter, die für sie bestimmt waren –, machte sie nervös und auch ein bisschen ängstlich.

»Natürlich.« Claire fasste sie an der Hand und zog sie aus der Küche hinunter in den Keller. Hinter einer großen Eichentür befand sich Stevens Arbeitszimmer.

»Wie hast du sie denn aufgenommen?«

»Ich habe ein Diktiergerät benutzt und die Aufnahmen hinterher auf CD gebrannt. Diana hatte ganz genaue Vorstellungen.«

Im Arbeitszimmer nahm Diana eine CD vom Regal. Die durchsichtige Plastikhülle reflektierte das Licht, das durch das Fenster fiel. Sie gab sie an Hanna weiter, die sie einen Moment lang unschlüssig in der Hand hin und her drehte. Ihre Gedanken flogen zurück zu jenen dunklen Tagen des Jahres 2005. Sie hatte mit Dianas Tod so viel mehr verloren als eine Mutter.

»Ich weiß nicht, ob du sie dir alle anhören willst oder nur die über dein erstes Kind. Nach allem, was war, hätte Diana sicher nichts dagegen, wenn du alle auf einmal hörst.«

»Ich glaube, wenn ich es aushalte, will ich sie alle hören.« Hanna drückte sich die CD an die Brust. »Habe ich noch genug Zeit, bevor die Jungs wiederkommen?«

Steven und Richard waren mit Matty in den Park gegangen, damit er sich dort austoben konnte und während der Silvesterparty durchschlief. Allerdings hatte Hanna den

Verdacht, dass Richard und Steven diejenigen sein würden, die todmüde zurückkamen.

»Die einzelnen Aufzeichnungen sind nicht sehr lang. Sie war sehr schwach; sie konnte nie lange an einem Stück sprechen.« Claire biss sich auf die Lippe und blickte zu Boden. »Wenn sie zurückkommen, bevor du fertig bist, werde ich sie schon irgendwie beschäftigen.«

»Bleibst du noch für die erste Aufnahme?« Hanna wusste nicht genau, ob sie es schaffen würde, sie alleine anzuhören. Sie war jetzt schon völlig durch den Wind und hatte das Gefühl, wegen der kleinsten Kleinigkeit in Tränen auszubrechen.

»Ich bleibe solange du willst, Liebes.«

Hanna öffnete den Deckel des CD-Players und legte die erste CD ein. Sie wollte auf »Play« drücken, aber Claire schüttelte den Kopf und betätigte stattdessen die Taste zum Überspringen einzelner Tracks. »Warum hörst du dir nicht die Botschaft zu deinem ersten Kind an? Das scheint mir der passende Anfang zu sein.«

»Okay.« Hanna nickte und ließ sich in Stevens teurem schwarzem Ledersessel nieder. Ein Knistern kam aus den Lautsprechern, dann ein leises Summen, das signalisierte, dass das Diktiergerät eingeschaltet worden war.

»Hanna …« Dianas Stimme war schwach und dünn wie ein Blatt im Wind. Sie zu hören, versetzte Hanna zurück in eine Zeit, als sie noch Tochter und keine Mutter gewesen war. »Ich weiß nicht mehr genau, was die richtige Reihenfolge ist. Ich habe eine Botschaft für deine Hochzeit aufgenommen, aber heutzutage bekommen ja viele Leute Kinder, bevor sie heiraten. Wie auch immer, jedenfalls möchte ich dir sagen, wie stolz ich auf dich bin.« Eine Pause, gefolgt von leisem Murmeln. Hanna stellte sich vor, wie Claire Diana dabei half, ein paar Schlucke Wasser zu trinken. »Herzlichen Glückwunsch, mein wunderschönes Mädchen, dass du jetzt selbst ein Kind hast. Ich weiß, dass du eine wunderbare Mutter sein wirst, genau wie du eine wundervolle Tochter warst. Es tut mir nur leid, dass ich nicht da sein kann, um mein Enkelkind im Arm zu halten und dir Mut zu machen, wenn du mal zweifelst.« Wieder kam eine Pause, und erst jetzt bemerkte Hanna, dass ihr Tränen über die Wangen liefen. Sie machte sich nicht die Mühe, sie wegzuwischen; es waren zu viele, sie musste sie laufen lassen. »Wenn ich dir nur einen Rat geben darf, von Mutter zu Mutter, dann wäre es dieser: Genieße jeden Augenblick. Es ist nicht einfach, Mutter zu sein, aber jeder Moment ist ein Geschenk. Für mich war es jedenfalls ein Privileg, erleben zu dürfen, wie du zu der großartigen Frau heranwächst, die du heute bist. Nimm dir die Zeit, das Muttersein zu genießen. Spiel, sing und tanz mit deinem Kind, sooft du kannst. Die Zeit vergeht so schnell. Lass dir diese kostbaren Momente nicht stehlen.« Inzwischen schluchzte Hanna hemmungslos, während Claire sie tröstend im Arm hielt. »Ich liebe dich so sehr, Hanna; dich und mein Enkelkind. Ich werde immer da sein, in deinen Erinnerungen und in deinem Herzen.«

Das Rauschen der Aufnahme machte Stille Platz, und Hanna streckte die Hand aus, um die CD anzuhalten, bevor die nächste Aufzeichnung begann. Sie wollte – sie musste – jede einzelne von ihnen anhören, aber sie brauchte noch etwas Zeit, um sich an das Wunder zu gewöhnen, die Stimme ihrer toten Mutter zu hören.

»Danke«, wisperte sie an Claires Schulter, während diese sie noch immer fest im Arm hielt. »Ich bin dir so dankbar, dass du mir die Aufzeichnungen gegeben hast.«

Claire sagte nichts, sondern wischte Hanna wortlos die Tränen von den Wangen. Der Blick ihrer hellblauen Augen war sanft und liebevoll, und Hanna sah die Zuneigung darin. Sie konnte sich glücklich schätzen, eine liebevolle Mutter gehabt zu haben – und jetzt eine ebenso liebevolle Ersatzmutter. Sie war fest entschlossen, sich so gut um Matty zu kümmern, wie Diana und Claire sich um sie gekümmert hatten.

Richard kam später am Nachmittag zurück, einen müdegetobten Matty auf dem Arm. Steven folgte ihm mit schweren Schritten. Seine Körperhaltung verriet Erschöpfung. Hanna hatte sich das Gesicht gewaschen. Sie hatte sich alle Aufnahmen zweimal angehört, ehe sie die CD zurück in die Hülle gelegt hatte. Sie würde sie mitnehmen, wenn sie nach New York zurückflogen.

Richard legte Matty auf die Couch, zog ihm die Schuhe aus und öffnete den Reißverschluss an seiner Winterjacke. Hanna legte ihrem Sohn eine Hand an die Wange, die kalt und rosig war vom Londoner Wind. Matty giggelte leise bei der Berührung, während er gleichzeitig gegen die Müdigkeit anzukämpfen versuchte, die sich seines kleinen Körpers bemächtigt hatte.

»Na, hat Daddy dich geschafft?«, fragte sie.

Richard lachte und zog sie in seine Arme. »Matty hat *uns* geschafft«, korrigierte er sie, ehe er ihr einen Kuss auf den Hals gab. Ihr Körper reagierte ganz automatisch, und ihr wurde heiß. »Aber wenigstens hoffe ich, dass er heute Abend tief und fest schlafen wird.«

Die Andeutung hinter diesen Worten entging ihr durchaus nicht. Sie musste schmunzeln.

Sie gaben ihm früh sein Abendessen und zogen ihm danach einen frischen Schlafanzug an. Steven und Claire hatten im ersten Stock ihres Hauses ein Kinderzimmer eingerichtet, das mit all den Spielsachen gefüllt war, die sie ihm zu Weihnachten geschenkt hatten. Die drei saßen auf dem weichen Teppich und bauten Türme aus großen Plastikbausteinen. Hanna und Richard stapelten um die Wette, und wenn ihre Türme einstürzten, klatschte Matty jedes Mal vor Begeisterung in die Hände. Gegen sieben schließlich fiel er fast um vor Müdigkeit und konnte kaum noch seine Äuglein offen halten.

Hanna las ihm aus dem *Grinch* vor. Matty lachte über die ulkigen Ausdrücke und die verstellte Stimme seiner Mutter. Die letzten Zeilen sprach Richard auswendig mit. Seine Stimme klang tief und verschmitzt, und am liebsten wäre sie schnurstracks in seine Arme gerannt und hätte ihn geküsst, bis er nicht mehr wusste, wo oben und unten war.

»Er schläft schon fast«, flüsterte sie. Matty hatte sich wie üblich ganz klein zusammengerollt und den Daumen in den Mund gesteckt. »Er sieht so friedlich aus, wenn er kurz vor dem Einschlafen ist.«

»Er ist perfekt«, sagte Richard. »Wir sollten definitiv noch ein paar mehr von der Sorte machen.«

Ihr Herz schlug höher. Sie hatten in der Paartherapie über ihre Zukunft gesprochen – auch darüber, irgendwann noch weitere Kinder zu bekommen. Hanna war schon dreißig und Richard dreiunddreißig, deswegen machte sie sich ein wenig Sorgen: Wenn sie eine große Familie haben wollten – und das wollten sie –, würden sie bald loslegen müssen.

»Das sollten wir definitiv.«

Er zog sie an sich, bis ihr Rücken seine Brust berührte. Er schlang ihr die Arme um die Taille und neigte den Kopf.

Seine Lippen streiften ihren Hals. Sanft begann er an ihrer Haut zu saugen.

»Was hältst du davon, wenn wir heute Abend schon mal ein bisschen trainieren?«

»Mmmm«, stimmte Hanna ihm zu und schloss die Augen, als er fortfuhr, sie zu liebkosen. »Wir haben doch eigentlich schon ziemlich viel trainiert, oder?«

»Denkst du, wir sind bereit fürs Spiel?« Sie spürte, wie er an ihrer Wange lächelte.

»Ich auf alle Fälle.«

»Ich will aber, dass du vorher noch den Vertrag für meinen Verein unterschreibst.« Richard lockerte den Griff um ihre Taille und drehte sie schwungvoll zu sich herum. Er legte ihr die Hand ans Gesicht und streichelte mit den Fingerspitzen die zarte Haut hinter ihrem Ohr. »Danach können wir überlegen, ob wir noch mehr Leute für den Angriff brauchen.«

Hanna lachte. »Du verwirrst mich mit all diesen Fußballmetaphern. Reden wir hier über unsere Familie oder über eine Fußballmannschaft?«

Richard senkte den Kopf und fing ihre Lippen mit seinen ein. Er umfasste sanft ihren Nacken, zog sie näher, und seine Zunge hinterließ eine Spur aus Hitze an ihrem Mund.

»Ich rede ganz bestimmt nicht über Fußball, Hanna«, raunte er, und eine seiner Hände glitt nach unten zu ihrem Po. »Ich rede über uns.«

»Uns?« Sie küsste die scharfe Kontur seines Kiefers entlang, nahm dann sein Ohrläppchen zwischen die Zähne und saugte so fest daran, dass es ihm ein Stöhnen entlockte.

»Ich will, dass du mich heiratest.« Er bekam die Worte kaum über die Lippen, weil er keuchen musste. »Ich will, dass du Mrs Richard Larsen wirst, und Matty soll ein ganzes Rudel Brüder und Schwestern bekommen.«

Jetzt war es an Hanna zu lächeln. Sie entzog sich ihm und schaute ihm in die Augen. »Du hast das mit dem Kniefall vergessen. Ganz zu schweigen vom Ring.«

»Ich habe einen Ring«, protestierte Richard hastig. »Ich wollte nur den richtigen Moment abpassen.«

Sie schaute sich nach Matty um und sah, dass er tief und fest schlief. Er ahnte nichts von der Veränderung, die gerade zwischen seinen Eltern vorging. »Ist dies der richtige Moment?«

Richard lachte. »Eigentlich wollte ich dich Punkt Mitternacht vor dem Weihnachtsbaum in der Halle fragen. Aber irgendwie scheint mir das hier der perfekte Ort und die perfekte Zeit zu sein; nur wir und unser Sohn sind anwesend.«

»Du hast recht.« Sie konnte es kaum glauben. Er wollte sie – nicht nur als Mutter seines Kindes, sondern als seine Frau. Sie spürte den unbändigen Drang, die Fenster aufzureißen und es laut hinauszuschreien, damit jeder es hören konnte. In all den Jahren ihrer Trennung hatte sie nie daran geglaubt, dass es mit ihnen einmal so schön werden könnte. Alles, wovon sie je geträumt hatte, war endlich zum Greifen nah. Es war fast mehr, als sie aushalten konnte.

»Und? Willst du?« Seine Stimme war drängend geworden, fast unsicher.

Verwirrt sah sie ihn an. »Was?«

Er wirkte aufgewühlt, und sie streckte die Hand aus, um ihn zu beruhigen. Doch noch ehe sie seine Wange berühren konnte, sank er vor ihr auf die Knie und ergriff ihre linke Hand.

»Hanna Vincent, du bist die Liebe meines Lebens. Du

hast mir ein wunderschönes Kind geschenkt, das der Mittelpunkt meines Universums ist. Ich wäre der glücklichste Mann auf Erden, wenn du mich heiraten würdest.«

Hanna sank ebenfalls auf die Knie, nahm sein Gesicht in beide Hände und küsste ihn wieder und wieder, bis sie beide lachten. »Ja, ja, natürlich will ich. Ich dachte, das wäre längst klar.«

Er wurde wieder ernst, nahm ihre Hand und hob sie an seine Lippen. »Ich wollte nur ganz sichergehen. Aber danke, dass du ja gesagt hast.«

»Danke fürs Fragen.« Ihre Augen funkelten, als sie ihre Stirn an seine lehnte. »Ich dachte schon, ich müsste ewig warten.«

Gegen acht kamen Tom und Ruby. Sie strahlten über das ganze Gesicht, als Hanna und Richard ihnen die freudige Neuigkeit mitteilten. Eine Stunde später war die Party in vollem Gange, und Hanna unterhielt sich mit Leuten, die sie kaum kannte, nahm Glückwünsche entgegen und redete über Gott und die Welt, sei es die gegenwärtige Wirtschaftslage oder darüber, wie schön die Olympischen Spiele in London gewesen seien. Obwohl sie die Spiele nur aus zweitausend Meilen Entfernung auf einem Fernsehbildschirm hatte verfolgen können, war sie doch stolz, Britin zu sein.

Sie wollte sich gerade ein neues Glas Champagner holen, als Ruby auf sie zustürzte, dass ihre dunklen Haare flogen, und dabei Hannas Namen rief.

»Ich habe das Gefühl, dass wir den ganzen Abend noch gar keine Zeit zum Reden hatten. Komm, wir verkriechen uns in irgendeine Ecke und quatschen über Jungs.«

Hanna lachte und schnappte sich noch ein zweites Champagnerglas für Ruby. »Wäre das nicht ein bisschen komisch, wenn man bedenkt, dass es sich bei besagten ›Jungs‹ um Richard und Tom handelt? Ich bin mir ziemlich sicher, dass du keine pikanten Details über deinen Bruder hören willst – und ich will ganz sicher keine über Tom hören.«

Ruby feixte. »Nicht mal, wie er seinen …« Hanna schlug Ruby die Hand über den Mund. Ruby kicherte gedämpft, ehe sie Hanna in die Handfläche biss. »Im Ernst, Hanna, ich freue mich riesig, dass ihr euch verlobt habt.«

»Ich mich auch.« Hanna konnte nicht anders, sie musste schon wieder ihren Ring betrachten. Er war aus Platin mit einem großen Solitär im Tropfenschliff. Richard hatte ein schlichtes, elegantes Design gewählt. Das bewies, wie gut er sie kannte. »Ich kann es gar nicht abwarten, deine Schwägerin zu sein!«

»Das wird bombastisch. Vor allem, da ich ja jetzt meine eigene Wohnung in New York habe und den Frischvermählten folglich nicht mehr auf den Wecker gehen werde. Ihr wart schon schlimm genug, als ihr nur gedatet habt.«

Hanna wurde rot. Ruby war mehr als einmal in die Wohnung geplatzt, während sie und Richard sich leidenschaftlich küssten. Sie hatten dann jedes Mal blitzschnell die Hände voneinander gelassen, welche Körperstellen sie auch immer gerade erkundet hatten. Nach einem Monat hatte Ruby die Nase voll gehabt und beschlossen, dass sie dringend ihre eigene Bleibe brauchte. Steven hatte ihr bei der Finanzierung unter die Arme gegriffen.

»Du und Tom, ihr seid auch nicht viel besser«, hielt Hanna dagegen.

Seit April waren Ruby und Tom ein Paar und unzertrennlich. Er war sogar nach New York gezogen und wohnte jetzt bei Ruby, während er überlegte, wie es mit der Band weitergehen sollte. Richard hatte diese neue Entwicklung gar nicht gern gesehen.

»Wann wollt ihr zwei denn heiraten?«

Hanna zog die Nase kraus. »Ich will keine große Hochzeit. Insgeheim hoffe ich ja, dass er mich einfach nach Las Vegas entführt und wir von einem richtig schlechten Elvis-Imitator getraut werden.«

Ruby lachte. »Ich glaube, das ist nicht wirklich Richards Stil, oder?«

»Leider nicht, nein.« Hanna überlegte, was sein Stil sein könnte. Sie wollte ihm im engsten Kreis der Familie das Jawort geben. Ein aufwendiges Drumherum wollte und brauchte sie nicht.

»Was immer geschieht, ihr beide passt jedenfalls perfekt zusammen«, sagte Ruby und stieß mit Hanna an. »*Ich* wusste das schon vor Jahren. Blöd nur, dass ihr so lange gebraucht habt, um es zu kapieren.«

»Wem sagst du das?« Hanna lächelte schief. Einen Augenblick später hüpfte ihr Herz vor Glück, als sich zwei starke Arme von hinten um ihre Taille schlangen.

»Störe ich?«, fragte Richard und gab ihr einen zärtlichen Kuss auf die Wange. »Ich würde nämlich gerne mit der zukünftigen Mrs Larsen tanzen.«

Hanna wurde rot. Die Art, wie er seinen Anspruch auf sie geltend machte, erregte sie. Eng aneinandergeschmiegt gingen sie zur Tanzfläche. Seine Hand glitt hinab zu ihrem Po und von dort aus unter ihr Kleid. Seine andere Hand hielt ihre sicher umfasst. In seinen Armen kam sie sich klein und zerbrechlich vor.

»Du siehst wunderschön aus heute Abend«, sagte er. »Und in dem Kleid bist du verdammt sexy.«

»Danke schön.« Sie lächelte kokett. Sie hatte Lust, mit

ihm zu flirten; sie wollte ihn anmachen, um ihm einen Vorgeschmack darauf zu geben, worauf er sich mit ihr einließ. »Sie selbst sind auch kein übler Anblick, Mr Larsen.«

Sie ließ ihre Hand unter sein Jackett gleiten. Sie spürte die Wärme seiner Haut und streichelte ihn mit den Fingerspitzen, während sie weitertanzten.

»Versuchst du etwa, mich zu verführen?«, fragte er rau. Sie spürte seine beginnende Erektion an ihrer Hüfte.

»Warum sagen Sie so etwas? Ich bin praktisch eine verheiratete Frau.«

»Nichts liegt mir ferner, als Ihren zukünftigen Ehemann gegen mich aufzubringen.« Er beugte sich zu ihr und küsste sie federleicht auf den Mund. »Aber ich möchte wirklich zu gerne sehen, was Sie unter Ihrem Kleid tragen.«

»Wie kommen Sie auf die Idee, dass ich etwas darunter trage?« Sie klimperte mit den Wimpern.

Er schluckte schwer. »Ich glaube, ich habe genug von der Party.«

»Wir schlafen hier. Wir können die Party nicht vor Mitternacht verlassen«, wandte Hanna lachend ein.

»Dann pass mal auf.«

Ohne sie loszulassen, lenkte er sie tanzend in Richtung Treppe. Dort angekommen, schleifte er sie praktisch die Stufen hoch, während Hanna wie von Sinnen kicherte und alle paar Schritte anhalten musste, um nach Luft zu schnappen.

»Jetzt komm, wir müssen noch viel trainieren«, drängte Richard sie und zog an ihrer Hand. Als sie oben an der Treppe angekommen waren, bückte er sich, schwang sie auf seine Arme und marschierte mit ihr in Richtung Schlafzimmer.

»Ich dachte, man trägt die Braut erst nach der Hochzeit

über die Schwelle«, sagte Hanna und bekam Schluckauf vor lauter Lachen.

»Damit hat es nichts zu tun. Dass ich dich trage, hat rein praktische Gründe. Ich will dich so schnell wie möglich ins Bett kriegen.« Er stieß ihre Tür auf und warf Hanna mit Schwung auf die Matratze.

»Und ich dachte, du trägst mich, weil du unbedingt rausfinden willst, was ich unter meinem Kleid trage.« Hanna griff nach seiner Hand und zog ihn auf sich. Sein Gewicht raubte ihr den Atem.

»Das will ich auch.« Seine Hand glitt ihr Bein hinauf. Er entledigte sich seines Jacketts, riss sich die Krawatte vom Hals, streifte ihr die silbernen Sandaletten ab und warf sie auf den Boden.

»Da gibt es wirklich nichts zu sehen.« Sie kniete sich hin und begann die Knöpfe an seinem Hemd zu öffnen. »Ich möchte dich nur ungern enttäuschen.«

»Wenn du nichts unter dem Kleid trägst, werde ich garantiert nicht enttäuscht sein, glaub mir.« Als Nächstes landete sein Hemd auf dem Boden. Hanna fuhr mit den Fingern die Konturen seiner Brustmuskeln nach. Dann wanderte sie immer weiter abwärts bis zu seinem Gürtel. Sie öffnete die Schnalle und schob ihm die Hose über die Hüften, und als er aufstand, um sich ihrer ganz zu entledigen, sah sie deutlich die Ausbuchtung in seinen Boxershorts, wo sich seine Erektion unter dem Stoff abzeichnete.

»Ich sehe, du hast dich bereits aufgewärmt«, murmelte sie und fuhr mit der Fingerspitze über seine Eichel. Er zuckte zusammen.

Richard kam ihr entgegen und küsste sie. Seine Zunge rieb sich an ihrer, während ihre Hände über seinen nackten Körper wanderten. Sie spürte, wie er den Reißverschluss hinten an ihrem Kleid öffnete und es ihr von den Schultern streifte. Er schob es bis zu ihren Hüften herunter, so dass sie mit nackten Brüsten vor ihm kniete.

Er senkte den Kopf und nahm eine ihrer Brustwarzen zwischen die Lippen. Er saugte sie in seinen warmen, feuchten Mund und leckte sie, bis Hanna Sterne sah. Gleichzeitig streichelte er ihre andere Brust mit der Hand und reizte mit dem Daumen den Nippel, bis sie sich ihm stöhnend entgegenbog.

»Hast du das Gefühl, dass ich noch mehr trainieren muss?«, murmelte er an ihrer Brust. Sie schüttelte heftig den Kopf, was er natürlich nicht sehen konnte.

Er zog ihr das Kleid aus und warf es zu den anderen Sachen auf den Fußboden.

Sie lag nackt auf dem Bett, schaute in seine Augen, die dunkel waren vor Begierde, und spürte ein Ziehen im Unterleib, als sie die Stärke seines Verlangens spürte. Seine Hände strichen ihre Beine hinauf und hielten an den Innenseiten ihrer Schenkel inne, um sie dort eingehender zu liebkosen. Seine Daumen gruben sich in die zarte Haut.

»Jedes Mal, wenn ich dich heute Abend gesehen habe, hätte ich dich am liebsten gleich ins Bett gezerrt.« Er senkte den Kopf, bis er zwischen ihren Beinen war und er mit Lippen und Zunge die Innenseiten ihrer Schenkel liebkosen konnte. Ihre Hand fand sein dichtes Haar, und sie dirigierte seine Lippen dorthin, wo sie sie am nötigsten brauchte.

»Richard, bitte.« Sie spreizte die Beine noch weiter und spürte, wie sich seine Lippen an ihrem Schenkel zu einem Schmunzeln verzogen, als er ihr verzweifeltes Flehen hörte.

»Bitte was?« Er küsste sich ihre Schenkel hinauf und hielt an der Stelle inne, wo sie sich trafen. Sein Atem kitzelte das Zentrum ihrer Lust.

»Küss mich.«

»Wo?« Sie konnte das Gelächter in seiner Stimme hören. Sie wusste nicht, ob sie ihn schlagen oder sein Gesicht in ihren Schritt drücken sollte.

»Da.«

Ihre Finger glitten über ihr feuchtes Fleisch, aber Richard fing ihre Hand ein und schob sie weg. Sie wand sich vor unbefriedigter Lust.

»Das gehört mir.« Endlich tat er, worum sie ihn gebeten hatte. Ihre Beine zuckten, und sie schloss vor Verzückung die Augen.

»Ich weiß«, keuchte sie und gab sich ganz seinen Berührungen hin, seiner Zunge und seinen Lippen. »Alles an mir gehört dir.«

Hinterher lagen sie in Löffelchenstellung nebeneinander und hielten sich im Arm. Richards Erektion war noch nicht vollständig erschlafft und drückte sich sanft von hinten gegen ihren Po. Er hatte einen Arm um ihre Taille, den anderen auf ihre Brust gelegt und streichelte sie träge, während sie langsam wieder zu Atem kamen.

»Ich bin mir ziemlich sicher, dass wir nicht noch mehr Training brauchen.« Hanna lächelte und schmiegte den Kopf gegen seine Brust.

»Man sagt, Übung macht den Meister«, pflichtete er ihr bei. Er schob ein Knie zwischen ihre Beine, und sie genoss die harte Wärme seines Oberschenkels.

»Wir wissen ja ohnehin schon, dass wir perfekte Babys machen.« Sie spürte, wie der Schlaf sie zu übermannen drohte. Sie wollte nicht, dass der Tag schon zu Ende war.

»Das stimmt.«

Hanna hob den Arm und kraulte ihm die Haare. Durch

die Bewegung wurde ihre Brust in seine Handfläche gedrückt. »Danke, dass du mir so ein schönes Weihnachtsfest geschenkt hast. Ich habe jeden Moment genossen.«

»Ich auch. Ich will gar nicht wieder zurück.«

Sie war froh, dass er genauso empfand und ihre gemeinsame Zeit in London ihm so viel bedeutete wie ihr. Sie hatte ihnen nicht nur Gelegenheit gegeben, seiner Familie wieder näherzukommen, obwohl auch das schön gewesen war; vor allem hatten sie hier ihr allererstes gemeinsames Weihnachtsfest mit ihrem Sohn gefeiert. Und sie wusste, dass noch viele weitere Weihnachtsfeste folgen würden.

»Wir können ja bald wiederkommen«, schlug sie vor. »Vielleicht zu Ostern.«

»Ich würde gerne ein Haus hier kaufen. Ich habe da einen Plan.« Sie hörte das Lachen in seiner Stimme. Sie drehte den Kopf und blickte ihn forschend an.

»Ich muss sagen, Sie stecken heute Abend voller Überraschungen, Mr Larsen. Wären Sie vielleicht so gütig, Ihre zukünftige Frau in diesen Plan einzuweihen?«

Seine Hand glitt zu ihrer Hüfte. Mit einem Ruck zog er ihren Hintern an seine Erektion und begann sich an ihr zu reiben. »Ich möchte mit Maxwell Enterprises an die Börse gehen. Ich hoffe, dass ich mich in fünf Jahren aus der Firma zurückziehen kann.«

Hanna drehte sich zu ihm um und legte ihm eine Hand an die Wange. »Du willst wirklich aus Maxwell Enterprises aussteigen?«

Richard lächelte. »Wenn der richtige Zeitpunkt kommt. Wahrscheinlich wird es noch ein paar Jahre dauern, den Börsengang vorzubereiten und die richtige Führungsriege zusammenzustellen.«

»Und was willst du danach machen? Um den Rest deines

Lebens auf dem Golfplatz zu verbringen, bist du doch noch ein bisschen zu jung.«

»Ich will verstärkt karitativ tätig sein, vielleicht sogar die Aktivitäten der Maxwell Foundation auf das Ausland ausweiten. Ich dachte, wir könnten uns vielleicht gemeinsam dafür engagieren.«

Ihre Augen füllten sich mit Tränen. »Das klingt wundervoll. Ich kann mir nichts vorstellen, was ich lieber tun würde, als mit dir zu arbeiten.«

»Wenn wir nicht gerade Babys machen«, sagte er schelmisch und zwinkerte.

»Oder fürs Babymachen trainieren«, setzte sie hinzu.

Er zog sie an sich, bis ihre Körper sich von Kopf bis Fuß berührten und sie seine Erektion an ihrem Schenkel spüren konnte. Sein Mund streifte ihren Hals, und seine Hand knetete ihren Hintern, was ihr ein lautes Keuchen entlockte.

»Ach ja, das Training«, pflichtete er ihr bei und ließ die Hüften kreisen, bis die Spitze seines Schafts ihren Eingang berührte. »Das Training dürfen wir auf gar keinen Fall vernachlässigen.«

»Gut«, murmelte sie, als er in sie hineinstieß. Sie sog scharf die Luft ein, als er sie ganz und gar ausfüllte.

»Ja, stimmt.« Er küsste sie. »Das ist sogar sehr gut.«

Kapitel 28

31. Dezember 2014

»Schläft sie?«

Richard sah von seinem Sessel neben dem Kinderbettchen auf. Es war dunkel, nur in der Ecke leuchtete ein kleines Nachtlicht. Wie alles andere im Zimmer war es pink. Hanna hatte ihn mit seiner Wahl der Einrichtung gnadenlos aufgezogen und ihm erklärt, dass Neugeborene fast nichts sehen, geschweige denn einzelne Farben unterscheiden konnten. Trotzdem hatte sie ihm freie Hand gelassen, was die Gestaltung des Kinderzimmers anging, und diese Freiheit hatte er voll ausgeschöpft.

»Fast.« Er schenkte seiner Frau ein strahlendes Lächeln. Lily wimmerte leise. Sie umklammerte fest den Plüschelefanten, den ihre Tante Ruby für sie gekauft hatte. Lily hatte erst wenige Haare auf dem Kopf, so dünn und zart wie gesponnenes Gold. Richard streckte die Hand aus, um sie zu streicheln, und staunte darüber, wie seidig weich sie waren. Sie faszinierten ihn wie alles an seiner Tochter.

Hanna kam ins Zimmer und trat neben ihn, während sie ihr Armband aus Weißgold schloss. »Nummer eins wäre geschafft, Nummer zwei fehlt noch.« Sie lächelte. »Matty schläft wie ein Stein.«

»Ich schaue noch mal bei ihm rein, ehe wir gehen«, versprach Richard. »Der Wagen ist für acht Uhr bestellt. Wir haben also noch jede Menge Zeit.«

Wieder sah er auf und betrachtete seine Frau, ihr elegantes rotes Kleid und den Knoten, zu dem sie ihre Haare im Nacken gedreht hatte. »Du siehst bezaubernd aus.«

Hanna wurde rot, und der Anblick hatte beinahe etwas Magisches. Sie zum Erröten zu bringen, zählte zu Richards Lieblingsbeschäftigungen. Er hatte bereits eine ganze Reihe von Möglichkeiten dazu entdeckt, von denen manche allerdings sehr privat waren.

»Danke sehr, mein Herr.« Hanna deutete einen Knicks an, dann ging sie rückwärts aus dem Zimmer. »Wir treffen uns in zehn Minuten unten. Und jetzt wirke deine Wunder, Daddy.«

Daddy. Kaum ein anderes Wort bedeutete ihm so viel. Jahrelang war es für ihn unvorstellbar gewesen, irgendwann einmal Vater zu werden. Selbst nachdem er erfahren hatte, dass Matty sein Sohn war, hatte er den Eindruck gehabt, als wäre *Daddy* ein Titel, den man nicht einfach so verliehen bekam, sondern den man sich verdienen musste. Doch jetzt, nach zwei Kindern, traf dieses Wort genau zu. Zusammen mit dem Wort *Ehemann* definierte es ihn vollkommen.

Es machte ihn glücklich.

Wieder quengelte Lily. Für so ein zerknautschtes kleines Ding war sie erstaunlich laut. Er nahm die Kleine auf den Arm und barg sie sicher an seiner Brust. Sie kuschelte das Gesicht an sein Revers, und ihr Mündchen suchte reflexartig nach der Milch, die er definitiv nicht hatte.

»Hey, Lily«, raunte er. »Jetzt ist Schlafenszeit.«

Sie blinzelte ihn mit ihren großen blauen Augen an, und einmal mehr war er ganz verzaubert. Von dem Moment an, als Hanna mit der Neuigkeit von der Schwangerschaft zu ihm gekommen war, hatte er sich unwiderstehlich zu diesem kleinen menschlichen Wesen hingezogen gefühlt. Es war für ihn die erste Gelegenheit gewesen, hautnah mitzuerleben, wie im Bauch der Frau, die er liebte, ein Baby heranwuchs. Die erste Gelegenheit, seine Tritte zu spüren, beim Ultraschall zuzuschauen; zu sehen, wie sein Kind immer größer wurde, wie es sich bewegte und sich zu einem lebendigen Wesen entwickelte. Nachts schlief er eng an Hanna gekuschelt, die Hand wie ein Schutzschild auf ihrem runden Bauch. Er beschützte seine Frau, als trüge sie eine kostbare Fracht – was ja auch stimmte.

Hanna hatte das Ganze mit einer gewissen Belustigung zur Kenntnis genommen. Es war ihre zweite Schwangerschaft, von daher war für sie der Zauber nicht mehr ganz so groß. Und sie hielt es auch nicht für notwendig, alles zu kaufen, was in irgendeinem Babyratgeber empfohlen wurde.

»Ein paar Strampler und eine Decke, mehr braucht man nicht«, hatte sie ihm gesagt, als er vorgeschlagen hatte, bald mit dem Bestellen der Erstausstattung zu beginnen. »Ganz ehrlich, die meiste Zeit werden wir sie sowieso auf dem Arm tragen.«

Nicht, dass er auf sie gehört hätte. Richards Auffassung nach verdiente sein Baby alles, was sich mit seiner schwarzen American Express kaufen ließ. Und es bereitete ihm großen Spaß, den Kreditrahmen auszureizen.

Das eine, was er mit seiner Karte allerdings nicht kaufen konnte, war eine schmerzfreie Geburt. Sosehr er sich darauf gefreut hatte, bei der Entbindung dabei zu sein – zuzusehen, wie Hanna in den Wehen lag, war grauenhaft gewesen. Aber in dem Augenblick, als seine Lily unter lautstarkem Geschrei angesichts der Würdelosigkeit des Geburtsvorgangs das Licht der Welt erblickte, wussten sie beide, dass sich die Schmerzen vollauf gelohnt hatten.

Es war Liebe auf den ersten Blick gewesen.

Lilys Atemzüge wurden regelmäßiger, die Äuglein fielen ihr zu, und Richard legte sie wieder in ihr Bettchen. Sie hatte einen Speichelfleck auf seinem Sakko hinterlassen, den er mit Stolz trug. Obwohl Lily tief und fest schlief, blieb er noch eine Weile bei ihr und beobachtete, wie sie beim Ausatmen ihre kleinen geschwungenen Lippen spitzte, als wolle sie Kerzen ausblasen. Sie schlief nicht so unruhig wie Matty, der im Schlaf die Fäuste ballte und sich unruhig hin und her wälzte.

Bevor er nach unten ging, sah Richard noch bei seinem Sohn vorbei. Mit seinen dreieinhalb Jahren schlief Matty bereits in einem großen Bett unter einer Decke, die über und über mit knallgelben Minions bedruckt war. Wie immer hatten sich seine Beine in der Bettdecke verheddert, und sein Oberkörper lag frei. Wenn er morgens aufstand, war Mattys Bett oftmals völlig verwüstet.

Richard gab seinem Sohn einen Kuss auf die Stirn, schlich leise aus dem Zimmer und ging die Treppe hinunter. Hanna wartete in der Eingangshalle ihrer Wohnung auf ihn und scrollte durch ihr Handy. Als er näher kam, ging ein Lächeln über ihr Gesicht.

»Die Limousine ist da. Wir sollten uns auf den Weg machen.«

»Hast du der Babysitterin unsere Nummern gegeben?«

»Aber sicher«, sagte sie geduldig.

»Und hast du ihr gesagt, wo wir hingehen?«

Hanna stieß einen theatralischen Seufzer aus. »Richard, ich habe ihr unser Sternzeichen, unser Lieblingsessen und den Termin unseres letzten Arztbesuchs verraten. Können wir jetzt gehen?«

Er runzelte die Stirn. »Warum hast du ihr das mit dem

Arzt gesagt? Glaubst du, eins der Kinder könnte krank werden? Sollen wir lieber zu Hause bleiben?«

Sie tat, als ob sie kapitulierte. »Um Himmels willen, das war ein Scherz. Es ist Emily. Sie passt seit Jahren auf Matty auf. Sie ist qualifiziert und kennt sich mit Erster Hilfe aus. Sie wird den Abend sehr gut ohne uns meistern, Liebling.«

Richard zögerte. »Ich weiß nicht. Vielleicht sollten wir heute Abend doch besser hierbleiben und an einem anderen Abend ausgehen, wenn Ruby oder Claire babysitten können.«

»O nein, mein Lieber, du hältst mich nicht davon ab, mich heute zu amüsieren. Ich freue mich seit Ewigkeiten auf diesen Abend. Du gehst ja jeden Tag ins Büro – ich sitze seit Monaten mit einem kleinen Baby zu Hause. Außerdem: Wenn wir nicht bald losfahren, laufe ich aus.« Sie schaute missbilligend auf ihre Brüste. »Die Dinger sind ohnehin schon vier Nummern zu groß.«

»Sie sind perfekt.« Richard hatte die Veränderungen ihres Körpers während der Schwangerschaft als besonders aufregend empfunden. Sie war weicher geworden, fülliger. Und wie um sich dessen zu vergewissern, streckte er die Arme aus und zog Hanna an seine Brust.

»Klar, dass du das sagst«, brummte sie. »Du bist ja auch keine wandelnde Molkerei.«

Er lächelte. »Wenn es möglich wäre, würde ich es tun. Das weißt du.«

Ihre Augen wurden groß. »O nein, das ginge dann doch zu weit. Selbst für den Vater des Jahres.«

Fünfzehn Minuten später saßen sie im Fond der Limousine und fuhren durch die Straßen von New York, auf denen am Silvesterabend viel Verkehr herrschte. Obwohl sie die Straßen rund um den Times Square bewusst mieden, kamen sie nur im Schneckentempo voran. Als Richard aus dem Fenster blickte, sah er, dass sie sogar von Fußgängern überholt wurden.

»Ich habe gesagt, wir schauen bis zehn noch bei den Parkers vorbei, dann sind wir vor Mitternacht bei deinen Eltern. Außerdem hat dein Vater irgendwas von einem gemeinsamen Essen nach der Party erwähnt.« Hanna hob die Brauen. »Ich habe ihn darauf hingewiesen, dass Claire irgendwann vielleicht auch mal schlafen gehen möchte, aber davon wollte Steven nichts wissen.«

Richards Lippen zuckten, aber er verkniff sich das Lachen. »Würdest du an Silvester früh schlafen gehen wollen?«

»Nein, aber ich bin auch knallhart. Die arme Claire ist den ganzen letzten Monat unermüdlich herumgerannt und hat gearbeitet.«

Bei dem Wort »herumgerannt« ging Richards Blick ganz automatisch zu Hannas Kleid. Es endete kurz oberhalb ihrer Knie und betonte ihre hübschen Beine. Sie waren mit das Erste, was ihm vor all den Jahren an ihr aufgefallen war. Obwohl sie sich verändert hatte und reifer geworden war – genau wie er auch –, waren ihre Schenkel noch verlockend wie eh und je.

Er war so darin vertieft, seine Frau anzustarren, dass er gar nicht bemerkte, dass die Limousine abgebogen war. Erst als er aufsah, stellte er fest, dass ihre Fahrt sie nach Downtown führte. Sowohl seine Eltern als auch die Parkers wohnten an der Upper East Side, sprich: in einer ganz anderen Richtung.

»Wo fahren wir hin?«, fragte er mit unverhohlener Verwirrung.

Ihr Gesicht strahlte vor Glück, dass er fast geblendet wurde. »Das ist ein Geheimnis.«

Er legte den Kopf schief und versuchte zu erraten, was sie vorhatte. »Komm schon, mir kannst du es doch sagen.«

»Auf keinen Fall. Wo bliebe dann der Spaß? Sei einfach still, trink deinen Champagner und gib eine attraktive Erscheinung ab, okay?«, sagte Hanna und deutete auf sein Glas.

Jetzt war er derjenige, der grinsen musste. Er nippte an seinem Champagner, dann prostete er ihr zu. »Jawohl, Ma'am.«

Der Wagen hielt am Straßenrand irgendwo in Downtown Manhattan. Abermals schaute Richard zum Fenster hinaus. Diesmal setzte er sich kerzengerade auf, als er erkannte, wo sie waren.

»Die Mercury Lounge?«, fragte er und strich sich mit der Hand über sein dunkelblaues Sakko. »Ich weiß nicht genau, ob ich dafür passend angezogen bin.«

Hanna nahm ihm das Glas weg und umfasste seine Hand. »Du bist nie passend angezogen. Wenn mich meine Erinnerung nicht täuscht, bist du das letzte Mal aufgefallen wie ein bunter Hund.«

»Hey. Wenn ich noch wüsste, was ich damals anhatte, würde ich jetzt widersprechen. Jedenfalls kleide ich mich niemals wissentlich zu leger.«

Sie lehnte sich zu ihm und gab ihm einen Kuss auf die Lippen. »Ich wollte mit dir dorthin fahren, wo alles angefangen hat. Na ja, zumindest fast. Da wir nicht nach London fliegen können, müssen wir uns eben mit dem Zweitbesten begnügen.«

Sie stiegen aus, gingen den Gehweg entlang und schauten zu dem vertrauten grauen Schriftzug des Clubs empor.

Darunter befanden sich mehrere rustikale Holzfenster, in deren schmutzigem Glas Richard und Hanna sich spiegelten.

»Gehen wir rein?«, fragte er.

»Nein, nein.« Hanna schüttelte den Kopf. »Nicht in unserem Aufzug. Das, was unser Leben verändert hat, ist ja auch nicht *in* der Mercury Lounge passiert, sondern *davor*.«

Sie blieben vor einer etwas heruntergekommenen Wand stehen, die mit Graffiti in verschiedensten Stufen der Lesbarkeit beschmiert war.

»Davor?«, hakte Richard nach. »Ich kann mich nicht erinnern, dass draußen vor dem Club besonders viel passiert wäre.«

»Weißt du nicht mehr, der Schnee?« Hanna wirkte sehr selbstzufrieden. Sie hatte immer schon das bessere Gedächtnis von ihnen beiden gehabt. Was bei Geburtstagen recht praktisch war.

»Aber sicher doch.« Er lachte gekünstelt, als könne er nicht fassen, dass sie ihn so etwas fragte. »Und ich erinnere mich auch noch an die Band und wie wir getanzt haben. Ich habe nichts vergessen.«

Sie trat ganz nah zu ihm heran. Nicht, dass er sich dadurch bedrängt gefühlt hätte. Im Gegenteil, die Nähe war ihm höchst willkommen.

Sie stellte sich auf die Zehenspitzen und hob ihm ihren Mund entgegen, bis sie nur noch wenige Zentimeter voneinander entfernt waren. »Und was ist mit unserem ersten Kuss?«, raunte sie.

Er hätte das Gesicht verziehen und so tun können, als bemühe er sein Gedächtnis, aber er war so von ihrer Nähe verzaubert, dass er nicht einmal das fertigbrachte. »Welcher Kuss?«

Sie presste ihre Lippen auf seine. Während sie sich berührten, fragte sie: »Hast du das etwa vergessen?«

Richard konnte sich nicht beherrschen, er legte seine Hand in ihren Nacken und vertiefte den Kuss. Ihre Zungen umspielten einander, und als sie sich voneinander lösten, waren beide außer Atem. »Ich würde niemals unseren ersten Kuss vergessen, aber der hat definitiv nicht hier stattgefunden.«

»Oh doch. Du hast versucht, mir Schnee in den Ausschnitt zu stopfen, und dann hast du mich geküsst.«

»Habe ich nicht.«

»Willst du etwa behaupten, dass ich lüge?«

Richard grinste. »Babe, ich will behaupten, dass du eine Romantikerin bist. Das wäre ein perfekter erster Kuss gewesen – wenn es sich denn so zugetragen hätte. Und ich gestehe, dass ich daran *gedacht* habe, dich zu küssen. Gott weiß, dass ich vom ersten Moment an solche Fantasien hatte. Aber unser erster Kuss war nicht vor der Mercury Lounge. Sondern einige Jahre später in meiner Wohnung.«

»Stimmt ja gar nicht.«

Fast hätte er laut gelacht. Wusste sie es denn wirklich nicht mehr? Hanna, die Frau mit dem Elefantengedächtnis, hatte tatsächlich ihren ersten Kuss vergessen? Vielleicht hätte er beleidigt oder verletzt sein sollen, weil sie sich an etwas so Wichtiges nicht erinnern konnte. Andererseits hatte er sie draußen vor der Mercury Lounge ja durchaus küssen *wollen*. In den Wochen nach ihrem gemeinsamen Abend hatte er über nichts anderes nachgedacht. War es da wirklich so schlimm, dass sie nicht dieselbe Erinnerung hatte wie er?

»So eine Enttäuschung.« Hanna machte ein langes Gesicht und zupfte an einem losen Faden an ihrem Mantel. »Ich habe seit Jahren geglaubt, es wäre hier gewesen. Es war, als stünde unsere Liebe unter einem schlechten Stern, obwohl wir eigentlich füreinander bestimmt waren.«

Er fasste sie um die Taille. »Schatz, wir *waren* auch füreinander bestimmt, und zwar von Anfang an. Von dem Moment an, als ich dich fast auf die Minute genau vor fünfzehn Jahren zum ersten Mal gesehen habe, wusste ich, dass du zu mir gehörst.«

Sie biss sich auf die Lippe, was ihn prompt erregte. »Ich weiß noch«, sagte sie heiser. »Die PlayStation. Deine Reaktion.«

»Ich habe jetzt gerade genau dieselbe Reaktion.« Er zog sie noch fester an sich, wie um es ihr zu beweisen. »In deiner Gegenwart kann ich mich irgendwie nicht beherrschen.«

»Na ja, vielleicht hast du meine Überraschung ruiniert, aber wenigstens versuchst du es wiedergutzumachen.« Sie drängte sich an ihn. »Herzlichen Glückwunsch zum Beinahe-Kuss-Jubiläum.« Erneut presste Hanna ihre Lippen auf seine, und diesmal fuhr sie dabei mit den Händen durch sein Haar.

»Wir waren aber nicht an Silvester hier«, murmelte er.

»Meinetwegen. Aber es war Dezember. Gönn mir doch die Freude.«

»Du spinnst.«

»Ich weiß.«

»Aber ich liebe dich trotzdem.«

»Das will ich dir auch geraten haben.«

Diesmal übernahm er die Kontrolle über die Umarmung. Er nahm ihren Kopf in die Hände und hielt ihn so, dass er sie ausgiebig küssen konnte. Hanna hatte die Augen geschlossen, ihre Lippen waren geschwollen, aber ihre Stimme war glasklar, als sie ihm antwortete.

»Baby, ich liebe dich auch.«

»Ihr kommt spät, es ist gleich Mitternacht.« Steven öffnete die Tür zu dem Haus, das er mit seiner Frau Claire bewohnte. Die frostkalte Nacht folgte ihnen hinein, und der eisige Wind mischte sich mit der warmen Luft und dem Lärm der Gäste.

»Wir sind gerade erst von den Parkers losgekommen.« Hanna war ganz außer Atem. »Ich hoffe, ihr hattet wegen uns keine Umstände.«

Richard tätschelte ihr den Hintern, wenngleich so, dass Steven es nicht sehen konnte. »Genau. Wir mussten jede Menge alte Bekannte begrüßen. Außerdem hat es mit dem Auto schrecklich lange gedauert.«

»Schrecklich lange«, wiederholte Hanna.

»Wir sind kaum vorwärtsgekommen.«

Sie konnte ihren Mann nicht ansehen. Das, was er mit ihr im Fond der Limousine gemacht hatte, trieb ihr immer noch die Röte ins Gesicht. Wer hätte gedacht, dass ein mächtiger, angesehener Mann wie Richard Larsen auch eine perverse Seite hatte?

Sie waren nur etwa eine halbe Stunde auf der Cocktailparty der Parkers gewesen, bevor sie sich schon wieder verabschieden mussten. Sie wussten ja, dass Steven und Claire auf sie warteten. Seit sie Anfang des Jahres zurück nach New York gezogen waren, hatten Richards Eltern immer wieder davon gesprochen, in ihrem Stadthaus eine Silvesterparty zu geben.

Und jetzt waren sie endlich da. Selbst wenn Hannas Chignon nicht mehr ganz so perfekt saß wie beim Einsteigen in die Limousine früher am Abend. Aber das fiel Steven sowieso nicht auf. Er war ganz darauf fixiert, die beiden ins Haus zu bitten.

»Also, nehmt euch was zu trinken und gesellt euch zu uns. Wir sind im Wohnzimmer.«

Sie folgten ihm in den riesigen Raum, der angefüllt war mit elegant gekleideten Paaren mit makellosen Frisuren und zu lauten Stimmen. Es war, als hätten sie eine Zeitreise zurück ins Jahr 1999 gemacht, als Richard noch Student und Hanna seine Kellnerin gewesen war.

Seitdem war viel passiert. Sie hatten sich geliebt und verloren und wiedergefunden. Sie hatten zwei gemeinsame Kinder bekommen und waren in einer Stadt heimisch geworden, von der Hanna niemals gedacht hätte, sie würde dort ihr Glück finden. Aber das hatte sie. Oder vielleicht hatte das Glück auch sie gefunden.

Wie auch immer: Sie war zufriedener als jemals zuvor in ihrem Leben.

Claire entdeckte sie, kurz nachdem sie im Wohnzimmer angekommen waren. Sie ließ ihre Gäste stehen, kam zu ihnen geeilt und begrüßte sie nacheinander mit einer Umarmung. »Wo bleibt ihr denn? Wir wollen gleich zusehen, wie die Kugel am Times Square fällt.«

Richard gab ihr einen Kuss auf die Wange. »Entschuldige die Verspätung. Wir hatten einen Notfall.«

Claire zupfte ein Haar von seinem Sakko. Es war lang, braun und ganz ohne Zweifel ein Frauenhaar. »Das sehe ich«, erwiderte sie trocken. »Aber jetzt seid ihr ja hier. Wartet, ich hole euch Champagner.«

Die nächsten Minuten verbrachten sie mit Small Talk. Sie berichteten Claire, was Matty und Lily in den vergangenen zwei Tagen seit ihrem letzten Besuch alles angestellt hatten; sie plauderten über Toms letzte Tournee und dass Ruby ihre Doktorarbeit im Tourbus zu Ende geschrieben hatte. Nathan und Lucy waren noch in England und feierten mit ihrer Familie, so dass Richard der einzige Larsen-Spross auf der Party war.

Kein Wunder, dass alle ihre Abwesenheit bemerkt hatten.

Kurz vor Mitternacht füllte Richard noch einmal ihre Gläser und führte Hanna dann durch die Glastüren in den Garten hinter dem Haus. Der von Mauern umschlossene Innenhof war mit Hunderten funkelnder Lichter geschmückt wie eine Feengrotte mitten in Manhattan. Er nahm ihre Hand und half ihr die alten steinernen Stufen hinunter, bis sie vor den Rosenbüschen standen, die nach dem langen, kalten Herbst kahl und holzig aussahen.

»Komm her«, flüsterte er. »Es ist kalt.«

»Ja? Ist mir gar nicht aufgefallen.« Obwohl sie lächelte, protestierte sie nicht, als er sie in seine Arme zog. Ihre waren nackt und somit der Kälte schutzlos ausgesetzt, und er rieb sie, um sie zu wärmen.

»Wird den anderen nicht auffallen, dass wir weg sind?«, fragte sie ihn.

»Die sind viel zu sehr mit der Kugel am Times Square beschäftigt. Außerdem gehörte der Silvesterabend immer uns. Schon als wir uns zum ersten Mal begegnet sind, ist es uns gelungen, allen zu entkommen.«

Ihre Augen funkelten mit den Lichtern um die Wette. »Wenn ich mich recht erinnere, hast du mich in dein Schlafzimmer gezerrt.«

»Für heute hatte ich etwas Ähnliches geplant.«

Sie musste lachen. »Nur dass wir diesmal Gesellschaft

von einem vier Monate alten Milchmonster und einem dreieinhalbjährigen Dämon haben.«

Ihre letzten Worte gingen im Krachen des Feuerwerks unter, mit denen New York das neue Jahr begrüßte. Mit dem Champagnerglas in der Hand beugte sich Richard zu ihr und gab ihr einen zärtlichen Kuss auf die Lippen. Jubelrufe schallten aus dem Haus. Die Gäste sangen und wünschten einander ein frohes Neujahr, aber Richard und Hanna blieben draußen, ganz allein, und genossen den Augenblick des Glücks.

Als er sie erneut küsste, explodierte es erneut über ihren Köpfen. Schlangen aus weißem Feuer erhellten die Nachtschwärze des Himmels.

»Ein frohes neues Jahr, Liebling«, flüsterte Hanna.

Er nahm ihr Gesicht in beide Hände und genoss das Gefühl ihrer kalten Wangen an seinen Handflächen. Seine Lippen wanderten ihren Kiefer entlang, und er murmelte an ihrer Haut: »Lass uns das kommende Jahr zum besten unseres Lebens machen.«

Epilog

27. August 2021

»Mom!« Ein lauter Ruf schallte aus dem kleinen Waldstück links neben der Bühne. Hanna drehte sich um, und gleich darauf sah sie, wie die siebenjährige Lily aus dem Schatten der Bäume gestürzt kam, das Gesicht in heiliger Empörung verzogen. »Matty sagt, Mädchen dürfen nicht auf Bäume klettern!«

Indigniert marschierte sie auf ihre Mutter zu. Sie hatte die Hände in die Hüften gestemmt, und ihre Haare sahen aus, als hätte man sie rückwärts durch eine Hecke geschleift. Ihre Kleider waren mit rostrotem Staub bedeckt.

»Tatsächlich?«, fragte Hanna leise. Sie konnte Matty ein Stück weiter weg stehen sehen. Bestimmt kaute er gerade auf seiner Lippe herum – er hatte die Angewohnheit von Hanna geerbt –, weil er nicht wusste, was seine Äußerung für Folgen nach sich ziehen würde.

Lily versuchte tapfer, ihre Tränen zurückzuhalten. Hanna wusste, dass sie aus Wut weinte, nicht weil sie traurig war, und das rührte ihr Herz. »Dabei weiß doch jeder, dass ich viel höher klettern kann als irgendeiner von denen!« Lily machte eine abfällige Handbewegung in die Richtung, wo Matty und ihr Cousin Nathan Junior standen.

»Ignorier sie einfach, Schätzchen.« Hanna zog Lily an sich und legte den Arm um ihre mageren Schultern. »Sie sind bloß neidisch, und vielleicht haben sie auch ein klein wenig Angst um dich.«

»So hoch bin ich außerdem gar nicht geklettert«, sagte Lily verächtlich. »Ich wollte mir bloß mal das Vogelnest ansehen.«

Hanna schloss kurz die Augen und versuchte nicht an die Gefahr zu denken, der ihre Tochter sich ausgesetzt hatte. Sie wollte, dass ihre Kinder ungebunden aufwuchsen, sie sollten ihre Welt frei erkunden können. Aber manchmal war es nicht leicht, das richtige Maß zu finden und sie davon abzuhalten, es allzu weit zu treiben.

Lily erwiderte die Umarmung ihrer Mutter flüchtig, ehe sie sich aus ihrem Griff wand und zurück in den Wald lief, wo sie zweifellos ihre Cousins so lange piesacken würde, bis diese endlich zugaben, dass sie von ihnen allen am besten klettern konnte.

Kurz darauf kam Matty mit finsterer Miene auf seine Mutter zugestapft.

»Hast du was von Dad gehört?« Er hielt den Kopf gesenkt, aber Hanna wusste auch so, dass er sich auf die Lippe biss.

»Noch nicht, Schatz.« Sie legte ihm die Hand auf die Schulter. Von ihren drei Kindern war Matty der Sensibelste und derjenige mit der engsten Beziehung zu Richard. Die beiden waren die einzigen Männer zwischen lauter Frauen, und deswegen hielten sie zusammen wie Pech und Schwefel. Ohne seinen Vater fühlte Matty sich immer ein bisschen verloren, und er zählte jedes Mal die Stunden bis zu dessen Rückkehr.

»Kommt er denn auch pünktlich?« Matty hob den Blick, und sie sah die Unsicherheit in seinen Augen. Sie spürte einen Stich des Mitgefühls.

»Schatz, wenn Dad sagt, er kommt pünktlich, dann

kommt er auch pünktlich. Solange nicht höhere Gewalt im Spiel ist oder irgendetwas ihn körperlich davon abhält zu kommen, bricht er niemals ein Versprechen.«

Hoffnung leuchtete in Mattys Gesicht auf. »Ich wünsche mir so sehr, dass er kommt.«

Hanna zog ihn an sich. »Das weiß ich doch, mein Liebling. Und er wünscht sich das auch. Als wir gestern telefoniert haben, hat er von nichts anderem geredet.« Sie schenkte ihm ein aufmunterndes Lächeln. »Aber jetzt mal was anderes. Du musst aufhören, deine Schwester zu ärgern. Du machst sie wahnsinnig damit.«

»Sie macht *mich* wahnsinnig«, widersprach er. »Sie klebt die ganze Zweit an mir und NJ dran.« Trotz der zwei Jahre Altersunterschied waren Nathan Junior und Matty dicke Freunde. Hanna fand es schön, dass ihre Kinder immer von Familie umgeben waren, wie Fische, die in einem Meer aus Liebe schwammen.

»Du musst heute mal ein bisschen erwachsen sein, Matty.« Sie wusste, er hasste seinen Spitznamen, aber für sie würde er bis in alle Ewigkeit Matty bleiben. »Solange Daddy nicht hier ist, brauche ich alle Hilfe, die ich kriegen kann, um die Show über die Bühne zu bringen.«

Sie sah sich im Camp um und staunte, wie viel sie im Laufe der letzten Jahre geleistet hatten. Mit einer Idee von Richard hatte alles angefangen, und inzwischen war das Leon Maxwell Memorial Summer Camp zu einer beachtlichen Größe gewachsen. Mittlerweile verbrachten hier nicht nur die Kinder von Opfern des 11. September ihre Sommerferien, sondern auch vernachlässigte und sozial benachteiligte Kinder aus den ganzen USA. Hanna und die hundertfünfzig Camp-Bewohner hatten eine Woche lang schwer geschuftet, um die große Abschlussveranstaltung zu organisieren. In weniger als drei Stunden sollte die Vorstellung beginnen.

Auf der Wiese vor der Bühne wimmelte es schon jetzt von Zuschauern. Sie saßen auf Decken, picknickten und warteten darauf, dass die Show losging.

»Klar helfe ich dir, Mom.« Matty lehnte den Kopf an ihre Schulter, und einmal mehr wurde sie daran erinnert, wie sehr er in der letzten Zeit gewachsen war. Er war groß wie sein Vater und wirkte älter als zehn Jahre.

»Danke dir«, flüsterte sie in sein Haar.

»Glaubst du wirklich, Dad kommt rechtzeitig, um mich spielen zu hören?«, wollte er sich nochmals vergewissern. Richard war seit zwei Wochen in Afrika, wo die Maxwell Foundation ein Hilfsprojekt für arme Kinder ins Leben gerufen hatte. Ursprünglich hatte er bereits am Vortag zu Hause sein wollen, doch weitere Verhandlungen mit lokalen Stammesführern hatten seine Abreise verzögert.

»Er wird da sein.« Hanna musste nicht zweimal überlegen, ehe sie ihm antwortete. In den acht Jahren ihrer Ehe hatte er sie nicht ein einziges Mal enttäuscht. Und seine eigenen Kinder würde er ganz sicher nicht im Stich lassen.

»Na dann.« Einigermaßen besänftigt machte sich Matty davon. Sie sah ihm nach, wie er in Richtung Bühne davonschlenderte, wo Tom und mehrere Roadies gerade dabei waren, das Soundsystem nach seinen Vorgaben einzurichten. Tom beugte sich zu Matty und flüsterte ihm etwas ins Ohr. Hanna legte die Hand ans Herz, als sie sah, wie die beiden daraufhin zusammen die Stecker einsteckten. Tom erklärte seinem Patensohn, in welche Buchsen die jeweiligen Anschlüsse gehörten.

»Wie es aussieht, läuft ja alles wie geschmiert.« Eine warme Stimme links von ihr zog Hannas Aufmerksamkeit auf sich. Claire stand hinter ihr, die schlafende Molly trug sie auf dem Arm. Molly hatte den Daumen im Mund und saugte laut schmatzend daran. Hanna strich ihrer kleinen Tochter über die weichen, seidenglatten Haare. Mit zwei Jahren war sie das Nesthäkchen der Familie und wurde von allen nach Strich und Faden verwöhnt.

»Ich bin froh, wenn es endlich losgeht«, gestand Hanna. »Die Kids sind alle ganz zappelig vor Aufregung.«

»Es bedeutet ihnen viel, dass sogar Leute von außerhalb kommen, um ihnen zuzuhören. Die meisten von ihnen stehen das erste Mal auf einer Bühne.«

Hanna nickte und schluckte ihre aufsteigenden Tränen hinunter, als sie daran denken musste, wie schwer es einige der Ferien-Kinder hatten. Eine Woche im Jahr reichte bei weitem nicht aus, um nachhaltige Veränderungen zu bewirken, und das machte sie wütend. Sie blickte zum See, wo Sean Flynn, der Leiter des Camps, diverse Spiele organisiert hatte, um die Kinder von ihrem bevorstehenden Auftritt abzulenken.

»Du und Richard, ihr habt Großartiges geleistet, seit ihr persönlich an der Spitze der Maxwell Foundation steht.« Mit der freien Hand rieb Claire Hannas Arm. »Ich bin so ungemein stolz auf euch beide.«

»Danke.« Hanna hatte auf einmal einen Kloß im Hals. »Ohne dich hätten wir das niemals geschafft.«

Das war die Wahrheit. Claire hatte genauso hart gearbeitet wie sie, vor allem, was die Beschaffung finanzieller Mittel anging: Sie hatte in New York Galas und Benefizveranstaltungen organisiert – alles Aufgaben, vor denen Hanna grauste.

»Ich lege Molly hin.« Claire deutete zu der Hütte, die ihnen als Büro diente und in der Hanna zu Beginn des Sommers ein Reisebettchen für ihre Jüngste aufgestellt hatte.

Hanna nickte und formte ein lautloses »Danke« mit den Lippen, bevor Claire ging.

Claire und Steven waren einige Jahre zuvor zurück in die Staaten gezogen. Seitdem hatten sie sich für Richard und Hanna und ihre kleine Familie unersetzlich gemacht. Nathan und Lucy hatten sich in Connecticut niedergelassen, und auch Tom und Ruby besaßen eine Wohnung in New York, obwohl Tom nach wie vor oft auf Tour war.

Die Stadt, die Hanna früher immer so gehasst hatte, war ihr Zuhause geworden.

Natürlich liebte sie London nach wie vor, und sie flogen oft mit den Kindern dorthin. Dann wohnten sie in dem wunderschönen Haus in Putney, das sie gekauft hatten. Aber sie empfand nicht länger das dringende Bedürfnis, aus New York zu fliehen, so wie früher. Obwohl sie jetzt in Connecticut lebten, fuhr sie oft für Meetings oder zum Shoppen nach Manhattan.

»Mom, Mom, schau mal, wer da ist!« Schon wieder kam Lily auf sie zugelaufen. Diesmal zeigte sie dabei aufgeregt in Richtung Parkplatz. »Onkel Shake ist gekommen!«

»Lily Larsen!«, tadelte Hanna sie streng. »Wie oft habe ich dir gesagt, dass du ihn nicht so nennen sollst?«

Aufgrund seiner seltsamen Tics und seiner permanent zitternden Hände hatten die Kinder Daniel Maxwell den Spitznamen »Onkel Shake« gegeben. Hanna war nicht gerade begeistert darüber.

»Er hat gesagt, ihm gefällt's«, gab Lily zurück, und ihre roten Haare flogen in alle Richtungen, als sie einen Haken schlug, auf ihren Onkel zurannte und sich ihm in die zitternden Arme warf.

Daniel zog Lily an sich, und gemeinsam kamen sie zu Hanna. Er lächelte breit, als er auch sie in seine Arme zog.

»Du hast uns gefehlt«, begrüßte sie ihn. Seit sie 2013 das Haus in Connecticut gekauft hatten, besuchte Daniel sie regelmäßig. Manchmal wohnte er mehrere Monate bei ihnen, in einem kleinen Häuschen auf dem Grundstück, damit er für sich sein konnte, wenn ihm danach war. Sie hatte sich daran gewöhnt, ihn um sich zu haben, und wenn er wegfuhr – was mindestens vier- oder fünfmal im Jahr vorkam –, war es immer ein bisschen traurig, das verwaiste Häuschen zu sehen. Er war nach wie vor eine rastlose Seele, und sie hatte den Verdacht, dass er die Dämonen seiner Sucht noch nicht vollständig gebannt hatte. Nichtsdestotrotz war er ein Teil ihrer Familie, und alle liebten ihn.

»Ihr mir auch.« Er drückte sie. »Gibt es Neuigkeiten von Richard?«

»Er müsste bald hier sein«, antwortete sie. »Seine Maschine sollte um drei landen. Matty macht sich schon große Sorgen.«

»Ist er bereit für seinen großen Auftritt?«, fragte Daniel und runzelte die Stirn. Matty spielte Schlagzeug, seit er sechs war, und Tom hatte ihm angeboten, für den ersten Song von Fatal Limits den Percussion-Part zu übernehmen. Dementsprechend groß war sein Lampenfieber.

»Er ist wahnsinnig aufgeregt«, gestand Hanna. »Wenn Richard nicht bald auftaucht, habe ich keine Ahnung, was er machen wird.«

»Ich rede mal mit ihm.« Danny ging über den Rasen davon, wobei er das rechte Bein ein wenig nachzog. Er bot ein etwas seltsames Bild; obwohl er bald vierzig wurde, hatte er immer noch etwas sehr Jungenhaftes an sich. Sie freute sich, dass er Tom darin unterstützte, Matty sein Lampenfieber zu nehmen.

Sie schaute auf die Uhr und beschloss, zu den beiden auf

die Bühne zu gehen. Es wurde langsam Zeit für den Soundcheck; sie wollte Gewissheit haben, dass alles reibungslos funktionierte.

Hinter der Bühne herrschte geschäftiges Treiben, weil sich alle noch einmal vergewissern wollten, dass sämtliche Vorbereitungen abgeschlossen waren. Angefangen vom Strom über den Sound bis hin zur Lichtanlage war alles in bester Ordnung.

»Hanna«, raunte Tom und nahm sie beim Arm. »Können wir uns kurz unterhalten?«

Sie schaute an sich herab. Ihr blieb noch ungefähr eine Stunde, um zu duschen und sich das Kleid anzuziehen, das in ihrem Büro bereithing. Die schäbigen abgeschnittenen Jeansshorts und das Band-T-Shirt, die sie anhatte, waren nicht die passende Garderobe, um Sponsoren zu empfangen.

»Klar.« Sie ließ sich von ihm auf die Seitenbühne ziehen.

»Matty weigert sich zu spielen. Ein akuter Fall von Lampenfieber.« Toms Miene war voller Mitgefühl.

Hannas Herz zog sich zusammen. Sie wusste, wie wichtig der heutige Tag für ihren Sohn war und wie sehr er sich darauf gefreut hatte, mit seinem großen Idol spielen zu dürfen. Dass ihm nun seine Aufregung einen Strich durch die Rechnung zu machen drohte, tat ihr unendlich leid.

»Ich rede mit ihm.«

Tom legte ihr kurz die Hand an die Wange. Sie waren beide mit Mitgliedern der Larsen-Familie verheiratet und hatten ihre innige Freundschaft im Laufe der Jahre aufrechterhalten. Hanna und Richard hatten Tom und Ruby sogar testamentarisch als Vormünder für ihre Kinder eingesetzt, für den Fall, dass ihnen etwas zustieß.

Hanna fand Matty unter einem Ahorn sitzend. Die Arme

um die Knie geschlungen, wippte er im Takt einer unhörbaren Melodie. Wahrscheinlich hörte er wieder Musik in seinem Kopf; er sang ständig vor sich hin oder klopfte irgendeinen Rhythmus. Er war gerade erst zehn, und schon jetzt war Musik sein Leben.

In der Hinsicht kam er nach seiner Mutter.

Sie ließ sich neben ihm auf dem Boden nieder. Er sah flüchtig zu ihr auf. In seinen Augen schwammen Tränen.

»Na, Schatz?« Sie knuffte ihn sanft mit dem Ellbogen. Sie würde ihn nicht fragen, was los war. Sie wusste aus Erfahrung, dass es besser war zu warten, bis er von selbst anfing zu reden.

Matty brummte etwas Unverständliches und ließ dann den Kopf zwischen die Knie sinken. Er schaukelte weiter vor und zurück. Sie legte ihm den Arm um die Schultern und rutschte ganz nah an ihn heran.

So saßen sie eine Weile schweigend nebeneinander. Sie schloss die Augen und wünschte, sie könnte ihrem Sohn die Ängste abnehmen. Das war der Teil des Elterndaseins, den sie am meisten hasste: mit anzusehen, wie ihr Kind litt, ohne etwas dagegen tun zu können.

»Ich will nicht spielen«, sagte er schließlich mit leiser Stimme.

»Nein?«, fragte sie.

»Ich hab Angst.« Er sagte es, als wäre das ein Verbrechen.

»Wovor hast du denn Angst, mein Schatz?«

Matty spielte mit einer Strähne ihrer Haare. Er rieb sie zwischen den Fingern und ließ sie dann wieder fallen.

»Ich hab Angst, dass ich mich blamiere. Was, wenn ich den Beat nicht richtig hinkriege? Was, wenn alle mich auslachen und denken, dass ich ein total bescheuerter Loser bin?«

Jetzt war nicht der Zeitpunkt, ihn wegen seiner Ausdrucksweise zu ermahnen.

»Du hast den Song so oft geprobt, du kannst ihn in- und auswendig«, sagte sie. »Du wirst den Beat garantiert richtig hinkriegen.«

Matty stieß die Luft aus. »Ich will dich und Dad nicht enttäuschen.«

Sie schloss die Augen, vergrub das Gesicht in seinen Haaren und atmete tief ein. Er roch immer noch so weich und süß wie als kleines Kind.

»Matthew, ich kann dir versprechen, du wirst uns nicht enttäuschen. Ich bin so stolz, dass du dich überhaupt traust, auf die Bühne zu gehen. Selbst wenn du dich in jedem Takt verspielst, würde ich trotzdem ganz vorne stehen und dir zujubeln.« Sie hob sein Gesicht an. »Du bist mein Sohn. Ich bin wahnsinnig stolz auf alles, was du machst.«

Eine braune Locke fiel ihm in die Stirn, und Hanna musste gegen den Drang ankämpfen, sie ihm aus dem Gesicht zu streichen.

»Glaubst du, Dad schafft es wirklich?« Seine Lippe zitterte.

»Ja, bestimmt.« Sie drückte seine Schulter. Jetzt begriff sie, wovor er in Wahrheit Angst hatte. Nicht davor, dass er seinen Auftritt verpatzen könnte, sondern dass Richard nicht da sein würde, um ihn mitzuerleben. »Wenn er sich verspätet hätte, würde er uns Bescheid geben.«

Der winzige Anflug eines Lächelns erschien auf Mattys Gesicht. »Okay. Ich spiel.« Er stand auf und ging davon. Seine schlurfenden Schritte wirbelten Staubwolken auf. Sie sah ihm nach und wünschte sich, er würde nicht ganz so schnell groß werden.

Die letzten Minuten vergingen wie im Flug. Sie halfen

den Roadies dabei, die Instrumente vorzubereiten, und beaufsichtigten die Kabelhelfer, während diese letzte Hand an die Verstärker legten. Als endlich alles fertig war und sie Zeit hatte, sich umzuziehen, fiel ihr in halber Höhe der Leinwand ein Anschluss auf, der nicht ordnungsgemäß eingesteckt war.

Hanna sah sich nach einem Elektriker um, aber die hatten sich bereits alle auf ein Feierabendbier verabschiedet. Wenn sie wartete, bis sie zurückkamen, wäre es zu spät. Also schnappte sie sich kurzerhand die alte Trittleiter aus Alu, kletterte hinauf und reckte sich, so weit sie konnte, um den herunterhängenden Anschluss wieder einzustecken.

»Mann, siehst du sexy aus in den Shorts.«

Sie drehte sich um und sah Richard am Fuß der Leiter stehen. Er trug ein blütenweißes Hemd, dunkelblaue Hosen und eine Ray-Ban-Sonnenbrille und sah so todschick aus, dass sie sich in ihrem Aufzug regelrecht schäbig vorkam.

»Richard!« Im Nu stieg sie von der Leiter und sprang die letzten Sprossen direkt in seine Arme. Er hielt sie fest, während sie die Beine um seine Taille schlang. Er drehte sich, drückte sie mit dem Rücken gegen die Leinwand und rieb sich an ihren Schenkeln, während er sie ausgiebig küsste.

»Ich habe dich vermisst, Baby.« Sein Atem war warm an ihrer Haut.

Hanna bewegte die Lippen im Gleichklang mit seinen. Seine Zunge spielte mit ihrer, und die Sanftheit der Liebkosung stand im aufregenden Gegensatz zu dem harten Griff seiner Hände. Sie keuchte.

»Ich dich auch«, japste sie, als er von ihr abließ. »Sehr sogar.«

Er ließ sie los und stellte sie wieder auf dem Boden ab.

»Wie war es in Namibia?«, fragte sie.

»Wir haben das Okay für den Bau der Schule bekommen.« Seine Miene verriet ihr, wie zufrieden er war. »Nächste Woche soll die Grundsteinlegung erfolgen.«

»Das ist großartig.« Sie gab ihm einen Kuss. »Ich kann nicht glauben, dass du sie doch noch überreden konntest.«

Er fuhr sich mit der Hand durchs Haar. »Das waren zähe Verhandlungen. Ein Glück, dass ich Dad bei mir hatte. Die Leute schienen der Ansicht zu sein, dass weiße Haare ein Zeichen von Autorität sind.«

Hanna wollte Richard am liebsten gar nicht loslassen. Er war wochenlang fort gewesen, und sie hatte ihn vermisst, in ihrem Bett und in ihren Armen. Aber sie wusste, dass ihre Kinder sich genauso auf ein Wiedersehen mit ihm freuten wie sie.

»Hast du schon mit Matty gesprochen? Er hatte solche Angst, dass du es vielleicht nicht rechtzeitig schaffst.«

»Ja, ich habe ihn und Tom gesehen. Mir kam er ganz gelassen vor.«

Hanna musste lächeln. Matty war es so wichtig, seinen Vater zufriedenzustellen, dass er versuchte, ihm gegenüber keine Schwäche zu zeigen. Zum Glück war sie da, um Richard zu sagen, wie es wirklich in seinem Sohn aussah.

»Er hatte schlimmes Lampenfieber, aber ich glaube, er hat sich wieder gefangen.«

»Und wie geht es meinen Mädels?« Er legte Hanna den Arm um die Schultern, und sie schmiegte sich an seine Seite.

»Lily zieht mit Nathan und seinen Jungs durch die Gegend und beklagt die Ungerechtigkeit dieser Welt; Molly macht ein Nickerchen.« Hanna sah auf die Uhr. »Apropos, ich sollte sie langsam mal wecken – und mir was Passendes anziehen.«

Richard ließ seinen hungrigen Blick über ihren Körper gleiten. »Was stimmt denn nicht mit dem, was du anhast?«

Sie lachte. »Ein zerschlissenes T-Shirt und Shorts, bei denen mein halber Arsch raushängt? Das kommt bei unseren Sponsoren bestimmt nicht so gut an.« Sie waren inzwischen fast bei der kleinen Ansammlung von Hütten angelangt, in denen die Camp-Verwaltung untergebracht war.

»Scheiß auf die Sponsoren«, raunte Richard ihr ins Ohr. Seine Hand glitt nach unten, und er umfasste erneut ihren Hintern. Dann schob die Finger unter den Stoff der Shorts und streichelte ihre nackte Haut.

Bevor sie das Büro betraten, wo Claire geduldig ihre schlafende Enkeltochter beaufsichtigte, ergriff Hanna die Gelegenheit, ihren Ehemann noch einmal intensiv zu küssen.

Was der sich nur zu gern gefallen ließ.

Nachdem sie sich umgezogen hatte, nahm Hanna Molly auf den Arm und ging mit ihr zurück nach draußen. Ihre Zweijährige war jetzt wieder putzmunter, und ihre weichen Löckchen wippten beim Gehen. Hanna genoss diese Momente mit ihrer Jüngsten. Sie hatten sich lange ein drittes Baby gewünscht, und nach zwei Fehlgeburten und einer langen, schweren Entbindung war die Freude über Molly riesengroß gewesen. Doch die Erfahrung hatte emotional stark an der Familie gezehrt, und so waren Hanna und Richard übereingekommen, dass es bei drei Kindern bleiben sollte.

Was Hanna nicht davon abhielt, sich nach weiterem Nachwuchs zu sehnen.

Sie sah Lily und Richard bei einer Gruppe von Sponsoren stehen. Die Erwachsenen hörten aufmerksam zu, während die Siebenjährige einen Vortrag über die Schule hielt, die die

Maxwell Foundation in Namibia bauen würde. Hanna fragte sich insgeheim, wie lange es wohl dauern würde, bis Lily eine persönliche Inaugenscheinnahme des Bauprojekts verlangte.

Steven und Claire saßen auf Gartenstühlen, und neben ihnen breitete Lucy gerade eine Decke aus. Sie verteilte Sandwiches an ihre Kinder, allerdings schien Nathan mehr davon zu verschlingen als der Rest der Familie zusammengenommen.

Ruby war backstage und sah zu, wie Tom und die Band mit Matty herumalberten, damit der sein Lampenfieber vergaß. Hanna ging zu ihr, um ihr Hallo zu sagen, und Molly streckte die Hände nach ihrer Tante aus, die sie sogleich auf den Arm nahm und ihr einen dicken feuchten Schmatzer auf ihre rundliche Wange gab.

»Hey, Molly-Moo. Na, hast du schön geschlafen?« Ruby sah zu Hanna auf. »Du meine Güte, sie sieht Richard mit jedem Tag ähnlicher.«

»Die Glückliche«, murmelte Hanna. »Und wie fühlst du dich?«

Ruby war im siebten Monat, auch wenn man ihren Bauch noch kaum sehen konnte. Sie schob sich Molly auf die Hüfte und lächelte, während sie sich mit der freien Hand den Bauch rieb.

»Viel besser. Tom sagt, er ist froh, dass ich nicht mehr jeden Tag um sechs ins Bett gehe. Er dachte schon, ich hätte die Schlafkrankheit.«

Hanna streichelte Rubys Arm. Sie hegte immer noch mütterliche Gefühle für sie, obwohl Ruby fast dreißig war. Sie würde eben immer ihre kleine Schwester bleiben, das Mädchen, das Angst hatte, in die Schule zu gehen. Sie war froh gewesen, als Ruby und Tom beschlossen hatten zu versuchen, ein Kind zu bekommen, und ein wenig belustigt, als Ruby nach nur einem Monat schwanger wurde. Tom machte schon jetzt alle verrückt, weil er ständig mit neuen Namensvorschlägen ankam und überlegte, ob ein herkömmliches Babybett oder ein Körbchen besser wäre.

»Sieh trotzdem zu, dass du genügend Ruhe bekommst. Du musst dir gewissermaßen einen Vorrat anschlafen«, meinte Hanna trocken. Sie wusste gar nicht mehr, wann sie das letzte Mal eine Nacht durchgeschlafen hatte. Wenn Molly nicht weinend aufwachte, hatte Lily einen Alptraum oder Matty konnte nicht schlafen. Nicht, dass es ihr etwas ausgemacht hätte – trotzdem träumte sie hin und wieder von acht ungestörten Stunden Schlaf in einem frisch gemachten Bett.

»Mach ich.« Ruby grinste und gab Hanna die zappelnde Molly zurück. »Sieht so aus, als wären die Jungs jetzt so weit.« Sie deutete zur Band hinüber, deren Mitglieder sich zu einer Gruppenumarmung zusammengefunden hatten. Matty wirkte mit seinen mageren kleinen Armen inmitten der kräftigen Männer ein wenig kurios.

»Richard hält uns einen Platz ganz vorne frei.« Hanna und Ruby gingen um die Bühne herum und bahnten sich ihren Weg durch die Zuschauermenge, die auf den Beginn des Konzerts wartete. Richard und Lily standen bei Nathan, während der Rest des Larsen-Clans sich auf die Tribünen zurückgezogen hatte. Als er Hanna sah, begannen seine Augen zu leuchten, und er zog sie und Molly an sich.

»Mit welchem Song fangen sie an?« Er musste laut sprechen, um sich über den Lärm der Menge Gehör zu verschaffen.

»Hat er mir nicht gesagt«, antwortete Hanna. »Es soll eine Überraschung werden.«

Richard beugte sich zu Ruby und flüsterte ihr etwas ins Ohr, ehe er sie auf die Wange küsste. Rubys Strahlen erinnerte Hanna daran, wie sehr sie ihren älteren Bruder vergötterte. Bevor sie noch etwas sagen konnte, betraten Fatal Limits die Bühne. Tom führte sie an und klopfte Matty aufmunternd auf den Rücken, ehe dieser das Podest des Schlagzeugers erklomm. Er wirbelte mit den Trommelstöcken, warf sie in die Luft und fing sie wieder auf, und Molly quietschte vor Vergnügen über die Kunststücke ihres Bruders.

Tom trat ans Mikro. »Hallo, alle zusammen.« Das Publikum jubelte. »Ich möchte euch danken, dass ihr heute Abend so zahlreich gekommen seid, um die großartige Show mitzuerleben, die diese begabten Kinder für euch auf die Beine gestellt haben.« Er hielt inne, während Applaus aufbrandete. »Wir beginnen den Abend mit ein paar von unseren Songs. Wir haben länger nicht zusammen gespielt, habt also Nachsicht mit uns, falls wir ein paar Töne versemmeln.«

Hanna musste schmunzeln. Die Mitglieder von Fatal Limits gingen seit fünf Jahren getrennte Wege, hatten sich aber exklusiv für dieses Konzert wiedervereinigt. Noch etwas, wofür sie Tom danken musste.

»Für unseren ersten Song möchte ich euch gerne einen Freund vorstellen. Matt Larsen, unseren Drummer und meinen Lieblingspatensohn.« Er zwinkerte Matty zu, der scheu zurücklächelte. Hanna und Richard klatschten so laut, dass Molly sich die Ohren zuhielt.

»Kannst du uns den Beat vorgeben, Matt?«, rief Tom. Matty hob seine Sticks, das Gesicht verkrampft vor lauter Konzentration, und zählte stumm den Takt. Er begann mit einem langsamen Rhythmus, und kaum hatte er Robert den

Einsatz für die Gitarre gegeben, begannen die Zuschauer zu johlen und zu schreien, weil ihnen klarwurde, um welchen Song es sich handelte.

Hanna traten Tränen in die Augen, als sie sah, wie ihr Sohn den Song spielte, den Tom einst für ihn geschrieben hatte. »Dear Matty« war auf der Fatal-Limits-Tour ein Jahr nach Mattys Geburt ein Riesenhit gewesen – lange bevor Richard von ihrem gemeinsamen Sohn erfahren hatte. Es war bittersüß zu sehen, wie ihr Sohn die Band nun bei genau diesem Lied begleitete.

Sie konnte den Blick nicht von ihm abwenden. Richard drückte ihre Hand und nahm ihr Molly ab. Sie hätte platzen können vor Stolz. Matty spielte wie ein Profi und machte keinen einzigen Fehler. Sie biss sich auf die Lippe, um ihren Tränen Einhalt zu gebieten.

»Er ist der Hammer«, raunte Richard neben ihr. Sie nickte stumm. Sie war so von ihren Gefühlen überwältigt, dass sie kein Wort herausbrachte. Hier zusammen mit Richard und ihren Töchtern zu stehen und ihren Sohn bei seinem ersten Auftritt zu erleben war einfach das Größte. Nichts auf der Welt hätte sie glücklicher machen können.

Das Konzert dauerte zwei Stunden, und Hanna kamen noch mehrmals die Tränen, weil sie sah, mit wie viel Herzblut die Kids aus dem Sommercamp dabei waren. Viele von ihnen kamen aus sozial schwachen Familien und waren noch nie in ihrem Leben im Theater oder auf einem Konzert gewesen, und trotzdem meisterten sie ihre Auftritte mit beeindruckender Professionalität. Selbst diejenigen, die mit Lampenfieber zu kämpfen hatten, schafften es, ihre Angst zu überwinden und auf die Bühne zu gehen.

Als es schließlich vorbei war und sie sich bei sämtlichen

Sponsoren bedankt hatten, war Molly in Richards Armen eingeschlafen. Ihr kleines Köpfchen lag schlaff an seiner Schulter, als sie zu den Hütten gingen, und sie bewegte leicht die Lippen im Schlaf. Es war so ein schöner Anblick, wie ihr Mann ihr kleinstes Kind im Arm hielt, dass Hanna am liebsten gleich damit angefangen hätte, für weiteren Nachwuchs zu sorgen. Er war für alle drei ein wundervoller Vater.

»Claire hat gesagt, sie kümmert sich heute Abend um die Kinder«, wisperte Richard. »Sie findet, du hast eine kleine Auszeit verdient.«

Hanna sah ihn fragend an. »Hast du etwas Besonderes geplant?«

»Ich will einfach nur ein bisschen Zeit mit meiner Ehefrau verbringen.« Er zwinkerte und betrat die große Familienhütte, die sie einige Sommer zuvor gebaut hatten. »Vielleicht könntest du die Shorts wieder anziehen.«

Sie lachte. »Die sind das Schlimmste, was ich jemals angehabt habe. Ich glaube, ich habe sie vor ein paar Jahren selber abgeschnitten.«

»Sie sind das *Aufregendste*, was du jemals angehabt hast.« Er legte die schlafende Molly in ihr Bett und deckte sie zu. »Das Bild geht mir gar nicht mehr aus dem Kopf.«

»Mein halber Hintern war zu sehen.«

»Eben.« Er zog sie an sich und küsste sie auf die Stirn. »So gefällst du mir am besten – ganz leger mit einem Band-T-Shirt und wehenden Haaren, während du Live-Musik hörst. Das erinnert mich an die Zeit, als wir uns kennengelernt haben.«

Seien Finger lagen auf ihren nackten Armen, und ihr Körper kribbelte bei der Berührung.

»Und vielleicht solltest du immer einen Smoking tragen.

So erinnere ich mich nämlich an dich aus unserer ersten Zeit.«

»Die Hotelangestellten würden uns für verrückt halten.« Er flocht die Finger in ihre Haare. »Du in ausgefransten Shorts und ich im Smoking. Ich würde aussehen wie dein Sugardaddy.«

Hanna grinste. »Klingt herrlich. Du bezahlst das Abendessen, und ich zeige mich auf meine Weise erkenntlich.« Sie stellte sich auf die Zehenspitzen, um ihn zu küssen. Sie merkte, wie er augenblicklich hart wurde, und ein Ziehen ging durch ihren Körper.

»Mir gefällt deine Art zu verhandeln«, murmelte er, ehe er ihr einen ungestümen Kuss gab. Sie küssten sich lange und leidenschaftlich, und mit der Zeit begannen ihre Hände zu wandern. Hanna ließ zu, dass Richard erneut ihren Hintern packte und seine Erektion an ihr rieb.

»Nehmt euch gefälligst ein Zimmer«, beschwerte sich Nathan, als er in die Hütte trat. »Mein Gott, man könnte glatt denken, ihr seid frisch verheiratet.«

»Lass mich. Ich habe meine Frau seit Wochen nicht gesehen.« Richard lachte in ihr Haar. »Und ich *habe* ein Zimmer genommen, trotzdem danke für den Vorschlag.«

Nathan hielt mitten im Schritt inne. »Soll das heißen, ihr übernachtet im Hotel?«

»Denk nicht mal dran. Ich habe Claire zuerst gefragt«, warnte Richard.

»Ein paar Kinder mehr machen doch keinen Unterschied. Lucy und ich könnten mit euch mitkommen.«

Hanna bebte vor unterdrücktem Gelächter, als sie merkte, wie Richard wütend wurde. Ihre romantische Nacht drohte zu einem Familienfest zu werden. Sie ließ ihren Mann einen Moment lang zappeln, dann erlöste sie ihn.

»Nathan, wenn du uns alleine fahren lässt, passe ich nächstes Wochenende auf die Kinder auf. Dann kannst du mit Lucy was Schönes unternehmen.«

Nathan sah sie an und legte nachdenklich die Hand an sein Stoppelkinn. Mit zusammengekniffenen Augen ließ er sich das Angebot durch den Kopf gehen.

»Du passt zwei Abende lang auf sie auf? Freitag *und* Samstag?«, hakte er nach.

Hanna nickte. »Und ihr könnt euch am Sonntag so viel Zeit lassen, wie ihr wollt.«

»Abgemacht.« Er grinste. »Ich kann es gar nicht erwarten, Lucy davon zu erzählen. Ich weiß gar nicht mehr, wann wir das letzte Mal allein waren.«

»Ich auch nicht«, gab Richard trocken zurück, ehe er sich Hanna zuwandte. »So, Liebling. Sollen wir uns jetzt von Matt und Lily verabschieden?«

Es war schon nach Mitternacht, als sie im Hotel ankamen. Das Restaurant war bereits geschlossen, also ließen sie sich Essen aufs Zimmer kommen, saßen in den hoteleigenen Bademänteln auf dem Bett, aßen Burger und Pommes und unterhielten sich. Hanna hatte die Beine ausgestreckt, und ihre nackten Füße lagen auf Richards Schoß.

»Ich habe den Kindern versprochen, dass wir zum Frühstück wieder da sind«, beichtete Richard ihr, bevor er den Wecker an seinem Handy stellte. »Wir haben also noch genau sechs Stunden und siebenundzwanzig Minuten Zeit für uns.«

»Ich bin froh, dass du alles bis ins letzte Detail geplant hast«, gab Hanna zurück. »Wäre doch zu schade, wenn wir die siebenundzwanzig Minuten verschenken würden.«

»In siebenundzwanzig Minuten kann man eine Menge

machen«, sagte Richard und massierte ihr mit sanft kreisenden Bewegungen die Füße.

»Du vielleicht!« Sie musste lachen. Seine Hand glitt ihr Bein hinauf, streichelte ihre Wade, und er genoss das Gefühl ihrer zarten Haut unter seinen Fingern. Das hatte ihm gefehlt; mit ihr allein zu sein, sie zum Lachen zu bringen. Und gewisse andere Sachen.

»Lily sagt, sie hat die Nase voll davon, dass die Welt von Männern beherrscht wird. Sie hat vor, mit achtzehn als Präsidentin zu kandidieren.« Richard sah zu Hanna auf. »Sie meint, es müsste Gesetze geben, die es Jungs verbieten, Mädchen zu ärgern.«

»Sie war sauer, weil NJ und Matty ihr gesagt haben, sie darf nicht auf den Baum klettern.«

Richard zog sie an sich, nahm sie bei den Hüften und hob sie rittlings auf seinen Schoß. »Sie erinnert mich an dich. Ich weiß noch, wie kratzbürstig du warst, als wir uns zum ersten Mal begegnet sind. Ich musste dich nur ansehen, schon habe ich einen Ständer gekriegt.«

Hanna beugte sich vor, schlang ihm die Arme um den Hals und rutschte auf seinem Schoß hin und her. »Du hast einen Ständer gekriegt, weil du meinen Arsch im Schritt hattest.«

»So ist das eben, wenn ich deinen Arsch im Schritt habe, Liebling.«

Er stemmte sich hoch, damit sie den Beweis seiner Erregung zwischen ihren Schenkeln spüren konnte. Er genoss diese Momente: ihr gutmütiges Geplänkel, das Streicheln und Küssen. Wenn sie getrennt waren, dachte er ständig an sie. Mit ihr zusammen zu sein, machte ihn glücklich.

»Und? Willst du was dagegen unternehmen?«, fragte sie mit einem schelmischen Grinsen.

»Ich weiß nicht genau. Ich habe das Gefühl, als hätten wir in unserer Beziehung eine ganze Phase übersprungen. Vielleicht sollten wir es erst mal mit Trockensex versuchen.« Er spannte den Hintern an und rieb sich erneut an ihr, was ihr ein Stöhnen entlockte. In der Hast, einander zu berühren, hatten sie sich die Bademäntel halb abgestreift, und es trennte sie nicht viel mehr als ihre Unterwäsche.

»Das wirst du ohne mich machen müssen.« Hannas Zunge malte eine heiße Spur von seinem Ohr bis zur Schulter. »Für mich kommt das ein bisschen zu spät. Ich bin nämlich schon feucht.«

Richard warf den Kopf in den Nacken und lachte, während ihre Lippen seinen Hals hinabwanderten. »Ich glaube, damit kann ich umgehen.«

»Ich finde es toll, dass du so anpassungsfähig bist.« Sie rieb sich immer heftiger an ihm. Irgendwann packte Richard sie bei den Hüften und hielt sie fest. Er hatte nicht gescherzt, was den Trockensex anging. Er war schon jetzt kurz vor dem Explodieren.

»Ich habe festgestellt, dass man durch Verhandlungen zu einem Ergebnis gelangen kann, das alle Beteiligten zufriedenstellt.« Er zwinkerte, ehe er ihr Kinn anhob, um von ihrem Mund Besitz zu ergreifen. Ihre Hände glitten unter seinen Bademantel, der ihm daraufhin vollends von den Schultern rutschte. Sie senkte den Kopf und leckte über seine nackte Brustwarze. Das Gefühl fuhr ihm geradewegs zwischen die Beine.

»Können wir jetzt aufhören zu reden?«, fragte er.

»Du bist hier derjenige über vierzig, Liebling. Wenn du der Meinung bist, dein Rücken hält Sex auf dem Sofa aus, habe ich nichts dagegen.« Sie streifte sich ihren Bademantel ab und war nun nackt bis auf ihre Boyshorts. Richard lief das Wasser im Mund zusammen, als er seine Frau betrachtete; ihre zarte Haut, die vollen Brüste und ihre wunderschönen üppigen Hüften. Er wusste gar nicht, welchem Teil von ihr er sich zuerst widmen sollte.

Er entschied sich für ihre Brüste. Er strich mit den Händen darüber, bevor er sie auf die Couch drückte. Ihre Haare ergossen sich über das dunkle Polster. Er drehte sie so, dass sie auf ihrem Bademantel lag, weil er dachte, dass ihr das weiche Frottee lieber wäre als das kalte glatte Leder.

»Ist dir klar, dass du in weniger als einem Jahr ebenfalls vierzig wirst?« Er fuhr mit den Lippen ihre Kehle entlang. »Dann kannst du dich nicht mehr über mich lustig machen.«

»Ich kann mich immer über dich l … oh!«

Er umschloss ihren Nippel mit dem Mund und begann daran zu saugen, womit er sie gekonnt zum Schweigen brachte. Sie bog den Rücken durch, drängte sich an ihn, und er legte ihr eine Hand ins Kreuz, um sie zu stützen.

Gott, wie er diese Frau liebte. Sie kannten sich seit mehr als zwanzig Jahren, waren seit acht Jahren verheiratet und hatten drei wundervolle Kinder, die ihnen wichtiger waren als alles andere auf der Welt. Doch selbst nach all der Zeit konnte er nie genug von ihr bekommen. Er wollte alles von ihr: das freche Mädchen, das sich von niemandem etwas sagen ließ. Die liebevolle Mutter, die ihre Kinder vergötterte. Die bezaubernde Frau, die ihn gern neckte und genauso gut austeilen wie einstecken konnte.

»Beim nächsten Mal ziehst du deine Shorts an«, knurrte er, bevor er sie endlich mit der Zunge zu liebkosen begann.

»Ja, Gott, ja«, keuchte sie.

»Ich schiebe sie zur Seite und dringe mit den Fingern in dich ein und spüre, wie du dich um mich zusammenziehst, während ich dich lecke.« Er hielt es kaum noch aus. Er wollte sie nehmen, hart und schnell, wollte, dass sie bei jedem Stoß mit dem Kopf gegen die Armlehne des Sofas stieß.

»Ich schneide jede Jeans ab, die ich habe«, warnte sie ihn.

»Tu das, Liebling.«

Er legte sich auf sie und spürte, wie sich ihre Körper vereinten, wie sie sich in absolutem Gleichklang bewegten, und ein überwältigendes Gefühl von Frieden überkam ihn. Endlich war er wieder zu Hause, bei seiner Familie, mit der Frau, die er so abgöttisch liebte.

Es gab nichts Schöneres.

Danksagung

Fran, Kate und Meredith: Ihr drei wart von Anfang an für mich da, und ich bin euch so unendlich dankbar für eure Hilfe bei dieser Geschichte. Mein Dank geht auch an Meire und Flavia; eure Unterstützung und euer Vertrauen in mich sind absolut einmalig. Ohne euch wäre ich sicherlich nicht da, wo ich jetzt bin. Jennifer H., danke für all die harte Arbeit, es war wundervoll, eine neue Freundin kennenzulernen. Lucia V., dein unermüdlicher Einsatz, ob in Blogs oder anderen Posts, versüßt mir jeden Tag.

Mein Dank geht auch an meine Familienmitglieder, die sich klaglos damit abgefunden haben, dass ihre Frau/Mutter/Tochter/Schwester immer wieder für mehrere Stunden am Stück abtaucht, um sich über ein Laptop zu beugen und wie eine Wahnsinnige zu tippen. Hoffentlich ist dieses Buch Beweis genug, dass ich wirklich schreibe und nicht bloß im Internet surfe. Obwohl ich das zugegebenermaßen auch hin und wieder tue.

An meine Online-Freunde und die Mitglieder der Fix-You-Facebook-Gruppe: Ihr alle habt mir jeden Morgen ein Lächeln ins Gesicht gezaubert, das den ganzen Tag anhielt. Ohne euch hätte ich das alles niemals geschafft. Danke dafür, dass ihr immer für mich da seid. Ich wünschte, ich könnte euch alle einzeln nennen, aber das würde ein extra

Extrakapitel in Anspruch nehmen, und deswegen sage ich einfach: Ja, IHR seid gemeint!

Eine besondere Erwähnung verdienen auch die Blogger, die mein letztes Buch *Halfway Hidden* bekanntgemacht haben und mir auch bei diesem Buch wieder eine großartige Unterstützung sind. Ihr seid die besten Freunde, die ein Autor nur haben kann, und ich weiß die Arbeit und Sorgfalt, die ihr in eure Blogs gesteckt habt, wirklich zu schätzen. Ihr seid phänomenal.

Zu guter Letzt: Danke, liebe Leser, dass Sie dieses Buch gekauft haben. Ich hoffe, es hat Ihnen gefallen, und wenn ja, würde ich mich darüber freuen, wenn Sie eine Rezension auf GoodReads oder amazon hinterlassen könnten. Das wäre enorm hilfreich für mich und könnte anderen Lesern helfen, den Weg zu dieser Geschichte zu finden.